À la recherche d'une enfant

*

Un protecteur pour Grace

CINDI MYERS

À la recherche d'une enfant

Traduction française de
ANDRÉE JARDAT

BLACK ROSE

HARLEQUIN

Collection : BLACK ROSE

Titre original :
CANYON KIDNAPPING

HARPERCOLLINS FRANCE
83-85, boulevard Vincent-Auriol, 75646 PARIS CEDEX 13
Service Lectrices — Tél. : 01 45 82 47 47 - www.harlequin.fr
ISBN 978-2-2804-9544-8 — ISSN 1950-2753

Composé et édité par HarperCollins France.
Imprimé en octobre 2023 par CPI Black Print (Barcelone)
en utilisant 100% d'électricité renouvelable.
Dépôt légal : novembre 2023.

FSC www.fsc.org MIXTE Papier issu de sources responsables FSC® C159065

Pour limiter l'empreinte environnementale de ses livres, HarperCollins France s'engage à n'utiliser que du papier fabriqué à partir de bois provenant de forêts gérées durablement et de manière responsable.

1

Pour Sheri Stevens, escalader des parois rocheuses ou des murs de glace, c'était un peu comme franchir des obstacles considérés comme insurmontables. Vivre un drame et rester debout. Être capable de résilience. C'était cette prise de conscience qui l'avait poussée à pratiquer ce sport extrême, se disait-elle en suivant des yeux les concurrents du Festival de glace d'Eagle Mountain. Ils se lançaient à l'assaut des falaises abruptes de Casper Canyon et, quel que soit leur classement, ils sortiraient vainqueurs et grandis de cette épreuve difficile.

Mais cela, elle n'en disait pas un mot aux curieux qui s'arrêtaient devant le stand Picksie Chix vantant les mérites de l'escalade. Ils découvriraient cet aspect de cette discipline bien assez tôt. Ou peut-être jamais.

— L'escalade est un sport difficile mais très gratifiant, expliqua-t-elle aux deux adolescentes venues jeter un coup d'œil aux prospectus laissés sur la table. Et souvent, même, très ludique.

Toutes deux portaient la tenue de rigueur chez les jeunes filles de cet âge : parka à capuche bordée de fausse fourrure et jean slim rentré dans des bottes fourrées.

— La première fois qu'on réussit une ascension difficile, on se sent capable de conquérir le monde, poursuivit-elle en souriant.

— On vous a vue, là-haut, tout à l'heure, dit la plus grande des deux.

— Vous étiez incroyable ! s'extasia la seconde. Vous avez gagné une médaille, au moins ?

— Pour le moment, je suis en tête dans l'épreuve contre la montre.

Une victoire qu'elle avait remportée l'année précédente et qu'elle espérait arracher encore cette année.

— Les compétitions se poursuivent demain, et dimanche il y aura des exhibitions. Vous viendrez ?

— Sans doute, répondit la brune en prenant une brochure.

— Il y aura des cours d'escalade gratuits, dimanche à 13 heures, ajouta-t-elle. Venez essayer.

— Pourquoi pas ? Quoique... je ne sais pas si ma mère me donnera l'autorisation. Elle ne peut même pas regarder les grimpeurs, ça lui fait trop peur.

— Eh bien, proposez à votre mère de vous accompagner. Elle verra que nous prenons toutes les précautions. Elle pourra se lancer elle-même, si elle veut.

La jeune fille esquissa une moue dubitative.

— Elle n'est pas trop vieille pour ça ?

Sheri considéra la jeune fille avec amusement.

— J'avais trente ans quand je me suis lancée pour la première fois. Et il y a des gens de soixante ans et plus qui pratiquent ce sport.

Les deux amies s'échangèrent un regard sceptique mais ne firent aucun commentaire.

— Peut-être à demain, dirent-elles en chœur avant de s'éloigner.

Juste à ce moment arriva Kim Lazaro, une bénévole venue prendre la relève.

— Je t'ai regardée grimper, dit-elle à Sheri. À mon avis, la victoire est dans la poche.

— Je ne me suis pas entraînée comme je l'aurais voulu mais j'avoue que je suis assez satisfaite de ce que j'ai fait.

— De l'entraînement, tu en fais déjà suffisamment au cours de tes missions. D'après les articles que j'ai pu lire dans les journaux, le service de Recherche et de Sauvetage n'a pas chômé ces derniers mois.

— C'est vrai que nous avons été pas mal occupés.

— Je me demande comment tu fais pour tenir le coup. Tu trouves quand même le temps de dormir ?

Sheri esquissa un sourire amusé.

— Disons que j'aime bouger.

Elle vérifia l'heure à sa montre.

— Je te laisse. Je dois rejoindre les autres au stand du SRS, justement.

Là-bas, ils étaient chargés de faire connaître le service dans le but d'attirer de nouveaux bénévoles mais également de vendre des T-shirts dont les bénéfices viendraient alimenter leur fond de caisse.

Après avoir salué Kim, elle se dirigea vers la zone où les diverses associations et entreprises locales avaient installé leurs stands. Il flottait dans l'air une délicieuse odeur de viande grillée. Une foule compacte se pressait devant le barbecue géant installé pour l'occasion, chacun attendant d'en repartir avec une barquette de travers de porc ou de poulet, accompagnée d'une généreuse portion de frites.

Elle s'arrêta en chemin pour regarder grimper Eldon Ramsey, l'une des dernières recrues du service qui, bien que nouveau dans ce sport, semblait prometteur.

— Maman !

Son cœur se mit à cogner fort dans sa poitrine. Elle regarda autour d'elle et vit une fillette courir dans sa direction, ses longs cheveux noirs flottant derrière elle.

Ce n'est pas Claire.

Ça ne *pouvait pas* être Claire. Même si la fillette lui ressemblait vaguement et qu'elle devait avoir l'âge – huit ans – qu'aurait eu sa fille si elle n'avait pas disparu de manière tragique. Sheri inspira profondément, cherchant à chasser la pointe douloureuse qui lui transperçait le cœur.

Réalisant sans doute son erreur, la petite fille s'arrêta net à quelques mètres d'elle.

— Je cherche maman, dit-elle.

— Comment s'appelle-t-elle ? s'enquit Sheri d'une voix douce.

Elle regarda autour d'elle, espérant repérer dans la foule une mère affolée à la recherche de son enfant.

— Ne t'inquiète pas. Nous allons la trouver.

C'est alors qu'un homme se précipita vers elles et prit la petite par la main.

— Ah, te voilà ! dit-il.

Il avait la quarantaine, un visage anguleux encadré d'une chevelure châtain clairsemée. Ses yeux étaient cachés par une paire de lunettes d'aviateur aux verres foncés. Il portait un coupe-vent bleu, un pantalon chino beige et des chaussures de randonnée.

— Je veux maman ! cria la petite en cherchant à dégager sa main.

— Dawn, s'il te plaît, calme-toi, lui ordonna l'homme. Je t'ai dit que j'allais te conduire à ta mère, mais tiens-toi tranquille.

— Désolé, s'excusa-t-il auprès de Sheri.

Sur ce, il prit la fillette dans ses bras et s'éloigna. L'enfant posa un regard brillant de larmes sur Sheri qui n'était pas loin de pleurer, elle aussi. Elle ne pouvait s'empêcher de voir dans chaque enfant qu'elle croisait le spectre de sa propre fille. Toute sa vie, elle se demanderait à quoi elle aurait ressemblé à huit ans, vingt ans, quarante ans. Un jour viendrait où personne ne se souviendrait de Claire mais pas elle. Elle n'oublierait jamais.

Elle suivit des yeux l'homme et la fillette jusqu'à ce qu'ils disparaissent dans la foule puis elle se remit en marche en direction du stand du SRS.

— Désolée pour ce retard, dit-elle à Carrie Andrews et Austen Morrisey. J'ai cru qu'une fillette s'était perdue.

— Pas de problème, rétorqua Carrie qui ajouta avec une pointe de fierté : nous avons vendu six T-shirts depuis ce matin.

— Il va falloir en vendre un peu plus si nous voulons changer notre bonne vieille jeep, comme le voudrait Tony, ricana Austen.

— « Les petits ruisseaux font les grandes rivières », cita Carrie. En plus, ce sera toujours ça de moins à rapporter au QG quand le festival sera terminé.

Elle s'interrompit pour s'adresser à quelqu'un par-dessus l'épaule de Sheri :

— Bonjour, shérif. Bonjour, sergent Walker.

Sheri se retourna sur Travis Walker et son frère Gage. Tous deux étaient en uniforme, signe qu'ils patrouillaient. Mais aucun des deux ne répondit au salut cordial de Carrie.

— Combien de bénévoles se trouvent ici, aujourd'hui ? s'enquit Travis à la place.

— Ici, il y a Sheri, Austen et moi, répondit Carrie. Tony est allé voir Eldon grimper. Quant à Ted et Danny, ils doivent être quelque part par là. Pourquoi ?

— On vient de nous signaler la disparition d'une fillette. J'ai pensé que nous pourrions unir nos forces pour organiser les recherches sans tarder.

— Bien sûr, accepta Carrie. Je lance un appel radio tout de suite.

— La fillette est âgée de huit ans, elle fait environ un mètre trente pour vingt-cinq kilos, précisa Travis. Elle a des cheveux longs noirs et des yeux marron. Elle s'appelle Dawn Sheffield.

Ce nom fit sursauter Sheri qui sentit son sang se figer dans ses veines.

— Je l'ai vue, dit-elle.

— Où ? Quand ? s'enquit Gage.

Elle jeta un coup d'œil à sa montre.

— Il y a vingt minutes environ. À mi-chemin entre ce stand et celui de Picksie Chix. Je m'étais arrêtée pour regarder Eldon grimper quand cette petite fille est venue vers moi en courant. Elle m'avait prise pour sa mère. J'allais partir avec elle quand un homme est arrivé. Il lui a promis qu'ils allaient rejoindre sa mère si elle se tenait tranquille. Il l'appelait Dawn. J'ai cru que c'était son père. Il avait l'air de la connaître et la petite ne semblait pas le craindre.

C'était ce qu'elle s'était dit. Que cette enfant n'avait pas peur mais qu'elle était fatiguée, ou qu'elle faisait un caprice. Pourquoi n'avait-elle pas su voir au-delà des apparences ?

— Pouvez-vous nous décrire cet homme ? demanda Travis.

Elle ferma les yeux, cherchant à se remémorer la scène. Elle avait besoin d'un temps de réflexion pour pouvoir donner une description la plus précise possible de ce qu'elle avait vu.

— Environ quarante ans, dans les un mètre soixante-dix, plutôt trapu, des cheveux châtains clairsemés. Il portait des lunettes de soleil, style aviateur, un coupe-vent bleu, un pantalon chino beige et des chaussures de randonnée.

— Le père de Dawn est blond et il fait plus d'un mètre quatre-vingts, marmonna Gage.

— J'ai déjà envoyé des hommes aux points d'entrée et de sortie du festival, précisa Travis. Mais si vous l'avez vu il y a une demi-heure, il y a de fortes chances pour qu'il soit déjà loin. Faites quand même circuler les membres de votre service dans la foule. On ne sait jamais...

Puis s'adressant à Sheri :

— Pouvez-vous m'accompagner ? J'aimerais que vous décriviez cet homme aux parents de la petite. Ils le reconnaîtront peut-être d'après ce que vous leur direz.

Elle acquiesça d'un hochement de tête. Elle avait la bouche

sèche et des palpitations. Elle se refusait farouchement à l'idée qu'il puisse arriver quelque chose de mal à cette petite fille.

Mais surtout, elle se fermait à l'idée qu'elle aurait pu empêcher cet enlèvement et qu'elle ne l'avait pas fait.

Inspecteur au bureau fédéral d'investigation du Colorado, Erik Lester en avait plus qu'assez de Carl Westover. Il avait pourtant eu affaire à plus coriace, plus intelligent et plus retors. Westover, lui, n'était rien de tout cela. Il était juste insupportable. Le genre de minable qui pensait mériter toujours plus et se lamentait sans cesse sur son sort. Qui pensait que la vie n'était pas juste avec lui et qui cherchait toujours à faire pencher la balance en sa faveur. Le pire, c'est qu'il y parvenait ! Pour cela, il n'hésitait pas à user de la manipulation et à tirer profit de la situation chaque fois que l'occasion se présentait. Fidèle à la ligne de conduite qu'il s'était fixée, il avait détourné plusieurs centaines de milliers de dollars à la société pour laquelle il travaillait. Avec cet argent volé, il avait mené grand train, dépensant sans compter. Puis, lorsqu'il avait été arrêté pour ses méfaits, il s'était plaint auprès de qui voulait bien l'entendre qu'il ne méritait pas d'être traité de la sorte.

Et voilà que ce crétin avait pris la fuite au lieu de se présenter devant le juge, obligeant Erik à lui courir après. Oh ! il n'aurait pas à lui courir après bien longtemps… Westover avait le QI d'un mollusque, il avait utilisé sa carte de crédit pour faire le plein de carburant et s'était dirigé tout droit vers le seul endroit où il pouvait prétendre trouver refuge : la résidence secondaire de sa sœur et son beau-frère, un chalet cossu situé à Eagle Mountain, dans l'État du Colorado. Erik était prêt à parier qu'il allait l'y trouver affalé sur un canapé, devant un poste de télévision, en train de se goinfrer de chips.

Il aurait préféré faire autre chose que perdre son temps à poursuivre Westover et à écouter ses jérémiades mais c'étaient là les aléas du métier. En ce vendredi matin de février, il avait donc effectué le trajet depuis Denver et, après plusieurs heures de route, il se garait devant le chalet des Sheffield.

Comme personne ne répondait à son coup de sonnette, il frappa à la porte. Une fois. Rien. Il toqua donc une deuxième fois, plus fort. Toujours rien. Aucun mouvement qui aurait pu indiquer que quelqu'un se trouvait à l'intérieur. Il alla à une grande baie vitrée qui fermait un salon immense. Une poupée gisait sur un canapé en cuir ; une tasse vide était posée sur le coffre en bois qui servait de table basse. La maison semblait inoccupée.

Il retourna à sa voiture, perplexe. Se serait-il trompé ? Westover avait-il plus de jugeote qu'il ne le croyait ?

— Vous cherchez Mel et Brand ?

La femme qui venait de s'adresser à lui était mince et affichait un air cordial. Elle était vêtue d'un legging noir et d'une veste en polaire blanche. Elle tenait, coincé sous son bras, un tapis de yoga roulé.

— Je les ai vus partir en voiture il y a un petit moment, ajouta-t-elle. Ils ont dû aller au festival.

— Savez-vous si le frère de Mme Sheffield est ici en ce moment ?

La femme secoua la tête, faisant se balancer sa queue-de-cheval.

— Je ne pense pas. Ils étaient juste tous les deux, avec leur fille.

— Merci.

Erik s'engouffra dans sa voiture et démarra avant que la femme puisse lui demander qui il était et ce qu'il voulait au frère de Melissa Sheffield. Bien sûr, il aurait pu mentir, mais il préférait éviter toute curiosité qui ne pourrait que desservir son enquête.

Il se demandait où pouvait bien se tenir ce fichu festival

quand il vit une bannière tendue en hauteur en travers de la route, à l'entrée d'Eagle Mountain.

BIENVENUE AU 30E FESTIVAL ANNUEL DE GLACE.
CASPER CANYON. 25-27 FÉVRIER.

Il était au bon endroit. Restait à trouver l'adresse.

Il entra les données dans son GPS et se laissa guider.

Il comprit qu'il était arrivé à destination en voyant l'impressionnante file de voitures qui bordait la chaussée de part et d'autre. Un agent de la circulation lui fit signe d'aller se garer dans un champ voisin qui, pour l'occasion, faisait office de parking. Il songea à lui montrer son badge et à lui expliquer qu'il était sur les traces d'un fugitif mais il se ravisa. À quoi bon affoler la population inutilement ? Un élan de panique général et Westover saurait qu'il était à ses trousses et sur le point de lui mettre la main dessus. En revanche, s'il restait discret, dans quelques heures, Carl serait gentiment ramené à la case départ. Erik n'aurait même pas besoin de le menotter. Westover était un escroc inoffensif, sans aucun antécédent de violence.

Une fois son SUV stationné, Erik se rangea sagement dans la file, attendant son tour pour franchir les grilles métalliques qui bloquaient l'accès au canyon. Pour tromper l'attente, il suivit des yeux le ballet des alpinistes qui gravissaient les parois verglacées. Il estimait à plus d'une centaine le nombre de personnes qui déambulaient entre les stands ; à un peu plus celles qui se trouvaient au fond et aux abords du canyon. Malgré cela, il espérait ne pas avoir trop de mal à trouver les Sheffield et à localiser son fuyard.

Il lui sembla soudain que la file ralentissait.

— Que se passe-t-il ? s'enquit un homme derrière lui.

— Les flics ont fait fermer les grilles, répondit une femme. Ils ne laissent plus entrer personne.

Erik joua des coudes pour se frayer un chemin parmi la foule, suscitant regards courroucés et commentaires désobligeants sur son passage. Il s'approcha d'un officier de police et lui brandit son badge sous le nez.

— Il y a un problème ? lui demanda-t-il.

— Une fillette est portée disparue, répondit l'agent. Nous ne laissons personne entrer ou sortir tant que les recherches sont en cours.

— Quel âge a l'enfant ? Pouvez-vous m'en donner une description ?

— Elle est âgée de huit ans. Elle a de longs cheveux noirs et des yeux marron. Elle s'appelle Dawn Sheffield.

Cette révélation glaça Erik. Qu'une enfant soit signalée comme disparue au moment où Carl Westover traînait dans le coin ne pouvait pas relever du simple hasard. Compte tenu de son expérience, il pouvait affirmer sans trop se tromper qu'il y avait de grandes chances pour que les deux événements soient liés.

— J'ai des informations qui pourraient être utiles aux forces de l'ordre locales, dit-il. Quelqu'un peut me conduire auprès des Sheffield ?

Dire qu'il avait cru que Carl n'était qu'un crétin inoffensif ! C'était lui le crétin, pour avoir sous-estimé la capacité de nuire de Carl. Lui qui, plus que quiconque, aurait dû savoir que le danger pouvait survenir là où on ne l'attendait pas. Il avait fait preuve d'une négligence impardonnable, et cette petite allait peut-être le payer au prix fort.

Travis et Gage Walker escortèrent Sheri jusqu'à la tente des premiers secours où Jamie Douglas, l'une des adjointes, patientait en compagnie d'un couple.

Aussitôt qu'elle les vit entrer, la femme se leva d'un bond de sa chaise.

— Vous l'avez trouvée ? demanda-t-elle d'une voix fébrile.

Travis secoua la tête.

— Voici Sheri Stevens, dit-il. Elle a vu une fillette qui

pourrait bien être Dawn. Sheri, je vous présente Melissa et Brandon Sheffield.

— Où était-elle quand vous l'avez vue ? Comment était-elle ? Elle vous a semblé avoir peur ?

Brandon Sheffield était un grand gaillard dont la carrure d'athlète pourrait laisser croire qu'il était bûcheron plutôt que chef d'entreprise.

Sheri prit le temps de choisir ses mots. Elle devait dire la vérité mais en prenant garde à ne pas rajouter un peu plus d'angoisse à celle que ces parents en détresse devaient déjà ressentir.

— La fillette que j'ai vue cherchait sa mère. Sinon, elle semblait aller bien, répondit-elle. C'était une très jolie petite fille avec de longs cheveux noirs et de grands yeux marron. L'homme qui est venu la chercher l'a appelée Dawn. Elle semblait le connaître mais elle n'a pas prononcé son nom.

— C'est bien Dawn, dit Brandon le premier. Et l'homme était Carl.

Il se tourna vers sa femme.

— Tu ne crois pas ?

— Qui est Carl ? s'enquit Gage.

— Le frère de mon épouse. Si notre fille n'avait pas peur c'est parce que l'homme en question est son oncle.

— Pourquoi votre beau-frère aurait-il emmené votre fille sans vous avoir prévenus ? s'étonna Travis.

— Il ne ferait jamais une chose pareille ! s'insurgea Melissa. Brand, voyons... Tu ne peux pas croire cela.

Brandon ignora ses protestations pour s'adresser aux officiers de police.

— Carl a des embrouilles avec la justice, dit-il. Il est accusé d'avoir détourné des fonds à son employeur. Il m'a demandé cent mille dollars pour payer ses frais d'avocats, mais j'ai refusé. Il était furieux. Il a pu vouloir se venger en enlevant Dawn.

— C'est impossible, répliqua Melissa. Je vous le répète. Mon frère ne ferait jamais une chose pareille. Quant à cette histoire de détournement de fonds, il ne peut s'agir que d'un malentendu. D'ailleurs, je ne comprends pas que tu n'aies pas voulu lui prêter l'argent dont il avait besoin. Il te l'aurait rendu.

— Bien sûr, ricana Brandon. Comme il a remboursé l'argent que je lui ai prêté pour s'acheter une maison ou le prêt que tu lui as accordé avant notre mariage.

Sheri avait mal de les voir se déchirer pour des raisons bassement matérielles alors que leur fille avait disparu. La crainte qu'il arrive quelque chose d'horrible à leur enfant, au lieu de les réunir, les faisait déjà s'éloigner l'un de l'autre. Elle avait envie de leur crier d'arrêter. Car, pour être passée par là, elle savait que chercher un responsable à un drame auquel personne ne pouvait rien empêchait toute objectivité et que les propos blessants ne s'effaçaient jamais tout à fait.

Mais elle se garderait bien de tout commentaire. Car, pour ces gens, elle n'était qu'une étrangère dont les conseils seraient probablement jugés déplacés.

— Vous auriez une photo de votre frère ? demanda Travis.

— Pas sur moi, répondit Melissa.

Brandon sortit son smartphone de la poche de sa parka.

— Je crois bien que j'en ai une. C'est une photo que j'ai prise à Noël, chez mes beaux-parents.

Il fit défiler ses photos puis tendit l'écran vers eux.

— Carl est au milieu. À côté de Melissa.

Sheri scruta l'homme qui figurait sur le cliché. Il était souriant et paraissait un peu plus jeune mais c'était bien l'individu qu'elle avait vu un peu plus tôt.

— Je le reconnais, affirma-t-elle. C'est lui qui est venu chercher la petite.

Brandon se replongea dans sa bibliothèque d'images puis, un court instant plus tard, tendit de nouveau l'écran à Sheri.

— La petite fille, c'était elle ?

L'enfant posait en short et T-shirt sur le pont d'un bateau, cheveux au vent. Elle souriait à l'objectif.

Sheri acquiesça.

— Oui, c'est elle.

Melissa Sheffield se mit à pleurer en même temps qu'elle se laissait tomber sur sa chaise. Brandon sembla hésiter puis finit par passer un bras autour de ses épaules.

— Ça va aller, dit-il d'une voix qu'il voulait sans doute rassurante. Maintenant que nous savons avec qui est Melissa, nous allons la retrouver rapidement. Ils n'ont pas dû aller bien loin en si peu de temps.

— Ça ne peut pas être Carl, gémit Melissa. Il adore Dawn. Il ne lui ferait aucun mal.

— C'est vrai. Il n'est pas violent et il aime notre fille. Il est juste avide d'argent et manipulateur.

D'un brusque coup d'épaule, Melissa se dégagea de l'étreinte de son mari.

— Carl n'est pas comme ça. C'est un incompris.

— Avez-vous une idée de l'endroit où votre frère a pu emmener Dawn ? demanda Travis. La maison d'un ami ? Un lieu qu'il aurait fréquenté dans le passé ?

— Nous sommes les seules personnes qu'il connaisse ici, répondit Melissa.

Le shérif hocha la tête puis se tourna vers Sheri.

— Qu'a-t-il dit, exactement, quand vous l'avez vu ?

— Il a dit à Dawn qu'il allait la conduire à sa mère mais il n'a précisé ni le lieu ni le moment.

— Quel genre de véhicule votre frère possède-t-il ? demanda Gage.

— La dernière fois que je l'ai vu, il conduisait une Lexus. Enfin, je crois.

Elle chercha la confirmation de ce qu'elle venait de dire dans le regard de son mari.

— C'est bien ça. Une Lexus LS noire, précisa Brandon.

Mais depuis, il est peut-être passé à autre chose. Il change de voiture comme de chemise.

— Quand avez-vous parlé à votre frère pour la dernière fois, madame Sheffield ? questionna Travis.

— Il y a quelques jours. Nous nous parlons régulièrement au téléphone ou nous nous envoyons des SMS. Il se préparait psychologiquement à passer au tribunal. Il avait le moral au beau fixe.

— Tu parles ! Il était dans tous ses états parce que je lui avais refusé un nouveau prêt. Enfin, Melissa, reviens un peu sur terre ! Il avait déjà claqué tout l'argent qu'il avait volé à son employeur.

— Il n'a pas volé cet argent ! protesta de nouveau Melissa.

— À la suite de ce refus, a-t-il proféré des menaces à votre encontre ?

Melissa se leva de nouveau d'un bond pour prendre encore une fois la défense de son frère.

— Jamais de la vie ! Tu fais passer Carl pour un dangereux criminel alors que ce n'est pas le cas. Si Dawn est avec lui, il nous la ramènera très vite.

Brandon attendit que sa femme ait terminé pour répondre à son tour, de manière plus pondérée :

— Carl m'a accusé de ne pas lui faire confiance, mais il ne nous a pas menacés moi et ma famille. À aucun moment.

Il se tut un instant durant lequel il fixa sa femme d'un regard pénétrant.

— J'espère que tu as raison. Tout ce que je veux, c'est qu'il nous ramène au plus vite notre fille.

— Je ne vois pas Carl kidnapper Dawn, affirma Melissa comme pour elle-même. C'est tout simplement ridicule.

Puis elle ajouta à l'adresse de Sheri :

— En admettant que ce soit bien mon frère que vous avez vu avec Dawn, cela ne veut pas dire pour autant qu'il l'a enlevée. Dawn s'est peut-être échappée alors qu'il nous la ramenait. Il ne l'aura pas retrouvée et c'est quelqu'un d'autre qui l'aura kidnappée.

— Dans ce cas, pourquoi n'est-il pas venu nous prévenir ? contra Brandon.

— Parce qu'il savait que tu l'accuserais. Tu ne l'as jamais aimé et il le sait.

— Vous frère avait-il mentionné qu'il viendrait vous rendre visite ?

Melissa secoua la tête en même temps qu'elle serrait ses bras autour de sa taille.

— Non. Il vient quand il le veut. Il voulait sans doute me faire la surprise.

— Vous avez essayé de l'appeler ? s'enquit Travis.

— Mon téléphone ne capte aucun réseau ici, répondit Brandon.

— Je veux que vous l'appeliez dès que vous le pourrez. Et si vous parvenez à le joindre, demandez-lui de passer au poste de police pour faire une déclaration.

— Bien sûr, dit Melissa. Je suis certaine qu'il fera son possible pour nous aider à retrouver notre fille.

Elle secoua la tête.

— Mais plus j'y pense, plus je me dis que l'homme que vous avez vu n'était pas Carl.

— Et moi, je pense que si.

Toutes les têtes se tournèrent dans un même mouvement vers l'homme qui venait de parler. Un homme que Sheri fixa sans pouvoir dire un mot, stupéfaite.

Il la fixa en retour, visiblement aussi dérouté qu'elle.

— Sheri ? Qu'est-ce que tu fais ici ?

— Je vis ici, répondit-elle. Mais je te retourne la question. Que fais-tu ici, Erik ?

En guise de réponse, il tendit la main au shérif et se présenta.

— Inspecteur Erik Lester, du bureau d'Investigation du Colorado.

— Travis Walker.

— Pour répondre à ta question, Sheri, je suis ici sur les traces de Carl Westover. Il se trouve qu'il ne s'est pas présenté au tribunal où il devait être jugé, hier. Les dépenses qu'il a faites avec sa carte de crédit montrent qu'il se dirigeait vers Eagle Mountain. Pour rendre visite à sa sœur, je présume, ajouta-t-il en épinglant Melissa d'un regard pénétrant. Carl ne vous avait pas prévenue ?

— Non. Je viens de le dire à ces gens.

— Je suis passé chez les Sheffield avant de venir ici, poursuivit Erik en s'adressant aux officiers de police. En effet, je n'ai repéré aucun signe de la présence de Carl dans les lieux, et la voisine à qui j'ai parlé ne l'a pas vu.

— Il a été aperçu il y a environ quarante-cinq minutes avec sa nièce, lui apprit Travis.

— Qui est la personne qui peut en témoigner ? J'aimerais lui parler.

— C'est moi, dit Sheri.

Elle n'arrivait pas à croire qu'elle ne rêvait pas. Erik était à Eagle Mountain. C'était bien la dernière personne qu'elle s'attendait à voir ici.

— Vous vous connaissez ? demanda Gage.

Sheri se raidit un peu, les yeux fixés sur Erik.

— On peut dire ça, en effet. Erik est mon ex-mari.

2

Revoir Sheri avait secoué Erik bien plus qu'il ne voulait l'admettre. De toutes les personnes qu'il aurait aimé ne pas revoir, elle figurait en tête de liste. Non pas parce qu'il l'avait rayée de sa vie – au contraire, il aurait souhaité rester en contact avec elle après leur divorce – mais parce qu'il avait eu un mal fou à se relever de ce qu'il avait considéré comme un abandon. Elle lui avait tourné le dos avec une facilité déconcertante.

Certes, il avait sa part de responsabilité. Il reconnaissait ne pas s'être comporté comme elle l'aurait voulu au cours de leurs deux dernières années de mariage. Mais chacun avait fait comme il avait pu pour tenter de se remettre de l'horreur absolue qu'il y avait à perdre un enfant.

Il fut frappé de constater qu'elle était à la fois la même mais différente. Elle était plus mince et avait gagné en musculature. Des muscles que laissaient voir son T-shirt en lycra et son legging moulants. Elle avait sacrifié ses longs cheveux blonds pour une coupe courte moderne qui dégageait les traits délicats de son visage. Elle avait l'air en forme mais lui qui la connaissait bien pouvait lire dans son regard la souffrance permanente que seuls les parents ayant perdu un enfant pouvaient ressentir.

— Peux-tu me décrire Carl au moment où tu l'as vu ? Comment était-il habillé ?

Rien de notable ne ressortit de la description qu'elle lui fit de la tenue de Carl.

— Au lieu de rester là, à accabler mon frère, vous feriez mieux de vous lancer à la recherche de celui qui a enlevé ma fille, proféra Melissa. Ce n'est pas moi qui vais vous apprendre que chaque seconde compte.

— Nous avons pris toutes les précautions nécessaires à l'instant même où nous avons été informés de la disparition de votre fille, madame Sheffield, expliqua patiemment Travis. Mes hommes, alliés aux membres du service de Recherche et de Sauvetage, sont en ce moment même à la recherche de Dawn, et le dispositif alerte enlèvement a été mis en place.

Il marqua une courte pause avant de poursuivre :

— Avez-vous une idée de qui aurait pu enlever cette petite fille ? Un rival en affaires ? Un employé mécontent ? Quelqu'un qui aurait une raison de vous en vouloir ?

— Non, répondit Brandon. Je ne vois pas.

Erik avait compris instantanément la différence qu'il y avait entre cet homme intelligent et clairvoyant qui avait parfaitement cerné la personnalité de son beau-frère et Melissa qui défendait aveuglément son cadet.

À ce moment-là entra un des adjoints du shérif, un grand blond costaud.

— Nous avons fouillé tout le canyon mais ça n'a rien donné, rapporta-t-il. Personne n'a vu la fillette, seule ou accompagnée. Les points d'entrée et de sortie sont toujours fermés et les gens commencent à se plaindre.

Travis hocha la tête.

— Rouvrez-les, mais je veux deux hommes à chaque grille pour filtrer les passages.

— Autre chose, poursuivit l'officier. Un photographe de *L'Eagle Mountain* a proposé de nous faire passer toutes les photos qu'il a prises au cours de la journée. Même chose pour un festivalier qui a filmé les compétitions avec un drone. Il va nous donner des copies de tous ses films. Ah, j'oubliais… Tony Meisner, le capitaine du service de sauvetage, a demandé à vous parler. Il pense avoir vu la petite juste avant sa disparition.

— Où est-il en ce moment ? demanda Gage.

— Au stand du service. Il a dit qu'il vous attendrait là-bas.

Travis acquiesça.

— Beau travail, dit-il à son adjoint. Sheri, nous aurons besoin que vous passiez au poste faire une déclaration officielle.

— Je n'y manquerai pas.

— Monsieur et madame Sheffield, vous pouvez rentrer chez vous. Nous vous tiendrons informés de l'avancée de nos recherches. Un de mes hommes va vous accompagner. Il vérifiera s'il y a des traces du passage de votre frère, par là-bas.

Erik s'attendait à voir Melissa s'insurger encore une fois mais son mari parla le premier, coupant court à toute protestation.

— Bien sûr. Faites ce que vous avez à faire.

Sur ce, tout le monde se sépara, chacun prenant une direction différente. À l'exception d'Erik, qui emboîta le pas à Sheri.

— De quel côté sont partis Westover et la petite quand ils t'ont quittée ? demanda-t-il.

— Je ne sais pas, répondit-elle. Je n'ai pas fait attention.

— J'ai du mal à te croire. Tu fais toujours attention à tout.

Il mesura tout de suite la maladresse de son propos. Sheri ne se pardonnerait jamais les quelques secondes d'inattention durant lesquelles le drame s'était produit. Par la suite, il avait bien essayé de lui faire admettre que c'était un accident. Un accident stupide, qu'elle n'aurait pas pu empêcher. Mais elle n'en démordait pas. Elle était la seule responsable de la mort de leur petite Claire.

Le regard glacial qu'elle lui lança confirma ce qu'il pensait : elle le détestait encore.

— Alors ? Quelle direction ?

Elle s'arrêta et ferma les yeux.

— Ils se sont dirigés vers l'entrée principale, finit-elle par répondre. Comme il la portait, j'ai pu voir son visage. Elle n'avait pas peur mais elle était contrariée, au bord des larmes. J'ai pensé que c'était juste le caprice d'une enfant fatiguée qui avait besoin de faire la sieste. Et comme Westover est parti en disant qu'ils allaient retrouver sa mère, je l'ai cru. Je n'avais aucune raison de ne pas le croire.

Il décrypta une profonde détresse dans cette dernière affirmation.

Comme elle l'avait fait après la mort de Claire, elle se blâmait pour une chose sur laquelle elle n'avait pourtant aucun contrôle. Essayer de la persuader du contraire n'aurait pas d'effet sur elle. Il en savait quelque chose. Il avait essayé pendant deux ans. En pure perte. Aussi se contenta-t-il de dire :

— N'importe qui aurait pensé comme toi. Même moi, si je ne connaissais pas Westover.

— Quel genre d'homme est-il ? Il peut faire du mal à la petite ? La mère de Dawn affirme que non mais c'est peut-être parce qu'imaginer le pire lui est insupportable.

— Ce n'est pas un violent et rien dans son passé n'indique qu'il peut le devenir. Je ne le vois pas s'en prendre à un membre de sa famille, encore moins à sa nièce à qui il semble très attaché. Westover est un simple escroc.

— Oui, mais s'il basculait dans autre chose ? insista-t-elle.

Des larmes se mirent à briller dans les yeux de Sheri, et Erik refoula avec peine l'envie qu'il avait de la prendre dans ses bras pour la réconforter. Il y parvint néanmoins, conscient que ce geste d'affection serait repoussé sans ménagement.

— Ne te focalise pas là-dessus, lui conseilla-t-il. Carl est un crétin égocentrique. Un type un peu mou. Il a sans doute agi sur un coup de tête et, à l'heure qu'il est, il est peut-être en train d'attendre sa sœur et son beau-frère chez eux. Avec Dawn.

Elle acquiesça d'un hochement de tête en même temps qu'elle poussait un profond soupir.

— C'est tellement dur, murmura-t-elle. Claire aurait l'âge de Dawn.

— Tu crois que je n'y pense pas, moi aussi ?

— J'ignore ce que tu penses ou ressens. Tu ne m'en as jamais parlé.

Par ce reproche à peine déguisé, elle le projetait dans un passé douloureux où ils se rejetaient la faute sur leur incapacité à s'épauler et à communiquer sur le chagrin qui les hantait.

Il jugea préférable de revenir sur un terrain plus neutre.

— Qu'est-ce que tu comptes faire, maintenant ? s'enquit-il.

— Je vais aller au bureau du shérif faire ma déclaration. Mais je ne vois pas en quoi cela te concerne.

— Tu as raison. Ce que tu fais de ton temps ne me regarde pas.

Sauf que la revoir ravivait douloureusement le fait qu'ils étaient divorcés alors qu'il pensait toujours à elle comme étant sa femme. Il ne le confierait jamais à personne, d'autant plus qu'il était clair que la probabilité qu'ils retombent un jour dans les bras l'un de l'autre était proche de zéro, pour ne pas dire nulle. Mais alors qu'il était assez près d'elle pour pouvoir la toucher et que les effluves de son parfum préféré lui chatouillaient délicieusement les narines, il eut la certitude qu'il l'aimait toujours.

— Vas-y. Mais il faudra que je te revoie plus tard.

Pour toute réponse, elle s'éloigna en agitant la main dans un signe qui pouvait tout aussi bien vouloir dire « D'accord » que « Au revoir » ou « Bon débarras. »

Alors que lui brûlait de lui dire : « C'est bon de te revoir. »

Une fois Sheri partie, Erik se rendit au stand du service de Recherche et de Sauvetage. Il y trouva le shérif Walker en grande discussion avec un homme grand et mince, aux cheveux noirs striés de fines mèches grises.

— Tony, voici Erik Lester, inspecteur au bureau d'Investigation du Colorado, dit Walker. Erik, je vous présente Tony Meisner, le capitaine du service de Recherche et de Sauvetage d'Eagle Mountain. Tony a vu la petite Dawn Sheffield avec un homme, peu de temps avant Sheri.

— Pourriez-vous me relater les faits tels qu'ils se sont passés ?

— Comme je viens de le déclarer au shérif, il n'y a pas grand-chose à en dire mais cela confirme le fait que la petite était bien avec un homme. Je me dirigeais donc vers les toilettes quand j'ai aperçu une fillette qui s'amusait à sauter des tables de pique-nique, par terre, comme le font les enfants. Si j'y ai prêté attention, c'est parce que mon neveu s'est cassé le bras en faisant ça. J'ai regardé autour de moi pour voir si ses parents la surveillaient et c'est là que j'ai vu un homme qui ne la quittait pas des yeux. La fillette lui a souri puis a couru se jeter dans ses bras. J'ai supposé que c'était son père.

— Comment était cet homme ? demanda Erik.

Tony en fit une description détaillée, allant même jusqu'à évoquer le logo Western Casing imprimée sur le côté gauche de son coupe-vent.

— C'est le nom de la société qui l'employait, précisa Erik.

— Je les aurais reconnus si je les avais croisés au cours de nos recherches, affirma Tony. À mon avis, ils étaient déjà loin quand l'alerte a été lancée.

— Je suis d'accord avec vous, dit Erik. Westover a dû quitter les lieux dès l'instant où il a mis la main sur sa nièce.

— Je n'en reviens pas que les deux personnes qui les ont vus soient des membres du SRS. Mais c'est sans doute le fruit de notre capacité d'observation.

— Sheri fait partie du groupe ? s'étonna Erik.

— Oui. Cette année, elle est même chargée de la formation.

C'est l'une de nos meilleures grimpeuses. Elle en a toutes les qualités.

Il chercha à faire coller l'image de cette ultrasportive avec celle de la femme qu'il avait connue. En vain.

— Vous voulez dire qu'elle pratique l'escalade ?

— Exactement. Sur parois rocheuses, sur glace, c'est une véritable championne. Elle s'est inscrite à toutes les compétitions et il y a de fortes chances pour qu'elle soit récompensée, cette année encore. Tous les membres de l'équipe sont entraînés à l'escalade. C'est une discipline obligatoire pour pouvoir intervenir dans ces montagnes et ces canyons. Mais quand j'ai besoin que quelqu'un intervienne dans une situation délicate, je n'hésite pas. C'est elle que je choisis. Elle a la technique et les qualités d'une professionnelle : patiente, intrépide, et avec ça, dotée d'une immense capacité à encourager et à réconforter.

Pas vraiment les mots qui viendraient à l'esprit d'Erik pour qualifier Sheri. Mais quatre années pouvaient changer quelqu'un.

Une fois Tony parti, Travis, suivi de Gage, entraîna Erik dehors.

— Vous connaissez la psychologie de Carl Westover mieux que nous, dit-il. Que pensez-vous qu'il mijote ?

— Melissa Sheffield nous a révélé qu'il avait demandé de l'argent à son mari lequel, bien que riche à millions, l'a envoyé balader. Je le comprends. Westover est un minable, le genre de crétin un brin parano qui s'imagine que le monde entier en a après lui et que tout lui est dû. Je le verrais bien avoir enlevé sa nièce pour faire pression sur Brandon et obtenir de lui l'argent que celui-ci lui a refusé.

— Vous avez mentionné le fait qu'il avait détourné de l'argent à son employeur. Dans ce cas, il devrait en avoir assez pour payer ses frais de justice. Pourquoi en réclamer à son beau-frère ?

— Parce que l'argent lui brûle les doigts et qu'il n'a pas mis longtemps à tout dépenser. À l'heure qu'il est, il ne lui reste plus rien.

— Nous devons donc nous attendre à ce qu'il exige une rançon ? pointa Gage.

— Je ne serais pas étonné que les Sheffield entendent parler de lui très vite, en effet, répondit Travis. Il se peut qu'il essaie de brouiller les pistes pour laisser croire qu'il n'est pas le ravisseur. Mais plus j'en entends sur son compte et plus je pense que c'est lui.

— C'est ce que je crois aussi, répliqua Erik.

Un silence s'installa entre eux, que Gage fut le premier à rompre.

— Combien de temps êtes-vous restés mariés, Sheri et vous ? demanda-t-il.

La question avait de quoi surprendre mais Erik parvint à ne rien montrer de ce qu'il pensait.

— Quelques années, finit-il par répondre. Nous avons divorcé il y a deux ans.

— Au moment où elle s'est installée ici, à Eagle Mountain. Si je vous ai posé cette question, ce n'est pas par indiscrétion mais parce qu'elle n'a jamais mentionné un quelconque ex dans sa vie.

Il hocha la tête.

— Elle voit quelqu'un en ce moment ?

Il regretta aussitôt sa question. La vie privée de Sheri ne le regardait plus.

— Pas que je sache. Et croyez-moi, ce n'est pas facile de garder une chose secrète par ici. Il y a bien quelques hommes qui tentent leur chance mais elle n'est pas intéressée. Sa vie semble tourner exclusivement autour de son travail de professeure et de ses activités au sein du service de sauvetage. Ce qui laisse peu de place à une vie sociale ou amoureuse épanouissante.

Erik ressentit un profond soulagement à l'idée que Sheri était célibataire. Pour quelle raison ? Il n'avait jamais été du genre possessif et, aujourd'hui encore moins qu'à l'époque de leur mariage, il estimait n'avoir aucun droit de regard sur sa vie. Il s'en voulut de cet accès d'égoïsme. Plus qu'une autre, Sheri méritait de trouver un homme qui saurait la rendre heureuse.

— J'apprécierais que vous nous fassiez parvenir ce que vous avez sur Westover, dit Travis. Vous comptez rester quelque temps dans le coin ?

— Jusqu'à son arrestation. Même s'il n'est pour rien dans la disparition de la petite Dawn Sheffield, il reste un fugitif et j'ai pour mission de le ramener à Denver pour qu'il y soit jugé.

Il prit dans son portefeuille une carte de visite à son nom qu'il tendit à Travis.

— Voici mes coordonnées. N'hésitez pas à m'appeler si vous avez besoin de mes services.

— Merci. À quel hôtel êtes-vous descendu ?

— Je ne m'en suis pas encore occupé. Je viens juste d'arriver. J'espérais récupérer Westover chez sa sœur et rentrer directement à Denver. Malheureusement, les choses ne se sont pas passées comme prévu.

— Vous pouvez essayer le Ranch motel, lui indiqua Travis. Les chambres y sont simples mais propres. Sinon, l'Alpiner est un cran au-dessus mais, avec le festival, j'ai bien peur qu'il n'affiche complet. Si vous préférez une location saisonnière, il y a une agence immobilière spécialisée là-dedans.

— Merci. Je crois que je vais commencer par là.

Il salua les deux hommes puis se fondit dans la foule encore compacte des festivaliers. En chemin, il s'arrêta pour regarder une candidate escalader une paroi verglacée. Il imagina Sheri faire ça. Comment avait-il pu rester marié six ans à une femme sans avoir soupçonné ce qu'elle était vraiment ? Ce dont elle était capable ?

Il décida de mettre à profit le temps qu'il allait passer à Eagle Mountain pour tenter de mieux connaître son ex-femme. Sans arrière-pensée. Ni dans l'idée de la reconquérir – il avait compris à la seconde où leurs regards s'étaient croisés qu'elle lui vouait une rancœur éternelle. Simplement parce qu'ils avaient vécu six ans ensemble, qu'ils avaient eu un enfant et qu'ils auraient toujours en commun le chagrin lié au deuil qu'ils avaient subi. Et parce qu'il avait envie qu'ils soient en bons termes le jour où il quitterait Eagle Mountain.

En ce deuxième jour de compétition, Sheri devait escalader une colonne de glace abrupte, connue sous le nom de Snakebite. Son ascension, longue et délicate, requérait une attention de chaque instant. Après le temps record qu'elle avait effectué la veille, elle avait toutes les chances de remporter cette épreuve contre la montre. À condition qu'elle arrive à se sortir Erik de la tête.

Car depuis qu'elle l'avait revu, elle avait sans cesse son visage en filigrane devant les yeux. Il était toujours aussi beau. Encore plus, même, que dans son souvenir. Elle s'était rappelé qu'elle avait eu le coup de foudre à la seconde où elle l'avait aperçu. C'était à Denver, dans un gymnase situé près de l'école où elle effectuait un stage de fin d'année. Elle l'avait aimé si fort, d'un amour tellement absolu, que la chute avait été d'autant plus rude. Aussi, le voir revenir dans sa vie après tout ce temps avait été un choc. Elle avait mal dormi, passant la nuit à revivre en boucle les années qu'ils avaient passées ensemble. Une vie qui lui paraissait pourtant bien lointaine, maintenant.

Elle s'était levée au petit matin, avait avalé un café bien serré puis était allée prendre une douche, s'exhortant à refouler ses souvenirs dans le coin de sa mémoire d'où ils n'auraient jamais dû resurgir. Car elle avait mieux à faire. Elle devait se concentrer sur l'escalade qui l'attendait.

Elle vérifia encore une fois son matériel puis chercha à visualiser l'ascension comme si elle était déjà en action. Placer un pied ici, une main là, fixer un piton, déplacer le poids de son corps, se pencher et s'étirer. Autant de mouvements reproduits si souvent qu'ils en étaient devenus automatiques. Mais c'était là que le danger guettait. Lorsqu'on pensait n'en courir aucun.

— Bonne chance, lui dit Susie Fellini venue l'étreindre. Tu vas encore nous en mettre plein la vue.

— Merci, Susie.

Le moment venu, elle prit une profonde inspiration et se lança. À mesure qu'elle grimpait, le bruit de la foule s'atténuait jusqu'à disparaître totalement. Elle se sentit alors envahie d'un calme lénifiant. C'était toujours l'effet que lui procurait le moment où elle se retrouvait seule au monde au-dessus du vide : un profond sentiment de paix.

Quand elle arriva au sommet, elle entendit l'annonceur déclarer qu'elle était en tête du classement des femmes. Elle afficha un sourire rayonnant en même temps qu'elle levait les bras en signe de victoire.

Quand elle se retrouva de nouveau sur la terre ferme, ses amis firent cercle autour d'elle pour l'acclamer et la féliciter.

— Je suis très impressionné.

La voix chaude et grave d'Erik la fit se retourner brusquement. Était-il vraiment venu la voir grimper ?

— Je n'ai pas pu tout voir mais tu semblais vraiment à l'aise là-haut, poursuivit-il.

Elle salua intérieurement l'effort qu'il faisait de la complimenter. Car Erik n'avait jamais été du genre expansif, encore moins du style à exprimer ses émotions.

— Je suis assez satisfaite de ce que j'ai fait, reconnut-elle. Demain, les compétitions seront terminées, mais je serai là pour une démonstration. Tu peux venir si tu veux.

— J'aimerais assez voir ça de plus près. À quelle heure, l'exhibition ?

— 13 heures.

L'heure à laquelle tous les compétiteurs seraient réunis et devaient se rendre disponibles pour les festivaliers.

— Je serai là.

— Super.

Soudain, elle avait très envie qu'il la voie grimper ; qu'il voie ce dont elle était capable. Quand ils s'étaient vus pour la dernière fois, elle était une femme brisée. C'est pourquoi elle voulait qu'il sache qu'elle allait bien. Elle ne guérirait jamais complètement – comment cela pouvait-il être possible ? – mais elle avait réussi à surmonter son immense chagrin pour aller de l'avant. On ne recevait pas de médailles pour ce genre d'exploit, mais qu'Erik voie le chemin qu'elle avait parcouru serait pour elle la plus belle des récompenses.

— J'étais venu te dire que tu devais passer au bureau du shérif. Ils veulent te montrer des photos.

Elle ricana intérieurement. Quelle prétentieuse elle faisait d'avoir cru qu'il était là pour elle !

— Ça devra attendre, dit-elle alors qu'elle se mettait à rassembler son matériel. Comme tu vois, pour le moment je suis occupée.

— Bien sûr. Quand tu auras fini.

— Pourquoi ne me les ont-ils pas montrées quand je suis allée faire ma déclaration ?

— Ça s'est trouvé comme ça.

— Et pourquoi est-ce toi qu'ils envoient pour me le dire ? Pourquoi n'est-ce pas un des adjoints du shérif ?

— Parce qu'ils m'ont demandé de les assister sur cette enquête.

Elle ne dit rien, s'affairant à retirer ses crampons.

— On m'a dit que tu faisais partie de l'équipe du service de Recherche et de Sauvetage ?

Elle se releva et planta ses yeux dans les siens, lui faisant bien sentir qu'elle n'avait aucune envie de poursuivre cette discussion stérile.

— Cela a un rapport avec ton affaire ? demanda-t-elle d'un ton cinglant.

Malgré l'attaque, il lui offrit un visage impénétrable. Et dire qu'à une certaine époque elle pensait le connaître mieux que personne !

— Nous nous verrons plus tard au bureau du shérif, dit-il en réponse.

Sur ce, il lui tourna le dos et s'éloigna.

— Qui est cet homme avec qui tu discutais tout à l'heure ? lui demanda Susie un peu plus tard, alors qu'elles se croisaient sur le parking.

— Quelqu'un que j'ai connu, il y a longtemps, répondit-elle vaguement.

— Il est magnifique ce type. Il grimpe ?

— Non.

Enfin, pas à sa connaissance. Quand ils étaient mariés, il se cantonnait à soulever des poids et à faire un peu de running, histoire de se maintenir en forme. Rien à voir avec la passion qu'elle nourrissait pour l'escalade.

— Dommage.

— Pourquoi ?

— Tu sais bien ce que c'est. Il y a de grandes chances pour qu'une relation amoureuse soit vouée à l'échec si les deux partenaires ne partagent pas les mêmes centres d'intérêt. Tu es passée par là, non ?

— Cela pose un problème, c'est vrai.

En fait, elle avait bien essayé de sortir avec un ou deux types qui lui avaient tourné autour, mais cela n'avait rien donné. Chaque fois, elle avait beau essayer, elle se fermait à toute nouvelle relation. Elle avait fini par se convaincre qu'elle n'avait besoin de personne. Qu'elle était très bien comme elle était.

La voyant ployer sous le poids de son fardeau, Susie l'aida à tout charger dans son coffre.

— Tu viendras à la soirée de clôture ? demanda-t-elle.

Elle voulait parler de la grande fête qui aurait lieu à l'Elks Lodge, comme chaque année.

— Je ne sais pas, répondit Sheri. J'ai encore plein de trucs à faire.

— Allez, viens. J'ai rencontré un groupe de Suédois très sympas. Je te les présenterai.

Sheri esquissa un sourire forcé.

— Peut-être.

Elle n'était pas d'humeur à faire la fête, mais elle n'avait pas le temps – ni la force – d'en débattre avec Susie qui ne manquerait pas d'insister lourdement pour tenter de la convaincre.

— Je te promets que tu passeras une bonne soirée, s'obstina son amie.

— Nous verrons.

Sur ce, elle lui fit un petit signe de la main et s'installa au volant de sa voiture. Tout ce qu'elle voulait, c'était se retrouver chez elle, prendre une bonne douche et se coucher pour s'abandonner à l'humeur sombre qui la hantait depuis la disparition de la petite Dawn Sheffield. Exactement ce qu'il ne fallait pas faire, se dit-elle alors qu'elle changeait brusquement de direction. Puisqu'elle était amenée à revoir Erik dans le bureau du shérif, autant en finir tout de suite.

Elle fut soulagée d'être accueillie par l'adjointe Jamie Douglas. Malheureusement, son soulagement fut de courte durée. Dans la seconde qui suivit, elle fut conduite dans une salle où se trouvaient réunis Travis Walker et Erik.

À son arrivée, les deux hommes se levèrent dans un même mouvement.

— Merci d'être venue, lui dit Travis. Ne vous inquiétez pas. Ça ne sera pas long.

Tous trois prirent place autour d'une table rectangulaire, peinte du même gris déprimant que les murs. Erik, qui s'était assis en face d'elle, sortit d'une enveloppe en papier kraft une série de portraits qu'il étala devant elle.

— J'aimerais que tu nous dises si l'un de ces six hommes est celui que tu as vu hier en compagnie de la petite Dawn, dit-il.

— J'ai déjà identifié Carl Westover sur la photo que m'a montrée Brandon Sheffield, objecta-t-elle.

— Nous voulons être certains que c'était lui, précisa Travis.

Elle se mit donc à scruter attentivement chacun des portraits alignés devant elle. Tous se ressemblaient. Même âge, même forme de visage triangulaire, même couleur d'yeux, même chevelure châtain clairsemée. Arrivée au quatrième, elle sut que c'était lui. Sur ce cliché, Westover était différent. Il paraissait moins fringant, il affichait un air renfrogné mais c'était bien lui qu'elle avait vu la veille venir chercher la fillette. Cela ne faisait aucun doute dans son esprit. Elle prit pourtant la peine de vérifier les deux portraits restants.

— Celui-là, dit-elle en pointant du doigt la quatrième photo. C'est l'homme que j'ai vu hier.

— Tu en es sûre ? demanda Erik.

— Certaine.

Il rassembla les photos qu'il replaça dans l'enveloppe.

— Merci.

— C'est bien l'oncle de la petite ? voulut-elle savoir. C'est lui qui l'a enlevée ?

— Je n'ai pas le droit de...

— Oui, le coupa Travis.

À ce moment-là, Jamie Douglas passa la tête par l'entrebâillement de la porte.

— M. et Mme Sheffield demandent à vous voir, shérif, annonça-t-elle.

Travis se levait au moment même où Melissa Sheffield déboulait comme une furie, suivie de près par son mari.

— Carl m'a envoyé un texto il y a un quart d'heure, dit-elle dans un état d'extrême fébrilité. Il a ma petite fille. C'est lui. Je n'arrive pas à le croire !

3

L'angoisse de Melissa Sheffield était telle qu'elle en devenait presque palpable. Si palpable qu'elle se communiqua à Sheri qui, malgré ses efforts, n'arrivait pas à se fermer à cette souffrance maternelle qu'elle connaissait si bien.

— Que dit ce texto, exactement ? s'enquit Erik.

Il avait parlé d'une voix à la fois calme et ferme qui contrastait étrangement avec l'attitude hystérique de Melissa.

Pour toute réponse, cette dernière lui tendit son smartphone d'une main tremblante.

— « J'ai Dawn », commença-t-il à lire tout haut. « Elle va bien. Si vous ne voulez pas qu'il lui arrive quelque chose, transférez un million de dollars sur ce compte : CH8600000111. »

— Ça ressemble à un compte en Suisse. Votre frère a un compte là-bas ?

— Je n'en sais rien, affirma Melissa.

— Vous êtes certaine que c'est Carl qui vous a envoyé ce texto ? demanda Travis à son tour.

— Oui. C'est son numéro de téléphone.

Erik fit défiler les messages.

— Vous ne lui avez pas répondu ?

— Non. Brand a pensé qu'il valait mieux qu'on vienne ici d'abord.

Elle ajouta à l'adresse de son mari :

— Chéri, nous devons lui envoyer cet argent.

— Melissa... C'est ridicule. Shérif, vous allez pouvoir remonter jusqu'à lui avec ce téléphone, n'est-ce pas ?

— Si tu lui avais prêté l'argent qu'il t'a demandé, rien de tout cela ne serait arrivé, proféra Melissa d'un ton accusateur.

— Melissa... Je...

Mais elle se détourna de lui.

— Carl doit être désespéré, pour en arriver à une telle extrémité. Je le connais. Je sais qu'il ne fera aucun mal à ma fille. À moins qu'il se sente acculé. Ou que le stress lui fasse complètement perdre la tête. Il faut faire quelque chose et vite !

— À part ce texto, il n'a pas cherché à vous contacter ? s'enquit Erik.

— Non, répondit-elle.

— Non, répéta Brandon comme en écho.

— Vingt-six heures se sont écoulées depuis qu'il a enlevé votre fille, commença à récapituler Erik. Depuis, personne n'a signalé leur présence quelque part malgré le déclenchement de l'alerte Amber. Ce qui semble indiquer qu'il a quitté les lieux très vite. Y a-t-il un endroit où il pourrait être allé se cacher ? Une résidence secondaire désertée à cette époque de l'année ? La maison d'un ami ?

— Je ne vois pas, non, répondit Melissa.

— Quand il venait dans le coin, c'était pour nous rendre visite, précisa Brandon. C'était donc toujours chez nous qu'il logeait.

Il marqua une courte pause durant laquelle il lança un regard inquiet à sa femme.

— Et si nous proposions de payer la rançon en espèces ? Cela nous permettrait d'organiser une rencontre pour procéder à l'échange.

— Excellente idée ! s'exclama Melissa.

— Pourquoi pas ? dit Erik. Nous pourrions essayer. Vous pensez qu'il tomberait dans le panneau ?

— Tout ce qu'il veut, c'est l'argent, dit Melissa. Ce n'est pas après nous ni après Dawn qu'il en a.

— Et s'il flairait le piège ? pointa Travis.

— Il faudrait qu'une partie de l'argent au moins soit versée en liquide, suggéra Melissa. S'il voit les billets de ses propres yeux, il sera plus enclin à coopérer.

— Je ne donnerai pas un centime à ce salaud, décida Brandon. Je veux juste le lui faire croire pour que nous puissions le coincer.

— Je te rappelle que c'est de notre fille dont il s'agit ! s'offusqua Melissa.

— Comme si je ne le savais pas ! se rebiffa Brandon. Tu crois que je ne me soucie pas d'elle ?

— Arrêtez !

Sheri avait crié malgré elle, mais voir ces deux-là se déchirer encore à un moment tragique au lieu de s'épauler lui était insupportable. Consciente des regards interloqués qui pesaient sur elle, elle jugea bon de justifier sa sortie.

— Votre fille a besoin de vous deux, reprit-elle plus posément. Vous serez plus forts ensemble que séparément.

Elle s'attendait à voir Melissa lui rétorquer vivement de se mêler de ses affaires mais, au lieu de cela, cette dernière se tourna vers son mari pour lui dire d'une voix contrite :

— Excuse-moi. Je suis tellement bouleversée !

Brandon s'approcha d'elle et lui caressa l'épaule dans un geste tendre.

— Je sais.

Erik rendit son téléphone à Melissa.

— Répondez-lui, dit-il. Dites-lui que vous allez lui donner l'argent. Dites-lui... Dites-lui que votre mari ne veut pas céder au chantage mais que vous allez vous débrouiller pour réunir l'argent sans que Brandon le sache. Cela expliquera le fait que vous ne lui fassiez pas un virement. Vous pensez qu'il vous croira ?

— Oui. C'est d'autant plus plausible qu'il sait à quoi s'attendre avec Brandon. Quant à l'argent, je lui dirai que j'ai vendu une part de mes actions sans que mon mari le sache. Je n'en ai pas pour un million de dollars mais il l'ignore.

— Parfait, dit Erik. Envoyez-lui le texto maintenant.

Ils se turent tous tandis que Melissa pianotait sur le clavier de son smartphone. Quand elle eut terminé, elle appuya sur la touche « Envoyer » puis leva les yeux sur eux.

— Et maintenant ?

— Maintenant, dit Erik, nous attendons.

Derrière la force apparente de Sheri, Erik devina une émotion à fleur de peau. Il savait qu'à travers les disputes des Sheffield, c'était le couple qu'ils avaient formé qu'elle revoyait. Après la mort de Claire, ils avaient été comme deux planètes sur la même orbite, se heurtant sans cesse l'une à l'autre. Au lieu d'être unis dans la même peine, ils avaient adopté une méthode différente pour tenter de survivre à l'épreuve horrible qui les avait frappés. Il savait alors aussi bien qu'elle que lutter chacun de son côté ne pourrait que les séparer mais aucun d'eux n'avait fait ce qu'il fallait pour empêcher l'inéluctable.

Quand elle avait rappelé les Sheffield à l'ordre, pour le bien de leur fille, il s'était demandé si ce n'était pas ce qu'elle aurait souhaité qu'on leur dise, à l'époque. Cela aurait-il fait une différence ? Ou le drame qu'ils avaient vécu n'avait-il fait que révéler la véritable nature de leur relation ? À croire que l'amour qu'ils se portaient l'un à l'autre avant la disparition de Claire n'était pas aussi solide. Ou qu'ils n'étaient pas aussi compatibles qu'ils l'avaient cru. Perdre leur enfant n'avait peut-être fait que précipiter une séparation inévitable.

— Je vais y aller, annonça Sheri en se levant.

— Nous te contacterons si nous avons d'autres questions à te poser, rétorqua Erik.

Elle acquiesça sans le regarder puis s'empressa de quitter la pièce.

Melissa s'installa sur la chaise que Sheri venait de quitter. Elle fixa l'écran de son téléphone, qu'elle avait toujours à la main.

— Comment allons-nous faire croire à Carl que nous avons bien un million de dollars en liquide ? demanda Brandon. Il voudra voir l'argent.

— Nous réfléchirons au problème une fois que nous aurons arrangé la rencontre, répondit Travis. Pour commencer, vous lui direz que vous avez besoin de temps pour réunir une telle somme.

Le smartphone de Melissa émit soudain le signal qui annonçait l'arrivée d'un nouveau message.

— C'est Carl !

Elle lut le message en silence puis lança son téléphone sur la table.

— C'est non, dit-elle.

Elle leva les yeux sur son mari qui se tenait debout, le dos appuyé contre le mur.

— Il dit qu'il veut un virement sur le compte qu'il nous a communiqué et que l'argent doit venir de toi. Brandon, il faut que tu fasses ce qu'il te dit. C'est la seule manière de récupérer notre fille.

— Et que se passera-t-il quand il aura l'argent ? Comment pouvons-nous être sûrs qu'il nous rendra notre fille saine et sauve ?

— Au risque de me répéter, Carl ne ferait pas de mal à Dawn.

— Alors pourquoi l'a-t-il enlevée ? Pourquoi la menace-t-il ?

— Parce qu'il est au pied du mur et que tu ne lui laisses pas le choix ! explosa Melissa avant de fondre en larmes.

Cette fois, Brandon n'essaya pas de la réconforter. De toute évidence, lui aussi avait besoin d'être rassuré.

— Je veux que Dawn rentre à la maison, dit-il d'une voix

altérée. Mais je connais Carl. Depuis que Melissa et moi sommes mariés, il ne cesse de me soutirer de l'argent. Peu importe le montant, il n'en a jamais assez. Si je lui donne le million qu'il réclame aujourd'hui, qu'est-ce qui l'empêchera de demander deux millions la prochaine fois ?

— Je suis d'accord avec vous pour ne pas payer la rançon, approuva Erik. Surtout pas sans la garantie que Dawn vous sera rendue saine et sauve.

Melissa se remit à pleurer de plus belle.

— N'y a-t-il pas un moyen de remonter jusqu'à lui avec le téléphone de ma femme ? répéta Brandon. Vous ne pouvez pas le tracer à partir de ces textos ?

— Nous allons demander à son fournisseur d'accès, répondit Travis. Mais ce n'est pas si simple. Surtout ici, où le réseau peut être aléatoire selon l'endroit où l'on se trouve.

Melissa s'essuya les yeux et reprit son téléphone en main.

— Et si je l'appelais ?

— Envoyez-lui plutôt un SMS pour lui demander de vous joindre. Dites-lui que vous n'effectuerez pas le virement tant que vous n'aurez pas parlé à votre fille pour vous assurer qu'elle va bien.

Melissa commença à taper son message.

— Ma petite fille... Mon bébé..., hoqueta-t-elle d'une voix brisée.

— Dis aussi à ce salopard que s'il touche à un cheveu de ma fille, je le tuerai de mes propres mains, gronda Brandon d'une voix sourde.

— Oui..., acquiesça docilement Melissa en continuant à écrire.

Puis, de nouveau, elle envoya le message.

— Nous contactons tous les hôtels, motels, campings et autres hébergements dans un rayon de dix kilomètres, annonça Travis.

— J'ai vérifié avec mon bureau de Denver, répliqua Erik.

Il n'a pas utilisé sa carte de crédit. Savez-vous s'il a du liquide sur lui ?

Melissa secoua la tête.

— Nous ne nous sommes pas parlé depuis la semaine dernière, quand il m'a appelée pour me demander de l'argent pour payer ses frais d'avocat.

— Il y a quelque chose qui me chiffonne dans tout ça, pointa Erik. S'il avait besoin de cent mille dollars, pourquoi en demande-t-il un million aujourd'hui ?

— Je viens de vous le dire, répondit Brandon. Parce qu'il n'en a jamais assez. Il est furieux contre moi, alors il se venge en enlevant ma fille et en faisant monter les enchères.

Son regard alla se poser sur Melissa dont les épaules s'étaient affaissées.

— Il ne s'en sortira pas comme ça, poursuivit-il. Le kidnapping est un crime et il ira croupir en prison pour un bon nombre d'années.

Le dos de Melissa se voûta un peu plus. Erik ne prit pas la peine de préciser que, en effet, sa fuite puis l'enlèvement de Dawn alourdiraient considérablement sa peine. Carl devait bien en avoir conscience, ce qui corroborait les dires de sa sœur : c'était un homme aux abois. Restait à savoir s'il était assez désespéré pour faire du mal à une nièce à qui il vouait une affection sincère.

Des coups frappés à la porte annoncèrent l'arrivée de Jamie Douglas, venue demander à parler au shérif en tête à tête.

Travis acquiesça puis la suivit.

Brandon se laissa tomber sur une chaise et enfouit sa tête entre ses mains. Il avait l'air vidé. Ses traits étaient tirés, ses yeux creusés soulignés de larges cernes mauves. Melissa ne semblait guère en meilleur état. Des traces de mascara avaient coulé sur ses joues et son rouge à lèvres s'était estompé. Le regard fixé sur son téléphone, elle semblait ne pas avoir conscience de la présence des deux autres personnes qui se trouvaient avec elle dans la pièce.

Travis revint un court instant plus tard.

— On vient de nous signaler un accident à Dixon Pass, annonça-t-il. Un véhicule a quitté la route et a basculé dans le canyon. La description correspond à la Lexus de Carl Westover.

Brandon se leva d'un bond de sa chaise. Il était blême.

— Comment ça ? Carl était dedans ? Avec ma fille ?

Travis lança un regard préoccupé à Erik avant de répondre prudemment :

— La voiture est en contrebas. Le service de Recherche et de Sauvetage est en route.

Sheri se réjouissait à l'idée de prendre un bain bien chaud puis de savourer un verre de vin quand l'appel avait été lancé. Un véhicule avait basculé dans le canyon à la hauteur de Dixon Pass. Le service de sauvetage fonctionnant sur le volontariat, elle aurait pu se défiler, prétextant qu'elle était trop fatiguée après sa participation aux compétitions. Mais un tel accident impliquait de descendre pour atteindre des blessés éventuels, parfois sur une longue distance, parfois le long de parois très accidentées, parfois les deux. Si chacun des membres était formé à une telle discipline, une poignée seulement, dont elle faisait partie, était capable de faire face à un danger imprévu. Sans compter que bon nombre de sauveteurs, déjà en train de faire la fête, avaient un taux d'alcool dans le sang qui ne leur permettait pas de prendre le volant…

Elle enfila donc la tenue adéquate – parka et pantalon bleu vif aux couleurs du service – puis envoya un texto à Tony pour l'informer qu'elle se mettait en route.

Quand elle arriva sur les lieux de l'accident, des véhicules de secours étaient déjà là. Elle se gara en bout de file puis sortit, assaillie par le vent glacial qui s'était mis à souffler.

Elle alla rejoindre l'équipe en place. Il y avait là Carrie Andrews, Danny Irvin, Eldon Ramsey, Ted Carruthers et Austen Morrisey. Et, bien sûr, Tony qui attendait son arrivée pour récapituler les faits.

— C'est un automobiliste qui nous a alertés. Il a vu des traces de pneus toutes fraîches laissant supposer qu'un véhicule avait plongé dans le ravin. Il s'est précipité pour aller vérifier. En effet, il y a bien une voiture en contrebas, dans un cours d'eau. Une Lexus noire.

— Dans un cours d'eau ?

Ted esquissa une moue grimaçante. À cette période de l'année, l'eau devait être glaciale. Quiconque se trouverait plongé dedans – occupants du véhicule ou sauveteurs chargés d'y patauger – s'exposerait à un risque d'hypothermie.

— Je suis allé vérifier par moi-même, poursuivit Tony. La voiture est couchée sur le côté. Si mes souvenirs sont exacts, il doit y avoir moins de cinquante centimètres de profondeur à cet endroit.

— La pente n'est pas très raide jusqu'au cours d'eau, observa Carrie. Mais faire remonter une civière reste toujours difficile dans ces conditions.

— Savons-nous combien il y avait d'occupants dans le véhicule ? s'enquit Danny.

Tony secoua la tête.

— Nous ne savons rien pour le moment. Et quand j'ai regardé, je n'ai vu aucun mouvement autour de la voiture.

Ce qui ne présageait rien de bon. Aucun appel à l'aide ni mouvement d'aucune sorte pouvait signifier que personne n'avait réchappé à l'accident. Ou si rescapé il y avait, qu'il se trouvait dans un état critique.

— Sheri et Danny, vous descendez les premiers pour évaluer la situation.

— Ted et moi nous chargeons des cordes, décida Carrie.

Tandis que chacun s'affairait, sachant exactement ce qu'il

avait à faire, un SUV blanc et noir du département du shérif du comté de Rayford s'arrêta à leur hauteur.

— Alors ? Qu'est-ce que vous avez ? demanda Travis Walker.

— La voiture est dans un cours d'eau en contrebas, répondit Tony. Pour le moment, nous ne pouvons rien dire d'autre.

— D'après les renseignements que nous avons, la plaque d'immatriculation pourrait correspondre à un véhicule que nous recherchons.

— Vraiment ? Devons-nous prendre des précautions particulières ?

— Soyez vigilants. S'il s'avère que c'est la bonne plaque minéralogique, le véhicule est celui d'un homme qui a kidnappé une petite fille.

Le cœur de Sheri se mit à cogner fort dans sa poitrine.

— Vous voulez dire Carl Westover ? C'est lui qui serait en bas avec la petite Dawn Sheffield ?

— C'est ce que nous pensons, en effet.

La réponse avait été donnée par Erik qui venait de sortir du véhicule de police.

— Nous en saurons plus dans quelques minutes, affirma Tony.

Cinq minutes plus tard, tout était prêt pour la descente dans le canyon.

— C'est bon ? demanda Carrie à l'adresse de Sheri et Danny.

— C'est bon, répondirent-ils en chœur.

Sheri vérifia rapidement que cordes et mousquetons étaient bien fixés puis entama la descente la première. Carrie avait raison. La paroi n'était pas particulièrement raide mais c'était la friabilité de la roche qui rendait l'exercice périlleux.

Dix minutes plus tard, elle se tenait au bord du ruisseau, les yeux rivés sur la voiture couchée sur le flanc. Pas un mot, pas un son, pas un gémissement ne s'en échappaient. Il régnait juste autour de cette voiture accidentée un silence assourdissant. Elle balaya les environs du regard mais ne vit aucun corps qui aurait pu être éjecté.

— C'est bien une Lexus, confirma Danny qui venait de la rejoindre. Jolie bagnole.

— Espérons que la « jolie bagnole » soit équipée de dispositifs de sécurité sophistiqués, ironisa Sheri.

Elle prit une profonde inspiration puis entra dans l'eau, suivie de près par Danny. Ses chaussures d'escalade, bien qu'épaisses, ne la préservèrent pas longtemps de la langue glaciale qui vint lui lécher les pieds après seulement quelques pas. L'eau était si gelée qu'elle en eut mal aux chevilles. Elle serra les dents. Plus que quelques minutes et ils accéderaient à la portière.

Danny se hissa sur le véhicule. À eux deux, ils parvinrent à ouvrir la portière qui avait été gravement endommagée dans la chute.

— Il n'y a personne là-dedans, constata Danny.

— Ils ont dû être éjectés.

Elle sortit de l'eau puis se mit à courir le long de la berge en balayant de nouveau la zone du regard :

— Carl ! Dawn ! appela-t-elle.

Danny, qui l'avait rattrapée, posa une main sur son épaule.

— Sheri, tu ne trouveras personne.

— Comment le sais-tu ?

— Le parebrise et les vitres latérales sont juste fissurés. Aucun corps n'a pu être éjecté.

— Tu veux dire qu'ils ont réussi à sortir tout seuls ?

Elle regarda encore une fois autour d'elle, perplexe.

— Mais où sont-ils allés ?

— Les seules empreintes que j'ai repérées sont les nôtres. Si tu veux mon avis, il n'y avait personne dans cette voiture quand elle a basculé dans le vide.

— Alors ? Qu'avez-vous trouvé ?

Dans un même mouvement, ils tournèrent la tête vers Erik qui se dirigeait vers eux à grandes enjambées.

— Qu'est-ce que tu fais ici ? demanda Sheri.

Elle rit intérieurement en voyant le harnais sur ses vêtements de ville.

— Je viens enquêter sur une éventuelle scène de crime, répondit-il. Et j'espère arrêter un criminel en fuite.

Il marqua une courte pause pour regarder autour de lui comme Sheri l'avait fait quelques minutes plus tôt.

— Où sont-ils ?

— Envolés, répondit Danny. Disparus. En fait, je pense qu'il n'y avait personne dans la voiture au moment où elle a versé dans le canyon.

— Il faut que nous en soyons sûrs, rétorqua Sheri. Il faut chercher encore.

Joignant le geste à la parole, elle mit ses mains en porte-voix et appela de nouveau :

— Dawn ! Dawn Sheffield !

Elle s'éloigna des deux hommes et se mit à balayer les deux côtés du ruisseau du faisceau de sa lampe torche. En vain. Elle ne trouva aucune empreinte pouvant correspondre à celles d'une fillette de huit ans.

Pendant qu'elle continuait de chercher, Erik et Danny étaient retournés à la voiture. Comme Danny l'avait fait avant lui, Erik se hissa dessus pour pouvoir inspecter l'habitacle.

— Les clés sont sur le contact. En revanche, il n'y a ni bagages, ni vêtements, ni objets personnels. Et la boîte à gants est vide.

— Il a tout enlevé avant de faire basculer la voiture dans le précipice.

— Comment pouvez-vous l'affirmer ?

Danny leva la tête vers le haut du ravin.

— Parce que c'est curieux d'avoir un accident à cet endroit-là. Cette portion de route est beaucoup plus large qu'ailleurs. Il n'y a pas de virage serré, pas d'angles morts, pas de pente raide et pas de congère. Et on ne nous a pas signalé d'avalanche.

— C'est vrai, répliqua Sheri qui venait de les rejoindre. Je n'ai pas le souvenir d'un accident qui se serait produit ici.

— L'accotement est juste assez large pour pouvoir sortir d'un véhicule en toute sécurité, poursuivit Danny. Et la pente est douce au début. Il suffit de positionner la voiture au bord, de la pousser un peu, et la gravité fait le reste.

— Pourquoi Westover aurait-il fait une chose pareille ? s'étonna Sheri.

— À cause de l'alerte enlèvement qui passe en boucle à la télé, répondit Erik. À l'heure qu'il est, tout le monde sait que le kidnappeur sillonne les routes en compagnie d'une fillette à bord d'une Lexus noire. Il aura voulu s'en débarrasser. Ce n'est pas de chance pour lui qu'un automobiliste ait repéré les traces de pneus sur la neige. Sinon, il aurait pu s'écouler des mois avant que quelqu'un ne tombe dessus.

— D'accord, il s'est débarrassé de sa voiture. Et après ? Que compte-t-il faire avec une petite fille de huit ans en pleine nature, par un froid pareil ? Nous sommes à douze kilomètres de la ville.

— Quelqu'un les a peut-être récupérés, suggéra Danny. Quelqu'un qui ne serait pas au courant de l'enlèvement. Mais cela suppose que cette même personne ne regarde pas la télé ne lit pas les journaux et ne reçoit pas d'alertes sur son téléphone. Ce qui ne fait pas beaucoup de monde.

— Nous allons diffuser un bulletin d'information, décida Erik. Il faudra aussi voir avec une dépanneuse pour remonter cette épave.

Danny approuva d'un hochement de tête.

— En attendant, ne traînons pas trop pour aller changer de chaussures. Nous avons les pieds trempés. Sheri, tu prends la tête, Erik, vous suivrez, je fermerai le cortège.

Une fois sur la terre ferme, ils se débarrassèrent de leur équipement, aidés par le reste de l'équipe.

— Nous n'avons trouvé personne, rapporta Sheri la première. Il est fort possible que la voiture ait été abandonnée et que ses passagers aient été pris par un automobiliste qui passait par là.

— La plaque d'immatriculation correspond à la voiture de Carl Westover, ajouta Erik. Il sait qu'il y a des barrages partout et que toutes les forces de police de l'État sont à ses trousses. Il aura préféré jouer la prudence en se débarrassant de sa Lexus, devenue trop voyante.

— Je suppose que vous n'avez plus besoin de nous, dit Tony qui, déjà, rejoignait la jeep de service.

— Sheri..., fit Erik en la retenant par le bras. Attends.

Elle posa sur lui un regard interrogateur.

— Cela te dérangerait si je passais chez toi dans un moment ? Juste pour avoir ton avis sur cette affaire.

Elle aurait voulu refuser mais la curiosité l'emporta. Un peu malgré elle, elle se sentait impliquée dans l'enlèvement de cette gamine.

— Non, finit-elle par répondre. J'habite dans les quartiers Est. Résidence Spruce Condos. Bâtiment A4.

— Merci. Je ne vais pas tarder.

Décidément, elle allait devoir faire une croix sur ce bain dont elle rêvait depuis des heures. En revanche, rien ne l'empêcherait de se servir un verre de vin. Et Dieu sait qu'elle en aurait besoin pour ce premier tête-à-tête avec son ex depuis deux ans.

4

Sheri avait fini son verre de vin et s'apprêtait à s'en servir un autre quand Erik frappa à la porte.

Elle le fit entrer mais, avant de le conduire au salon, lui indiqua un vaste placard où elle rangeait ses bottes fourrées et ses manteaux d'hiver.

— Tu peux accrocher ta parka là-dedans, si tu veux.

Alors qu'il s'exécutait, elle reconnut tout de suite le pull bleu en cachemire qu'elle lui avait offert pour Noël, cinq ans plus tôt. Autant dire une éternité.

— J'allais me servir un verre de vin, dit-elle. Tu en veux un ?

— Volontiers. Merci.

Il se laissa tomber sur le canapé et se passa les mains sur le visage.

— Ça va ? s'enquit-elle alors qu'elle remplissait leur verre. Tu as l'air épuisé.

— Frustré, plutôt. Je suis certain que Westover est dans le coin. Il n'a pas pu aller bien loin, à pied, avec la petite. Alors, le voir me filer entre les doigts comme ça, j'ai du mal à l'encaisser.

Elle lui tendit son verre puis alla s'asseoir à l'autre bout du canapé.

— Ces pauvres Sheffield… Ils doivent se ronger les sangs.

— Melissa a l'air de mieux le prendre que son mari.

J'aimerais être aussi sûr qu'elle que son frère ne fera pas de mal à la petite.

— Tu penses que Carl est capable de tout, n'est-ce pas ? Pourtant, je t'assure qu'elle avait l'air confiante quand elle est partie avec lui. Contrariée mais confiante.

— Malheureusement, mon métier m'a appris qu'il ne faut pas se fier aux apparences. Loin de là. Quiconque est capable d'enlever un enfant à ses parents dans le but de leur soustraire de l'argent a déjà franchi une barrière morale qui peut laisser présager qu'il peut aller plus loin.

Elle acquiesça en silence avant de lancer la discussion sur un autre sujet.

— Quand as-tu quitté l'enseignement ? Pourquoi as-tu repris les investigations ?

Il avait commencé à enseigner à l'académie de police l'année précédant leur divorce. Il trouvait alors que c'était une occasion à ne pas laisser passer.

Il posa son verre sur la table basse puis se tourna vers elle pour lui faire face :

— J'ai accepté ce poste d'enseignant en pensant me protéger de tout le flot d'émotions généré par les enquêtes que je menais, répondit-il. Après la mort de Claire, j'ai eu plus de mal que prévu à affronter les criminels. La dernière affaire sur laquelle j'ai enquêté concernait un réseau de pédophiles. J'ai craqué. Ça a été le déclencheur. Je ne voulais plus voir la réalité dans ce qu'elle a de plus sordide et de plus monstrueux.

Elle le regarda fixement, le cœur battant.

— Tu ne m'en as jamais parlé, dit-elle tout bas. Nous étions encore mariés. Pourquoi ne m'as-tu rien dit ?

— Parce que tu affrontais tes propres démons. Je ne voulais pas rajouter à ta détresse. Et puis, parce que je pensais pouvoir m'en sortir seul.

Il marqua une courte pause durant laquelle il but une gorgée de vin.

— J'ai suivi une thérapie pendant un certain temps. Ça m'a aidé.

— Après notre divorce ?

— Oui. J'enseignais depuis un certain temps mais je n'allais pas mieux. Il y avait des jours où même me lever le matin me paraissait insurmontable.

Elle hocha la tête. Elle le comprenait tellement ! Elle aussi était passée par là. Elle aussi avait connu une longue période où elle se demandait pourquoi elle devait continuer à vivre alors que sa fille n'était plus là.

— Tu disais donc que la thérapie t'a aidé.

Elle n'aurait jamais cru Erik capable de demander de l'aide à un psychologue. Lui, le dur à cuire, celui que rien ni personne ne pouvait abattre ; lui qui pouvait se remettre seul en selle. Elle découvrait aujourd'hui que ce n'était qu'une façade. Qu'Erik était un homme vulnérable que l'adversité pouvait faire s'effondrer.

— Oui. C'est ma thérapeute qui m'a poussé à retourner sur le terrain. Carl Westover était ma première affaire. Un détournement de fonds était un bon moyen de me remettre dans le bain sans craindre de chocs émotionnels. Mais voilà que l'escroc s'est métamorphosé en ravisseur.

Il vida le reste de son verre d'un trait, comme si le simple fait de prononcer ce dernier mot lui était insupportable.

— Et toi ? Tu as consulté ?

Elle secoua la tête.

— Ma thérapie, cela a été la découverte de l'escalade.

— C'est vrai que se dépasser physiquement peut aider. C'est ce que j'ai fait dans un premier temps. Je passais des heures dans une salle de sport. Mais ça n'a pas suffi.

Cela aussi, elle l'ignorait. Durant les mois qui avaient suivi la disparition de leur petite fille, elle avait vécu dans un puits de chagrin incommensurable qui l'avait rendue sourde et aveugle à tout ce qui se passait autour d'elle.

— Quand je grimpe, je me vide complètement la tête, expliqua-t-elle. J'oublie tout. C'est un peu comme une séance de méditation.

— Tout le monde s'accorde à dire que tu es une excellente grimpeuse.

Devait-elle voir là le signe qu'il s'était renseigné sur elle ?

— J'ai découvert que j'avais des facilités pour cette discipline. Mais j'ai dû m'entraîner dur pour atteindre le niveau auquel je suis aujourd'hui.

— Et ton activité au sein du service de Recherche et de Sauvetage ? Comment en es-tu arrivée à en devenir membre ?

— C'est grâce à Tony, notre capitaine. Un jour il m'a vue grimper et il m'a demandé si je voulais intégrer son équipe. Tout de suite, l'idée m'a paru intéressante. J'ai participé à une session d'entraînement et j'ai été conquise.

— Qu'est-ce qui te plaît dans ce sport ?

— Le fait que ce soit une activité physiquement et émotionnellement exigeante. Mais j'aime aussi l'esprit de groupe qui règne entre nous. Lorsque nous partons en mission, nous avons tous le même but : sauver des vies. Et quand un sauvetage est réussi, nous sommes tous liés par le même sentiment de victoire. C'est une grande fierté, aussi.

— Et quand le sauvetage est raté ?

— C'est très dur à encaisser, bien sûr. Mais, là encore, nous nous serrons les coudes. Nous ne sommes pas seuls à affronter les difficultés. Nous veillons tous les uns sur les autres.

— C'est ce que nous aurions dû faire à la mort de Claire, souligna-t-il. Veiller l'un sur l'autre. Je ne sais pas pourquoi nous ne l'avons pas fait. Pourquoi nous n'avons pas pu.

Ces mots la prirent au dépourvu. Expliciter des émotions difficiles. C'était une facette d'Erik qu'elle ne lui connaissait pas. Elle s'était tellement habituée à l'homme dur et fermé qu'il était devenu à la fin de leur mariage qu'elle ne savait pas comment réagir.

— Nous étions trop prisonniers de notre chagrin respectif, je pense, se contenta-t-elle de répondre.

Maintenant c'était elle qui avait du mal à trouver les mots. Elle avait eu si désespérément besoin de lui après la disparition de leur petite fille qu'elle en avait oublié de le soutenir dans son propre chagrin. Elle réalisa tout d'un coup à quel point elle s'était montrée égoïste.

— Je sais que tu te sentais coupable de ce qui est arrivé. Tu n'aurais pas dû. C'est une chose que la thérapie m'a apprise. La culpabilité peut sembler couler de source mais il ne faut pas s'y fier.

— J'étais sa mère. J'étais censée la protéger. D'autant plus que j'étais à côté d'elle.

— Une demi-seconde d'inattention, Sheri. Tu ne pouvais pas prévoir que durant cette demi-seconde notre petite fille de quatre ans chercherait à traverser la rue. Personne ne l'aurait pu.

Elle hocha la tête en silence, la gorge trop nouée pour pouvoir articuler un mot. Tout ce qu'Erik disait était vrai. Elle-même se l'était répété maintes et maintes fois. Mais elle avait toujours échoué à s'en convaincre. Car jamais elle n'arriverait à se défaire du sentiment qu'elle aurait dû prévoir. Claire, son bébé, n'avait que quatre ans. C'était son rôle de mère de savoir.

Il se rapprocha d'elle et passa un bras protecteur autour de ses épaules. Elle laissa aller sa tête contre lui, surprise de sentir que ses joues étaient trempées de larmes silencieuses.

— Parfois, je rêve de l'accident, dit-elle. Mais dans mes rêves, je la tire en arrière. La voiture passe et Claire est là, dans mes bras. Saine et sauve.

Elle pressa son visage contre son pull et respira l'odeur familière d'Erik. Elle avait lu quelque part que l'odorat était le sens qui vous restait quand tous les autres avaient disparu.

Quand elle serait très vieille, elle pourrait donc reconnaître Erik rien qu'à son odeur.

Il la serra plus fort dans une étreinte rassurante qui lui fit chaud au cœur. S'imagina-t-elle le baiser tendre qu'elle sentit dans ses cheveux ? Un baiser qu'il lui donnait souvent, dans le passé.

— Je suis désolé de ne pas avoir été un meilleur mari, s'excusa-t-il.

— Je suis désolée de ne pas avoir été une meilleure épouse, s'excusa-t-elle à son tour.

Elle releva la tête et s'essuya les yeux du revers de la main.

— Nous avons été affreux tous les deux l'un envers l'autre.

— C'est parce que nous avons vécu quelque chose d'affreux. Quelque chose qu'aucun parent ne devrait jamais avoir à vivre.

— Il m'arrive de repenser à Margaret Freeble.

La conductrice de la voiture qui avait renversé Claire. Elle non plus ne pouvait pas prévoir qu'une fillette surgirait d'entre deux voitures garées le long du trottoir.

— Et... ?

— Ça doit être terrible pour elle aussi. J'étais tellement aveuglée de colère et d'effroi que je l'ai agonie d'injures. Je sais aujourd'hui qu'elle n'y était pour rien.

— Pourquoi ne lui écrirais-tu pas pour le lui dire ?

C'était une idée qui ne lui avait jamais traversé l'esprit.

— Tu es sérieux ? De toute façon, je ne connais pas son adresse.

— Je peux la trouver, si tu veux. Ça pourrait l'aider à se sentir mieux. Toi également.

— Tu parles comme ta psy, le taquina-t-elle.

— Disons qu'elle m'a appris deux ou trois trucs qui m'ont été utiles.

Son bras était toujours autour d'elle. Elle eut soudain conscience de la proximité de leurs corps, de la chaleur que chacun communiquait à l'autre. Un désir troublant l'envahit.

Bien qu'ils aient divorcé et que leur relation ait connu des difficultés les deux années précédant leur divorce, son corps se souvenait de ce que c'était que d'être aimé par cet homme.

Il lui aurait été facile de se couler dans cette parenthèse de bien-être. Pourtant, elle choisit de quitter l'abri rassurant de ses bras et de mettre entre eux autant de distance qu'elle le pouvait.

— De quoi voulais-tu me parler ? s'enquit-elle.

Le visage d'Erik avait retrouvé toute son impassibilité. À croire qu'elle avait rêvé ce moment de faiblesse.

— Je voulais que tu me racontes exactement ce que tu as vu quand tu as découvert la voiture de Carl.

Elle fronça les sourcils.

— Je n'ai rien vu de plus que ce que tu as vu, toi aussi, répondit-elle. Une voiture couchée sur le côté, plutôt cabossée. Les vitres étaient fissurées mais pas explosées. Il n'y avait aucun effet personnel éparpillé, ce qui tendrait à prouver qu'il n'y avait personne dans la voiture au moment où elle a basculé dans le vide. D'habitude, dans ce genre d'accident, tout ce que contient le véhicule se retrouve dispersé un peu partout. Danny a regardé dans la boîte à gants. Mais elle aussi était vide.

— Carl n'a voulu laisser aucune preuve derrière lui. Il a même essuyé toutes les empreintes. La police scientifique n'en a trouvé aucune.

— Pourquoi se donner tant de mal ? Il devait bien se douter que sa plaque d'immatriculation le trahirait. Sans compter les gens qui le connaissent et qui peuvent l'identifier. Comme sa sœur, par exemple.

— Je connais Carl depuis trois mois. Cela m'a largement laissé le temps d'analyser son comportement. C'est un homme qui a une très haute opinion de lui-même. Il était certain de pouvoir voler de l'argent à son employeur sans que cela ne se remarque. Quand il a été arrêté pour ce détournement de fonds, il a plus été contrarié par le fait que ses collègues le soupçonnaient depuis le début que par la charge qui pesait sur lui. Mais, même là, alors que toutes les preuves étaient réunies, il ne doutait pas une seconde qu'il bénéficierait d'un non-lieu. C'est peut-être cet ego démesuré qui va encore lui sauver la mise. En fait, il se croit vraiment victime du monde entier.

— Un vrai personnage de fiction. C'est quelque chose qu'on pourrait voir dans un film. Le malfaiteur qui balance sa voiture dans un ravin en ayant pris soin de n'y laisser aucune empreinte.

— Mais qui n'a pas pensé à retirer la plaque minéralogique. Le genre d'idiotie d'amateur qui l'a déjà trahi. Au lieu de planquer dans un paradis fiscal l'argent qu'il a détourné – et nous parlons là d'une très grosse somme – puis d'attendre le moment propice pour pouvoir en profiter, il a commis l'erreur fatale de tout claquer en un temps record. C'est évidemment ce train de vie luxueux qui nous a mis la puce à l'oreille. S'il avait eu la patience de continuer à mener quelques années la vie simple qui était la sienne, il aurait pu passer à travers les mailles du filet. Du moins un certain temps.

— Que va-t-il se passer, maintenant qu'il a pris contact avec sa sœur ?

— Il a toujours été âpre au gain. Nous espérons pouvoir l'appâter avec la rançon et lui mettre la main dessus au moment où il viendra la récupérer. Nous comptons aussi sur le fait que quelqu'un le repère et le dénonce à la police. De toute façon, tôt ou tard, il commettra une erreur qui nous permettra de procéder à son arrestation.

Elle acquiesça d'un hochement de tête. Erik s'était toujours acharné à poursuivre les criminels qu'il recherchait. La dévotion qu'il portait à son travail l'avait parfois agacée car, à ses yeux, cela signifiait qu'elle n'était pas sa priorité dans tous les aspects de sa vie. Maintenant qu'elle était membre du service de sauvetage, elle le comprenait mieux. Lorsque la vie des gens est en jeu, les préoccupations personnelles ne doivent plus compter. Il faut les laisser de côté. C'est cette capacité à compartimenter les choses qui permet d'accomplir ce genre de travail. Penser à ses enfants ou à son conjoint avant de se lancer est juste le moyen de renoncer à sauver des vies.

Erik se leva soudain, annonçant ainsi son départ.

— Merci pour le vin. Il était délicieux. Et aussi pour cette discussion. Parler de tout ça avec quelqu'un peut aider, je pense.

Elle se leva à son tour et le raccompagna jusqu'à la porte.

— Bonne chance, Erik.

Elle aurait aimé dire plus – que c'était bon de le revoir ; qu'elle était heureuse qu'ils soient en meilleurs termes – mais les mots restaient coincés dans sa gorge. Pour quelle raison ? Parce qu'elle craignait les débordements ? De peur qu'il interprète mal ses paroles ? Les deux, probablement.

— Bonne nuit, dit-il en réponse.

Puis il disparut, et elle referma doucement la porte derrière lui.

Elle s'adossa au mur et ferma les yeux. Erik s'était montré si gentil et compréhensif ce soir. Il avait fait preuve d'une telle finesse psychologique. Il était redevenu l'homme dont elle était tombée amoureuse au premier regard.

Était-elle si pathétique, si avide d'attentions qu'elle en était au point où Erik aurait pu l'entraîner dans son lit s'il l'avait voulu ?

Ou était-ce plutôt la nostalgie de ce qui avait été, de la vie qu'elle avait connue avant que le chagrin et la colère ne lui volent la partie d'elle-même qui pouvait s'oublier dans l'amour physique ? Quel bonheur ce serait de redevenir cette femme, ne serait-ce que l'espace de quelques heures !

Mais elle n'était plus cette femme, tout comme Erik n'était plus l'homme qu'elle avait tant aimé. De même qu'elle savait à quel point Erik pouvait l'aimer, elle savait aussi à quel point ils pouvaient encore se déchirer. Feindre de l'ignorer ne pourrait que les conduire au désastre. Elle était entraînée à sauver des gens que leurs erreurs avaient mis en danger. Mais se sauver elle-même, elle craignait bien de ne pas en être capable.

Le logement qu'Erik louait présentait deux avantages : son prix modéré et l'exposition de la chambre à coucher. Située à l'arrière de la maison, elle bénéficiait d'un calme souverain qui lui permettait de traîner au lit les jours où il se couchait au petit matin. Il dormait profondément, ce dimanche matin, quand la sonnerie de son téléphone le réveilla en sursaut à 10 heures.

— Allô ?

— Erik, c'est Gage. Nous avons reçu un appel de quelqu'un qui a repéré Carl Westover et Dawn dans un motel de Junction. Le temps que la police locale débarque, ils étaient partis. Mais j'ai pensé que vous aimeriez parler à la femme qui a appelé ou à toute autre personne qui aurait pu les apercevoir.

— Bien sûr.

Il s'assit et se frotta le visage de ses deux mains, histoire de se réveiller tout à fait.

— Je passe vous prendre dans quelques minutes.

— Disons plutôt un quart d'heure. Le temps de prendre une douche et d'avaler un café.

— OK. À tout à l'heure.

Gage l'attendait sur le trottoir quand il sortit de chez lui, son café à la main et des lunettes noires sur le nez pour masquer ses yeux cernés de fatigue.

Gage le regarda s'installer sur le siège passager, un sourire amusé aux lèvres.

— La nuit a été courte ?

— Je n'ai pas très bien dormi.

Il était resté éveillé bien trop longtemps à se demander

s'il aurait dû rester avec Sheri. Car il ne pensait pas s'être imaginé l'onde de désir qui avait circulé entre eux. Par crainte de gâcher cette nouvelle proximité, il n'avait pas voulu précipiter les choses. Il s'était forcé à partir. Mais il s'était repassé cette soirée en boucle dans sa tête, s'imaginant la tournure qu'auraient prise les choses s'il avait fait le choix de rester. Il aurait pu se réveiller aux côtés de Sheri, dans la chaleur de son corps, au lieu d'ouvrir les yeux, seul, dans cette chambre froide et impersonnelle.

— La femme qui a appelé habite juste derrière le motel, précisa Gage. Elle a vu un homme et une fillette correspondant aux images qu'elle a vues à la télé sortir de la chambre vers 9 heures. D'après le gérant du motel, l'homme s'est enregistré sous le nom de Mark Freeman. Il lui aurait raconté que sa fille et lui comptaient se rendre à Albuquerque.

— Il les a reconnus, lui aussi ?

— Il n'a vu que l'homme mais il ne lui a pas prêté vraiment attention. Il se souvient juste qu'il a la quarantaine et des cheveux châtains clairsemés. Au moins, s'il s'avère que c'est bien lui, nous tenons le début d'une piste.

Il se contenta d'opiner. Inutile de s'emballer. Il avait tant vu de débuts de pistes ne mener nulle part.

Fayette Roubideaux était une blonde pulpeuse qui tenait un magasin d'alimentation générale et passait son temps libre à cultiver des légumes dans son jardin.

— J'étais en train d'arroser les tomates, commença-t-elle, quand j'ai vu un homme et une petite fille sortir du motel.

Elle pointa alors du doigt le bâtiment, visible du côté du jardin où ils se trouvaient.

— Je les ai remarqués parce que la fillette pleurait, poursuivit-elle. Elle voulait absolument aller se baigner et l'homme lui rétorquait que la piscine était fermée. Forcément, en février… Ah, les gosses !

— Vous pourriez nous les décrire ? demanda Erik.

— Eh bien... L'homme était de type caucasien, de taille et d'âge moyens. Il avait des cheveux châtains. Il portait un pantalon kaki et un blouson de couleur foncée. Quant à la petite, je dirais qu'elle avait moins de dix ans. Elle avait de longs cheveux, châtains, elle aussi. Elle portait une doudoune rose.

— Ses cheveux, reprit Gage. Ils étaient châtain clair ou châtain foncé ?

— Clair. Presque blonds.

Erik lui montra la photo de Dawn.

— C'était elle ?

Fayette fronça les sourcils. Visiblement, la ressemblance ne lui sautait pas aux yeux.

— Je... Je ne sais pas. La petite que j'ai vue me semblait plus blonde et plus jeune. Mais il faut dire que je les voyais à travers cette clôture grillagée.

Une photo de Carl ne suscita pas moins d'incertitudes.

— C'est-à-dire que je n'ai pas fait très attention à lui. Il avait... Enfin... Il avait un physique ordinaire, voyez-vous.

— Merci, madame Roubideaux, dit Erik. Sachez que vous avez bien fait de nous appeler.

— Vous pensez que c'est l'homme que vous recherchez ?

— En tout cas, nous allons creuser cette piste, lui concéda-t-il.

— Je ne suis pas convaincu que ce soient eux, dit Gage alors qu'ils retournaient au motel.

Quand ils montrèrent la photo de Westover au gérant, celui-ci secoua la tête.

— Freeman avait le menton fuyant et un nez plus proéminent, déclara-t-il avec force.

— Vous avez pu voir sa voiture ?

— Une Toyota Sienna, répondit-il sans hésiter. Ça m'a frappé parce que ma sœur vient d'acheter la même.

À leur demande, il leur fournit une copie du permis de conduire de Freeman ainsi que de sa carte grise et de ses coordonnées bancaires. Aussitôt de retour dans le SUV de Gage, Erik vérifia les données auprès des départements concernés.

— Le véhicule est enregistré au nom de Mark Freeman de Tecumseh, État du Nebraska, rapporta-t-il après quelques minutes. Quarante ans, un mètre quatre-vingts, fils de Susan et Martin Freeman domiciliés à Albuquerque. Divorcé. Aucun avis de recherche ni de mandat d'arrêt n'ont été lancés contre lui.

— Il fallait bien qu'on vérifie, assura Gage.

— Oui. Voilà, c'est fait.

— Tu as faim ? Je connais un restaurant mexicain aux petits oignons.

Comme en réponse, l'estomac d'Erik se mit à gargouiller, lui rappelant que son dernier repas était déjà bien loin.

— Allons-y pour la cuisine mexicaine !

Autant profiter de l'occasion pour se faire plaisir…

Sheri chercha Erik du regard. Mais dans la foule compacte qui s'était rassemblée aux abords du canyon, autant chercher une aiguille dans une botte de foin. Elle aurait dû lui donner rendez-vous ici, au pied de la falaise qu'elle allait escalader.

— Tu es trop mignonne comme ça ! s'exclama Susie en jaugeant le tutu rose qu'elle portait par-dessus sa tenue thermique. Et ces ailes ! Une jolie trouvaille.

Dans un geste machinal, Sheri passa une main sur les ailes de fée qu'elle avait accrochées dans le dos. C'était la coutume. Chaque participant à l'exhibition devait se déguiser. Elle avait choisi d'être une fée.

— Merci, dit-elle. Dis-moi… Tu te souviens de l'homme avec qui tu m'as vue discuter, hier ? Celui que tu trouvais canon ? Tu ne l'aurais pas vu, par hasard ?

— Non. Désolée. Un type pareil, je l'aurais remarqué tout de suite, tu penses ! Pourquoi ? Il était censé venir ?

— Il a dit qu'il viendrait me voir grimper, aujourd'hui.

— Il ferait bien de se dépêcher, alors. Parce que ça va être à toi.

En effet, l'annonceur l'appela juste à ce moment-là. Elle se dirigea vers son point de départ sous les applaudissements nourris de ses supporters ; puis elle s'encorda et attaqua son ascension.

Elle grimpait sur une cascade de glace connue sous le nom de Ice Dancers. Les danseurs sur glace. Ce n'était pas l'ascension la plus difficile mais elle figurait parmi les plus belles. Sans doute devait-elle ce classement aux minéraux aux couleurs de l'arc-en-ciel incrustés dans la glace qui, en étincelant au soleil, lui donnaient des reflets magiques. Elle grimpait au son d'une chanson de Florence and the Machine, portée par l'adrénaline et la beauté du site. Elle arriva au sommet pile au moment où le groupe égrenait les dernières notes du refrain. Les applaudissements crépitèrent au fond du canyon en même temps qu'elle effectuait une révérence gracieuse.

De retour sur la terre ferme, elle se prêta de bonne grâce aux embrassades et aux étreintes de ses amis, venus la féliciter, mais le cœur n'y était pas. Malgré la promesse qu'il lui avait faite, Erik n'avait pas daigné se déplacer.

— Ton mec ne s'est pas montré, n'est-ce pas ? devina Susie. Je te l'ai dit. Ils ne peuvent pas comprendre s'ils ne sont pas eux-mêmes des grimpeurs. Tu aurais dû venir à la soirée de clôture, hier soir. Je t'aurais présenté mon groupe de Suédois. Ils étaient vraiment sympas.

Elle poussa un soupir teinté de regrets.

— Dommage que la Suède soit si loin.

Sheri haussa les épaules.

— Pas grave. Je te laisse. Il est temps que j'aille démarrer ma session.

Ces cours gratuits qu'elle dispensait étaient destinés à

initier les novices à l'escalade sur glace. Ils étaient en général très prisés du grand public, curieux et enchanté de faire leurs premiers pas dans cette discipline sous la houlette d'une championne en titre.

Ses pensées toujours tournées vers Erik, Sheri rassembla son matériel et se dirigea vers la zone réservée aux débutants, qui se trouvait à l'autre bout du canyon. À mesure qu'elle marchait, sa déception se muait en colère. Erik n'avait pas changé et ne changerait jamais. Quelle idiote elle avait été de croire le contraire !

Elle pouvait comprendre qu'une urgence de dernière minute l'ait empêché de venir. Ce qu'elle ne comprenait pas, en revanche, c'était qu'il n'avait même pas cherché à la prévenir. Cette exhibition comptait beaucoup pour elle, et elle trouvait regrettable qu'il n'en ait pas eu conscience.

Quand elle arriva à l'aire d'initiation, Lexie et Monica étaient déjà là, de même qu'une petite femme aux cheveux noirs bouclés, version adulte de Lexie.

— Madame Stevens, je vous présente ma mère, dit Lexie. Non seulement elle a accepté que je vienne à ce cours d'initiation, mais elle veut essayer, elle aussi.

— Je m'appelle Alice, dit la maman de l'adolescente. Je voulais montrer à ces jeunes filles qu'on n'est jamais trop vieux pour se lancer de nouveaux défis.

— Bravo, Alice, la félicita Sheri. Avec une attitude aussi positive, on ne peut que réussir.

Elle salua ensuite les neuf autres personnes qui s'étaient inscrites à cette cession.

— Vous allez voir, dit-elle. Non seulement, vous allez passer un bon moment mais vous allez découvrir en vous des capacités que vous ignoriez avoir. Ce que l'on appelle le dépassement de soi.

Comme toujours, la magie de l'escalade opéra. Elle en oublia la colère liée à l'absence d'Erik. La joie des participants quand ils atteignaient le sommet, la fierté qu'ils éprouvaient à avoir vaincu la peur, tout cela la remplissait d'un bonheur qui lui faisait oublier tout le reste.

Alors qu'elle regagnait sa voiture, elle se dit que, finalement, la journée avait été bonne. Au diable Erik ! De toute façon, elle savait déjà qu'elle ne pouvait pas compter sur lui.

Gage s'arrêta pour laisser passer la file de voitures qui attendait de pouvoir s'engager dans la rue principale d'Eagle Mountain.

— Il y a toujours autant de circulation le dimanche après-midi ? s'étonna Erik.

Gage jeta un coup d'œil à l'horloge du tableau de bord.

— Le festival d'escalade vient de se terminer, répondit-il. Tout le monde part à la même heure mais le trafic sera plus fluide dans quelques minutes.

Erik jura tout bas.

— C'est l'affaire de quelques minutes, répéta Gage qui se méprenait sur le sens de ce changement d'humeur.

— Ce n'est pas ça. C'est Sheri. Je lui avais dit que je viendrai la voir grimper.

— Quand vous lui direz que vous étiez au boulot, elle comprendra, non ?

Erik secoua la tête tout en sortant son portable de sa poche.

— C'est vrai que c'est votre ex. Donc, moins susceptible d'être indulgente. Du moins, c'est ce que j'ai entendu dire.

Mais Erik ne l'écoutait pas. Il cherchait les mots propres à se faire pardonner. En vain. Mieux valait aller présenter ses excuses à Sheri en personne. Il remisa son téléphone dans sa poche.

— Je n'arrive pas à croire que j'aie pu oublier, dit-il comme pour lui-même.

— C'est avec elle que vous étiez hier soir ? Quoique... Ce ne sont pas mes affaires.

— En effet, ce ne sont pas vos affaires, rétorqua Erik plus sèchement qu'il n'aurait voulu.

— Dites-lui que c'est moi qui vous ai traîné là-bas sans vous laisser le temps de la contacter, reprit Gage. Et qu'ensuite vous n'avez pas eu une seconde de répit. Ce qui n'est pas faux, d'ailleurs.

Erik secoua de nouveau la tête.

— Ce n'est pas la première fois que je la laisse tomber.

La laisser tomber. Il ne l'avait jamais fait sciemment. Mais le résultat était le même. Il n'avait pas été là quand Sheri avait eu le plus besoin de lui. Et pourtant, ils étaient mariés. Il aurait dû savoir sans qu'elle ait à le lui dire. Sauf qu'il n'avait rien fait.

D'après les confidences qu'elle lui avait faites, l'escalade était une part importante de sa vie. Quand elle lui avait proposé de venir la voir grimper, il avait accepté de bon cœur. Cette perspective l'avait réjoui, même. Et il avait oublié. La faute au manque de sommeil, à cette enquête qui lui prenait la tête ou au simple fait qu'il n'avait plus l'habitude de faire plaisir à quiconque d'autre que lui-même... Peu importait. Sheri devait être contrariée, voire bouleversée, et il lui fallait aller s'excuser auprès d'elle.

Gage le déposa à sa jeep puis repartit après lui avoir souhaité bonne chance. Le cœur battant d'appréhension, Erik effectua le court trajet qui le séparait de l'appartement de Sheri. Sa voiture était garée devant chez elle. Il gravit les quelques marches qui conduisaient à la porte et sonna.

Elle lui ouvrit sans le faire attendre. Ses joues étaient rouges, ses cheveux emmêlés. Elle portait un tutu rose, et des ailes irisées dépassaient de ses épaules.

— C'est mon costume pour l'exhibition, expliqua-t-elle devant son air médusé. Si tu étais venu, tu aurais vu que tous les participants étaient déguisés.

— Sheri... Je suis désolé... Je... J'ai oublié... Je...

Elle ne lui laissa pas le temps d'aller plus loin. Elle lui claqua la porte au nez, mettant un terme brutal à toute tentative de justification.

Puis, comme si cette fin de non-recevoir n'était pas suffisante, il entendit le bruit de la clé qu'elle tournait dans la serrure.

Dans le fond, il n'était pas surpris. C'était la réaction à laquelle il s'attendait. Sauf qu'il avait eu l'espoir, un infime espoir, que cette confrontation se passe autrement.

Il retourna à sa voiture, le cœur lourd. Sheri et lui avaient perdu bien plus que leur fille le jour de l'accident.

Ils avaient perdu tout espoir de se retrouver un jour.

5

Au cours de la réunion hebdomadaire qui avait lieu tous les lundis matin, Travis Walker présenta officiellement Erik à son département. Tout le monde avait pris place autour de la table de conférence. Sur un tableau blanc étaient inscrits les éléments majeurs relatifs à l'affaire qui les occupait.

— J'ai demandé l'assistance du bureau d'Investigation du Colorado et ils ont accepté qu'Erik Lester, qui se trouvait déjà sur les lieux, continue à nous apporter quelque temps sa précieuse collaboration, expliqua le shérif. C'est lui qui a enquêté sur l'affaire du détournement de fonds dont Carl Westover a été reconnu coupable et pour lequel il aurait été jugé s'il n'avait pas pris la fuite ; ce même Westover, aujourd'hui présumé coupable du rapt de la petite Dawn Sheffield. Mais je laisse la parole à Erik qui va vous faire une mise au point plus précise des événements.

Après avoir remercié le shérif, Erik se lança dans un résumé des faits tels qu'ils s'étaient déroulés depuis le début de l'affaire.

— Carl Westover est trop sûr de lui, ce qui lui fait commettre quelques négligences, conclut-il. Pour le résumer en quelques mots, je dirais que c'est un homme impulsif, vaniteux, cupide et immature. Mon sentiment est qu'il était venu à Eagle Mountain dans le but de demander une fois de plus de l'argent à sa sœur. Entre-temps, il a vu sa nièce s'éloigner de ses parents et il a aussitôt imaginé ce kidnapping dans l'espoir d'empocher le pactole. Un plan sans doute brillant à ses yeux. Il a dû y voir également une manière de se venger de son beau-frère qui, en refusant de jouer une fois de plus les banquiers, contrecarrait ses projets.

— Il avait dû prévoir son coup, puisqu'il avait ouvert un compte occulte, fit remarquer Ronyn Doyle.

— Il se peut que ce soit celui qu'il utilisait déjà pour y virer l'argent volé à son employeur, rétorqua Erik. Mais j'avoue que je n'avais pas connaissance de ce compte avant qu'il ne le mentionne dans son texto.

— Pourquoi a-t-il besoin d'autant d'argent ? s'enquit Gage.

— Les frais de justice et d'avocats, sans doute, suggéra Dwight Prentice. Dans certains cas, ils peuvent se monter à des centaines de milliers de dollars. De quoi faire paniquer n'importe qui.

— N'importe qui doté d'une conscience morale, objecta Erik. Or, Carl Westover en est totalement dénué.

— Pourquoi a-t-il détourné cet argent ? questionna Jamie Douglas. Avait-il une addiction quelconque ? À la drogue ? Aux jeux ?

— Nous n'avons rien trouvé qui pourrait aller dans ce sens, répondit Erik. Je crois que, plus simplement, il est tombé par hasard sur les failles du service comptable de la Western Casing pour laquelle il travaillait et qu'il a vu là l'occasion de se faire un peu d'argent de poche. S'il s'en était tenu à de petites sommes par-ci par-là, il aurait pu continuer pendant des années. Mais il est devenu trop gourmand. C'est cette avidité qui l'a conduit à sa perte.

— Ce serait juste par cupidité qu'il réclamerait une rançon d'un million de dollars ? demanda à son tour Shane Ellis.

— Je le pense, oui. Westover a une très haute opinion de lui-même. Il est persuadé qu'il mérite tout cet argent. Que le monde entier le lui doit.

— Sa sœur pense qu'il a une dent contre son mari, souleva Travis.

Erik acquiesça.

— Il est vrai que Melissa et Carl sont très proches.

— S'ils sont si proches, pourquoi avoir kidnappé Dawn ? Ce n'est pas la meilleure façon de témoigner à sa sœur qu'il l'aime.

— Peut-être qu'elle est plus attachée à lui qu'il ne l'est à elle.

— Autant que nous le sachions, il n'a pas répondu au texto qu'elle lui a envoyé, dans lequel elle lui demandait de l'appeler, dit Travis.

— Rien ne les empêche de se parler quand on n'est pas là, fit remarquer Dwight.

— C'est elle qui est venue spontanément nous trouver pour nous parler du texto qu'elle avait reçu. Elle était bouleversée. Elle ne jouait pas la comédie. Elle veut vraiment que nous l'aidions à récupérer sa fille.

— Vous croyez sincèrement que, comme elle l'a affirmé, Carl ne ferait pas de mal à Dawn ? Même par vengeance ou frustration ?

— On ne peut jurer de rien, évidemment, admit Erik. Les gens peuvent se révéler imprévisibles, surtout s'ils se trouvent dans une situation désespérée. Tout ce que je peux dire, c'est que Carl ne s'est jamais montré violent par le passé. Je dirais même qu'il est plutôt du genre passif. C'est ce qui me fait penser qu'il a agi sur un coup de tête. Lorsqu'il a vu la petite s'éloigner de ses parents il s'est dit qu'il tenait là une opportunité à ne pas laisser passer. Il s'est sans doute imaginé que son beau-frère, craignant pour la vie de sa fille, paierait sans rechigner ; ensuite, il aurait relâché la petite et serait reparti comme il est venu.

— Quand avez-vous parlé à Mme Sheffield pour la dernière fois ? s'enquit Gage.

— Un quart d'heure avant le début de cette réunion,

répondit-il. Elle était très contrariée que Carl n'ait pas répondu à sa demande.

— L'inspection de la voiture n'a rien donné, annonça Travis. La police scientifique n'a trouvé aucune empreinte. Westover avait pris soin de tout nettoyer avant d'envoyer sa voiture dans le canyon.

— Suite à l'alerte enlèvement, nous avons reçu quantité d'appels de gens pensant ou certifiant avoir vu Carl et la petite, précisa Gage. Mais, là encore, ces témoignages n'ont rien donné. Y compris celui qu'Erik et moi sommes allés vérifier hier, à Junction.

— Je continue à filtrer les appels, ajouta Jamie. Mais ce n'est pas évident tant il y a de fillettes brunes et d'hommes au physique ordinaire qui correspondent à Dawn et Westover.

— Notre meilleure chance d'avancer serait de retrouver la personne qui les a embarqués à bord de son véhicule après qu'ils se sont retrouvés seuls sur la route, répliqua Travis. Une enfant et un homme traînant dehors en pleine nuit avec le froid qu'il fait, ça se remarque. Je voudrais bien savoir ce que Carl a raconté au conducteur et où ce dernier les a déposés.

— Et si personne ne les a pris ? supposa Erik. Imaginons que Carl n'ait pas fait d'auto-stop. Y a-t-il un endroit où ils auraient pu se rendre à pied de là où ils se trouvaient ?

— Il n'y a aucune habitation à moins de douze kilomètres, répondit Gage. Il n'y a que des gorges et des falaises des deux côtés de la route. Il y a bien d'anciennes mines sur les hauteurs mais les sentiers qui y mènent sont sous une épaisse couche de neige en ce moment. Non, décidément, la seule manière de sortir de là était de monter à bord d'une voiture.

— Et s'il avait un complice ? fit remarquer Shane.

— C'est une possibilité à ne pas écarter, rétorqua Travis qui ajouta à l'adresse d'Erik : Qu'en pensez-vous ? Quelqu'un aurait pu venir le chercher ?

— Je ne lui connais aucun complice. Carl est un solitaire.

Il est plutôt du genre à faire ses coups en douce. Il n'a pas d'amis. Quand les soupçons de détournement de fonds se sont portés sur lui, ses collègues étaient trop heureux de s'acharner sur sa personne.

— À part Melissa, a-t-il de la famille ? Une ex-femme ? D'autres frères et sœurs ?

— Non, répondit Erik. Nous ne lui connaissons pas de proches.

— À propos de Melissa, intéressez-vous à ce qu'elle faisait hier, avant de venir ici. Histoire de ne négliger aucun détail.

— Je m'en charge, dit Erik. J'avais l'intention d'aller lui parler, de toute façon.

Des coups frappés à la porte annoncèrent Adelaïde Kincaid, la secrétaire du département. À plus de soixante ans, elle avait poussé la coquetterie jusqu'à assortir la couleur de ses lunettes – rouges, ce jour-là – à celle de ses boucles d'oreilles. Avec ses cheveux d'un blanc neigeux coupés très court, elle cadrait mal avec l'ambiance un brin machiste qui régnait dans un poste de police. Mais c'était juste l'avis d'Erik, car tout le monde semblait la considérer comme un élément essentiel de l'équipe.

— Angie Searle est au téléphone, annonça-t-elle. Elle dit avoir des informations importantes au sujet de Carl Westover et de Dawn Sheffield.

Travis et Erik se levèrent dans un même mouvement.

— Qui est Angie Searle ? s'enquit Erik.

— C'est la propriétaire de petits chalets au bord du lac Reflection. Elle les loue surtout à des pêcheurs.

— Je croyais qu'elle fermait à cette période de l'année, dit Travis qui s'avança dans le couloir, suivi de près par Erik.

— Elle ouvre après les fêtes de Noël, surtout pour les pêcheurs sur glace et les skieurs de fond, poursuivit Adelaïde. Elle a trouvé bizarre qu'un père loue un de ces chalets pour lui et sa fille. Quand elle a entendu les nouvelles à la radio ce matin, elle s'est dit qu'elle devrait nous contacter.

Travis entra dans son bureau et s'installa derrière sa table de travail. Tandis qu'il prenait l'appel, Erik resta sur le seuil, à côté d'Adelaïde.

— Madame Searle, le shérif Walker au téléphone. Il paraît que vous voulez me parler.

Le visage impassible, il écouta son interlocutrice sans dire un mot.

— Merci beaucoup, madame Searle, dit-il enfin. Nous arrivons tout de suite.

Il replaça le récepteur sur le combiné, le regard fixé sur Erik.

— Hier soir, vers 21 heures, un homme s'est présenté avec une fillette pour louer un chalet. Il a dit s'appeler Adam Smith et sa fille Dee. Il a payé en liquide, pour une nuit. Ce qui a surpris Mme Searle, c'est qu'il n'avait pas de voiture.

Travis se leva et alla prendre sa veste, suspendue à un crochet près de la porte.

— Gage, tu viens avec moi. Erik, vous nous suivez dans votre propre voiture.

Le temps était clair mais froid, les routes fraîchement déneigées, mais il leur fallut tout de même plus de trente minutes pour atteindre les lieux. Lakeside Cabins était un ensemble de six petits chalets en rondins de bois peints en vert, disposés en demi-cercle à proximité immédiate d'un lac gelé. Plusieurs pêcheurs étaient déjà là, certains debout, certains assis sur des chaises pliantes en toile, mais tous gardaient les yeux fixés sur leur ligne parfaitement immobile.

Angie Searle était une septuagénaire petite et rondelette. Sa magnifique chevelure d'un roux flamboyant contrastait étrangement avec son visage ridé. Elle avait, coincée entre ses lèvres outrageusement maquillées de rouge vif, une cigarette à demi consumée.

— Ils sont dans le chalet 4, leur indiqua-t-elle en guise

de bonjour. Je ne l'ai pas quitté de l'œil depuis que je vous ai appelés, mais m'est avis qu'ils dorment encore. La petite avait l'air lessivée quand ils sont arrivés.

— Merci, dit Travis. Vous auriez un double des clés ?

Elle plongea la main dans la poche de son sweat à capuche et en ressortit une clé en laiton qu'elle lui tendit.

— Merci, madame Searle. Maintenant, je vais vous demander de retourner chez vous et d'y rester.

Le ton, autoritaire, n'entendait pas être discuté.

— Tout ce que vous voudrez, *bébé,* rétorqua-t-elle en lui adressant un sourire aguicheur.

Elle enfonça son mégot dans la neige puis s'exécuta docilement.

Gage ricana.

— Je saurais comment t'appeler, maintenant, *bébé*.

— Continue et je t'arrache moi-même tes galons de sergent.

Gage et Erik s'échangèrent un sourire amusé.

— Gage, va te poster à l'arrière, poursuivit-il tandis qu'il s'avançait vers le chalet à pas mesurés. Erik, vous me couvrez.

Erik acquiesça. Il sortit son arme du holster qu'il portait sous sa veste et emboîta le pas à Travis qui venait de frapper à la porte.

— Monsieur Smith ? appela-t-il. Dee ?

Mais aucune réponse ne leur parvint. Aucun bruit non plus témoignant d'une présence humaine dans les lieux. Il introduisit la clé dans la serrure et ouvrit la porte sur une pièce vide.

Il entra le premier, suivi d'Erik. Les lits étaient défaits, les serviettes de toilette gisaient sur le sol de la salle de bains attenante. Les deux hommes rengainèrent leur arme au moment où Gage les rejoignait.

— Ils sont partis depuis un bon moment. La pièce est froide, signe que le chauffage a été coupé il y a plusieurs heures.

— Ils ont dû partir avant qu'Angie ne se lève. Au petit matin.

Il tira les couvertures du lit le plus proche tandis que Gage fouillait les tiroirs de la commode. Puis tous trois passèrent l'endroit au peigne fin. Ils ne trouvèrent rien. Pas même un emballage de fast-food.

— Allons voir à l'extérieur, décida Travis.

Ils examinèrent la neige autour du chalet puis élargirent leur périmètre de recherches jusqu'à la route.

— Là, dit soudain Erik.

Il pointait du doigt des empreintes de pas susceptibles d'être celles d'une fillette de l'âge de Dawn.

Gage prit des clichés puis ils se remirent en quête de nouveaux indices. En vain.

— Vous croyez qu'ils sont partis à pied ou que leur mystérieux chauffeur est venu les chercher ? s'enquit Gage.

— Je pencherais plutôt pour la seconde hypothèse, répondit Erik. Carl n'est pas du genre téméraire. Je le vois mal traîner sur les routes en pleine nuit ou au petit matin avec une fillette de huit ans sans avoir un plan en tête.

— Si nous allions parler aux pêcheurs ? proposa Gage. Ils ont peut-être vu quelque chose.

Malheureusement, une fois encore, ils firent chou blanc. L'un des hommes, celui qui occupait le chalet 6, affirma n'avoir rien vu ni entendu de suspect. Les deux autres étaient arrivés un peu plus tôt dans la matinée mais n'avaient rien remarqué non plus d'anormal.

— Retournons parler à Angie, dit Travis.

Quand il eut annoncé à Angie que les occupants du chalet 4 s'étaient volatilisés, elle jura tout haut. Dans un geste qui semblait presque machinal, elle alluma une cigarette puis s'assit dans le fauteuil en cuir qui se trouvait derrière le bureau de réception.

— Je suppose que vous attendez de moi un récit détaillé de ce que j'ai vu. Je me trompe ?

Sur ce, elle exhala une longue bouffée de fumée.

Pour toute réponse, Travis s'assit face à elle. Erik et Gage, faute de sièges, restèrent debout. La pièce était petite, encombrée de meubles recouverts de piles de papiers et de vieilles brochures jaunies. Dans un angle se trouvait une grande cage grillagée dont on se demandait ce qu'elle pouvait bien faire là.

— Un putois a élu domicile sous un des chalets, à l'automne dernier, répondit-elle en réponse à l'interrogation muette des trois hommes. Ces sales bêtes sont nuisibles. Il fallait que je l'attrape avant qu'elle ne cause trop de dégâts.

Elle tira une longue bouffée qu'elle recracha tout aussi profondément, les yeux fixés sur Travis.

— Pour en revenir à votre affaire, commença-t-elle, il était autour de 21 heures hier soir. Je regardais la télé, là, dans mon appartement – elle pointa du menton la porte qui se trouvait sur sa droite – quand la cloche de l'allée a retenti. C'est un peu comme un détecteur de présence, vous voyez. Elle s'enclenche chaque fois qu'une voiture franchit l'allée qui mène à la réception. Je savais que c'était pas M. Gadwell, du chalet 6. Il vient chaque année tout spécialement de Denver pour pêcher. Il se lève aux aurores, alors, à cette heure-là, il y a belle lurette qu'il dort. Bref, au moment où je me lève pour aller voir, rebelote, ça se remet à sonner mais cette fois, à la porte. J'ai crié qu'il fallait qu'on se calme et j'ai ouvert. Et là, je vois un homme tout seul.

— Comment était-il ?

— Pas très grand, d'âge moyen, un peu rondouillard. Des cheveux – ou plutôt ce qu'il en reste – châtains, des yeux marron. Le genre sur lequel les femmes se retournent pas, si vous voyez ce que je veux dire.

Elle accompagna ses paroles d'un ricanement sardonique.

— Il m'a demandé si j'avais un chalet à louer pour la nuit, j'ai répondu que oui, et quand je lui ai annoncé le prix il a sorti une liasse de billets et m'a payée en liquide. Il a signé le formulaire d'enregistrement du nom d'Adam Smith.

— Et la petite ? Que pouvez-vous en dire ?

— Au début, elle était pas avec lui. Elle est arrivée après, pendant qu'il remplissait les papiers. Il avait pas l'air content. « Je t'avais dit d'attendre dehors ! » qu'il lui a crié. Après, il a ajouté d'un ton plus doux : « C'est ma fille, Dee. » Je lui ai dit : « Bonjour, Dee » mais elle m'a pas répondu. Elle m'a regardée fixement sans rien dire. Mais je comprends qu'on puisse être grincheuse à traîner dehors à cette heure-là. C'est tard pour une petite de cet âge.

— Ce M. … Smith. Il n'a payé que pour une nuit ? demanda Travis.

— Oui. Je lui ai demandé s'il était là pour pêcher mais il a répondu que non. Qu'il faisait que passer. J'ai trouvé ça bizarre, vu que cet endroit est sur le chemin de nulle part, mais j'ai pas insisté. J'ai compris que c'était une façon de me dire de me mêler de mes oignons.

— Ils avaient des bagages avec eux ?

— Non. Je me suis dit qu'il avait dû les laisser dans la voiture même si, après coup, j'ai réalisé que j'avais pas vu de véhicule sur l'aire de stationnement. Mais j'y ai plus pensé. Pour moi, il pouvait être venu qu'en voiture, vu que s'ils étaient venus à pied, ils auraient eu un sac à dos, vous comprenez ?

Travis fit signe que oui et l'encouragea à poursuivre.

— Vous avez dit que vous avez entendu la cloche de l'allée avant qu'il n'arrive.

Angie confirma d'un hochement de tête.

— Et ensuite ? Vous l'avez entendue de nouveau, une fois que M. Smith était à l'intérieur ?

Elle fronça les sourcils, cherchant à se rappeler.

— Je crois pas, finit-elle par répondre. Mais c'est surtout dans l'appartement que ça sonne fort, pour me prévenir. Et comme on parlait avec M. Smith, peut-être que j'ai pas fait attention.

— Et ce matin ? demanda Travis. Vous avez entendu quelque chose ?

— Non. En plus, j'étais seule toute la matinée. J'aurais entendu la cloche, c'est sûr.

— Comment étaient-ils habillés ? Vous vous en souvenez ?

La description que fit Angie de leurs vêtements collait parfaitement avec celle qu'en avait faite Sheri quand elle les avait rencontrés au festival. De même que celle qu'avait donnée Melissa de la tenue que portait sa fille, le jour de sa disparition.

— Y a-t-il autre chose que vous vous rappelez au sujet de M. Smith et de la fillette ? s'enquit à son tour Erik.

— Non. Mais quand j'ai entendu les nouvelles à la radio, je me suis dit que ça pouvait être eux.

Elle s'interrompit un court instant, affichant soudain un air féroce.

— Ne me dites pas qu'il a fait du mal à cette petite, dans le chalet, gronda-t-elle.

— Nous n'avons aucune raison de le croire, répondit Travis.

Erik savait que les relations les plus pures pouvaient tourner au sordide. Cependant, rien dans l'histoire de Carl ne laissait présager qu'il pouvait basculer dans la pédophilie. Ce qui était plutôt rassurant.

Angie poussa un profond soupir.

— Nous aimerions vous montrer des photos, poursuivit Travis. Quand pourriez-vous passer au poste de police ?

— Mon employée arrive à 13 heures. Je pourrai venir à ce moment-là.

— Parfait. Je vous en remercie. La police scientifique va venir relever les empreintes dans le chalet. Aussi, n'y entrez pas et ne laissez personne pénétrer à l'intérieur.

— Compris, dit-elle en écrasant sa cigarette dans un cendrier débordant de mégots. Autre chose ?

Travis lui tendit sa carte.

— N’hésitez pas à téléphoner si quelque chose vous revenait. Et si Smith avait dans l’idée de revenir traîner par ici, surtout ne tentez rien qui pourrait vous mettre en danger. Appelez-nous au plus vite.

— Je n’y manquerai pas.

Elle se leva pour les raccompagner à la porte.

— À la radio, ils disent qu’il a enlevé la petite. C’est vrai ?

— Oui.

— Pauvre chou ! Si j’avais su avant... Mais il faut dire que je regarde pas trop les informations à la télé. Toutes ces mauvaises nouvelles, ça m’angoisse.

Ils lui dirent au revoir et retournèrent à leurs véhicules.

— Angie a raison, dit Gage. La cloche n’a pas sonné, ce matin. Elle n’a pas sonné parce que quelqu’un est venu les récupérer au bord de la route.

— Pour les emmener où ? demanda Erik.

Il balaya les environs du regard. Il n’y avait rien que le lac gelé et les bois environnants. Or, Westover avait vécu en ville toute sa vie. De quoi avoir envie d’y retourner très vite pour qui n’est pas habitué aux conditions difficiles de la vie en haute montagne.

Quelqu’un l’aidait, c’était certain. Restait à savoir qui. Quand il l’aurait découvert, il mettrait la main sur Carl.

Sheri se réveilla tard, ce lundi matin. Elle avait mal dormi et quand elle ouvrit les yeux, elle était encore en colère contre Erik. Mais plus encore contre elle pour se soucier autant de lui. Elle n’avait pratiquement pas pensé à lui au cours de l’année écoulée. Alors pourquoi ce qu’il faisait ou ne faisait pas agissait ainsi sur son humeur ? Elle se servit un café bien serré qu’elle but en mangeant des œufs brouillés. Une fois prête, elle prit la direction du collège, s’exhortant à chasser Erik de ses pensées.

Elle avait presque fini son cours quand la cloche sonna

l'heure du déjeuner. Le dernier élève venait de quitter sa classe et elle rassemblait ses affaires quand Erik apparut dans l'embrasure de la porte. Il portait ce qu'elle supposa être sa « tenue de travail » : costume-cravate et chemise blanche. Elle nota mentalement que cette allure stricte lui allait plutôt bien car elle accentuait son élégance naturelle.

— Bonjour, Sheri. Je me demandais si tu accepterais de déjeuner avec moi.

— Non, répondit-elle sans même le regarder.

Elle prit son sac fourre-tout et commença à mettre dedans les livres qui lui tombaient sous la main, non pas parce qu'elle en avait besoin mais parce que cela lui donnait l'air d'être trop occupée pour avoir le temps de discuter.

Il s'avança dans la salle et s'arrêta près d'elle. Puis il se pencha sur le bureau, une main fermement posée sur le livre qu'elle s'apprêtait à attraper.

— Je ne veux pas la guerre, Sheri, dit-il. J'ai fait une erreur, hier. Je l'admets. Gage a appelé en disant qu'il avait une piste à Junction. Une piste qui ne nous a menés nulle part mais il fallait que nous allions vérifier. J'aurais dû t'appeler pour te prévenir mais je ne l'ai pas fait.

— Tu m'as oubliée.

— D'accord. Je t'ai oubliée. Mais je te rappelle que nous ne nous sommes pas parlé pendant deux ans. Aussi, est-ce si incroyable de penser que j'aie pu oublier de me rendre à un événement que nous avions mentionné au détour d'une discussion ?

— Non, mais...

— Mais quoi ?

Elle faillit garder pour elle ce qu'elle avait sur le cœur. Mais face à la franchise d'Erik elle décida de jouer cartes sur table, elle aussi.

— L'escalade est une part importante de ma vie et j'avais envie que tu sois là pour me voir grimper, lâcha-t-elle d'un trait.

— Je n'ai pas pu ce jour-là et j'en suis sincèrement désolé. Mais j'espère que l'occasion se représentera. Nous pouvons aller déjeuner, maintenant ?

— Oui.

Elle mit son sac fourre-tout de côté et attrapa son sac à main.

— J'ai repéré un resto-grill à l'entrée de la ville. Ils font des sandwichs à emporter. Tu connais ?

— Oui. Il est très bien.

— Alors, allons-y.

Dix minutes plus tard ils commandaient des sandwichs au bœuf et des cornets de frites qu'ils mangèrent, installés dans le SUV d'Erik, le moteur tournant pour permettre au chauffage de continuer à fonctionner.

— Je me souviens que nous faisions souvent ça quand tu as commencé à enseigner.

Un sourire se dessina sur ses lèvres. Elle aussi, elle se le rappelait. À l'époque, il lui faisait la surprise de venir la chercher au collège à l'heure du déjeuner, au moins une fois par semaine. Comme ils n'avaient pas beaucoup d'argent, Erik apportait des sandwichs qu'il avait préparés à la maison et qu'ils mangeaient, comme aujourd'hui, dans sa voiture tout en discutant et en s'embrassant à intervalles réguliers. Une fois, il avait même réussi à la convaincre de faire l'amour dans l'habitacle. Elle avait accepté, trouvant même excitante l'éventualité de se faire surprendre.

— Tu aimes enseigner ici ? s'enquit-il.

— Oui. Au début, j'étais un peu inquiète de me retrouver dans un établissement plus petit qu'à Denver mais, finalement, je trouve ça génial. Il y a tellement plus d'avantages ! C'est beaucoup moins impersonnel. Comme les effectifs sont réduits, un véritable lien se crée entre mes élèves et moi. Je connais le nom de chacun d'eux. En plus, la direction nous encourage à innover. Je peux faire cours à l'extérieur ; je peux emmener mes élèves en excursion pour la journée ou même pour plus longtemps ; je peux monter et réaliser un projet spécial avec eux.

— J'ai toujours pensé que tes élèves avaient beaucoup de chance d'avoir un professeur comme toi. J'aurais adoré avoir quelqu'un à l'écoute, moi aussi. J'aurais peut-être mieux réussi à l'école si on s'était soucié de moi.

— Les professeurs se soucient de leurs élèves. Simplement, ces derniers ne le voient pas toujours.

Il s'essuya les mains à sa serviette qu'il roula en boule pour la remiser dans le sachet en papier qui avait contenu son repas.

— Ceci dit, je ne peux pas mettre sur le dos des profs tous les problèmes que j'ai connus au cours de ma scolarité. Je suis largement responsable des choix que j'ai faits. D'ailleurs, c'est un miracle que je n'aie pas tourné plus mal et fini en prison.

Ce pan de la vie d'Erik, elle le connaissait par cœur. Mais comme à chaque fois qu'il l'évoquait, elle s'émerveilla de la transformation qui s'était opérée en lui, le faisant passer de l'adolescent rebelle et délinquant au flic. C'était à l'université, où il préparait un diplôme d'économie, qu'il s'était découvert une véritable passion pour les crimes relevant du droit pénal. De là était né son intérêt pour tout ce qui touchait à la justice et à ceux qui la servaient.

— Cet endroit, ce n'est pas ce à quoi je m'attendais, dit-il. Je parle d'Eagle Mountain.

— C'est une petite ville, c'est vrai. Mais elle n'est pas à l'écart du monde et elle ne manque pas de centres d'intérêt. Pour qui aime la vie au grand air et les activités qui vont avec comme le ski, l'escalade, le rafting, la chasse, la pêche et j'en passe, c'est le paradis. Si quelqu'un s'ennuie ici, il ne peut s'en prendre qu'à lui-même. Et puis, il y a ici une qualité de vie qui n'existe pas dans les grandes villes.

— Je comprends.

Ils se remirent à manger en silence. Elle attendit d'avoir

terminé pour lui poser la question qui lui brûlait les lèvres depuis le premier jour :

— Combien de temps vas-tu rester ici ?

— Je ne sais pas. Jusqu'à ce qu'on retrouve Carl et Dawn ou jusqu'à ce qu'on n'ait plus aucune piste à creuser.

L'idée qu'ils puissent un jour abandonner les recherches, et donc tout espoir de retrouver la petite fille, glaça Sheri.

— Tu ne renonceras pas, n'est-ce pas ? dit-elle, le mettant au défi de la contredire.

— Bien sûr que non.

Cela allait de soi mais elle avait ressenti le besoin viscéral de le lui entendre dire. Elle jeta un coup d'œil à sa montre.

— Il faut que j'y retourne, dit-elle.

— Oui. Moi aussi.

Ils arrivèrent devant les grilles du collège en même temps que les élèves qui les franchissaient par petits groupes bruyants et rieurs.

Au lieu de la déposer et de repartir aussitôt, il se gara et traversa la cour avec elle.

— J'ose à peine imaginer ce que doit ressentir Melissa, dit-elle. Voir son enfant disparaître puis apprendre que c'est un proche en qui elle avait toute confiance qui l'a kidnappée contre une rançon, c'est juste affreux. La pauvre doit être morte d'inquiétude.

— Brandon aussi, ajouta-t-il. Quand je l'ai vu, il avait l'air très mal en point.

— Bien sûr qu'il s'inquiète aussi.

Mais, aux yeux de Sheri, l'inquiétude d'un père n'était pas la même que celle d'une mère. Une mère qui perdait son enfant – un enfant qui avait vécu neuf mois dans son ventre – c'était une partie viscérale d'elle qu'on lui arrachait. Il fallait continuer à vivre avec une partie de vous en moins.

Arrivés devant la porte de sa classe, ils restèrent silencieux un court instant.

— C'est bon de te revoir, lâcha-t-il le premier. De te voir si forte.

Forte.

Il n'avait pas dit, belle ou en pleine forme, ou encore épanouie. Il avait juste dit « forte ». Elle aimait qu'il ait cette perception d'elle. Un mot qui parlait de résilience, de courage, de volonté. Qui parlait aussi de l'épreuve qu'elle avait vaincue pour arriver à être cette femme « forte ».

— Merci, fit-elle sobrement.

La sonnerie retentit, indiquant l'heure de rentrée.

— Je dois y aller.

— Moi aussi.

Il posa une main sur son avant-bras, dans un geste plein de tendresse.

— Nous pouvons être amis, maintenant ?

Elle hésita un instant. Elle avait aimé Erik comme elle n'avait jamais aimé personne à l'exception de leur fille. Puis, après le drame, elle l'avait détesté avec la même intensité. Aujourd'hui, pouvait-elle espérer trouver un équilibre entre les deux ?

— Je vais essayer, répondit-elle finalement. Je te le promets.

— Tu vas y arriver. Je n'en doute pas.

Sur ce, il l'embrassa tendrement sur la joue. Un baiser qui n'aurait pas manqué de faire jaser quiconque l'aurait surpris. Un baiser doux, chaud, familier qui titilla quelque chose en elle qu'elle repoussa avec force.

6

Un gros 4x4 noir était garé dans l'allée des Sheffield quand Erik y arriva, moins d'une heure plus tard. Il posa la main sur le capot. Il était froid, signe qu'il n'avait pas roulé depuis un moment. La neige intacte confirmait que le couple devait être chez lui. Il sonna à la porte où avait été punaisée une feuille imprimée à l'attention des journalistes :

MERCI DE RESPECTER NOTRE VIE PRIVÉE

Il fallut qu'il presse la sonnette une deuxième fois pour entendre le bruit de pas traînants se diriger vers la porte puis celui, métallique, d'une clé qu'on tournait dans la serrure. La porte s'ouvrit sur Brandon. Le pauvre n'avait pas l'air d'aller mieux. Au contraire. Avec son pantalon et son sweat-shirt froissés, ses cheveux hirsutes et la barbe de trois jours qui lui couvrait les joues, il avait l'air d'avoir pris dix ans en quelques jours.

— Vous avez du nouveau ? s'enquit-il d'une voix étranglée, teintée d'un mélange d'espoir et de désespoir.

— Malheureusement, non, répondit Erik. Vous me permettez d'entrer ? J'ai encore quelques questions à vous poser, à vous et à votre épouse.

— Bien sûr.

Il ouvrit la porte en grand et s'écarta sur le côté pour le laisser passer.

— Melissa n'est pas là. Une voisine l'a invitée à aller passer la journée à Junction. Je l'ai poussée à accepter. Ça lui changera les idées. Nous sommes dans un tel état !

Il le suivit dans le salon. La poupée avait disparu du canapé, remplacée par deux oreillers et une couverture. Brandon s'assit et se pencha en avant, les coudes sur les genoux, la tête entre les mains.

— Carl ne s'est pas manifesté, dit-il. Il n'a même pas cherché à nous joindre. Depuis que Melissa lui a demandé de nous appeler, il fait le mort.

Il s'interrompit un court instant avant de reprendre :

— Plus j'y pense, plus je me dis que cette histoire de voiture abandonnée ne tient pas la route. Je pense qu'il y a quelqu'un d'autre derrière tout ça et que cette personne se sert de Carl comme couverture.

— Qu'est-ce qui vous fait croire ça ?

— Carl n'a pas pu faire basculer sa voiture dans les gorges tout seul. Je ne le vois pas capable d'une telle machination. En plus, en se privant de sa voiture, il s'est privé du même coup de son moyen de locomotion. Comment fait-il pour se déplacer avec une fillette sans prendre de risques, alors que toutes les forces de police sont sur les dents ? Et pourquoi a-t-il cessé de communiquer avec nous ?

— Brandon, où étiez-vous, votre femme et vous-même samedi entre 15 heures et 19 heures ? s'enquit Erik en guise de réponse.

Brandon releva la tête et fixa sur lui un regard surpris.

— Nous étions ici, répondit-il.

— Vous en êtes sûr ?

— Évidemment que j'en suis sûr. Pourquoi cette question ?

— Votre femme et vous étiez ici, ensemble, tout au long de l'après-midi et de la soirée de samedi ? insista-t-il.

— Absolument. J'étais dans mon bureau, j'essayais de travailler mais j'étais trop distrait pour faire grand-chose.

À un moment, Melissa est venue me voir pour me dire qu'elle allait faire un tour puis qu'elle irait se coucher directement en rentrant.

— Ce tour, elle l'a fait à pied ou en voiture ?

— À pied. Mon bureau donne sur l'allée où nous nous garons et j'aurais vu si Melissa était partie en voiture.

— Vous pouvez me montrer votre bureau ?

— Oui, bien sûr. Mais je ne comprends pas...

— Je suis d'accord avec vous, Brandon. Carl a eu besoin de quelqu'un pour l'amener de l'endroit où il a abandonné sa voiture au chalet où il a passé la nuit de samedi à dimanche avec la petite.

— Je vois où vous voulez en venir. Mais ça ne peut pas être Melissa. Jamais elle ne ferait une chose pareille ! C'est même monstrueux de le penser.

— Brandon, pour le moment, je procède par élimination. Et pour cela, j'ai besoin de preuves. Allons jeter un coup d'œil à votre bureau.

Brandon le conduisit dans une pièce sommairement meublée d'un bureau, d'une chaise et de casiers à tiroirs. Il désigna la fenêtre au-dessus de sa table de travail.

— Vous voyez ? Personne n'a pu déplacer la voiture sans que je le sache.

Erik s'approcha de la fenêtre par laquelle on voyait, en effet, le 4x4 garé dans l'allée.

— Merci, dit-il.

Ils retournèrent dans le salon où Brandon reprit sa place.

— Carl aurait-il un ami à qui il aurait pu demander de l'aide ? demanda Erik. Je ne parle pas de complice mais d'une personne – une petite amie, par exemple – qu'il aurait appelée en prétextant avoir été victime d'un accident.

— À ma connaissance, il n'a personne dans sa vie. Mais je peux me tromper. En vérité, je ne le connais pas si bien que ça. Je le tolère parce que c'est le frère de ma femme mais je ne l'aime pas.

— Je comprends. Et Melissa ? Elle connaît ses amis ?

— Probablement. Ils sont très proches, tous les deux. Je me demande bien pourquoi, d'ailleurs. Ils n'ont rien en commun. Carl est manipulateur, porté sur l'argent. Tout le contraire de Melissa.

— Racontez-moi la dernière fois où il vous a demandé de l'argent. Avant le rapt, je veux dire.

Brandon se redressa pour s'adosser aux coussins.

— C'était il y a environ un mois, commença-t-il. Il n'a même pas eu le courage de me le demander en face. Il a envoyé Melissa mendier pour lui. Je rentrais d'un voyage à Las Vegas et elle m'attendait, toute souriante, avec une bonne bouteille de vin et un dîner fin qu'elle avait cuisiné elle-même. J'aurais dû me douter que quelque chose se préparait mais j'ai préféré croire que je lui avais manqué et que ces attentions n'avaient pour but que de me faire plaisir. Elle a attendu que le vin fasse son effet pour plaider la cause de Carl. Elle lui avait parlé dans la journée ; elle s'inquiétait pour lui ; ses frais d'avocats étaient beaucoup plus élevés que ce à quoi il s'attendait. Bref, la cause était différente mais le baratin, lui, était le même. Le pauvre avait besoin que je lui avance de l'argent et promis-juré, il me le rendrait très vite.

— Qu'avez-vous répondu ?

— J'ai refusé. J'ai essayé de changer de sujet mais Melissa ne l'entendait pas de cette oreille. Elle est revenue à la charge de manière encore plus insistante. Carl allait prouver son innocence, il allait être blanchi et il me rembourserait. Je lui ai alors rappelé que j'attendais encore qu'il me rende l'argent que je lui avais prêté les deux fois précédentes – une fois pour rembourser le prêt d'une mauvaise transaction et une autre pour qu'il puisse garder sa voiture que les huissiers menaçaient de lui saisir. Mais il se trouve que les deux fois il a utilisé l'argent à d'autres fins. Quand je l'ai appris, j'ai prévenu Melissa que je ne prêterai plus un centime à son frère, mais il faut croire qu'il a su se montrer persuasif.

— Comment a-t-elle réagi à ce refus ?

— D'abord, elle a pleuré. Et puis elle m'a fait la tête. Elle ne m'a plus parlé pendant trois jours. Mais je n'ai pas cédé. Je suis resté ferme sur mes positions.

— Et vous, Brandon ? Vous croyez que Carl est innocent ? Que ce n'est pas lui qui a détourné ces fonds ?

En réponse, Brandon ricana.

— Non. Mais je n'arriverai jamais à en persuader Melissa. S'agissant de son frère, elle perd tout discernement. Elle croit à tous les mensonges qu'il lui sert. Et elle n'est pas la seule. Carl a un don certain pour entourlouper les gens. Pas moi. J'ai vu clair dans son jeu dès le début.

— Comment votre femme prend-elle le fait que ce soit son frère qui ait enlevé votre fille ?

— Elle est horrifiée, bien sûr. Elle nage en pleine confusion. Je n'ai aucun respect pour ce type et je ne lui ferai même pas confiance pour venir arroser mes plantes quand je pars en vacances, mais je ne l'aurais jamais cru capable de franchir un pas de plus dans la criminalité. Enlever sa propre nièce, vous imaginez un peu ! La seule chose qui me permet de ne pas devenir fou, c'est qu'il ne lui fera pas de mal. Dawn l'aime beaucoup, alors je prie pour que cela l'empêche d'avoir trop peur.

— Vous savez si Carl a noué des relations ici ?

— Pas que je sache. Quand il vient, c'est toujours pour de courtes visites. Mais, encore une fois, nous n'avons jamais été proches, ce qui ne porte pas aux confidences.

— Merci de m'avoir consacré un peu de temps, monsieur Sheffield, dit Erik en se levant. Dites à votre épouse que j'aimerais lui parler. Elle en sait peut-être plus que vous sur les fréquentations de son frère.

— Je lui dirai de vous appeler dès qu'elle rentrera. Vous savez, nous voulons tous les deux la même chose : que notre petite Dawn rentre très vite à la maison, saine et sauve. Si je savais que payer cette rançon à Carl était la solution, je n'hésiterais pas une seconde. Melissa pense que cela résoudrait tout mais je ne suis pas d'accord.

— Ce doit être dur pour vous deux de ne pas vous entendre sur la décision à prendre. Mais pour connaître un peu Carl, je pense comme vous. Payer cette rançon ne pourra que l'encourager à récidiver. Il y verra là une faiblesse de votre part, à exploiter de nouveau un jour ou l'autre.

— Si Melissa pouvait vous entendre ! Mais vous pourriez lui en toucher un mot quand vous lui parlerez.

Ils étaient arrivés devant la porte d'entrée quand Brandon conclut leur discussion par ces mots qui eurent une résonance toute particulière chez Erik :

— Une épreuve pareille peut ruiner un couple. Mais je suis bien déterminé à ce que Melissa et moi en sortions vainqueurs, ensemble.

Erik monta dans sa voiture et alla se garer un peu plus loin, dans une impasse. Il sortit ensuite le calepin qu'il gardait toujours dans une de ses poches et commença à y inscrire les éléments essentiels de la discussion qu'il venait d'avoir avec Brandon Sheffield. Autant dire pas grand-chose. Il espérait avoir plus de chance avec Melissa. Il suffirait peut-être d'un nom pour que l'enquête avance. Pour qu'ils en sachent plus sur les intentions de Carl ou sur sa destination future.

Il repassa les notes qu'il avait prises depuis le début de l'enquête, cherchant un détail qui lui aurait échappé. Cet aspect du métier lui avait manqué. Analyser des indices ; assembler les pièces d'un puzzle. Qu'il s'agisse de retrouver un coupable ou de monter contre lui un dossier susceptible d'aboutir à une condamnation juste, il s'épanouissait dans le travail d'enquête. Après quatre ans passés à enseigner, il avait compris qu'aller sur le terrain était ce qui le rendait heureux. Certaines affaires, celles où des enfants étaient impliqués, seraient toujours douloureuses ; mais aujourd'hui, il était assez fort et motivé pour rendre justice à ces jeunes victimes.

Les derniers mots de Brandon lui revinrent en tête. S'il avait pu prévoir ce qui se préparait, dans les premiers jours qui avaient suivi la disparition de Claire, aurait-il fait plus d'efforts pour sauver son mariage ? Se battre pour ne pas perdre Sheri aurait-il fait la différence ? S'ils étaient restés ensemble, s'ils avaient eu un autre enfant, cela les aurait-il aidés à guérir plus vite ?

Mais peut-être qu'ils avaient dû passer par toute cette souffrance pour parvenir à la guérison. Enseigner lui avait appris des choses qu'il n'aurait jamais apprises autrement. Sheri, elle, avait trouvé le salut dans l'escalade et dans son rôle au sein du service de Recherche et de Sauvetage. Les épreuves qu'ils avaient traversées les avaient-elles rendus meilleurs ? Il l'ignorait. Mais elles avaient fait d'eux des personnes différentes. Ils ne se détestaient plus, ce qui, en soi, était une belle victoire. Comme un cadeau qu'ils se faisaient.

Il était heureux de voir Sheri revenir dans sa vie. Et si rien d'autre ne sortait de cette triste affaire, il leur resterait au moins ça.

— Madame Stevens !

Sheri se retourna sur trois de ses élèves qui couraient vers elle alors qu'elle se dirigeait vers sa voiture.

— On voulait vous féliciter pour votre performance au festival d'hiver, dit Ella, une grande brune, quand elles l'eurent rattrapée.

— On a parlé de vous à la radio, ajouta Maxine, attaquante dans l'équipe de basket.

— Merci. C'est gentil. Mais je n'ai gagné que dans ma

catégorie, pas dans l'ensemble des compétitions, ajouta-t-elle plus modestement.

— C'est quand même énorme, répliqua la troisième fille, une jolie blonde qui s'appelait Tessa. D'autant plus que vous concouriez avec des filles beaucoup plus jeunes.

Sheri esquissa un sourire amusé. Elle comprenait que pour ces adolescentes, trente-deux ans pouvaient passer pour un âge canonique.

— Mon grand âge m'a permis d'avoir plus d'expérience, répliqua-t-elle avec humour.

Ce qui était faux car la majorité des gens qui se lançaient dans l'escalade le faisaient très tôt. Mais, en bonne enseignante qu'elle était, elle avait choisi de se montrer diplomate.

— En tout cas, on tenait à vous dire qu'on trouvait ça cool.

Sur ce, les trois jeunes filles s'éloignèrent bras dessus bras dessous tandis que Sheri se remettait en marche vers sa voiture. Elle n'était plus qu'à quelques mètres quand elle vit une femme, vêtue d'un long manteau noir, appuyée contre sa portière. Visiblement, elle l'attendait.

— Bonjour, madame Stevens, la salua Melissa Sheffield. J'ai demandé à un de vos élèves où se trouvait votre voiture. Je ne voulais pas vous rater.

En dépit de sa coupe de cheveux impeccable et de son maquillage savant, il sautait aux yeux que Melissa était profondément abattue.

— Pourquoi souhaitiez-vous me voir ? s'enquit Sheri.

— Je veux vous parler de Dawn. Nous pourrions aller prendre un café quelque part ?

— Oui. Bien sûr. Au Bean and Bakery, sur Main Street. Vous connaissez ?

Melissa acquiesça.

— Je vous retrouve là-bas.

Par chance, Sheri trouva une place de stationnement juste en face du café. Melissa l'attendait déjà devant la porte. Elles commandèrent un expresso puis allèrent s'installer à une table un peu à l'écart. Ce fut Melissa qui parla la première.

— Je sais bien que vous l'avez déjà raconté plusieurs fois à la police, mais pourriez-vous me dire ce que vous avez vu exactement le jour où vous avez vu ma fille avec Carl ? J'ai besoin de savoir comment elle était. Et Carl, aussi. Cela ne lui ressemble tellement pas d'avoir fait une chose pareille ! J'ai du mal à l'accepter.

— Je comprends.

Sheri but une gorgée de café, cherchant à revivre la scène dans ses moindres détails.

— J'ai d'abord vu Dawn, commença-t-elle.

Elle n'expliqua pas pourquoi elle avait une tendresse particulière pour les petites filles de l'âge qu'aurait eu sa fille si elle avait vécu.

— Elle courait vers moi, pensant que c'était vous. Mais elle a très vite réalisé qu'elle se trompait. Elle m'a alors dit qu'elle cherchait sa mère. C'est là que Carl est arrivé. Il lui a dit qu'il allait l'emmener la voir mais qu'il fallait qu'elle se tienne tranquille. Il l'a alors prise dans ses bras et ils sont partis. Il ne l'a pas emmenée de force.

— Elle avait l'air d'avoir peur ? D'être bouleversée ?

— Elle s'était mise à pleurer, mais j'ai pensé que c'étaient les larmes de frustration d'une fillette qui faisait un caprice.

— Et Carl ? Il vous a semblé en colère ? Menaçant, d'une manière ou d'une autre ?

— Non. J'ai vu en lui l'image d'un père face à un enfant boudeur. Un poil impatient, mais en colère ou menaçant, non. Votre fille n'a montré aucun signe de résistance. Elle s'est laissé emmener docilement, sans chercher à se débattre.

Melissa entoura les doigts autour de sa tasse mais ne but pas.

— Carl adore Dawn, dit-elle. C'est sa seule nièce et il n'a pas d'enfants. Alors, il la gâte terriblement. Dawn l'adore, elle aussi. Je ne peux pas croire qu'il ait enlevé ma fille de manière délibérée.

Elle se garda bien de répliquer qu'elle ne voyait pas comment on pouvait enlever un enfant de manière accidentelle. De même qu'une demande de rançon d'un million de dollars n'était pas non plus le fruit du hasard.

— Vous avez des frères et sœurs, madame Stevens ?

— J'ai un frère.

— Alors vous devez me comprendre. Carl et moi n'avons que deux ans d'écart et nous avons toujours été très proches.

Non. Elle ne pouvait pas comprendre. Car son frère et elle se parlaient rarement. Pas parce qu'ils ne s'aimaient pas. Juste parce qu'ils vivaient des vies très différentes, à des milliers de kilomètres l'un de l'autre. En fait, ils ne se connaissaient pas vraiment.

— Quand la police m'a appris qu'on avait retrouvé la voiture de Carl au fond d'un ravin, j'ai été terrifiée. J'ai tout de suite pensé que ma petite fille était morte. Vous étiez là, n'est-ce pas ? Vous faisiez partie du service de sauvetage, je veux dire ?

— Oui.

— Ensuite, on m'a dit que c'était Carl qui avait fait basculer sa voiture dans le vide pour s'en débarrasser. C'est absurde ! Il n'a pas pu manigancer une chose pareille. Je pense plutôt que, pour une raison ou pour une autre, il a perdu le contrôle et que – Dieu merci – la petite et lui ont réussi à sortir de la voiture avant sa plongée dans le vide.

— Le problème, c'est que la police n'a rien trouvé dans la voiture. Elle était totalement vide. Pas la moindre affaire personnelle. Pas le moindre papier dans la boîte à gants. Rien. Il est donc plus logique de penser que Carl a voulu se débarrasser d'un véhicule dont le signalement était diffusé partout.

— Carl adorait sa Lexus. Il est venu directement chez

nous pour nous la montrer le jour où il l'a achetée. Il en était si fier ! Et, bien sûr, il a fallu que Brandon le rabaisse en lui disant que quand on n'avait pas d'argent, on n'avait pas besoin d'une voiture pareille. Plus tard, nous nous sommes disputés à ce sujet.

Sheri ne trouva rien à répondre à cela. D'ailleurs, Melissa ne semblait pas attendre de réponse à ce qui ressemblait plus à un monologue qu'à une discussion.

— Je pense que tout le stress généré par ces accusations de détournement de fonds lui a fait perdre la tête. J'en veux beaucoup à Lester de l'avoir persécuté pendant des mois comme il l'a fait. Je n'en suis pas revenue quand je l'ai vu débarquer à Eagle Mountain. Sa présence ici ne peut qu'empirer les choses.

— Je crois savoir que l'inspecteur Lester travaille avec le shérif à retrouver votre fille et à vous la ramener saine et sauve, rétorqua Sheri.

— Si on laissait Carl tranquille, il ne se sentirait pas acculé et il ramènerait Dawn de lui-même. Et si Brandon lui donnait l'argent qu'il demande, Carl n'aurait plus aucune raison de garder ma petite fille.

Sheri regard Melissa fixement. Ses propos la choquaient.

— Si mon frère avait kidnappé ma fille, je ne serais pas aussi conciliante, dit-elle. Et je serais reconnaissante aux forces de police de faire tout leur possible pour la retrouver et faire punir le coupable.

— Mais bien sûr que je veux que ma petite Dawn revienne ! Si je ne m'inquiète pas outre mesure c'est parce que je sais qu'elle est avec son oncle et qu'il doit prendre grand soin d'elle. Je suis même certaine qu'ils doivent bien s'amuser tous les deux.

Elle n'en revenait pas. Que Melissa Sheffield puisse prendre l'enlèvement de son enfant de manière aussi légère était tout de même incroyable ! Mais elles n'eurent pas le temps d'en discuter plus longtemps. Melissa se leva soudainement et s'empressa de rassembler ses affaires.

— Je dois y aller, dit-elle en lançant des coups d'œil furtifs en direction de la porte. Merci d'avoir bien voulu me consacrer un peu de votre temps.

Sur ce, elle se pressa vers la sortie. Sheri se retourna juste au moment où elle croisait Erik qui se précipita à sa suite mais qui revint, un court instant plus tard, visiblement contrarié.

— Je voulais lui parler mais elle s'est presque enfuie en me repoussant, expliqua-t-il. Que faisiez-vous ensemble ?

Sheri secoua la tête.

— Je ne la comprends pas, dit-elle en guise de réponse. Elle m'a demandé d'aller prendre un café pour que je lui raconte ce que j'avais vu le jour où Dawn a été enlevée mais, en fait, elle n'a fait que défendre les agissements de son frère.

— Tu as le temps d'en parler ?

— Oui. J'ai fini mes cours… Et pas mon café.

— Laisse-moi aller commander un cappuccino et tu me raconteras ça.

Quelques minutes plus tard, il revenait avec une tasse débordant presque de mousse qu'il posa sur la table, devant lui.

— Melissa a raconté à son mari qu'elle allait passer la journée à Junction avec une voisine, dit-il.

— Elle l'a peut-être fait avant d'aller m'attendre au parking, à la sortie des classes.

— Qu'est-ce qu'elle t'a dit ?

— Elle voulait que je lui raconte comment s'était passée ma rencontre avec Dawn puis avec Carl. Elle a ensuite parlé de la voiture dans le canyon. Elle a évoqué l'idée que c'était accidentel et que Carl et Dawn avaient pu s'échapper de la voiture avant qu'elle plonge dans le vide. Elle savait que je faisais partie des membres du service de sauvetage qui se sont portés volontaires pour descendre dans le canyon.

Mais maintenant que j'y pense, je me demande comment elle l'a appris.

— Par un des membres de ton équipe, peut-être ?

Sheri haussa les épaules, marquant ainsi son scepticisme.

— Elle m'a aussi parlé de toi.

— Vraiment ?

— Oui. Et pas en bien. C'est tout juste si elle ne te tient pas pour directement responsable du kidnapping de sa fille. Pour elle, le fait que tu harcèles son frère – ce sont les mots qu'elle a employés – l'a poussé à bout. C'est cela, mais aussi le refus de Brandon de lui donner l'argent qu'il lui avait demandé, qui l'ont conduit à cet enlèvement. Toujours d'après elle, il se sentirait pris au piège et ne pourrait plus reculer. Bref, je trouve qu'elle a une attitude inappropriée face à un événement aussi important. Elle a même ajouté que son frère et sa fille devaient bien s'amuser ensemble. Si j'étais à sa place, il me semble que je ne trouverais aucune excuse à mon frère et que je le détesterais à vie pour ce qu'il a fait.

— Tu crois qu'elle pourrait être sa complice ? Qu'elle aiderait Carl à extorquer de l'argent à Brandon ?

— Non !

La réponse avait fusé sans que Sheri prenne le temps d'y réfléchir. Car croire le contraire relèverait pour elle de l'impensable.

— Il est vrai qu'elle a une vision biaisée du rôle qu'a son frère dans cette affaire mais elle semble véritablement inquiète pour sa fille. Même la remarque déplacée qu'elle a faite au sujet de Carl et Dawn s'amusant bien ensemble n'avait pour but que de se rassurer, je pense. Quand j'ai vu Dawn, elle réclamait sa mère. C'est pour ça qu'elle s'est mise à pleurer. Parce qu'elle voulait retourner auprès d'elle. Et puis, tu le sais, je ne peux même pas imaginer qu'une mère puisse faire une chose pareille.

— Tu as sans doute raison. Si je t'ai posé la question,

c'est parce qu'il paraît évident que Carl bénéficie de l'aide de quelqu'un. Il n'a pas pu faire des kilomètres à pied avec une fillette de huit ans, le soir, avec les températures qu'il fait en ce moment. Il connaît forcément quelqu'un qui l'a récupéré sur la route et l'a accompagné jusqu'au chalet où Dawn et lui ont passé la nuit. Ils en sont repartis le lendemain matin et, là encore, ce n'était pas à pied. Tout indique qu'il a été aidé.

— Tu penses qu'ils sont encore dans le coin ?

— C'est probable.

— Et Dawn ? On sait si elle va bien ?

— La propriétaire des chalets a dit qu'elle avait l'air d'aller bien, oui. Elle ne l'a vue que brièvement mais rien ne lui a laissé penser que la petite était maltraitée. Melissa a raison sur ce point. Son frère et sa fille s'aiment beaucoup.

— Que penses-tu de sa théorie selon laquelle ce serait le stress qui aurait poussé Carl à faire n'importe quoi ? Est-ce que ce genre de comportement est courant ?

— Cela arrive, en effet. Mais, en ce qui concerne Carl, ça ne cadre pas avec sa personnalité. Il est plutôt du style opportuniste et manipulateur. Le genre de type pour qui la fin justifie les moyens. Cela peut l'avoir conduit à se servir de sa nièce pour faire payer Brandon, puisqu'il est riche à millions. Il est habitué à ce que Melissa fasse tout ce qu'il lui demande et, jusque-là, ça avait payé. Carl agit en ayant parfaitement conscience de ses actes.

— Melissa a beau aimer son frère, je ne peux toujours pas croire qu'elle puisse consentir à le laisser utiliser Dawn pour s'enrichir. Si elle avait le pouvoir de récupérer sa fille dans l'instant, elle le ferait. Quelle mère ne le ferait pas ?

— Des mères qui ne seraient pas extraordinaires comme toi.

Ses paroles firent à Sheri l'effet d'un coup de poignard en plein cœur.

— Je suis tellement désolé de ne pas te l'avoir dit plus souvent, fit Erik.

Elle détourna la tête pour qu'il ne voie pas ses yeux se remplir de larmes. Si elle avait été une mère extraordinaire, Claire ne se serait pas fait renverser par une voiture. Elle l'aurait surveillée de près, elle lui aurait tenu la main, elle aurait plus insisté sur les dangers qu'il y avait à traverser la rue sans elle.

Elle repoussa avec force les images horribles qui lui venaient à l'esprit. Non. Elle ne s'effondrerait pas. Elle repoussa sa chaise et se leva.

— Il faut que j'y aille. J'ai une réunion au QG du service de sauvetage, ce soir.

— Merci de m'avoir parlé. Melissa ne m'aime peut-être pas mais elle va devoir s'habituer à me voir traîner dans le coin. Parce que je ne repartirai pas tant que je n'aurai pas retrouvé sa fille et fait en sorte que son frère soit à l'ombre pour quelques années.

— C'est dommage, dit-elle comme pour elle-même. Melissa ne sait pas quelle chance elle a que ce soit toi qui enquêtes sur le rapt de sa fille.

Puis elle partit sans même lui dire au revoir, par peur de trop en dire. Craignant de lui lancer à la figure qu'il n'avait pas été là pour elle au moment où elle avait le plus besoin de lui. Aujourd'hui, elle le voyait sous un éclairage nouveau. Elle retrouvait en lui l'homme par qui elle avait été attirée dès le premier regard, dix ans plus tôt.

Son problème résidait peut-être dans le fait qu'elle était incapable d'aimer un autre homme que lui. Pourtant, tomber amoureuse de lui une seconde fois n'était pas une option. L'épreuve qu'ils avaient endurée – mais surtout la manière qu'ils avaient eue de la gérer – avait prouvé qu'ils n'étaient pas faits l'un pour l'autre. Les relations amoureuses n'étaient pas comme les voies d'escalade délicates. On ne pouvait pas essayer encore et encore en espérant obtenir de meilleurs résultats.

Elle voyait plutôt l'amour comme un sauvetage périlleux. En cas d'échec, il ne vous restait que vos yeux pour pleurer.

7

Sheri avait les yeux rivés sur la pile de copies qu'il lui restait à corriger quand elle reçut un message du service de sauvetage. Il l'informait qu'une famille était portée disparue. La léthargie qu'elle combattait depuis un bon quart d'heure se dissipa d'un coup sous la montée d'adrénaline qu'elle ressentait toujours à l'idée de partir sauver des vies. Elle se changea rapidement, fourra un thermos d'eau et des barres protéinées dans son sac à dos puis sauta dans sa voiture pour prendre la direction du quartier général du service. Quand elle arriva, une douzaine de volontaires étaient déjà là, attendant les instructions de Tony.

— Nous avons un couple, commença ce dernier, Chet et Sarah Cargill, trente-huit et trente-quatre ans, ainsi que leurs trois enfants : Carter, dix ans ; Simon, huit ans et Opal, quatre ans. Ils sont partis vers 10 heures, ce matin, pour une randonnée en raquettes autour d'Alexander Basin. Leurs meilleurs amis, qui sont aussi leurs voisins, les attendaient vers 19 heures pour dîner mais ils ne sont pas venus. Inquiets, ces mêmes amis leur ont téléphoné à plusieurs reprises mais, à chaque fois, ils sont tombés directement sur la messagerie. Ils se sont donc rendus au départ du sentier d'où ils savaient que les Cargill devaient partir. Quand ils ont vu que leur voiture était toujours garée sur le parking ils se sont décidés à nous appeler.

— Savons-nous quelle piste ils avaient prévu de faire ?

— Non. Mais d'après leurs voisins, vu qu'ils étaient avec les enfants, ils ont dû opter pour une piste facile.

— Il a neigé tout l'après-midi, pointa Austen. Nous ne trouverons aucune trace.

— Il y a trois circuits possibles au départ du sentier, dit Carrie. Je propose que nous nous séparions en quatre groupes. Un pour chacune des pistes et un autre, qui restera au point de départ, prêt à coordonner l'assistance lorsque la famille aura été localisée.

— Et la Bête ? Nous ne la prenons pas ?

La Bête était la jeep tout-terrain qu'ils utilisaient pour parcourir les sentiers les plus accidentés quand ils étaient en mission. Elle n'était plus toute jeune, mais elle présentait l'avantage de pouvoir contenir tout l'équipement de survie nécessaire à un sauvetage.

— Elle est HS, répondit Carrie. J'ai essayé de la faire démarrer en arrivant mais il n'y a rien eu à faire.

— C'est peut-être un problème de batterie.

— Si on essayait de la faire partir avec les pinces ?

— Nous n'avons plus le temps. Nous devons nous mettre en route. Assurez-vous que vous avez tout l'équipement dont vous aurez besoin.

Elle passa en revue la liste de ce que chacun d'eux devait avoir dans son sac à dos puis assigna des volontaires à chaque groupe.

Sheri ferait équipe avec Ted et Austen, un stagiaire qui n'avait rejoint le service que récemment.

— Quelle idée d'embarquer des enfants aussi jeunes en randonnée par un temps pareil, gronda Austen quand ils furent tous les trois dans la voiture de Sheri. En plus, ils ne sont pas en vacances. Ils devraient être à l'école.

— Les gosses d'ici ont l'habitude de pratiquer les sports d'hiver par tous les temps, rétorqua Ted. Et je crois bien que les parents Cargill leur font l'école à la maison. En tout cas, ils ont eu la bonne idée de dire à leurs amis d'où ils comptaient partir. C'est déjà ça.

— Tu les connais ?

— Pas vraiment. Comme on peut se connaître dans une petite ville sans pour cela être amis.

Sheri acquiesça sans grande conviction. Elle, elle ne vivait à Eagle Mountain que depuis deux ans mais, entre son métier d'enseignante et son activité au sein du SRS, elle s'était déjà fait beaucoup d'amis.

— Espérons que nous allons vite les retrouver. J'imagine qu'ils se sont perdus quand la neige a commencé à tomber dru et qu'elle a recouvert les pistes. Pourvu qu'ils soient restés sur place à attendre les secours.

— Cela m'étonnerait, contra Ted. Les gens s'imaginent toujours que s'ils continuent à marcher, ils vont finir par trouver un repère ou un panneau qui les ramènera à leur point de départ.

— Et il est difficile d'attendre quand on ignore si l'alerte a été donnée et si les secours sont en route ou pas, renchérit Sheri.

— Ces pauvres petits, se lamenta Austen. Se retrouver dans le froid et la neige à leur âge…

Sheri jeta un coup d'œil à la température extérieure affichée sur son tableau de bord : -10°. Elle préféra chasser les images qui lui venaient en rafales de cette famille prisonnière d'une nature hostile.

À huit kilomètres de la sortie d'Eagle Mountain, le convoi se gara sur l'aire de stationnement d'Alexander Basin.

— Le groupe de Ted, décida Tony, vous prenez la piste Goshawk. Carrie, la Sharp Shin et Danny, la Red Tail. Ouvrez bien les yeux pour ne laisser passer aucun indice qui aurait pu les faire dévier de la piste. Un arbre abattu qu'ils auraient dû contourner ou un marqueur de randonnée manquant, par exemple.

Les trois groupes se mirent en route, marchant à plusieurs mètres les uns des autres. Sheri élargit le faisceau de sa lampe frontale, cherchant du regard un bout de tissu accroché à une branche, des traces dans la neige ou tout autre signe qui indiquerait que quelqu'un s'était aventuré hors de la piste.

— Chet ! Sarah ! Carter !

Les mains en porte-voix, Ted criait à intervalles réguliers le nom des parents Cargill ainsi que celui de l'aîné de la fratrie. Tous tendaient alors l'oreille, espérant une réponse qui ne venait pas.

La neige s'était arrêtée de tomber mais une bise glaciale s'était mise à souffler du nord.

— Nous allons tous avoir des engelures, si ça continue comme ça, râla Austen.

Sheri l'ignora. Elle aussi avait froid, bien sûr. Mais en rejoignant l'équipe, on savait à quoi s'attendre. Partir en sauvetage n'était pas partir en villégiature. Suite à un échec, on pouvait ne pas dormir pendant des mois, ébranlé par ce qu'on avait vécu.

Ted s'arrêta soudain, montrant du doigt une tache sombre qui se découpait dans la neige. Il se baissa pour ramasser ce qui se trouvait être une mitaine d'enfant. De tout petit enfant. Sheri fut parcourue d'un frisson qui ne devait rien au froid.

— Ce n'est pas bon signe, dit-elle d'un ton lugubre.

Elle pensait à la fillette de quatre ans qui risquait de fortes engelures. Elle pria en silence pour que les parents aient été prévoyants en emportant des gants et des chaussettes de rechange dans leur sac à dos.

— À quoi pensent ces gens, bon sang ! gronda Austen.

Cette fois, Sheri ne put se contenir. Elle en avait assez de ces jugements incessants.

— Ils pensaient faire une agréable sortie en famille,

rétorqua-t-elle sèchement. À l'heure qu'il est, ils doivent être aussi terrorisés que leurs enfants.

Ted fourra la mitaine dans la poche de sa parka.

— Continuons, dit-il. Au moins, nous savons que nous sommes sur la bonne voie.

Il en informa les autres groupes qui vinrent les rejoindre. Tous se déployèrent en éventail, de manière à couvrir le secteur le plus large possible.

— Faisons une pause, proposa Ted. Nous marchons depuis une heure. Nous avons besoin de nous hydrater et de manger un morceau pour recharger nos batteries.

Sheri vida la moitié de sa bouteille d'eau puis déchira l'emballage d'une des barres protéinées qu'elle avait emportées. Elle s'adossa à un arbre et commença à mastiquer lentement, les yeux fermés, concentrée sur sa respiration.

Elle rouvrit les yeux soudainement.

— Je sens de la fumée ! s'écria-t-elle, pleine d'espoir.

Austen se mit aussitôt à renifler l'air comme un chien de chasse.

— Je ne sens rien, dit-il.

— Moi non plus, dit Ted à son tour. D'où venait l'odeur ?

Elle inspira profondément mais ne sentit plus rien.

— Le vent a dû tourner, dit-elle, dépitée. Chet ! Sarah ! Carter !

C'est alors qu'elle entendit comme une plainte étouffée qui semblait venir de très loin.

— Chet ! Sarah ! Carter ! cria-t-elle plus fort.

Puis elle attendit, osant à peine respirer.

De nouveau quelqu'un répondit à ses appels, plus fort cette fois.

— Vous avez entendu ? s'enquit-elle le cœur battant.

— Oui, répondit Austen. Mais j'ai bien peur que ce ne soit qu'un chat-huant. Il y en a beaucoup par ici.

— Non, ce n'était pas le cri d'une chouette, affirma Ted.

Chet ! Sarah ! Carter ! cria-t-il, joignant ses appels à ceux de Sheri.

— À l'aide !

— Par ici ! s'écria Sheri qui, suivie des autres, s'élançait déjà en direction de la voix.

Une voix haut perchée, teintée de peur et d'espoir, qui pourrait être celle d'une femme ou d'un jeune enfant.

Sheri évita de justesse le jeune garçon qui arrivait en trombe sur eux.

— Nous sommes l'équipe de secours, dit-elle aussitôt. Tu es Carter ?

— Oui. Nous avons besoin d'un médecin.

— Nous sommes tous formés aux premiers secours, expliqua-t-elle brièvement. Où est le reste de ta famille ?

— Là-bas, dit-il. Venez vite !

Sur ce, il partit en courant, suivi des membres de l'équipe. Sheri sentit à nouveau l'odeur de fumée avant de voir le foyer que le petit groupe égaré avait improvisé dans l'urgence. Sarah, enveloppée d'une couverture de survie, était assise devant le feu. Elle tenait la main de son mari, étendu à côté d'elle dans la neige et recouvert lui aussi de la même couverture.

— Maman ! J'ai trouvé de l'aide !

En les voyant tous approcher, Sarah éclata en sanglots.

Les deux petits sortirent la tête de la couverture.

— Merci, mon Dieu… Merci, mon Dieu… Merci, mon Dieu, psalmodia Sarah.

Sheri s'agenouilla à côté d'elle pendant que Ted s'occupait de Chet.

— Vous êtes Sarah, n'est-ce pas ?

Elle sortit de son sac à dos les barres protéinées qu'elle distribua à la mère et aux enfants.

— Vous devez être morts de faim, dit-elle.

— J'ai eu si peur, dit Sarah en guise de réponse. Pas pour moi, mais pour Chet et les petits.

Sheri acquiesça en regardant son mari, immobile sur le sol.

— Que lui est-il arrivé, Sarah ?

— Papa est tombé et il s'est cassé la jambe, répondit Carter à la place de sa mère.

— C'est bien une fracture, diagnostiqua Ted. Probablement du tibia.

— Ça fait un mal de chien, gémit Chet.

— Un urgentiste va arriver, le rassura Ted. Il vous administrera un analgésique, et dès qu'il aura fait effet nous pourrons vous transporter.

— Que s'est-il passé ? demanda à son tour Austen tout en sortant de son sac des packs de chaleur, des bouteilles d'eau et diverses denrées de survie.

— Il neigeait très fort et, tout d'un coup, la piste a disparu sous la neige, répondit Sarah qui semblait avoir repris ses esprits. Nous étions en train de rebrousser chemin quand Chet s'est effondré en hurlant de douleur.

— Il a dû se tordre la jambe en marchant dans un trou ou en trébuchant sur une racine, poursuivit Carter. J'ai entendu un craquement mais j'ai cru que c'était sa raquette.

— Je ne savais pas quoi faire, reprit Sarah. J'avais peur de le faire souffrir davantage.

— Vous avez bien fait de ne rien tenter, la rassura Sheri. Et vous avez fait ce qu'il fallait en improvisant ce feu de camp et en protégeant votre mari et vos petits avec ces couvertures.

— Heureusement, j'avais pensé à emporter des allume-feux…

— C'est moi qui ai construit le foyer, dit Carter avec une pointe de fierté. C'est papa qui m'a appris comment faire. J'ai creusé un trou dans la neige et je l'ai tapissé de pierres pour que le vent n'éteigne pas le feu. Les pierres, en chauffant, produisent de la chaleur.

— Tu as fait un super boulot, Carter. Je te félicite.

— Comment nous avez-vous trouvés ? demanda Sarah.

— Nous avons entendu Carter appeler à l'aide.

— Depuis combien de temps êtes-vous là ? demanda Austen en même temps qu'il enroulait une autre couverture autour du blessé.

— Chet est tombé vers 13 heures, répondit Sarah. Nous avions fini de manger et nous nous apprêtions à rentrer. Malheureusement, nous nous sommes perdus à cause de la neige qui s'était mise à tomber très fort.

Il était plus de 22 heures. Cela faisait neuf heures que ces pauvres gens attendaient l'arrivée des secours.

— À un moment, il s'est arrêté de neiger et j'ai vu de la fumée sur la crête, au-dessus des arbres, poursuivit Sarah. Comme une fumée de cheminée. J'ai bien pensé à aller voir s'il y avait une habitation mais je n'ai pas pu me résoudre à laisser Chet.

— Vous avez fait ce qu'il fallait faire, répéta Ted.

— Où avez-vous vu cette fumée, exactement ? s'enquit Sheri.

Sarah indiqua le sud.

— Tout droit. Par là.

— Ted, tu sais s'il y a des habitations à cet endroit ?

— Il y a un centre de loisirs mais il n'est ouvert que l'été.

Sheri fixa la ligne d'horizon d'un air pensif.

— Ted ! Sheri ! Austen !

La voix de Tony la fit revenir brusquement sur terre tandis que Ted se relevait et faisait des signaux avec sa lampe torche.

— Par là ! cria-t-il.

Un court instant plus tard les deux autres équipes arrivèrent. Simon, qui était allé se coller contre son grand frère, les regarda entrer en scène, les yeux écarquillés.

Ensuite, tout alla très vite. Danny, infirmier de son état, administra un puissant antalgique à Chet puis cala sa jambe dans une attelle gonflable. Le blessé fut ensuite placé sur une civière qu'ils devraient tirer à deux.

— Vous voyez, vous serez comme dans un traîneau,

là-dedans, lui expliqua-t-il en souriant. En plus, vous avez de la chance, le terrain n'est pas très accidenté. Avec ce que je viens de vous donner, vous ne devriez pas trop souffrir.

Un membre de l'équipe éteignit le feu tandis que d'autres s'occupaient de Sarah et des enfants. Il fut décidé qu'Austen et Tony se relaieraient pour porter Simon sur leurs épaules et que Sheri porterait Opal dans un harnais fixé sur son ventre.

— Mets tes bras autour de mon cou et ta tête sur mon épaule, dit-elle à la fillette une fois qu'elle fut bien installée. Je vais fermer ma parka, comme ça, tu seras bien au chaud.

Quand tout le monde fut prêt à partir, le petit groupe se mit en route. Carter avait insisté pour marcher derrière la civière, de manière à pouvoir garder les yeux sur son père.

Ils venaient à peine de rejoindre le sentier que la petite Opal dormait déjà d'un sommeil profond. Le poids de cette enfant endormie contre elle était à Sheri une sensation si familière et si viscérale qu'elle se sentit comme détachée d'elle-même. Au cours des premiers mois qui avaient suivi la naissance de Claire, elle avait connu cette même émotion quand, après chaque tétée, elle la berçait, submergée d'un amour infini.

Elle était encore perdue dans cette parenthèse de douceur quand ils arrivèrent en vue du parking. Une ambulance et plusieurs véhicules de police étaient venus rejoindre la voiture de secours de l'équipe du SRS restée sur place.

Chet fut transporté à l'hôpital de Junction, bientôt rejoint par les autres membres de la famille Cargill, qui devaient y être examinés.

Puis tout le monde se dispersa, épuisé mais heureux. Sheri venait de sortir les clés de sa jeep de son sac quand elle entendit Erik l'appeler.

— Sheri ! Attends !

Son cœur se mit à battre plus fort. Combien de fois avait-elle rêvé que quelqu'un serait là, à l'attendre, au retour d'une mission comme celle-ci ?

— J'étais au poste de police quand ils ont été prévenus, dit-il. Je voulais m'assurer que tu allais bien. Tu dois être épuisée.

Un sourire attendri se dessina sur ses lèvres.

— Je devrais l'être, dit-elle. Mais je suis tellement heureuse que tout se soit bien terminé que l'excitation l'emporte.

— Tu veux venir à la maison pour en parler ?

— Oui.

Elle avait répondu spontanément, sans même y réfléchir.

Car se retrouver au chaud, discuter, boire un verre, tout cela en la compagnie d'Erik, c'était exactement ce dont elle avait envie à cet instant.

8

Erik précéda Sheri jusqu'à la maison de style victorien qu'il occupait et qu'il avait choisie dans un quartier proche du poste de police. Il craignait que Sheri ne le rembarre en le voyant puis qu'elle refuse son invitation ; mais rien ne s'était passé comme il s'y attendait. Elle avait semblé heureuse de le voir et n'avait pas hésité à venir chez lui. Il n'avait pas décelé chez elle la moindre once d'animosité ou de rancœur à laquelle, pourtant, elle l'avait habitué depuis leur divorce.

Mieux même, il avait vu de la douceur dans son regard. Une douceur qu'il ne lui avait pas vue depuis la disparition de leur fille et qui avait rallumé en lui un regain d'intérêt sur lequel il préféra ne pas se poser trop de questions.

Il se gara dans son allée et attendit sur le perron qu'elle fasse de même.

— Jolie maison, dit-elle d'un ton admiratif.

Il la fit entrer et la conduisit directement dans le salon. Elle se mit à faire le tour de la pièce, étudiant les tableaux accrochés aux murs puis les livres qui emplissaient la bibliothèque.

— Un verre de vin te ferait plaisir ? demanda-t-il.

— Un thé, plutôt.

Il la laissa à sa contemplation pour aller mettre de l'eau à bouillir dans la cuisine. Très vite, Sheri vint le rejoindre.

— La famille que nous sommes allés secourir était extraordinaire, commença-t-elle. Quand nous recevons un appel, nous ne savons jamais comment les choses vont tourner. Si les Cargill s'en sont si bien sortis, c'est parce qu'ils ne se sont pas lancés dans cette randonnée à la légère. Ils ont été prévoyants. Ils ont dit à leurs voisins où ils comptaient aller et à quelle heure ils pensaient être de retour. Ils avaient emporté des couvertures de survie, ils ont fait un feu et ils ont attendu les secours. Et ces enfants ! Tous si calmes et intelligents. L'aîné m'a raconté comment il avait construit le foyer en suivant les instructions de son père. Quant à la petite Opal, c'est un amour !

Erik devina la nervosité à fleur de peau derrière les mots qui se bousculaient.

— Tu as faim ? Je n'ai pas grand-chose mais je peux te préparer un sandwich.

— Tu aurais des biscottes et de la confiture ? Avec une fine couche de beurre, je ne connais rien de meilleur.

— Le beurre et la confiture sont dans le frigo. Je vais chercher les biscottes.

Elle ouvrit la porte du réfrigérateur, éclata d'un rire léger.

— Je ne le crois pas ! s'exclama-t-elle. Tu manges toujours des Twinkies ?

— Eh oui ! Que veux-tu, à chacun ses plaisirs coupables.

— Tu sais que tu n'as pas besoin de les garder au froid ?

— Oui. Mais je les préfère comme ça. Je trouve qu'ils ont meilleur goût.

Elle esquissa un sourire amusé.

Pendant qu'il préparait le thé, elle beurra les biscottes. Il trouvait agréable qu'ils travaillent côte à côte, dans une parfaite harmonie. Comme avant. À quoi devait-il attribuer le trouble qui l'avait envahi ? À la nostalgie pour ce qui avait été ou à l'attirance pour la femme qu'elle était devenue ?

— Allons nous installer au salon, proposa-t-il. Nous y serons mieux.

Ils s'assirent l'un à côté de l'autre sur le canapé, le plateau supportant le thé, les biscottes beurrées et le pot de confiture posés devant eux sur la table basse.

— Tu ne m'as pas dit dans quelles circonstances cette famille s'était perdue. Ce sont pourtant des gens d'ici. Ils sont censés connaître le coin.

— Le sentier a disparu quand il s'est mis à neiger. Ils étaient sur le chemin du retour quand le père s'est cassé la jambe.

— Comment a-t-il fait son compte ?

— C'était un stupide accident. Sa raquette s'est accrochée à quelque chose, probablement une racine qu'il n'a pas pu voir à cause de l'épaisseur de neige, et il est violemment tombé sur le côté sans avoir pu dégager sa jambe.

— Ils ont eu de la chance. Cette mésaventure aurait pu tourner plus mal.

Elle but une gorgée de thé, le regard perdu dans le vague.

— C'est moi qui ai porté la petite fille pendant tout le chemin de retour, dit-elle. Elle était trop mignonne ! Elle s'est nichée contre moi, comme un petit animal, et elle s'est endormie tout de suite. C'était comme si je tenais Claire de nouveau dans mes bras.

Elle battit plusieurs fois des cils pour refouler les larmes qui menaçaient de couler.

— C'est idiot, je sais bien.

— Ce n'est pas idiot, Sheri. C'est normal.

Elle accrocha son regard.

— Tu penses souvent à elle ?

— Tout le temps. Chaque fois que je croise une petite fille de son âge. Chaque fois que je passe devant une école et que je vois des enfants jouer dans la cour. Il m'arrive même de ralentir pour les observer, parfois si longtemps que je me fais klaxonner par les automobilistes qui attendent derrière moi.

— Je n'arrivais pas à savoir ce que tu avais dans le cœur. Moi, j'étais incapable de contrôler mes émotions quand toi, tu étais si… fermé.

— Il y a différentes manières de réagir à un drame personnel.

Dans un premier temps, le chagrin insondable de Sheri et la manière qu'elle avait eue de l'exprimer l'avaient effrayé. Puis ils l'avaient rendu furieux. Il avait pris ces manifestations explosives de sa souffrance comme un reproche permanent. Comme une manière de lui lancer à la figure qu'il ne souffrait pas autant qu'elle et qu'elle trouvait cette réserve monstrueuse.

— Ce que tu prenais pour – disons le mot – de l'indifférence était une façon de me protéger. J'avais si mal que je me disais que si je laissais éclater mon chagrin, je ne pourrais pas m'en remettre.

Elle posa une main sur la sienne, dans un geste d'une infinie tendresse.

— Je suis désolée de ne pas l'avoir vu, dit-elle d'une voix chargée d'émotion. Je n'ai pensé qu'à moi.

— Cela a été difficile pour nous deux. Et nous avons tous les deux commis des erreurs.

La sensation physique de ses doigts qu'elle entrelaça aux siens lui était à la fois familière et nouvelle. Au contact de la roche, ses paumes étaient devenues calleuses ; ses ongles qu'elle aimait avoir parfaitement manucurés et vernis de rouge étaient maintenant simplement coupés court.

— Tes mains ne sont plus comme avant, dit-il. Elles sont plus fortes.

— Comme moi, répliqua-t-elle. Je suis devenue plus forte, physiquement mais aussi émotionnellement. Mais toi aussi, tu as changé. Tu es plus… accessible.

— J'ai cru que tu allais dire vulnérable.

— Tu l'aurais pris pour une insulte ?

— Plus maintenant. Mais il fut un temps où je l'aurais mal pris, oui.

— La thérapie t'a aidé dans ce sens ?

— La thérapie mais aussi la maturité, je pense.

Il porta sa main à sa bouche et y déposa un baiser léger, tout en tendresse.

— J'ai perdu tout ce qui était important dans ma vie. J'ai perdu ma fille et je t'ai perdu toi, ma femme. Il m'a fallu du temps pour comprendre que ma fierté mais aussi cette volonté acharnée de te cacher mes faiblesses étaient absurdes.

— Je comprends ce que tu veux dire. Quand j'ai décidé de repartir de zéro, j'ai également fait la part entre les choses qui me paraissaient essentielles et celles qui ne l'étaient pas. Comme ma réputation ou le regard des autres sur moi, sur mes actes ou ma façon de vivre. Je me suis recentrée sur ce que je voulais vraiment.

— Et maintenant, Sheri ? Que veux-tu vraiment ?

— Toi, répondit-elle en le regardant droit dans les yeux.

En réponse, il se pencha vers elle et effleura ses lèvres des siennes.

Sheri reçut ce baiser comme une lame de fond qui l'emporta loin, très loin du monde réel. Leurs corps se pressèrent l'un contre l'autre en même temps que leur bouche. Brûlant de se sentir encore plus proche de lui, elle s'installa à califourchon sur Erik, offrant son corps à ses mains devenues fébriles, ravivant le désir charnel qu'une trop longue abstinence avait mis en sommeil.

Elle glissa ses mains sous son pull, vibrante de désir au contact de ses muscles saillants.

— Si nous allions dans ma chambre ? lui murmura-t-il à l'oreille.

Elle s'apprêtait à refuser – pourquoi perdre du temps à se déplacer ? – quand son pied heurta le plateau, manquant de le renverser.

— Tu as raison, accepta-t-elle finalement.

Elle se leva la première, imitée de près par Erik qui l'embrassa passionnément. Elle se plaqua plus étroitement contre lui puis se fit ondulante contre son sexe en érection. Pour la deuxième fois, elle eut l'impression de flotter sur une vague d'émotions liée au souvenir d'un bonheur passé.

Sauf qu'ils s'étaient avoué ne plus être les mêmes. En quoi cela allait-il changer leur rapport au sexe ? Elle l'ignorait encore mais brûlait de le découvrir.

Il fut le premier à rompre leur baiser. Il plongea son regard dans le sien, ses yeux reflétant le même désir intense qui la consumait. Puis, sans rien dire, il la prit par la main et la conduisit dans sa chambre.

Il l'aida à retirer ses vêtements avant de la laisser aller, nue et frissonnante, se glisser entre les draps. Elle ramena ses genoux à sa poitrine et le regarda se déshabiller, les yeux brillant d'une flamme ardente.

Erik était un bel homme. Indéniablement. Tout en muscles et en grâce. Elle se mit à chercher du regard les détails dont elle se souvenait : la petite cicatrice qu'une opération de l'appendicite subie à dix-sept ans avait laissée sur son ventre ; le grain de beauté en relief sur son torse.

Son regard s'arrêta soudain sur un petit papillon tatoué sur la hanche gauche qu'elle ne lui connaissait pas. Un symbole tellement incongru sur un homme comme lui, à la stature athlétique. S'était-il fait tatouer à la demande d'une petite amie ? Avait-il aimé une autre femme après elle ? Une pointe de jalousie lui transperça le cœur.

— C'est en mémoire de Claire, expliqua-t-il en voyant ses yeux fixés sur son tatouage. Elle était si jolie, si délicate, notre princesse.

Quelque chose se brisa en elle mais l'émotion qui s'ensuivit n'était pas le fruit de la peine mais de l'amour. Elle ouvrit les bras à Erik qui vint s'y réfugier comme un enfant. Pendant un long moment, ils restèrent ainsi, unis dans la même parfaite complicité.

Puis il recommença à l'embrasser et à la caresser, dessinant ses courbes de ses mains impatientes. Le désir refit surface, plus puissant que jamais. Elle avait fermé les yeux, prête à s'abandonner quand une pensée plus prosaïque lui fit demander :

— Tu as des préservatifs ?

En guise de réponse, il disparut dans la salle de bains et en revint un court instant plus tard, un large sourire aux lèvres et un étui à la main.

— Quand les propriétaires m'ont annoncé qu'ils louaient cette maison entièrement meublée et équipée, ils ne mentaient pas.

Il s'allongea à côté d'elle, sortit le préservatif de son étui et le déroula sur sa verge raide et dure. Au comble de l'excitation, elle l'attira sur elle et enroula ses jambes autour de son bassin. Elle l'accueillit en elle avec un soupir d'aise puis se cambra pour lui permettre de s'enfoncer plus profondément en elle. Ils se mouvaient en cadence, savourant le plaisir de se retrouver et de se redécouvrir. Leurs corps avaient changé ; eux-mêmes avaient changé. Seul le plaisir qu'ils se donnaient mutuellement était intact.

— Tu es si belle, lui susurra-t-il. Si parfaite.

Non. Elle n'était pas parfaite. Elle était juste elle-même. Une femme au passé douloureux qui avait décidé de vivre.

Elle jouit la première, de manière si intense qu'elle en était encore hébétée quand Erik se mit à surfer à son tour sur les vagues du plaisir. Elle le tint serré contre elle tandis qu'il se crispait, secoué par les spasmes violents d'un orgasme explosif.

Au bout d'un long moment, il se retira, se débarrassa du préservatif puis s'allongea de nouveau à côté d'elle. Elle se blottit un peu plus entre ses bras et posa sa tête au creux de son épaule. Elle respira son odeur retrouvée, heureuse comme elle ne l'avait pas été depuis bien longtemps.

Elle le croyait endormi quand elle l'entendit dire d'un ton ironique :

— Il faudra que je pense à remercier ce vieux Carl. Sans lui, nous ne nous serions jamais retrouvés.

— Il sait que tu es à sa recherche ?

— Pour ne pas s'être présenté devant le tribunal, il doit bien s'en douter. En revanche, il ignore que j'enquête sur l'enlèvement de Dawn, main dans la main avec la police locale.

Elle s'appuya sur un coude et le regarda dans les yeux.

— Je peux revoir ton tatouage ?

Pour toute réponse, il rejeta les couvertures, lui laissant voir le papillon bleu, jaune et rouge sur lequel était inscrit le nom de leur fille.

— Je suppose que cela doit susciter la curiosité de tes petites amies, dit-elle d'un ton qu'elle voulait dégagé.

— Tu es la première à le voir, répondit-il.

Puis, voyant son air dubitatif, il ajouta :

— Il n'y a eu personne depuis toi. Quand nous avons divorcé, j'ai éprouvé un tel sentiment de gâchis que je n'étais pas prêt à prendre de nouveau le risque.

Elle s'allongea de nouveau et le serra très fort contre elle. Elle aurait voulu que ce moment dure une éternité. Qu'ils ne se quittent plus, tout en sachant qu'il le faudrait bien, pourtant.

Erik se réveilla à 6 heures, le lendemain matin, avec la conscience très agréable qu'il y avait une femme dans son lit. Et pas n'importe quelle femme. Il se retourna doucement vers Sheri et la regarda dormir, anxieux de graver dans sa mémoire le moindre détail de ce moment qu'il savait privilégié. De la boucle de cheveux qui s'était enroulée autour de son oreille délicatement ourlée à la ridule que l'affreux deuil avait creusée entre ses sourcils et qui ne s'effaçait jamais, même dans son sommeil.

Elle battit plusieurs fois des cils avant d'ouvrir les yeux. Aussitôt qu'elle le vit, un sourire se dessina sur ses lèvres.

— Bonjour, dit-elle d'une voix ensommeillée.

— Bonjour, répondit-il en l'embrassant sur le bout du nez.

— J'ai mauvaise haleine, non ?

Il savait qu'elle lui dirait ça. C'était toujours ce qu'elle disait en ouvrant les yeux. Tout connaître d'elle le rendit soudain heureux.

— Quelle heure est-il ? s'enquit-elle.

— À quelle heure dois-tu être au lycée ?

— Mon premier cours est à 8 heures. Mais je dois d'abord passer chez moi pour me changer.

— Nous avons un peu de temps devant nous, alors.

Sa voix s'était faite de velours tandis qu'il promenait sa bouche sur son épaule.

Elle le repoussa doucement et se leva.

— Je reviens. J'en ai pour une minute.

— Il y a une brosse à dents neuve dans l'armoire à pharmacie, dit-il alors qu'elle se rendait dans la salle de bains.

Il attendit qu'elle revienne, un court instant plus tard, l'haleine fraîche, pour aller se rafraîchir à son tour. Puis il se glissa de nouveau entre les draps. Il aurait aimé prendre son temps, se familiariser encore avec chaque centimètre de sa peau, mais aucun d'eux ne pouvait se permettre un tel luxe.

Il comprit vite que Sheri avait sa petite idée sur la manière dont elle voulait les choses quand elle vint s'asseoir sur lui et le maintint sur le dos, le réduisant à sa merci. De la bouche, de la langue et des mains elle le conduisit très vite au bord d'une extase qu'il eut bien du mal à contrôler. Quand il s'agrippa à elle, le souffle court, elle lui prit des mains le préservatif qu'il avait rapporté de la salle de bains et le déroula lentement sur son sexe en érection, dans un mouvement de va-et-vient qu'il vécut comme une torture exquise.

Puis elle s'empala sur lui et le chevaucha à une cadence qui les conduisit ensemble à un violent orgasme.

— Tu es bien réveillée, maintenant ? la taquina-t-il sur un ton qui aurait pu passer pour suffisant.

— Pas pour longtemps si nous restons couchés, répondit-elle.

— Reste encore un peu.

Pour achever de la convaincre, il la serra étroitement contre lui dans une étreinte qu'il aurait aimé ne jamais voir se terminer.

Elle ne dit rien, laissant s'installer entre eux un silence pesant. Quelque chose la tracassait.

— Ça va ? lui demanda-t-il alors qu'il redoutait de connaître la réponse.

Mais il préférait savoir. Car il avait appris que le manque de communication avait été un des éléments essentiels qui avaient précipité leur séparation.

— Hier soir, tu ne m'as pas demandé si j'avais eu quelqu'un après toi.

— C'est parce que j'estime que cela ne me regarde pas.

C'était vrai. Il ne voyait pas l'intérêt de l'interroger sur un passé qui n'appartenait qu'à elle.

— Je tiens quand même à ce que tu le saches. Il n'y a eu personne. Comme toi, je suppose que je n'étais pas prête à courir le risque de souffrir encore.

Il trouva cette réponse étonnante de la part d'une femme qui prenait tous les risques en escaladant des murs de glace ou en affrontant toutes sortes de dangers pour aller sauver des vies. Mais il comprenait ce qu'elle voulait dire. L'ascenseur émotionnel était beaucoup plus dangereux. Des os brisés pouvaient se réparer. Un cœur, pas toujours.

Il l'embrassa tendrement sur le front tout en lançant un coup d'œil à l'horloge digitale. Elle indiquait 7 heures.

— Je vais faire du café, annonça-t-il.

Le petit déjeuner était prêt et servi quand elle le rejoignit dans la cuisine.

Il lui tendit une tasse de café fumant qu'elle saisit en lui souriant.

— Nous dînons ensemble, ce soir ? Un vrai dîner, cette fois. Pas des biscottes à la confiture.

— Avec plaisir. Enfin… si je ne suis pas appelée sur un sauvetage.

— Comme moi. Si nous n'avons pas de nouvelles de Carl d'ici là.

Elle fronça soudain les sourcils. Visiblement quelque chose la chiffonnait.

— Un problème ?

Elle secoua la tête.

— Ce n'est probablement rien mais, hier soir, quand nous avons retrouvé les Cargill, Sarah a dit quelque chose qui m'a semblé curieux.

— Quoi donc ?

— Elle a dit qu'elle avait vu comme de la fumée de cheminée s'élever au-dessus des arbres, sur la crête. Elle a d'abord pensé à aller voir s'il y avait une habitation où elle pourrait demander de l'aide mais elle a fini par y renoncer. Elle ne voulait pas laisser son mari blessé avec les enfants. Et quand j'ai demandé à Ted si quelqu'un habitait par là, il a répondu qu'il n'y avait qu'un centre de loisirs et qu'il était fermé à cette période de l'année.

— Ce n'est pas loin du camp de pêche où Carl et la petite ont passé la nuit. Ça vaut la peine d'aller y jeter un coup d'œil.

— Je vais avec toi.

— Tu ne peux pas. Tu as cours.

— Je peux faire appel à un remplaçant. Cela m'arrive parfois, quand j'ai passé la nuit sur un sauvetage. Le directeur comprend tout à fait ce genre de choses.

— Il faut d'abord que j'en parle au shérif. Je suis dans sa juridiction et, officiellement, il fait appel à moi en tant que conseiller.

Sheri pinça les lèvres mais ne chercha pas à discuter.

— Je te tiendrai au courant. Tu seras joignable ?

— Oui.

Elle posa une main sur son avant-bras et y exerça une pression appuyée.

— Ce n'est pas de la curiosité malsaine, Erik. Le cas de cette petite me tient particulièrement à cœur.

— Je le sais.

Avoir Sheri à ses côtés pourrait se révéler positif. Les enfants étaient plus en confiance avec les femmes. De plus, elle était particulièrement douée pour établir un lien entre elle et eux.

Ils s'embrassèrent et se séparèrent dans un sourire plein de promesses. Erik était fatigué mais heureux et détendu comme il ne l'avait pas été depuis des lustres. Il n'avait aucune idée de la suite qu'ils allaient donner à leur histoire et il ne voulait surtout pas se projeter dans un avenir qu'il savait pour l'heure incertain ; mais, au moins, ils allaient de l'avant et il vivait cela comme un cadeau du ciel inespéré.

Le bureau du shérif était en pleine effervescence lorsqu'il y arriva, un moment plus tard.

— La réunion est annulée, inspecteur Lester, lui apprit Adelaïde.

— Pourquoi ? Que se passe-t-il ?

— Deux femmes ont braqué une banque à Junction et il semblerait qu'elles aient été repérées dans le coin. La police de Junction est à leur poursuite et nous a demandé de lui prêter main-forte. Nous mettons en place des barrages sur toutes les routes conduisant à Eagle Mountain.

Erik se rendit dans le bureau du shérif juste au moment où celui-ci enfilait sa veste.

— Adelaïde vous a mis au courant ? s'enquit-il.

— Oui. Mais j'ai besoin de vous parler de quelque chose avant que vous ne partiez.

— Je vous écoute.

Tout en le suivant dehors, Erik lui rapporta ce que Sheri lui avait dit.

— Ce n'est peut-être rien mais je préfère aller vérifier, conclut-il.

— OK. Mais ne tentez rien s'il s'avère que Westover est bien là-bas. Il sait qui vous êtes. S'il se rend compte que vous l'avez retrouvé, ça pourrait au mieux le faire fuir, au pire l'énerver. Et je ne voudrais pas que la petite en fasse les frais.

— Je ne chercherai même pas à l'approcher, promit-il. Je vous contacterai pour vous dire si ça vaut la peine d'envoyer des hommes sur place. Je voulais aussi vous dire que je compte emmener Sheri Stevens avec moi. Si nous trouvons Dawn, elle sera rassurée par une présence féminine.

Travis hésita un court instant.

— D'accord, approuva-t-il finalement. Mais rappelez-vous : prudence.

Sur ce, il s'engouffra dans sa voiture de shérif et démarra sur les chapeaux de roues.

Erik envoya aussitôt un texto à Sheri.

Autorisation accordée. Quand peux-tu te libérer ?

Il venait d'arriver chez lui quand la réponse lui parvint :

Mon remplaçant sera là à midi. C'est bon pour toi ?

Oui. Rendez-vous à la maison.

Il ne savait pas ce qui ressortirait de cette excursion en montagne. En revanche, ce qu'il savait, c'était que la perspective de retrouver Sheri le rendait heureux.

9

Assis dans le siège passager, Sheri repensait à une sortie en montagne qu'Erik et elle avaient faite ensemble. C'était un an avant leur mariage. Ils avaient passé un week-end dans un mobile home d'Estes Park. Ils étaient comme deux enfants, trop heureux d'échapper, le temps d'une parenthèse, à leurs responsabilités quotidiennes et à la pression qu'exerçait sur eux leurs professions respectives. Ils avaient passé leur temps à randonner, à faire l'amour et à avaler n'importe quoi pour se nourrir.

C'est au cours de ce séjour que Claire avait été conçue. Avec le recul, Sheri avait du mal à croire qu'elle avait été un jour une jeune femme joyeuse et insouciante, bien loin d'imaginer le sort cruel que la vie allait lui réserver.

— Tu te souviens de ce week-end que nous avons passé à Estes Park ? lui demanda Erik.

La question ne la surprit pas. Pendant des années ils s'étaient amusés de ce qu'ils appelaient « leur don de télépathie ».

— Justement, j'étais en train d'y penser, répondit-elle.

— Nous aurions dû nous échapper plus souvent, comme ça, dit-il avec une pointe de regret dans la voix. Prendre le temps…

— Tu crois que cela aurait changé quelque chose ?

— Je ne sais pas. Peut-être.

Ils se turent, chacun ruminant sans doute les erreurs

qu'ils avaient commises et qu'ils ne pourraient jamais réparer. Sheri ne ressentait aucune culpabilité. Simplement, elle regrettait que les choses ne se soient pas passées différemment.

— À combien sommes-nous de l'embranchement ? s'enquit-il.

Elle vérifia les indications que Ted lui avait communiquées.

— Normalement, tu devrais tourner à gauche, sur le chemin forestier 261A. Il est à une vingtaine de kilomètres.

Elle avait appelé Ted en lui expliquant vaguement qu'Erik et elle comptaient aller faire un tour là-bas.

— Vous êtes en couple, le flic et toi ? lui avait-il demandé.

L'expression « en couple » l'avait fait sourire. Elle la trouvait désuète.

— Je vous ai vus, hier soir, avait-il ajouté. J'ai tout de suite compris qu'il y avait quelque chose entre vous.

Il y avait beaucoup, même, entre eux. Mais elle n'arrivait pas à définir quoi, exactement.

— Une femme ne dévoile jamais ses secrets, avait-elle répliqué pour couper court à sa curiosité.

Ted avait ri puis avait conclu sur ces mots :

— Soyez prudents, là-haut. Les routes forestières ne sont probablement pas déneigées.

Un quart d'heure plus tard, la jeep d'Erik s'engageait sur le sentier que les pelleteuses n'avaient, en effet, pas totalement dégagé.

— Visiblement, c'est une route assez fréquentée.

Il faisait allusion aux traces de pneus que les 4x4 avaient laissées dans la neige.

— Ted m'a dit que l'endroit était prisé des amateurs de ski de fond et de motoneige. Le centre de loisirs se trouve à environ huit kilomètres. Nous devrions trouver un panneau indiquant la direction à prendre.

En effet, après avoir roulé un moment, ils virent le haut d'une pancarte qui dépassait d'un amas de neige et lurent :

CENTRE DE LOISIRS KING'S KIDS.

Une flèche rouge indiquait qu'il fallait tourner à droite.

Ils roulèrent une cinquantaine de mètres avant de devoir s'arrêter. Les congères accumulées des deux côtés du chemin le rendaient impraticable.

— Ted avait raison, dit-elle. Les pelleteuses ne sont pas venues jusque-là.

Il coupa le moteur et détacha sa ceinture de sécurité.

— Attends-moi ici, dit-il. Je vais voir ce qu'il en est.

— Je vais avec toi, rétorqua-t-elle. Pour augmenter les chances de survie en milieu hostile, la règle numéro un est de ne pas se séparer.

— Rester au chaud dans une voiture ne me paraît pas relever de la survie, fit-il remarquer en souriant.

— Il n'est pas question que je te laisse seul, dit-elle. Je vais avec toi.

Il secoua la tête mais ne chercha plus à discuter. Il se contenta de regarder autour de lui. Ayant trouvé ce qu'il cherchait, il enjamba un muret de neige, suivi de près par Sheri. Ils se frayèrent ensuite un chemin entre les arbres. Mais même si la hauteur de neige était moins épaisse sous la frondaison des conifères, ils progressaient difficilement.

Au bout d'un temps qui leur parut infini, ils arrivèrent enfin en vue d'un premier bâtiment, vaste structure de rondins de bois verts qui se fondait dans le paysage.

Elle s'arrêta pour humer l'air.

— Je ne sens aucune odeur de fumée.

— Il n'y a aucune empreinte de pas, non plus. Essayons de nous rapprocher discrètement.

Avec mille précautions pour ne pas être vus ni entendus d'éventuels occupants, ils longèrent à distance un ensemble de petits bungalows qui devaient sans doute abriter les dortoirs. Mais, là encore, aucune trace de vie. Erik rabattit sa capuche sur sa tête, remonta son écharpe jusqu'au nez puis chaussa ses lunettes de soleil.

— Au cas où nous tomberions sur Carl, expliqua-t-il. S'il nous demande quelque chose, nous dirons que nous faisons une randonnée.

Elle acquiesça et suivit son exemple. Ainsi méconnaissables, ils pénétrèrent dans la clairière. Le cœur de Sheri se mit à battre plus fort. Il n'y avait sans doute personne, mais imaginer qu'un ravisseur les observait peut-être, prêt à les prendre par surprise, lui faisait froid dans le dos.

Ils firent le tour de chaque bungalow – une dizaine en tout – sans rien remarquer d'anormal.

— Sarah Cargill a dû se tromper, dit Sheri alors qu'ils contournaient le dernier bungalow.

Erik s'arrêta si brusquement qu'elle le heurta violemment.

— Quelqu'un est venu ici, dit-il à voix basse.

Il plongea la main dans la poche de sa parka et en sortit son arme de service.

— Qu'est-ce que tu vois ? demanda-t-elle.

— Regarde la neige, sous la fenêtre. Elle a été piétinée puis lissée avec ce qui ressemble à une branche de sapin. On voit les traces. Et le cadenas censé sécuriser les volets a été cisaillé.

En effet, à y regarder de plus près, on pouvait voir qu'il pendait de travers et que le moraillon était coupé en deux.

Erik s'éloigna de quelques pas, les yeux rivés au sol. Il se baissa soudain pour ramasser quelque chose.

— Une pince, dit-il en revenant vers Sheri. Il doit y avoir une cabane à outils quelque part.

Il mit la pince de côté puis, de ses mains gantées, décrocha le cadenas et ouvrit les volets qui avaient été juste rabattus de l'extérieur.

— Je vais jeter un coup d'œil, annonça-t-il.

D'un bond agile, il se hissa sur le rebord de la fenêtre et

pénétra à l'intérieur du bungalow. Suivi dans la seconde par Sheri qui afficha un air faussement candide en réponse à sa moue réprobatrice.

— Surtout, ne touche à rien, lui ordonna-t-il.

Il pensait au désordre qui régnait partout. La vaisselle sale dans l'évier, la poubelle qui débordait de papiers d'emballages et de détritus et, dans la chambre, les draps d'un lit défait qui traînaient sur le sol poussiéreux. Des cendres dans la cheminée attestaient que des feux y avaient été allumés pour se chauffer. Il se baissa pour les tâter.

— Elles sont froides. Ce qui veut dire que notre squatter a quitté les lieux depuis un moment. Allons voir à l'étage.

Ils arrivèrent dans un vaste dortoir équipé de plusieurs lits simples. L'un d'eux, le plus proche de la porte, portait les traces visibles de la présence d'un enfant.

Sheri fixa, comme hypnotisée, l'empreinte d'un petit corps dessiné sur le matelas et l'oreiller.

— C'étaient eux, dit-elle dans un souffle. Carl a dormi en bas et la petite ici.

— Nous ne pouvons pas l'affirmer, Sheri. L'endroit a pu être squatté par des SDF qui auront trouvé refuge ici quelque temps avant de repartir vers d'autres horizons.

Elle resta silencieuse. Elle venait d'aviser un morceau de papier bleu, coincé entre deux des rondins de bois qui formaient la tête de lit.

— Erik… Regarde ça.

Il la rejoignit puis, voyant le papier, s'en saisit délicatement et le déplia. Tête contre tête, ils lurent ensemble les quelques lignes rédigées d'une écriture enfantine.

Si vous trouvez ce mot il faut m'aider. Mon oncle veut m'emmener au Mexique mais je ne veux pas y aller. Je

Le mot s'achevait ainsi, laissant supposer que la personne qui l'avait écrit avait été brusquement interrompue.

— La voilà, la preuve que ce sont eux, dit Sheri. C'est Dawn, et elle parle de Carl.

En guise de commentaire, Erik sortit de la poche intérieure de sa parka un sachet de mise sous scellés et y glissa le mot dedans. Puis il l'étiqueta avec la date, l'heure et le lieu avant de le remiser dans sa poche.

— Tu te rappelles, Claire faisait pareil, dit Sheri. Elle s'amusait à cacher toutes sortes d'objets dans sa chambre.

— Comme un petit écureuil, se rappela-t-il.

Une forte émotion se peignit sur son visage. Sheri lui prit la main et la pressa doucement dans la sienne, dans un geste plein de tendresse.

Ils sortirent par où ils étaient entrés. Erik repoussa les volets puis remit le cadenas en place.

— Ils ont dû partir hier, supposa-t-il alors qu'ils retournaient à sa voiture. Après que Mme Cargill a vu la fumée. Ce qui leur laisse une bonne avance sur nous. Et comme les fois précédentes, quelqu'un a dû les récupérer au bord de la route.

— Ce qui confirmerait l'hypothèse d'une complicité.

Ils n'étaient qu'à quelques mètres de la voiture quand Erik s'arrêta net en jurant tout haut.

— Quoi ?

— Les pneus !

Les quatre pneus étaient à plat, les jantes à moitié enfoncées dans la neige.

— Qui a pu faire ça ?

— Carl. Je ne vois personne d'autre que lui. S'il m'a vu avant que je masque mon visage, il aura voulu m'arrêter.

— Mais nous venons de dire qu'il avait quitté les lieux hier.

— Il faut croire que nous nous sommes trompés.

Il se baissa pour étudier les traces de roues qui se trouvaient juste à l'arrière de sa jeep.

— Des pneus à clous, dit-il. Carl devait se trouver à proximité du centre quand nous sommes arrivés. Il a attendu que nous soyons hors de vue pour venir ici attendre son complice. Et pour plus de sûreté, il a rendu ma jeep inutilisable. D'ailleurs, regarde ces empreintes.

Sheri baissa les yeux sur les traces imprimées dans la neige. Des empreintes de pas d'adulte et d'autres, plus petites.

Erik attrapa son smartphone dans sa poche.

— Merde ! Aucun signal.

— Et maintenant ? Que faisons-nous ? s'enquit Sheri qui, frigorifiée, voyait s'envoler ses rêves de retrouver la chaleur de l'habitacle.

— Travis Walker sait où nous comptions nous rendre. Et ton ami Ted aussi. Quand ils verront que nous ne revenons pas, ils donneront l'alerte et partiront à notre recherche. C'est l'histoire de quelques heures.

Quelques heures, c'était long, même dans une voiture chauffée.

Comme s'il avait lu dans ses pensées, Erik détacha une feuille de son carnet.

— Nous retournons au centre de loisirs. Je vais laisser un mot sur le parebrise. Nous essaierons de pénétrer dans un autre bungalow pour ne pas détruire les indices de celui où se trouvait Carl.

— C'est légal ?

— Non, mais c'est un cas d'urgence. Et je paierai pour les réparations, s'il y en a.

Il griffonna quelques mots puis coinça le billet sous les essuie-glaces.

— Autant attendre les secours dans de bonnes conditions, non ? dit-il en lui souriant.

Erik choisit le bungalow le plus proche du bâtiment principal.

— Il leur sera plus facile de nous trouver ici, expliqua-t-il.

— Comment comptes-tu fracturer la serrure ?

— De la même manière que Carl. Et, en plus, nous avons l'outil adéquat. Je vais le chercher.

— Je t'accompagne, dit Sheri en lui emboîtant le pas.

— Cette fois, je ne discuterai pas. Il n'est pas question que je te laisse seule une seconde. On ne sait jamais. Si Carl rôdait encore dans le coin...

Il la vit pâlir d'un coup.

— Tu ne parles pas sérieusement ?

— Je ne crois pas qu'il soit encore là, mais mieux vaut ne prendre aucun risque.

Il la serra brièvement dans ses bras puis ils allèrent chercher la pince qu'il avait laissée sous le porche du bungalow qu'avait occupé Carl.

Moins de cinq minutes plus tard, ils pénétraient à l'intérieur du logement.

— Ça n'a pas l'air trop mal, dit-elle.

Sheri alla se placer au milieu de la pièce et tourna lentement sur elle-même. Contrairement à l'autre bungalow, celui-ci était de plain-pied. Il était meublé de lits superposés, disposés le long de trois murs. Un poêle en fonte poussiéreux occupait le quatrième. Au milieu se trouvait une grande table en bois rectangulaire entourée de six chaises.

— Spartiate mais en bon état, ajouta-t-elle.

— J'ai vu du bois de chauffage, sous un abri, près du porche. Allons en chercher.

Quelques minutes plus tard, Erik allumait un feu tandis qu'elle passait le contenu des placards en revue. Elle trouva des couvertures, un jeu de Scrabble, des gobelets en plastique, une bouilloire et un pot de café instantané à moitié plein. Elle vida la bouteille d'eau qu'elle avait emportée dans la bouilloire et la mit à chauffer sur le poêle. En attendant, elle disposa sur la table le bœuf séché coupé en fines tranches, les barres protéinées et les deux tubes de chocolat en poudre qu'elle avait pris la précaution de fourrer dans son sac à dos avant de partir.

— Et voilà ! Tu as le choix entre un café ou un Moka maison.

— Hum. Je me réjouis à l'avance de boire quelque chose de chaud. Mais ce n'est pas pour tout de suite. Il va falloir un peu de temps avant que l'eau ne bouille.

Il ajouta, après un regard dépité sur le repas chiche qui les attendait :

— Adieu, le bon dîner que nous avions prévu de faire.

— Ce n'est que partie remise. Si nous faisions un Scrabble en attendant ?

— J'ai une meilleure idée.

Il l'attira alors à lui et lui donna un baiser passionné qui l'électrisa tout entière.

— Idée validée, dit-elle en nouant ses bras autour de son cou.

Il chercha du regard un endroit confortable, à défaut d'être romantique. À part un des lits qu'ils pouvaient recouvrir d'une couverture, aucune alternative ne s'offrait à eux.

— Ce n'est pas vraiment le confort d'Estes Park, fit-il remarquer en souriant.

— En effet. Cet endroit me rappelle plutôt celui où nous avons séjourné au bord d'un lac, dans l'Idaho. Au lieu du chalet de luxe que nous avions réservé, nous nous sommes retrouvés dans une espèce de cabane à outils.

Ce souvenir les fit éclater d'un rire joyeux.

— Je m'en souviens très bien. Qu'est-ce que les propriétaires nous avaient raconté, déjà ? Ah oui ! Que le chalet que nous avions loué avait brûlé quelques jours plus tôt et que tous les autres étaient occupés.

— Oui, c'est ça. Ils nous ont installés là où ils stockaient leur vieux mobilier.

— Tu parles d'un endroit romantique !

— Nous aurions pu porter plainte mais nous avons préféré en rire. Le seul fait d'être ensemble nous rendait si heureux !

Elle glissa ses mains sous son pull, ses doigts se réchauffant au seul contact de sa peau.

— Comment avons-nous fait pour perdre une telle aptitude au bonheur ?

— Tu connais la réponse. Nous avons perdu notre insouciance en perdant notre enfant.

— Le pire, durant cette période, c'est que je te voyais souffrir mais je me sentais impuissant à te consoler.

— Tu aurais dû me le dire.

— J'en étais incapable. Je n'avais pas les mots.

Elle posa la tête au creux de son épaule, leurs deux cœurs battant à l'unisson de l'infinie tendresse qu'ils se portaient l'un à l'autre.

Ils restèrent un long moment ainsi, enlacés devant le feu crépitant ; immobiles et silencieux comme à chaque fois qu'ils évoquaient leur enfant disparue.

Puis, peu à peu, ils reprirent conscience de leurs corps qui se touchaient et avaient faim l'un de l'autre. La main de Sheri se posa sur sa braguette puis fit descendre doucement la fermeture Éclair, libérant à demi son sexe déjà dur et tendu.

Des coups tambourinés à la porte les firent s'écarter brusquement l'un de l'autre. Erik referma son pantalon d'une main fébrile, juste au moment où la voix de Gage Walker se fit entendre :

— Erik ! Sheri ! Vous êtes là ?

10

Sans nouvelles d'Erik depuis plusieurs heures, Travis avait décidé d'envoyer Gage et deux autres officiers de police à sa recherche. Le fait qu'Erik lui avait dit où il comptait se rendre leur avait facilité la tâche. Quand ils avaient trouvé sa voiture ainsi que le mot glissé sur le parebrise, ils n'avaient plus eu qu'à se laisser guider par la colonne de fumée qui se dessinait dans le ciel et par l'odeur qui s'en dégageait.

Mis au courant des derniers événements, les trois hommes fouillèrent scrupuleusement les lieux puis recueillirent les indices laissés par Carl et Dawn – fibres, cheveux et emballages qui seraient envoyés au labo à des fins de tests ADN.

Le lendemain, Erik décida de convoquer les Sheffield au bureau du shérif.

— S'ils ont quelque chose à cacher, ils se sentiront moins à l'aise dans un cadre officiel que, chez eux, dans leur cadre familier.

— Qu'auraient-ils à cacher ? s'étonna Travis.

— Je ne sais pas. Ils savent peut-être des choses que nous ignorons. Un coup de fil que leur aurait passé Carl ; des menaces qu'il aurait proférées avant l'enlèvement et qu'ils auraient prises à la légère. Peut-être même qu'ils savent qui est le complice de Carl et qu'ils se taisent dans le but de le protéger. Serait-il possible qu'un de vos officiers assiste à l'entretien ? Un adjoint en uniforme donnera un caractère plus officiel qui risquera de les impressionner.

— Jamie Douglas, répondit Travis sans hésiter. Une main de fer dans un gant de velours. Elle ne laissera passer aucun débordement, vous pouvez me croire.

— Merci.

Ce fut Melissa qui répondit à l'appel d'Erik.

— Vous avez retrouvé ma petite Dawn ? s'enquit-elle aussitôt d'une voix qui lui sembla fébrile.

— Disons que j'ai des faits nouveaux dont j'aimerais vous parler, à vous et à votre époux. Vous pourriez être au bureau du shérif à 10 h 30 ?

— Pourquoi devons-nous aller là-bas ? Vous ne pouvez pas venir chez nous ?

— J'ai besoin que vous et votre mari veniez. Je peux vous envoyer un adjoint vous chercher, si vous voulez.

— Il n'en est pas question. Et d'ailleurs, je ne vois pas pourquoi nous devrions encore vous parler. Notre fille a été enlevée et au lieu de la chercher vous perdez votre temps à nous questionner, encore et toujours. Comme si vous nous soupçonniez de quelque chose. C'est honteux, à la fin !

Sa voix se brisa et Erik crut qu'elle allait se mettre à pleurer. Pourtant, il n'arrivait pas savoir s'il s'agissait d'une réelle détresse ou d'une feinte destinée à le faire renoncer.

— Madame Sheffield, je vous assure que nous travaillons d'arrache-pied à vous ramener votre fille saine et sauve. Vous êtes la personne qui en sait le plus sur son ravisseur. Sans même le savoir, vous détenez peut-être la clé qui nous permettrait de le retrouver. Il est très important que vous nous aidiez dans ce sens. C'est pourquoi je vous demande de venir au bureau du shérif pour en parler.

— Je vous ai déjà dit tout ce que je savais. M'en demander toujours plus, alors que je n'ai pas les réponses aux questions que vous vous posez, relèverait du harcèlement.

À ce moment, la voix de Brandon se fit entendre.

— Inspecteur ? À quelle heure voulez-vous que nous soyons là-bas ?

— À 10 h 30.

— Nous y serons.

— Merci.

Erik mit fin à l'appel et ouvrit son carnet de notes pour se préparer à l'entretien qui allait suivre. Il eut une pensée pour Brandon Sheffield qui devait être en train de se faire invectiver par sa femme. Une agressivité qu'il préféra mettre sur le compte du stress.

À l'heure prévue, Adelaïde vint lui annoncer l'arrivée du couple Sheffield. Il chargea alors Jamie de les lui amener dans la salle d'interrogatoire où il se trouvait déjà.

Melissa entra la première, le menton relevé, l'air hautain. Avec son tailleur-pantalon en cuir moulant et son pull à col roulé noir, elle ressemblait à une cambrioleuse chic telle qu'on en voit dans les séries policières américaines. Brandon suivait, les épaules voûtées, de larges cernes noirs sous les yeux. Contrairement à sa femme, il n'avait pas fait d'effet de toilette. Il portait la même tenue négligée que la dernière fois où Erik l'avait vu.

Entrée la dernière, l'adjointe Douglas ferma la porte derrière elle et resta debout tandis que les Sheffield s'avançaient vers la table rectangulaire en acier derrière laquelle se trouvait Erik.

— Asseyez-vous, je vous en prie, dit-il en indiquant les deux chaises qui se trouvaient face à lui.

— J'ai dit à Brandon que nous devrions faire venir notre avocat, attaqua d'emblée Melissa.

— C'est votre droit, rétorqua Erik. Quand pourra-t-il être ici ?

— Il est à Denver. Mais je suis certaine qu'il fera son possible pour venir nous assister.

— Madame Sheffield, dans les affaires d'enlèvement, le temps est précieux. Chaque minute compte. Plus vite vous me fournirez les informations dont j'ai besoin, plus j'aurai de chances de retrouver Carl rapidement.

Brandon mit une main sur l'épaule de sa femme, dans le but manifeste de la calmer.

— Voyons un peu comment nous pouvons aider l'inspecteur Lester, dit-il avant de tirer une des chaises, sur laquelle Melissa prit place.

Erik consulta ses notes et se lança :

— Hier, nous avons été informés du fait que quelqu'un occupait l'un des bungalows d'un centre de vacances. Ce centre est normalement fermé à cette époque de l'année et distant de quelques kilomètres à peine du camp de pêche où Carl et Dawn ont été vus. Malheureusement, au moment où nous sommes arrivés, il n'y avait plus personne. En revanche, nous avons trouvé ceci.

Il fit glisser vers eux le morceau de papier que protégeait une enveloppe en plastique.

— Reconnaissez-vous cette écriture ?

Brandon se pencha en avant et lut le mot tout haut. Il releva la tête, les yeux écarquillés.

— Qu'est-ce que ça veut dire ? demanda-t-il.

Pour toute réponse, Erik répéta sa question :

— Reconnaissez-vous cette écriture ?

Brandon baissa de nouveau les yeux sur la note.

— Je ne sais pas… Peut-être… Mel, qu'en penses-tu ? Tu crois que c'est Dawn qui a écrit ça ?

— Je pense que toutes les fillettes de huit ans ont la même écriture, répondit-elle. On leur apprend à l'école à former les lettres de la même façon. Si ça se trouve, c'est un des enfants du centre qui a écrit ça cet été.

Brandon récupéra le mot qu'il remit dans le dossier étiqueté Carl Westover.

— Carl est-il déjà allé au Mexique ? demanda-t-il.

Brandon interrogea sa femme du regard.

— Mel ?

— Je n'en ai aucune idée.

— Pourtant, j'ai cru comprendre que vous étiez très proches, tous les deux. Vous a-t-il parlé d'un voyage qu'il devrait faire au Mexique, à titre professionnel ou privé ?

— Je ne crois pas. Enfin… Non.

— Dawn s'est peut-être trompée, intervint Brandon. Elle voulait peut-être parler du Nouveau-Mexique.

— Pourquoi, le Nouveau-Mexique ?

— Vraiment, Brand, tu exagères, gronda Melissa. Dawn n'est pas idiote. Elle ne ferait jamais une confusion pareille.

Brandon prit le parti d'ignorer le commentaire sarcastique de sa femme.

— Carl est sorti avec une fille de Santa Fe pendant un certain temps, répondit-il.

— Quand était-ce ? Comment s'appelait-elle ?

— C'était l'année dernière. Il est venu avec elle une fois, à un barbecue chez nous, à Denver. Tu t'en souviens, Mel ? Elle était très jolie. Comment s'appelait-elle, déjà ? Margery ? Maude ? Quelque chose qui commençait par un *m*.

— Je ne me rappelle pas.

— Savez-vous s'ils se voient toujours ?

— Je ne crois pas, dit Brandon. En tout cas, on n'a plus entendu parler d'elle depuis.

— Savez-vous à quand remonte la dernière fois où il s'est rendu au Nouveau-Mexique ?

— Je l'ignore, répondit Brandon. Mel, tu le sais, toi ?

— Non.

Elle croisa les bras, dans un geste visiblement défensif.

— Monsieur Lester, vous voyez bien que vous perdez votre temps. Vous feriez mieux d'être dehors, à la recherche de ma fille.

— Toutes les forces de police du Colorado et celles des États voisins s'activent à retrouver Carl et Dawn, madame

Sheffield. Ceci dit, il nous serait très utile d'être en mesure de déterminer les endroits où votre frère pourrait être allé se réfugier. A-t-il des amis vers qui il pourrait se tourner pour leur demander de l'aide ? Aimait-il un endroit en particulier ? L'auriez-vous entendu dire quelque chose comme : « Quand mon procès sera terminé, j'irai à... »

Brandon secoua la tête.

— Je n'en ai pas souvenir.

— Non, affirma Melissa, sur le même ton offensif. Au lieu de jouer aux devinettes, nous ferions mieux d'accepter ses conditions. Virons-lui l'argent qu'il demande, et il nous rendra Dawn.

— Mel, un million de dollars, ce n'est pas rien. En plus, je ne peux pas réunir une telle somme en un claquement de doigts. Et je te l'ai déjà dit. Je le ferais si j'étais certain que Carl s'arrête là. Malheureusement, il peut aussi continuer à nous réclamer de l'argent autant de fois qu'il le voudra.

— Il ne fera pas ça. Pourquoi as-tu une si mauvaise opinion de lui ?

— Comment voudrais-tu qu'il en soit autrement après ce qu'il a fait ?

De toute évidence à bout de patience, Brandon se leva en faisant racler bruyamment sa chaise sur le sol puis il se mit à arpenter nerveusement la pièce.

— Il a kidnappé notre fille, nom de Dieu ! Alors, non, je n'ai pas une once de sympathie pour lui.

— Madame Sheffield, avez-vous une idée de qui pourrait aider votre frère à passer entre les mailles du filet ? Car il est évident qu'il se déplace avec l'aide d'un ou d'une complice.

— Je l'ignore. Brandon, fais ce que tu veux, moi je m'en vais !

Sur ce, elle se leva à son tour et se dirigea droit vers la sortie. Aussitôt, Jamie lui fit un barrage de son corps.

— Vous nous retenez prisonniers, maintenant ? s'offusqua-t-elle. De quoi sommes-nous accusés, dites-moi.

— Mel, calme-toi, dit son mari. Tu ne facilites pas les choses à l'inspecteur.

— Pour quelle raison devrais-je faciliter les choses à qui que ce soit ? Tu crois que c'est facile pour moi de savoir que ma petite fille a disparu ?

— Vous êtes libres de partir, dit Erik. Mais si quelque chose susceptible de nous mettre sur la voie vous revenait, n'hésitez pas à me contacter.

— Nous n'y manquerons pas, promit Brandon.

Une fois le couple Sheffield parti, escorté jusqu'à la sortie par Jamie, Erik resta assis, immobile et pensif. Retrouver une femme dans une ville comme Santa Fe, avec pour seul indice le prénom commençant par un *m* était mission impossible.

— Vous croyez que les Sheffield disent la vérité ? demanda-t-il à Jamie, revenue dans la pièce.

— Lui, oui. Elle, c'est plus compliqué.

— Ce que je trouve étrange, c'est qu'elle est en colère contre son mari, contre moi, mais pas contre son frère qui a enlevé sa fille.

— Peut-être qu'elle préfère refuser la réalité. Que regarder les choses en face et admettre que son frère lui a pris sa fille est trop difficile à accepter.

— En fait, elle voudrait récupérer Dawn mais sans que son frère soit puni.

— Quelque chose comme ça, oui, approuva Jamie. Les relations familiales sont souvent complexes.

— J'aime mon frère mais, dans un cas comme celui-ci, je me chargerais moi-même de le punir. Je ne le défendrais pas contre les forces de police ni contre la loi.

— C'est normal. Vous êtes flic.

Erik rassembla ses papiers et se leva.

— Vous avez raison. Mon jugement est faussé. En tout cas, merci d'avoir partagé vos impressions.

— Que comptez-vous faire, maintenant ?

— Je vais repasser tout le dossier en revue en espérant trouver quelque chose qui m'aurait échappé. Sinon, je crains bien que nous en soyons réduits à attendre le bon vouloir de Westover.

Le jeudi suivant, Sheri reçut un texto d'Erik qui lui proposait de dîner avec lui le soir même. Elle prit cinq bonnes minutes de réflexion. Oui, elle avait déjà accepté de dîner avec lui, et une partie d'elle avait hâte de le revoir. Cependant, l'autre partie, plus rationnelle, s'alarmait de la facilité avec laquelle il était revenu dans sa vie. Est-ce qu'une entente physique exceptionnelle pouvait lui faire oublier le mal qu'il lui avait fait par le passé ? Il lui avait assuré avoir changé. La thérapie lui avait fait prendre conscience de ses erreurs. Certes. Mais pouvait-elle se fier à sa bonne parole ? N'avait-il pas menti juste pour l'attirer dans son lit ?

Finalement, elle se décida à répondre :

Je suis épuisée. Je vais me coucher tôt.

La réponse ne tarda pas :

OK.

Elle garda les yeux fixés sur ces deux petites lettres, cherchant à en interpréter le sens. Que voulait-il dire exactement ? Qu'il était d'accord pour ne pas la voir ? Qu'il respectait son choix ? Qu'il s'en fichait ?

Elle reposa son téléphone, se maudissant d'avoir la sale manie de toujours vouloir tout disséquer, analyser, comprendre. Parfois – dans la majorité des cas, même –, OK signifiait OK. Point. Il n'y avait pas à y chercher un sens caché.

Elle poussa un soupir résigné et se recentra sur les copies qu'elle était en train de corriger. Trois. Elle en corrigerait trois puis s'arrêterait là.

Elle avait terminé et s'apprêtait à dîner d'un plat surgelé quand elle reçut un SMS du service de sauvetage.

Accident à South Falls. Une voiture et un minibus scolaire impliqués.

South Falls était un couloir d'avalanche très connu, situé au niveau de Dixon Pass. Régulièrement, le service d'entretien provoquait des avalanches pour minimiser le risque d'accidents.

Elle se changea rapidement et rassembla son équipement, l'esprit en ébullition. Le bus était-il vide ou rempli d'enfants ?

Concentre-toi, s'ordonna-t-elle.

Elle ne pouvait rien contre cet accident qui venait de se produire. En revanche, elle avait tout à faire pour tenter de sauver des vies.

11

Le minibus gisait sur le côté, à trente mètres de profondeur, dans le couloir d'avalanche. Par chance, il avait été arrêté dans sa chute par un énorme bloc rocheux. Le second véhicule, une Ford Expedition noire avec à son bord un seul occupant, était en travers de la route. Le temps que les membres du SRS arrivent sur place, les hommes du shérif avaient fermé la route à la circulation et appelé une dépanneuse. Sheri chercha instinctivement Erik du regard mais ne le trouva pas.

— Austen et Ryan, il faut tirer des cordes jusqu'au bus, commanda Carrie qui, en l'absence de Tony, avait la responsabilité de diriger les opérations. Sheri et Hannah, vous descendrez les premières pour rendre compte de la situation.

Les deux femmes coururent récupérer dans la jeep du service – redevenue opérationnelle – le matériel de secours dont elles auraient besoin.

C'est alors que Sheri entendit une voix de femme qui lui était familière. Une voix qui disait :

— Je vais bien. Je suis juste un peu secouée. Mais il y a de quoi. Je roulais tranquillement quand tout d'un coup je n'ai plus rien vu. Tout est devenu blanc.

Sheri laissa son chargement en plan pour se précipiter vers elle.

— Madame Sheffield… Qu'est-ce que vous faites ici, toute seule ?

Melissa la fixa un long moment en silence avant de répondre :

— J'étais sortie faire un tour. J'ai du mal à rester en place en ce moment.

— Ce n'est pas l'endroit idéal pour faire un tour, fit remarquer Ted.

— Vous cherchiez Dawn, n'est-ce pas ? dit Sheri.

Un peu de la tension qui se lisait jusque-là sur le visage de Melissa se dissipa.

— Oui. Je pensais pouvoir trouver ce centre de loisirs dont l'inspecteur Lester a parlé. Celui où sont allés Carl et Dawn. Mais tout se ressemble tellement le soir. Je me suis perdue et j'ai dû faire demi-tour pour rentrer à la maison.

Sheri lui tapota l'épaule, dans un geste qui se voulait réconfortant. Elle comprenait ce par quoi passait Melissa. Il lui était très vite apparu qu'elle avait choisi de s'investir au sein du SRS pour combattre ce sentiment d'impuissance qui l'avait hantée tant de fois après la disparition de Claire et que ressentait sans doute Melissa Sheffield aujourd'hui.

— C'est bon, dit Ryan en émergeant du canyon. Les cordes sont fixées. La pente n'est pas trop raide et la neige est stable.

— Il y a des enfants dans le bus ? s'enquit Carrie. Tu as entendu des cris ?

— Oui. Mais je ne peux pas te dire si c'est parce qu'ils sont blessés ou parce qu'ils ont peur. Les deux, sans doute. Nous allons chercher des pelles et des pioches et nous y retournons.

Comme convenu, Sheri et Hannah descendirent les premières. Seul le toit du minibus était visible, le reste enfoui sous une énorme épaisseur de neige. Sheri lutta contre la vague nauséeuse qui l'envahit quand elle vit la profondeur du précipice dans lequel le minibus se serait écrasé s'il n'avait été miraculeusement arrêté par le bloc rocheux.

— Les secours sont là ! Tenez bon ! cria-t-elle tandis

qu'Austen et Ryan, qui les avaient suivies de près, commençaient à s'attaquer au mur de neige qui recouvrait l'arrière du véhicule.

Des cris étouffés leur répondirent. Un bourdonnement semblable à celui d'une ruche qu'on aurait soudainement dérangée.

Une fois que les hommes eurent dégagé les vitres arrière, une nuée de visages effrayés se pressa contre la vitre.

— Il doit y avoir un bouton rouge, près de vous, à côté de la vitre, dit Hannah. Appuyez dessus. La vitre va s'ouvrir.

En effet, la fenêtre de secours s'abaissa. Deux filles en jaillirent, ignorant le danger qu'il y avait à sauter sur la couche de neige comme elles venaient de le faire.

— Gardez votre calme, tout va bien se passer, dit Sheri qui se positionna devant l'issue pour empêcher toute nouvelle sortie.

Elle dirigea le faisceau de sa lampe frontale à l'intérieur du véhicule. Une douzaine de paires d'yeux étaient braquées sur elle, certains apeurés, d'autres curieux.

— Où est le ou la responsable ? s'enquit-elle.

— C'est moi, dit une femme blonde au visage piqueté de taches de rousseur. Je suis Mme Dellafield, leur professeure d'EPS. Le chauffeur, M. Fox, ne peut pas bouger mais c'est parce qu'il est coincé par sa ceinture de sécurité. Une jeune fille est blessée. Je pense qu'elle a le bras cassé. Sinon, tout le monde va bien.

Sheri poussa un soupir de soulagement. Voilà qui était une bonne nouvelle. Mais pour agir sans prendre de risques, il lui fallait avoir toutes les données.

Elle entraîna Ryan à l'écart.

— À quel point ce véhicule est-il stable ? lui demanda-t-elle.

— Il est solidement calé contre cet énorme bloc rocheux et la neige lui fait comme un moule qui le retient. On n'aurait pu rêver meilleures conditions de sauvetage.

— Parfait.

Elle retourna auprès des deux filles qui grelottaient de froid dans leurs tenues de sport trop légères.

— Des secouristes vont vous faire remonter, leur dit-elle. Vous ne risquerez rien tant que vous ferez exactement ce qu'ils vous diront de faire.

— Oui, madame, acquiescèrent-elles en chœur.

Hannah et Sheri procédèrent à l'évacuation et à la remontée des autres adolescentes avant de pénétrer à l'intérieur du minibus. L'enseignante était assise à l'avant, à côté d'une jeune fille qui se tenait le bras en gémissant.

— Montre-moi un peu ça, dit Hannah d'une voix douce. Je sais que tu dois avoir très mal mais une fois que ton bras sera calé dans cette attelle, tu te sentiras beaucoup mieux, tu verras.

Pendant ce temps, Sheri alla s'occuper du chauffeur. Elle remarqua tout de suite les gouttes de sang qui maculaient son sweat-shirt à l'effigie des Eagle Mountain Eagles et qui, manifestement, avaient échappé à Mme Dellafield. Après s'être présentée, Sheri lui prit le pouls. Un peu rapide mais régulier.

— Comment vous appelez-vous ?

— Hank Fox.

— Monsieur Fox, pouvez-vous me raconter comment l'accident s'est produit ?

— On rentrait d'un match de basket à Dunango. On venait juste d'atteindre le col quand des blocs de glace se sont détachés de la montagne et se sont écrasés juste devant le bus. J'ai freiné doucement. Je savais qu'il y avait cette Ford noire derrière moi et je voulais éviter qu'elle me rentre dedans. La seconde d'après on a été ensevelis dans un nuage de neige. Je n'ai pas eu le temps de donner un coup de volant et on a basculé dans le vide. Et puis plus rien. Tout s'est arrêté.

Les filles se sont mises à pleurer, à hurler, à crier qu'on était enterrés vivants. Comment vont-elles ?

— À part une jeune fille qui a le bras cassé – et vous – tout le monde va bien.

— Oh ! moi, ce n'est qu'une bosse. Je me suis cogné la tête au moment où le bus a basculé.

— Vous devez aussi avoir une entaille dans le cuir chevelu. Vous saignez. On va vous examiner.

Elle laissa sa place à Hannah et sortit au moment au Ted et Eldon arrivaient avec la civière et de quoi trancher la ceinture de sécurité qui retenait Hank Fox prisonnier.

Sheri remonta à temps pour voir le tableau émouvant que formaient les filles dans les bras de leurs parents, accourus sur place à l'annonce de la terrible nouvelle.

Elle s'assit sur le pare-chocs de la Bête, regardant pères et filles s'étreindre puis mères et filles pleurer dans les bras les unes des autres. Ces parents qui avaient craint le pire vivaient sans doute là le plus beau moment de leur vie.

Carrie vint s'asseoir à côté d'elle.

— Je redoute toujours ce genre d'appel, dit-elle. Dès qu'il s'agit d'enfants, c'est viscéral, j'ai les tripes nouées. Je ne peux pas m'empêcher de penser à mes propres enfants. On dit toujours que devenir parent rend fort mais cela rend aussi drôlement vulnérable.

Sheri acquiesça en silence. Elle songea à lui dire qu'elle avait eu une fille et que question vulnérabilité elle en connaissait un rayon. Mais, finalement, elle se tut. Cette partie de sa vie, elle avait choisi de ne pas en parler et c'était mieux ainsi.

— Chaque fois que nous portons secours à des enfants, je me dis que c'est la dernière fois, poursuivit Carrie. J'ai failli arrêter, au printemps dernier, avec l'accident de VTT sur la route de Spark Mountain.

Sheri s'en souvenait très bien. Des parents et leurs deux enfants s'étaient laissé emporter par la vitesse. Ils avaient raté un virage très serré et avaient basculé dans le vide. Les parents avaient survécu, mais pas leurs enfants. L'horreur absolue. Elle était à Denver, en visite chez ses parents, quand l'accident s'était produit. Elle avait été soulagée de ne pas devoir participer à cette mission.

— À la suite de ce sauvetage, j'ai dû consulter un psy pendant des semaines. J'étais vraiment traumatisée. J'ai beaucoup hésité à reprendre mais, en fait, ces missions fonctionnent un peu comme une drogue. Je ne peux pas m'empêcher d'y retourner, encore et encore.

Sheri savait de quoi parlait Carrie. La montée d'adrénaline, l'euphorie d'un sauvetage réussi, un besoin inné de se sentir utile, tout cela se combinait pour vous rendre accro. Ils avaient tous assisté, à un moment ou à un autre, à l'une des conférences que donnaient régulièrement des spécialistes sur le profil psychologique des sauveteurs. Il en ressortait que le succès dans ce domaine tenait à l'attitude positive sans faille de ces secouristes face à des dangers extrêmes. C'était le même trait de caractère qui permettait à certaines personnes de survivre à de graves blessures physiques ou à de terribles épreuves psychologiques alors que tout laissait à penser qu'ils en étaient incapables. Sheri ne se serait jamais crue capable de résilience et pourtant, elle s'était découvert une force infinie.

— Ce soir, tout s'est bien terminé, dit-elle en souriant à Carrie. Pour tout le monde.

Carrie acquiesça alors qu'elle se levait.

— Viens. Il est temps de rentrer.

Elles aidèrent à remiser le matériel dans la Bête puis se rendirent au QG du service pour un dernier débriefing avec le reste de l'équipe.

Sur le chemin du retour, Sheri se demanda si un verre de vin et une vieille comédie romantique comme elle les aimait suffiraient à faire retomber la pression.

Quand elle arriva devant chez elle, elle vit la jeep d'Erik garée dans l'allée. Il sortit de sa voiture en même temps qu'elle.

— J'ai entendu parler de l'accident, dit-il. Il paraît qu'il y avait des enfants.

Des rides d'inquiétude s'étaient creusées autour de sa bouche.

— Oui. Mais nous n'avons eu aucun blessé grave.

— Dieu merci, dit-il dans un souffle.

Il lui ouvrit les bras. Elle alla s'y blottir, oubliant les doutes qui l'avaient assaillie un peu plus tôt. Elle était heureuse qu'il soit là. Elle n'avait pas à lui dire ce qu'elle ressentait. Ni pourquoi. Elle n'avait pas à taire Claire ni à faire comme si elle n'avait pas un trou énorme dans le cœur. Erik la connaissait comme personne d'autre. Et pour l'instant, c'était largement suffisant.

Sheri s'était lancée dans un grand ménage quand la sonnette de l'entrée retentit. Elle retira ses gants en caoutchouc, baissa le son de la radio et alla ouvrir.

Melissa Sheffield se tenait sur le seuil, le visage à demi mangé par d'énormes lunettes de soleil.

— Madame Sheffield…

— Bonjour, madame Stevens. Puis-je entrer ?

— Bien sûr.

Sheri s'écarta sur le côté pour lui laisser le passage puis la conduisit au salon.

— Voulez-vous boire quelque chose ? Un thé ? Un café ?

Melissa ôta ses gants en tirant délicatement sur chaque doigt puis remonta ses lunettes sur son front. Ses yeux étaient rouges, dépourvus de maquillage.

— J'ai fait quelque chose de mal, avoua-t-elle. Je l'ai fait pour de bonnes raisons, mais quand même…

— Qu'attendez-vous de moi ? s'étonna Sheri. Pourquoi ne pas aller en parler au shérif, plutôt ?

— Si je suis venue vous voir, c'est parce que je vous trouve sympathique. Et parce que j'ai besoin d'aide. Car c'est bien ce que vous faites, non ? Aider les autres.

Sheri sentit une telle détresse dans sa voix qu'elle l'invita à rester.

— Donnez-moi votre manteau et asseyez-vous, je vous en prie.

Melissa alla s'installer sur le canapé. Elle resta au bord des coussins, les jambes jointes, les mains croisées sur ses genoux.

— C'est mon frère, commença-t-elle. J'ai toujours été la grande sœur ; celle qui veillait sur lui, qui le protégeait. Aujourd'hui encore, et malgré ce qu'il a fait, je voudrais que vous convainquiez les forces de police qu'il a juste besoin d'aide.

Une boule d'appréhension se forma dans le ventre de Sheri.

— Qu'avez-vous fait ? demanda-t-elle.

— Dawn n'est pas en danger, poursuivit Melissa comme pour elle-même. Elle ne l'a été à aucun moment. Carl n'est pas violent. Et il adore sa nièce. C'est une enfant intelligente. Elle comprendra.

À mesure que Melissa parlait, l'appréhension se muait en affreux pressentiment.

— Elle comprendra quoi ? Qu'avez-vous fait, madame Sheffield ?

Mais, encore une fois, Melissa fit comme si elle n'avait pas entendu et poursuivit son monologue.

— Carl était dans l'incapacité de payer ses frais de justice. Il avait besoin d'argent. Il n'en avait plus puisque, suite à ces terribles accusations, il avait perdu son travail. C'est pourquoi il s'est tourné vers Brand. Il ne lui demandait pas la lune. Juste de quoi pouvoir payer un bon avocat.

Elle pinça les lèvres, accentuant les rides d'amertume qui les encadraient et lui donnaient soudain un air sévère.

— Brand a refusé. Je ne pouvais pas le croire. Ce n'était pas comme si je lui avais demandé de l'argent pour des dépenses inconsidérées. Je voulais qu'il aide mon frère. Ma famille, qui est aussi la sienne. Mais il n'a rien voulu savoir.

— Pour la troisième fois, madame Sheffield, je vous le demande. Qu'avez-vous fait ?

La réponse, elle la connaissait déjà mais elle voulait l'entendre de la bouche de Melissa.

Pourtant, comme pour les fois précédentes, Melissa poursuivit sur le même mode, ignorant les demandes réitérées de Sheri.

— Brand adore sa fille à tel point que je me demande parfois s'il n'y a pas qu'elle qu'il aime vraiment. Et puis, il n'est pas aussi proche de sa famille que je le suis de Carl. Il ne peut pas comprendre ce lien qui nous unit. Carl et moi nous nous sommes dit que si Dawn était kidnappée, Brand serait bien obligé de payer la rançon.

Elle s'interrompit pour lancer un regard agacé à Sheri.

— Notre plan tenait la route et tout aurait marché comme sur des roulettes si vous n'aviez pas vu Carl avec Dawn, ce jour-là. Si Brandon n'avait pas su que Carl était le ravisseur, il aurait payé sans faire d'histoires.

Elle poussa un soupir résigné puis reprit :

— Je ne comprends pas pourquoi il est comme ça. Tout aurait pu être réglé très vite.

Sheri scruta Melissa sans rien dire. Cette femme lui inspirait un mélange de dégoût et d'incompréhension. Quel genre de mère pouvait penser que simuler l'enlèvement de sa fille, même par un frère en qui elle avait toute confiance, était une bonne idée ? Pour extorquer un million de dollars à son mari, en plus ? Et si Carl était un homme si bien, comment avait-il pu marcher dans une combine aussi affreuse ? Il n'y avait qu'une explication possible : ces deux-là n'avaient pas toute leur tête.

— Vous ne vous inquiétez donc pas pour votre fille ? Car

personne ne peut vous certifier que cette histoire ne peut pas mal tourner et mettre Dawn en danger.

— Dawn va très bien et je sais que Carl ne laissera rien de mal lui arriver. Il est très protecteur avec elle, vous savez.

Sheri revit la petite fille qui cherchait désespérément sa mère. Et puis, il y avait ce mot qu'elle avait laissé au centre de loisirs. Un mot qui était un appel à l'aide.

— C'est vous qui l'avez aidé à balancer sa voiture dans le canyon puis à se cacher, n'est-ce pas ?

— Oui. Il n'était pas très heureux à l'idée de sacrifier sa belle Lexus mais il s'est vite calmé quand je lui ai fait remarquer qu'avec un million de dollars, il pourrait se payer toutes les voitures qu'il voulait. C'est moi qui les ai conduits au camp de pêche. Malheureusement, il m'a appelée pour me dire que la propriétaire avait vu Dawn. J'ai alors décidé de les transférer au centre de loisirs. Bien sûr, ce n'était pas aussi confortable mais c'était juste pour quelques jours. Le temps pour moi de persuader Brandon de changer d'avis.

— C'est vous qui avez crevé les pneus du véhicule de l'inspecteur Lester ?

Melissa la regarda droit dans les yeux.

— Je ne vois pas de quoi vous parlez.

Elle mentait, c'était évident. Mais quelle importance ? Le principal étant la confession qu'elle venait de faire et qui allait permettre de mettre fin à cette sordide histoire.

— Où sont-ils maintenant ?

— Je le dirai au shérif. Cette histoire a trop duré. Il est temps d'y mettre un terme.

Sheri sortit son portable de sa poche.

— Je vais prévenir l'inspecteur Lester.

— Ce n'est pas à lui que je veux parler, rétorqua sèchement Melissa.

— Comme vous voudrez. J'appelle le shérif.

12

Quand Erik avait appris que Melissa Sheffield était impliquée dans l'accident qui avait eu lieu à Dixon Pass, il avait songé à la convoquer de nouveau avant de décider qu'il n'y avait pas d'urgence à le faire. Pour l'instant, il préférait creuser du côté des relations de Carl, voir s'il n'y avait pas dans son entourage un complice susceptible de l'aider. Il y avait aussi le compte en banque à examiner de plus près, celui sur lequel Westover voulait que la rançon soit versée. Pour cela, il avait fait appel au FBI. Il leur avait demandé de trouver la banque associée à ce compte.

— Carl était du genre à parler beaucoup mais à ne rien faire, affirma un de ses anciens collègues de travail. Il était en colère contre son beau-frère mais je ne l'ai jamais entendu proférer de réelles menaces à son encontre.

— Que disait-il exactement ?

— Je vous l'ai dit. Beaucoup de choses mais il ne faisait que brasser de l'air.

— Vous souvenez-vous de quelque chose en particulier ?

L'homme réfléchit un instant.

— Une fois – la dernière fois que je l'ai vu, en fait –, il a dit que Brandon s'en mordrait les doigts. Que quand il serait riche, si Brandon venait un jour le supplier de l'aider, il l'enverrait paître. Et pas qu'un peu.

— Évoquait-il parfois sa nièce, Dawn ?

— Pas que je m'en souvienne. La seule famille que je l'ai entendu mentionner, c'est sa sœur.

— Que disait-il à son sujet ?

— Juste qu'elle l'aiderait à réfuter les charges qui pesaient contre lui et à prouver son innocence. Je sais qu'ils se parlaient très souvent au téléphone. Ils semblaient très proches.

— Proches, comment ?

— Pas comme vous l'entendez. Je crois que Westover éprouvait une grande admiration pour sa sœur. Il semblait la vénérer, même.

Erik remercia l'homme puis raccrocha. Il vérifia l'heure à sa montre. Il avait travaillé des heures et, pourtant, il avait l'impression de ne pas avoir avancé d'un pouce. Il était temps de passer un coup de fil à Melissa Sheffield. Il l'appela sur son téléphone portable mais tomba directement sur sa boîte vocale. Il appela ensuite chez elle. Ce fut Brandon qui prit l'appel.

— J'ignore où se trouve Melissa, répondit Brandon à la question d'Erik. Sa voiture n'est pas là.

— Depuis combien de temps est-elle sortie ?

— Je ne sais pas. Quand je me suis réveillé, ce matin, elle n'était pas là. Elle avait laissé un mot pour dire qu'elle partait faire un tour. Ça lui arrive souvent. Surtout depuis que Carl a enlevé notre fille. Elle dit que ça l'aide à réfléchir. Mais là, ça fait des heures et je n'ai pas de nouvelles.

Sa voix se brisa, l'empêchant de poursuivre.

— Vous croyez que Carl la retient prisonnière, elle aussi ? finit-il par demander.

— Vous avez entendu Carl la menacer, à un moment ou à un autre ? demanda Erik.

— Non. Mais si elle n'est pas avec lui, qu'est-ce qui a bien pu lui arriver ? Elle ne me laisse jamais aussi longtemps sans nouvelles.

— Vous avez essayé de l'appeler ?

— Plusieurs fois. Mais je tombe directement sur sa messagerie.

— Votre épouse était-elle avec vous, hier soir ?

— Oui. Nous sommes montés nous coucher tous les deux à 23 heures.

— Vous êtes-vous disputés ? Peut-être qu'elle est partie ce matin parce qu'elle était en colère contre vous et c'est aussi pour cela qu'elle ne répond pas à vos appels.

Brandon resta silencieux quelques secondes.

— Melissa et moi nous nous disputons souvent ces jours-ci, répondit-il finalement. Elle m'en veut terriblement de ne plus vouloir donner d'argent à son frère. C'est un sujet qui revient souvent sur le tapis mais pas hier soir. Quand nous sommes allés nous coucher, elle ne m'a pas donné l'impression d'être en colère contre moi. Enfin... pas plus que d'habitude.

Erik avait vécu ça avec Sheri. Ces moments de terribles disputes alternant avec des moments de fausse normalité où chacun s'appliquait à faire croire à l'autre que tout allait mieux.

— Melissa est-elle sortie, hier après-midi ou dans la soirée ?

— Oui. Elle est sortie aux alentours de 17 heures.

— À quelle heure est-elle rentrée ?

— Environ trois heures plus tard. Elle m'a dit qu'il y avait eu un problème sur la route à cause d'une avalanche qui avait causé un accident, à Dixon Pass.

— Vous a-t-elle dit ce qu'elle faisait là-bas ?

— Elle essayait de trouver Dawn.

Brandon laissa filer quelques secondes d'un lourd silence avant de demander d'une voix teintée d'angoisse :

— Inspecteur, vous croyez qu'il va nous rendre notre petite Dawn ? J'ai fait un rêve affreux la nuit dernière. J'ai rêvé que j'assistais à des funérailles. Vous croyez que c'est un rêve prémonitoire ?

— Je ne crois pas aux prémonitions, répondit Erik.

Il avait vécu le drame de mettre sa fille chérie en terre et aucun rêve ne l'avait préparé à une telle horreur. Sheri et lui n'avaient rien vu venir. Rien pressenti.

— Et puis, rien ne laisse à penser que Carl ait pu faire du mal à Dawn.

— Vous avez raison. Il faut que je garde espoir. Et Melissa ? Vous pensez que je dois aller au bureau du shérif pour déclarer sa disparition ?

— C'est trop tôt. Attendons un peu. Essayez encore de l'appeler et tenez-nous au courant quand elle sera rentrée.

— D'accord.

Erik mit fin à l'appel. Il leva les yeux sur le shérif Walker qui se tenait dans l'embrasure de la porte.

— J'ai entendu une partie de ce que vous avez dit. Et j'ai vu le reportage sur Melissa Sheffield prise dans l'avalanche de Dixon Pass, hier soir. À quoi joue-t-elle ?

— Je ne sais pas. Je me méfie d'elle depuis un certain temps. Je me demande si elle ne fait pas équipe avec son frère pour extorquer de l'argent à son mari. Ce serait elle la complice de Westover ; celle qui l'aide à se cacher et à nous échapper.

— À chaque fois, elle avait un alibi qui tenait la route, rétorqua Travis.

— Nous savons tous les deux que les alibis ne sont pas toujours fiables.

Il suffisait de trouver la bonne personne. L'argent faisait le reste et Melissa n'en manquait pas.

— Pour connaître un peu Westover, je peux dire que c'est un sacré manipulateur. Mais je soupçonne sa sœur de l'être au moins autant que lui.

— C'est possible. Erik, il se fait tard. Vous devriez rentrer chez vous vous reposer un peu.

Il avait envie que chez lui ce soit chez Sheri. Que Sheri redevienne son port d'attache. Il avait cru que tout ce vide en lui était dû à la perte de Claire. Il pleurerait toujours sa fille, bien sûr ; mais ce vide, c'était la perte de Sheri qui l'avait creusé un peu plus.

Il venait de se garer dans son allée quand il reçut un SMS de Sheri. Un sourire heureux se dessina sur ses lèvres, qui se dissipa à mesure qu'il lisait son message.

Melissa Sheffield est chez moi. Elle a avoué être la complice de Carl et dit savoir où il se trouve. Elle veut parler au shérif, mais je pense que tu devrais venir aussi.

Juste à ce moment, son smartphone sonna. C'était Travis Walker.

— Sheri Stevens vient de m'appeler, dit-il. Melissa Sheffield est chez elle. Elle vient de lui avouer qu'elle a tout manigancé avec son frère.

— Je sais. Sheri m'a envoyé un texto. Je vais venir. Je veux être là quand vous interrogerez Melissa.

— OK. Retrouvez-moi là-bas. Je vais envoyer deux de mes hommes sur place au cas où je devrais la placer en garde en vue.

Erik se remit en route, l'esprit en ébullition. Ainsi donc, ses soupçons étaient fondés. Ce qu'il comprenait moins, c'était comment une mère pouvait organiser l'enlèvement de sa propre fille afin d'extorquer de l'argent à son mari. Quelles étaient ses véritables motivations ? La haine ? La vengeance ? Mais peu importaient les raisons. Tout ce qui comptait, c'était que cette histoire sordide allait bientôt se terminer et que la petite Dawn serait bientôt de nouveau en sécurité.

Melissa refusa le café que Sheri lui proposa. Elle préféra arpenter la pièce en s'arrêtant de temps en temps devant des objets de décoration qu'elle regardait sans paraître les voir réellement. Puis elle se remettait à faire les cent pas, le visage fermé. Sheri essaya de la faire parler de Carl, de Dawn mais, à chacune de ses questions, Melissa répondait invariablement qu'elle ne parlerait qu'au shérif.

Aussi, ce fut avec soulagement que Sheri vit arriver la

voiture de Travis Walker. Elle sourit quand elle vit qu'Erik le suivait de près et se précipita pour leur ouvrir. Si elle brûlait de se jeter dans les bras d'Erik, elle se contenta d'un accueil plus sobre :

— Merci d'être venus, dit-elle.

Melissa était retournée s'asseoir sur le canapé et attendait, dans une posture pleine de grâce et d'élégance qui lui donnait des airs de statue antique. Elle était belle et donnait l'air d'être vulnérable ; pas du tout le genre qu'on penserait capable d'utiliser sa propre fille pour servir ses intérêts.

Erik et Travis s'assirent sur des chaises, face à elle, tandis que Sheri s'installait un peu à l'écart du cercle que tous les trois formaient.

— J'ai compris que vous aviez des révélations à nous faire, attaqua Travis.

— Oui, répondit Melissa sans chercher à se défiler.

Après avoir signifié à Melissa que leur conversation allait être enregistrée, Travis sortit de sa poche un magnétophone portable qu'il posa sur la table basse.

— Je vous écoute, l'encouragea-t-il en mettant l'appareil en marche.

Melissa se lança alors dans le récit détaillé du plan qu'elle avait élaboré avec son frère, répondant aux questions que lui posait Travis quand il avait besoin de plus de précisions.

— Pourquoi un million ? demanda-t-il quand elle eut terminé. Pourquoi une telle somme quand Carl n'avait besoin que de cent mille dollars ?

— Je sais bien que cela peut paraître exorbitant mais ce n'est pas grand-chose au regard de la fortune colossale que possède Brand. Car en dehors de sa société, qui lui rapporte déjà beaucoup d'argent, il a hérité de ses grands-parents et héritera encore à la mort de ses parents. Carl et moi sommes issus d'un milieu plus modeste. En plus des frais de justice que Carl va devoir payer, il lui fallait aussi de l'argent pour démarrer une nouvelle vie, une fois blanchi de cette affaire de détournements de fonds. Et comme je l'ai expliqué à Sheri, vous n'étiez pas censé apprendre que c'était lui qui avait enlevé Dawn. Une fois la rançon empochée, il devait disparaître des radars de la police.

Erik bougea un peu sur sa chaise tout en restant silencieux. Ses yeux étaient rivés sur Melissa mais son visage restait indéchiffrable. Quand ils étaient mariés, Sheri lui reprochait souvent de ne rien montrer de ses sentiments ; mais dans ses fonctions d'inspecteur, elle en comprenait aujourd'hui l'utilité.

— Votre mari nous a assuré que votre voiture n'avait pas bougé de sa place de stationnement le jour où Carl a envoyé la sienne dans le canyon. Il nous a menti ?

Melissa émit un petit rire sarcastique.

— Non. Brand est incapable de mentir. Il est un peu naïf, aussi. Il croit tout ce que je lui dis. Ce jour-là, je lui ai raconté que j'allais faire un tour à pied alors que je suis allée emprunter la voiture de ma voisine. J'ai prétexté que ma batterie était en panne et que j'avais une course importante à faire en ville. Elle ne m'a posé aucune question. Elle m'a juste tendu ses clés. Les gens sont très serviables par ici. Et pas curieux pour un sou.

— Comment votre fille a-t-elle réagi quand elle vous a vue ?

Cette question, c'était Erik qui l'avait posée. Sheri brûlait d'en connaître la réponse.

— Elle était très heureuse, bien sûr. Je lui ai expliqué qu'elle allait devoir rester un peu plus longtemps avec son oncle mais qu'elle allait revenir très vite à la maison.

— Comment a-t-elle accueilli votre décision ?

— Je l'avoue, pas de gaieté de cœur. Elle s'est plainte qu'elle en avait assez ; que, finalement, elle ne s'amusait plus autant avec Carl. Les enfants sont tous comme ça. Ils se lassent vite. Mais j'ai su la rassurer. Je suis quand même sa mère, non ?

Une mère indigne, se révolta Sheri en son for intérieur. Une mère qui ne méritait pas d'avoir l'enfant qu'elle avait.

— Où sont-ils, maintenant ? demanda Travis qui avait repris la main. Où les avez-vous amenés ?

— Dans un des refuges qui se trouvent dans la forêt domaniale, répondit-elle. J'ai découvert cet endroit par hasard, au cours de mes recherches. Mais quand j'y suis allée ce matin pour leur apporter des provisions, il n'y avait personne. J'ai vite compris que Carl voulait me doubler alors j'ai décidé de dire la vérité. Puisqu'il veut faire cavalier seul, je n'ai aucune raison de continuer à le couvrir.

— Où se trouvent ces refuges, exactement ?

— C'est difficile à expliquer comme ça, mais je peux vous y conduire.

Elle se pencha en avant et reprit plus bas, comme sur le mode de la confidence :

— Je m'inquiète pour eux. Carl est intelligent et plein de ressources, mais seulement dans des circonstances bien précises. Il est incapable de survivre longtemps en pleine nature, surtout dans le milieu hostile de la haute montagne.

— Vous avez une idée de l'endroit où il a pu vouloir se rendre ?

— Aucune. Le flou le plus total.

Travis se leva, mettant ainsi fin à l'entretien.

— Vous allez devoir nous accompagner au poste de police, madame Sheffield.

Elle se leva à son tour, les yeux écarquillés.

— Je suis en état d'arrestation ?

— Pas à ce stade de l'enquête. Mais j'aurai d'autres questions à vous poser. Dans un cadre plus formel, cette fois.

— Dans ce cas, je vais appeler mon avocat.

— C'est votre droit.

— Vous devriez appeler votre mari, aussi, ajouta Erik. Il est très inquiet de ne pas avoir de vos nouvelles.

— Je ne tiens pas à lui parler maintenant, rétorqua-t-elle. Il est déjà tellement secoué par la disparition de Dawn. Il ne comprendrait pas que tout ceci n'était qu'une… mise en scène qui a dérapé.

Sheri était outrée du détachement avec lequel Melissa traitait cette affaire. Pour un peu, elle la giflerait, histoire de lui remettre les idées en place.

— Lorsque nous aurons retrouvé Carl, nous aurons besoin de vous pour le pousser à se rendre sans faire d'histoires, poursuivit Travis. Et surtout pour qu'il relâche Dawn sans chercher à se servir d'elle comme d'un bouclier.

— Bien sûr. Carl fera tout ce que je lui dirai de faire. Comme toujours.

Melissa refusa de monter avec Travis dans son véhicule de police.

— J'enverrai un de mes hommes chercher votre voiture plus tard, objecta Travis.

— Et lui ? dit-elle en pointant Erik du menton. Il va venir avec nous ?

— L'inspecteur Lester nous suivra dans son propre véhicule, répondit patiemment le shérif.

Melissa croisa les bras sur sa poitrine, affichant une posture d'enfant capricieuse.

— Je ne monterai pas dans une voiture avec un étranger, s'entêta-t-elle. J'ai entendu toutes sortes d'histoires sur ce qui peut arriver à une femme cédant sous la pression des flics.

La mâchoire de Travis se contracta. Visiblement, Mme Sheffield commençait à lui porter sur les nerfs.

— Je vais venir avec vous, décida Sheri. Je suis sûre que Melissa se sentira plus à l'aise si une femme l'accompagne, n'est-ce pas, shérif ? Une femme qui comprend ce qu'elle vit.

— Oui, s'empressa d'acquiescer Melissa. C'est exactement cela.

Puis elle ajouta en lui prenant la main :

— Je me sentirais mieux.

Erik sut lire dans le regard de Sheri la répulsion derrière la compassion feinte.

De toute évidence, les agissements de cette femme la dégoûtaient tout autant que lui mais, tout comme lui également, Sheri ferait passer la sécurité de Dawn avant tout.

— Il va falloir que je vous fouille pour m'assurer que vous ne portez pas d'armes, ajouta Travis.

— C'est scandaleux, s'insurgea Melissa.

— Je suis désolé mais c'est la procédure, madame Sheffield.

— Je m'en charge, dit Erik.

Melissa le détestait déjà, et lui se fichait bien d'essuyer ses commentaires désobligeants.

— Mains en l'air, jambes écartées, lui ordonna-t-il d'un ton qui n'entendait pas être discuté. Cela ne prendra qu'un instant.

Elle ouvrit la bouche, s'apprêtant sans doute à protester une nouvelle fois mais Sheri l'en empêcha d'une main posée sur son avant-bras, dans un geste faussement amical.

— C'est pour votre fille, Melissa, dit-elle.

Celle-ci acquiesça en serrant les dents.

— C'est bon, dit Erik quand il eut terminé. Elle n'est pas armée.

Elle lui lança un regard mauvais tandis qu'il regagnait sa jeep. Même s'il aurait préféré que Sheri vienne avec lui, il lui était reconnaissant de la manière dont elle les aidait à gérer Melissa. Pour l'heure, Travis et lui avaient tout intérêt à garder cette dernière d'humeur coopérative. Ensuite, dès qu'ils auraient retrouvé Dawn, l'heure viendrait où elle devrait rendre des comptes à un juge.

Personne ne parla durant le court trajet jusqu'au bureau du shérif. Sheri observait Melissa du coin de l'œil, cherchant vainement à lire son humeur sur ses traits. Avant la confession qu'elle lui avait faite, elle projetait ses propres sentiments sur elle. Elle avait cru que Melissa était aussi dévastée par la disparition de sa fille qu'elle l'aurait été à sa place. La chute avait été d'autant plus rude.

Aussitôt parvenus au poste de police, Travis et un de ses adjoints escortèrent Melissa dans une pièce sombre qui n'était meublée que d'une table rectangulaire et de trois chaises en plastique. Melissa regarda autour d'elle, les lèvres retroussées dans une moue de dégoût.

— Je préférerais attendre dans le hall d'entrée, dit-elle.

— Ce sera mieux ici, décida Travis. Quelqu'un va vous apporter un téléphone pour que vous puissiez appeler votre avocat. Madame Stevens, si vous voulez bien venir avec moi.

Sheri le suivit dans son bureau où Erik les attendait.

— Installez Mme Stevens dans la salle d'interrogatoire B, indiqua-t-il à Erik. Je vous rejoins dans cinq minutes.

Erik la conduisit jusque dans une salle identique à celle où avait été amenée Melissa Sheffield. Le caractère formel de ce futur entretien la rendait nerveuse.

— Ça va ? demanda Erik une fois qu'il eut refermé la porte derrière lui.

— Oui. Mais j'avoue que j'ai du mal à me faire à l'idée qu'une mère puisse faire une chose pareille à son enfant.

La voyant au bord des larmes, il passa un bras autour de sa taille et l'attira à lui. Pile au moment où Travis faisait son entrée.

— Madame Stevens, si vous voulez bien vous asseoir.

Puis il ajouta, une fois qu'elle eut pris place en face de lui :

— Je vous écoute.

Portée par la présence rassurante d'Erik à ses côtés, Sheri rapporta scrupuleusement ce que Melissa lui avait raconté avant leur arrivée.

— Ce que vous dites corrobore les aveux qu'elle a faits

par la suite. Mais je trouve curieux que Carl se soit enfui alors que, d'après Melissa, il est incapable de survivre seul en pleine nature. Encore moins avec une fillette de huit ans à gérer. Je me demande aussi pourquoi Melissa a choisi de vous parler en premier.

— D'après elle, c'est parce qu'elle voulait que je plaide en faveur de Carl. Mais ça n'est pas très cohérent avec le fait qu'elle le lâche.

— Peut-être pensait-elle pouvoir te manipuler, toi aussi ? suggéra Erik. Où se trouvent ces refuges, exactement ?

— Il faudra étudier une carte de la région et repérer ceux qui se trouvent le plus près du centre de loisirs, répondit Travis. Mais si Carl et la petite sont partis, nous allons encore nous retrouver à la case départ.

— Je n'y crois pas à cette histoire de départ précipité, dit Erik. À mon avis, Melissa ment.

— Pourquoi mentirait-elle ? s'étonna Travis.

— Parce qu'elle sent le piège se refermer sur elle et qu'elle veut se désolidariser de son frère.

— Elle l'aurait aidé tout ce temps pour le lâcher subitement ? En plus, elle ne nie pas et elle ne minimise pas le rôle qu'elle a joué dans cette histoire. Elle sait que cela va avoir des retombées sur elle. Quelque chose cloche dans tout ça.

— Je pense qu'elle sait où se trouve son frère mais elle ne veut pas être accusée de faire obstruction à l'enquête. D'autant que nous finirons bien par attraper Carl, avec ou sans elle. Ainsi, elle pourra tout lui mettre sur le dos.

Erik reporta son attention sur Sheri.

— Tu es bien sûre de n'avoir rien oublié ?

— Il y a quelque chose. Ce n'est pas quelque chose qu'elle m'a dit, c'est juste que… À sa place, sachant ma fille disparue pour de bon, seule, en plein hiver, en haute montagne, avec un homme qui peut la mettre en danger, je serais folle d'angoisse. Je remuerais ciel et terre pour la retrouver. Or, Melissa est irritée, impatiente, mais pas angoissée. Elle a beaucoup parlé d'elle mais c'est tout juste si elle a mentionné sa fille. Je trouve son comportement… Comment dire ? Inapproprié.

— Certaines personnes maîtrisent mieux leurs émotions que d'autres, dit Travis. Mais je comprends ce que vous voulez dire.

Il se leva, leur indiquant ainsi que l'entretien était terminé.

— Je vais demander à Gage de localiser ces refuges. Erik, je vous retrouve pour un interrogatoire un peu plus serré de Melissa Sheffield. Madame Stevens, je peux vous faire raccompagner chez vous, si vous le souhaitez.

— Voyez-vous un inconvénient à ce que je reste ici ? Melissa se sent en confiance avec moi. Je pourrais peut-être vous être utile.

— Comme vous voudrez. Mais ça risque de durer un bout de temps.

Sheri attendit d'être seule avec Erik pour lui dire :

— De toute façon, je ne vais pas pouvoir dormir. Que va-t-il arriver à Melissa ?

— Elle sera inculpée, un jour ou l'autre. Mais pour le moment, et comme nous avons besoin d'elle, nous allons la ménager.

— Tu crois que c'est un jeu pour elle ? Quand elle m'a parlé, avant que Travis et toi n'arriviez, elle donnait l'impression de tirer une espèce de fierté d'avoir si bien orchestré ce faux enlèvement. À aucun moment, elle n'a semblé éprouver de remords à l'idée qu'elle voulait extorquer un million de dollars à son mari. Quel genre de mariage est-ce là ?

— Du genre dont je ne voudrais pas. Du genre que nous n'avons pas connu, même aux pires moments de notre vie commune.

Il se leva à son tour.

— Viens, dit-il. Je vais t'installer dans mon bureau et t'apporter un café. Travis a raison. La nuit risque d'être longue.

13

Assise à la table d'interrogatoire, Melissa Sheffield se leva d'un bond à l'entrée d'Erik et de Travis.

— Mon avocat m'a conseillé de ne pas vous parler avant son arrivée, leur annonça-t-elle d'un ton agressif.

— Quand sera-t-il là ? s'enquit Travis.

— Pas avant demain. C'est que la route est longue depuis Denver. Pourquoi ne pas rentrer tous chez nous et nous retrouver demain quand il sera là ?

— Et Dawn ? appuya Erik.

— Quoi, Dawn ?

Erik alla se planter devant elle et l'épingla d'un regard dur.

— Vous n'êtes pas inquiète à l'idée que votre frère l'a embarquée Dieu sait où ?

— Je vous fais confiance. Vous allez la retrouver.

— Où se trouve exactement le refuge où vous les avez déposés avant qu'ils ne s'évaporent dans la nature ?

— Comme vous pouvez l'imaginer, il n'y a pas d'adresse. Mais vous pourrez le retrouver facilement. Il n'est pas très éloigné du centre de loisirs où ils ont passé la nuit précédente. Dans le même coin, en bordure d'un chemin forestier.

— Vous pourriez nous y conduire ?

— Bien sûr. Quoique je ne sois pas certaine de pouvoir le retrouver en pleine nuit.

— Vous ne seriez pas en train de nous mener en bateau,

madame Sheffield ? s'impatienta Erik. De nous pousser à concentrer nos recherches là-bas pour laisser le champ libre à votre frère ?

— Vous me serinez sans cesse que vous faites tout votre possible pour retrouver ma petite fille, et maintenant que je vous donne une piste sérieuse vous mettez ma parole en doute ? Vous devriez déjà être sur place, oui.

— Madame Sheffield, je vais vous demander de vous rasseoir.

— Certainement pas. Je veux rentrer chez moi.

— C'est impossible.

— Pourquoi ? J'en ai assez ! Je vous dis que je veux rentrer chez moi.

Sur ce, elle se dirigea droit vers la porte dont Erik savait qu'elle était gardée dans le couloir par deux des hommes de Travis. Mais c'est alors que Brandon fit irruption. Il se précipita sur sa femme et la prit par les épaules.

— Mel, tu vas bien ? Je suis venu aussitôt que le shérif m'a prévenu qu'ils allaient t'interroger.

— Je vais bien, répondit-elle tout en se dégageant d'un geste brusque de l'emprise de son mari. Tu tombes à pic. Tu vas pouvoir me ramener à la maison. Je suis épuisée.

— Votre femme a avoué avoir participé à l'enlèvement de votre fille pour vous extorquer de l'argent, lui expliqua sommairement Travis.

Brandon regarda fixement Melissa, semblant ne pas comprendre le sens de cette phrase.

Melissa esquissa une moue dédaigneuse.

— Les grands mots, tout de suite, rétorqua-t-elle. *Enlèvement* n'est pas le terme approprié. Pas plus qu'*extorquer,* d'ailleurs.

— De quoi parle-t-on ? dit Brandon.

— Carl avait besoin de cet argent, et comme tu refusais de l'aider…, commença-t-elle. Il m'a soumis son idée et j'ai accepté de l'aider. C'est ta faute, aussi. Si tu avais bien voulu payer, nous n'en serions pas là. Nous aurions retrouvé Dawn le lendemain de sa… prétendue disparition.

— Attends un peu…, dit Brandon qui commençait à réaliser l'impensable. Tu as *accepté* d'aider ton frère à kidnapper notre fille ?

— Je refuse d'en dire plus, déclara Melissa, l'air buté. Je ne parlerai plus qu'en présence de mon avocat. Brandon… Ne crois pas tout ce qu'ils vont te dire. Ils vont essayer de me faire passer pour un monstre, mais Dawn va bien.

Brandon blêmit d'un coup. Il fit un pas vers sa femme, les poings serrés, l'air menaçant.

— Tu as osé te servir de notre fille pour me soutirer de l'argent, gronda-t-il d'une voix sourde.

— Je n'ai rien à faire de tes leçons de morale ! Si tu n'étais pas aussi radin, nous n'en serions pas là. Alors, je considère que tu es aussi responsable que moi.

Cette fois, Brandon s'élança vers elle, arrêté dans son élan par la poigne ferme d'Erik.

— Je suis désolé, dit-il. Cela ne se reproduira pas.

Il lança un regard plein de dégoût à Melissa.

— Où est Dawn, maintenant ?

En guise de réponse Melissa secoua doucement la tête.

— Elle affirme ne pas le savoir, répondit Travis à sa place. Quelque part, perdue dans les bois avec Carl.

— Bon sang ! Il fait -10° degrés et il y a au moins quarante centimètres de neige en montagne ! Melissa, je t'en conjure, si tu sais où ils sont, dis-le-nous.

Des coups frappés à la porte annoncèrent l'arrivée de Gage.

— Travis, il y a du nouveau.

Travis quitta la pièce, suivi d'Erik.

— On vient de recevoir un appel nous signalant un acte de vandalisme dans un bâtiment de la tour satellite de Marietta Peak. Comme le fournisseur a eu des problèmes de vols de batteries solaires, il a fait installer un système d'alarme et de vidéo surveillance. L'alarme s'est déclenchée il y a une heure et demie suite à une effraction et des images ont été prises. Je pense que vous devriez les voir.

— Que montrent-elles ?

— Je préfère que vous en tiriez vos propres conclusions.

Ils suivirent Gage jusqu'à son bureau et s'approchèrent de l'écran de son ordinateur pour visionner la bande-vidéo.

— La qualité n'est pas terrible mais les images sont parlantes, prévint Gage.

En effet, on voyait deux silhouettes - celle d'un homme et celle d'un enfant - surgir de l'ombre et s'approcher du bâtiment. L'homme pointa un revolver sur la serrure et tira une fois sous le regard de l'enfant qui se bouchait les oreilles de ses deux mains. La vidéo se terminait sur les silhouettes pénétrant à l'intérieur du bâtiment.

— Alors ? Qu'en pensez-vous ? demanda Gage.

— Où se trouve cette tour, exactement ?

— À environ dix kilomètres du centre de loisirs, répondit Gage.

— Les silhouettes ont l'air de correspondre à celles de Carl et de Dawn, non ? dit Erik.

— C'est ce que je pense, en effet, répondit Gage. Qui d'autre voudrait se rendre là-haut avec un enfant ? Et surtout, de nuit et dans le but manifeste de s'y cacher ?

— Pourquoi les responsables ont-ils attendu tant de temps avant de nous prévenir ? s'agaça Travis.

— La vidéo a dû être soumise à l'organisme de surveillance et ils ont dû se réunir ensuite pour décider s'ils s'en occupaient eux-mêmes ou s'ils en informaient la police.

Travis secoua la tête, visiblement navré d'un tel retard.

— Qu'y a-t-il dans ce bâtiment ?

— Il abrite l'émetteur et sans doute d'autres appareils dont je n'ai pas connaissance. Il est chauffé pour permettre à l'équipement de fonctionner au mieux. Et il y a assez de place pour pouvoir passer une nuit ou deux dans de bonnes conditions et à l'abri du mauvais temps.

— Il fallait y penser, dit Travis. Nous allons nous rendre sur place avec une équipe. Il nous faut aussi un agent qui sera chargé, au besoin, de négocier la libération de Dawn.

À cette annonce, Gage fronça les sourcils.

— Si nous intervenons en groupe, Carl risque de paniquer et de faire de sa nièce une véritable otage. N'oublie pas qu'il est armé.

— Quelles sont nos chances d'atteindre la tour sans qu'il nous voie ?

— Normalement, proches de zéro. C'est le désert là-haut. À part cette tour et le bâtiment dans lequel ils se trouvent, il n'y a rien. Carl entendrait n'importe quel véhicule bien avant de le voir arriver. Mais la nuit pourrait jouer en notre faveur. Et d'après les images, il n'y a pas de fenêtres sur la façade nord.

— Nous pourrions nous arrêter avant et continuer à pied, suggéra Erik.

— Nous déciderons sur place. J'ai déjà envoyé deux hommes là-bas, que j'ai chargés de surveiller les lieux en toute discrétion. Juste pour le cas où Carl voudrait encore jouer les filles de l'air.

— Et si nous emmenions Melissa avec nous ? proposa Travis. Elle pourrait parler à son frère pour essayer de le ramener à la raison et faire en sorte qu'il se rende et libère la petite sans faire d'histoires.

— Je n'ai aucune confiance en cette femme, dit Erik. En plus, en la voyant avec nous, Carl comprendra qu'elle l'a lâché, et on ignore comment il réagira à cette trahison.

— Nous l'emmènerons quand même avec nous, mais je reste aussi sur l'idée de faire appel à un agent spécialisé dans les prises d'otages. Gage, tu vois ça avec le CBI. De mon côté, j'appelle la SWAT.

Il consulta sa montre.

— Soyez prêts à partir dans vingt minutes.

Sheri luttait contre le sommeil depuis quelques minutes quand Erik passa la tête par la porte.

— Tu veux bien venir, s'il te plaît ?

— Oui, bien sûr.

Elle se leva et le suivit dans le couloir.

— Où allons-nous ?

— Nous pensons avoir localisé Carl et Dawn. Nous devons parler de nouveau à Melissa et je pense que ce serait bien que tu sois là. Toi, elle t'écoutera.

— Que devrai-je lui dire ?

— Qu'elle peut nous aider à récupérer sa fille en parlant à son frère.

Il poussa la porte de la salle d'interrogatoire. Melissa trompait l'attente en examinant ses ongles vernis d'un rouge vif tandis que Brandon, adossé contre le mur, affichait un visage rongé d'inquiétude. Il régnait dans la pièce une tension à couper au couteau.

— Marietta Peak, ça vous parle ? attaqua Travis sans y mettre les formes.

Melissa leva lentement les yeux sur lui.

— Non. C'est où ?

— Près du centre de loisirs où vous avez amené Carl et Dawn. Il y a là-bas une tour et un bâtiment abritant des équipements satellite. Il y a un peu moins de deux heures, deux personnes ont pénétré par effraction dans le bâtiment. D'après les bandes de surveillance que nous avons visionnées, il pourrait s'agir de votre frère et de votre fille.

— Grâce à Dieu, vous les avez retrouvés.

Son ton monocorde contrastait étrangement avec celui, fébrile, de Brandon.

— Vous avez retrouvé ma petite fille ? s'exclama-t-il. Elle va bien ?

— Il semblerait que oui, répondit Travis. Saviez-vous qu'ils étaient là-bas ? ajouta-t-il à l'adresse de Melissa.

— Bien sûr que non. Je vous l'ai déjà dit. La dernière fois que je les ai vus, c'est quand je les ai déposés au refuge de la forêt domaniale. Pourquoi est-ce que personne ne me croit ?

Parce que tu mens sans arrêt.

— Que comptez-vous faire ? demanda Brandon. Comment allez-vous vous y prendre pour sauver ma fille ?

— Nous aimerions que votre épouse nous accompagne, répondit Travis. Elle saura lui parler mieux que quiconque.

Melissa se leva.

— Je ne demande pas mieux que de vous aider. C'est pour qu'on en finisse que je suis allée voir Mme Stevens.

— Je viens aussi, décida Brandon.

Travis hésita un court instant.

— Il est bien entendu que vous resterez à l'écart et que vous ne chercherez pas à intervenir.

Brandon acquiesça.

— Je veux juste être là pour ramener Dawn à la maison quand elle sera libérée.

— Moi aussi, je veux venir.

Toutes les têtes se tournèrent vers Sheri qui, jusque-là, était restée silencieuse.

— Je ne suis pas soignante mais, en tant que membre du SRS, je suis formée aux premiers secours. Je pourrais examiner la petite et m'assurer qu'elle va bien.

— Évidemment qu'elle va bien, proféra Melissa. Cela aussi je vous l'ai dit plusieurs fois. Carl ne lui ferait jamais aucun mal.

— Je vous crois, Melissa. Mais avec ce froid, elle pourrait avoir attrapé un virus. Il y a pas mal de grippes en ce moment.

— Vous avez raison, approuva Melissa d'un ton radouci.

Et puis, comme ça, vous monterez avec moi dans la voiture du shérif.

Travis prit le parti d'ignorer cette attaque directe.

— Mêmes consignes pour vous, dit-il à l'adresse de Sheri. Vous restez à l'écart et vous n'intervenez en aucun cas.

— Oui, shérif.

Tandis qu'ils roulaient, Travis reçut un appel du CBI. Un négociateur était en route pour Marietta Peak.

— Nous laisserons d'abord Mme Sheffield parler à son frère, trancha-t-il.

Ils effectuèrent le reste du chemin en silence, chacun perdu dans ses pensées.

Arrivés à mi-chemin du sommet, ils s'arrêtèrent sur une aire de stationnement. Une demi-douzaine de véhicules de police s'y trouvaient déjà. Des hommes et des femmes en uniforme de policier ou en tenue noire de la SWAT allaient et venaient, leur talkie à la main, des volutes de buée s'échappant de leurs bouches entrouvertes.

— Vous êtes bien sûr qu'on ne peut pas nous repérer de là-haut ? s'inquiéta Erik.

— Oui, le rassura Travis. La tour se trouve de l'autre côté de la montagne.

— Et maintenant, que faisons-nous ? s'enquit Melissa.

— Pour le moment, vous attendez ici, répliqua Travis tandis qu'il sortait de la voiture, accompagné d'Erik.

La voyant prête à contester, Sheri s'empressa de la calmer :

— Mettons ce temps à profit pour réfléchir à ce que vous allez dire à votre frère.

Melissa lui lança un regard noir.

— Je n'ai pas besoin de *répéter*. Je vais juste lui dire d'arrêter ce jeu stupide et de relâcher ma fille. Il est grand temps qu'elle rentre à la maison.

— Vous connaissez votre frère mieux que personne. Comment va-t-il réagir, à votre avis ?

— Il va sans doute pleurnicher comme un enfant ; jurer qu'il n'est pour rien dans tout ça. Mais il finira par admettre que j'ai raison et il fera ce que je lui dirai de faire.

Il était clair à présent que Melissa était la pièce maîtresse de cette machination. C'était elle qui tenait les rênes, Carl ne faisant qu'obéir à ses ordres.

— Est-il sensible à la flatterie ? s'enquit-elle. Vous pourriez commencer par ça. Lui dire que vous savez à quel point il aime Dawn ; qu'il est un oncle merveilleux qui sait ce qu'il y a de mieux pour elle.

— Je n'ai pas besoin de vos conseils, rétorqua sèchement Melissa. Je sais très bien ce que je dois dire à Carl.

Elle regarda par la vitre.

— Où est passé le shérif ?

Sheri pointa du menton les membres des forces de l'ordre qui s'étaient rassemblés un peu plus loin.

— Avec les autres, là-bas, indiqua-t-elle.

— Je veux entendre ce qu'ils disent.

Mais elle eut beau tirer sur la poignée, la portière ne s'ouvrit pas.

— Bon sang ! Comment fait-on pour sortir d'ici ?

— Nous ne le pouvons pas. Il faut attendre qu'on vienne nous ouvrir.

Elle détestait l'idée d'être coincée dans cette voiture avec cette folle mais il en allait de la sécurité d'une fillette de huit ans. Sauver une enfant en danger était pour elle une manière de se racheter de la disparition de Claire.

Quoi qu'il se passe, aucun d'eux ne sortirait indemne de cette triste expérience. Mais surtout, elle espérait que Dawn ne souffrirait pas de séquelles liées à la folie des hommes.

— Dwight et Shane ne signalent aucun signe de la présence de Carl et Dawn, dit Gage. Mais c'est normal. Il est tard. Ils doivent dormir. Et avec le bruit des machines... Ils confirment bien qu'il n'y a pas de fenêtres. On pourrait en profiter pour encercler le bâtiment.

— OK. Allez-y. Je vais me rapprocher de Melissa pour la briefer un peu.

Aussitôt les portières déverrouillées, Melissa sortit précipitamment du véhicule, resserrant les pans de son manteau sur elle.

— Vous m'avez retenue dans ce véhicule de police contre mon gré. Je m'en plaindrai auprès de mon avocat, menaça-t-elle.

Comme à son habitude, Travis fit comme s'il n'avait pas entendu.

— Madame Sheffield, nous savons que votre frère a un pistolet. Il l'a utilisé pour faire sauter la serrure du bâtiment dans lequel lui et votre fille se sont réfugiés. Savez-vous de quel type d'arme il s'agit ?

Erik, qui s'attendait à un non catégorique, fut étonné de l'entendre répondre :

— C'est un Taurus 9 mm. Je n'aimais pas l'idée que Carl soit armé mais il a insisté pour que je le lui achète. Cela dit, ne vous inquiétez pas. Il ne s'en servira pas contre vous. Ni contre personne, d'ailleurs.

— Mettons-nous en route, ordonna Travis.

Il désigna les bottes à talons de Melissa.

— Vous pourrez marcher avec ça ? Nous avons un bon kilomètre à faire.

— Ce ne sera pas nécessaire.

Elle sortit un smartphone de sa poche.

— Je vais appeler Carl d'ici.

14

Erik fixa le téléphone que Melissa avait en main.

— D'où sortez-vous cet appareil ? Ce n'est pas celui que vous aviez l'autre jour, quand vous avez reçu le texto de Carl.

— Non. J'ai acheté celui-ci afin que Carl et moi puissions communiquer en toute tranquillité.

Un téléphone qui serait saisi dès que Carl se serait rendu et qui deviendrait très vite une pièce à conviction, se réjouit intérieurement Erik.

Melissa composa un numéro et attendit. Carl répondit à la deuxième sonnerie. Au son de sa voix, tous comprirent qu'il était très agité.

— Mel ? Mel, où es-tu ? Tu devrais être là depuis des heures !

Carl venait de donner la preuve flagrante que Melissa savait où il se trouvait. Mais elle ne se démonta pas pour autant.

— Je suis là, dit-elle d'un ton posé qui tranchait avec la fébrilité de son frère. Carl, je suis avec le shérif et ses hommes. Tu dois te rendre.

— Tu veux que je me rende ? Qu'est-ce que tu racontes ?

La fébrilité avait cédé la place à l'affolement.

— C'est ce qu'il y a de mieux à faire, Carl. Comment va Dawn ?

— Pas bien. Elle est malade. Je crois bien qu'elle a de la fièvre. Ça n'a rien d'étonnant. Marcher comme ça dans la neige, avec le froid qu'il fait. Je t'avais dit de...

— Arrête de mentir, le coupa-t-elle. Je suis certaine que Dawn va bien. Dis-lui de sortir et de suivre la route en direction des gyrophares.

— Tu as perdu la tête ? Je te dis qu'elle est malade ! Je ne vais certainement pas la laisser sortir seule en pleine nuit.

Erik salua le bon sens de Carl qui attestait également de l'affection qu'il portait à sa nièce. Un bon point pour lui, si tant est qu'on pouvait lui trouver des excuses.

Melissa poussa un soupir exaspéré.

— Très bien. Je vais venir la chercher.

Elle mit un terme à l'appel puis ajouta, se tournant vers Travis et Erik :

— Eh bien, il semble que je doive la faire, cette randonnée, finalement.

Erik prit la tête du groupe auquel Sheri avait emboîté le pas.

— Sheri, tu ne peux pas venir, lui dit-il.

— Tu as entendu Carl comme moi. Dawn est malade. Je suis venue pour l'aider, si besoin est. C'est le cas.

Il se prépara à lui faire la liste de toutes les bonnes raisons pour lesquelles elle ne pouvait pas prendre le risque de se retrouver face à un homme armé quand Melissa le devança.

— Moi, je veux que vous veniez. Au moins, j'aurai quelqu'un de mon côté.

Pour tout commentaire, Sheri accéléra le pas et alla se placer à côté d'elle.

Sheri sentait le regard d'Erik peser sur elle. Il la talonnait, protecteur silencieux qui veillait sur sa vie. Ce genre d'ascension lui était familier, sur des sentiers bien plus accidentés et dans des conditions bien pires. Elle avait sauvé des vies, mais le cas de la petite Dawn lui tenait particulièrement à cœur.

Après vingt minutes de marche dans l'obscurité, ils arrivèrent en vue de la tour et du bâtiment dont les silhouettes blanches se détachaient sur le ciel couleur d'encre. Travis fit signe à la petite troupe de s'arrêter.

— Et maintenant ? chuchota Melissa.

— Rappelez Carl, répondit Travis sur le même mode.

Melissa obéit docilement. De nouveau, la voix fébrile de Carl se fit entendre.

— Mel ! À quoi tu joues, bon sang !

— Je ne joue pas, Carl. C'est très sérieux. Je suis avec le shérif, juste devant le bâtiment dans lequel tu te trouves avec Dawn. Fais-la sortir.

— Et après ? Le shérif envoie ses hommes me tirer dessus ?

— Personne ne te tirera dessus, affirma-t-elle. Une fois que Dawn sera en sécurité avec moi, tu te rendras et nous irons discuter de tout cela dans le bureau du shérif.

— Tu rêves ! Mais qu'est-ce qui m'a pris de t'écouter ? Quel crétin je fais !

— Je te rappelle que c'était *ton* idée. Je n'ai fait qu'accepter de t'aider.

— C'est ce que tu leur as raconté ? Alors, écoute-moi bien. Dawn reste avec moi.

De crainte qu'il ne raccroche, Sheri saisit le téléphone de Melissa.

— Monsieur Westover, je vous en prie, ne raccrochez pas. Je m'appelle Sheri Stevens. Je ne fais pas partie des forces de l'ordre. Je ne suis pas armée. Je ne vous veux aucun mal. Je suis membre de l'équipe de recherche et de sauvetage d'Eagle Mountain. Je suis formée aux premiers secours. Vous avez dit que Dawn était malade. Puis-je entrer pour l'examiner ? Je sais que vous aimez beaucoup votre nièce et que vous ne voulez pas qu'il lui arrive quelque chose de mal.

— Qui me dit que ce n'est pas un piège ?

— Rien. Mais vous devez me croire sur parole. Je vais venir seule. J'aurai juste ma trousse de secours avec moi.

Un silence pesant lui répondit au cours duquel elle pria intérieurement pour qu'il cède à sa requête.

— D'accord, dit-il au bout d'un temps qui avait semblé une éternité. Je ne veux personne d'autre que vous. J'ai une arme et je n'hésiterai pas à m'en servir si vous m'y poussez.

— Je comprends.

— Merveilleuse idée, la félicita Melissa tandis qu'elle lui rendait son téléphone.

— Je ne trouve pas, non, riposta Erik. Sheri, tu ne peux pas faire ça.

— Si. Je le dois.

— Peut-être que Carl ne ferait pas de mal à sa nièce mais pour lui tu n'es qu'une étrangère. Une fois Dawn libérée, c'est toi qu'il retiendra en otage.

— C'est une possibilité, en effet. Mais je dois aider cette fillette.

— Nous sommes là pour ça, nous aussi.

— C'est exact. Mais, pour l'instant, je suis la seule qui peut faire quelque chose.

Sheri se pencha à l'oreille d'Erik pour ajouter plus bas afin de ne pas être entendue des autres :

— S'il te plaît. Je n'ai pas pu sauver Claire, mais j'ai une chance de sauver Dawn et je dois la saisir.

— Je suis d'accord avec Erik, intervint Travis. Ce n'est pas une bonne idée.

— C'est notre seule chance.

Sur ce, elle s'élança vers la porte, les prenant tous par surprise.

— Non ! cria Erik alors que Carl entraînait Sheri à l'intérieur.

Pétrifié de peur et de colère, il regarda la porte claquer sur eux.

— Tout ce que nous pouvons faire, c'est attendre, dit

Travis. Je vais discuter de la prochaine étape avec les gars de la SWAT.

Mais juste au moment où il activait son talkie, Brandon Sheffield arriva, escorté de deux officiers de police.

Ignorant le groupe, il se dirigea tout droit vers sa femme.

— Nous devons discuter, tonna-t-il entre ses dents serrées.

— Tu crois vraiment que c'est le moment ? rétorqua-t-elle d'un ton dédaigneux.

Il la tira par le bras pour l'attirer à l'écart, sous les yeux de Travis et d'Erik qui, dans l'espoir de découvrir des éléments nouveaux, le laissèrent faire.

— On aurait pu éviter tous ces tracas si tu n'avais pas été aussi pingre ! entendirent-ils Melissa cracher à son mari.

— Melissa, fais attention à ce que tu dis. Tu vas trop loin.

— C'est toi qui es allé trop loin ! Refuser une demande raisonnable, alors que tu croules sous l'argent...

Le téléphone de Travis sonna, mettant un terme à la dispute du couple Sheffield.

— C'est Carl, articula en silence Travis.

Erik se rapprocha pour ne rien perdre de la discussion qui allait suivre.

— Je vais laisser sortir Dawn, annonça Carl.

— Et Mme Stevens ? s'enquit Travis.

Le cœur d'Erik s'affola dans sa poitrine.

— Elle reste avec moi.

— Si vous voulez que je relâche Dawn, il va falloir faire les choses à ma façon, prévint Carl qui s'était mis à arpenter la pièce.

Ses doigts serraient si fort son téléphone que ses phalanges étaient devenues blanches.

Sheri acquiesça. Elle passa une main sur le front de Dawn. Il était brûlant. Ses yeux étaient brillants de fièvre.

— Je vais prendre ta température. D'accord ?

— D'accord.

Le thermomètre grimpa en flèche. Il indiquait 40,1°. C'est cette température élevée qui avait poussé Carl à appeler le shérif.

— Je vais rentrer à la maison ? demanda la fillette d'une voix pleine d'espoir.

— Bien sûr, ma chérie.

Elle lui caressa les cheveux, doux comme seuls peuvent l'être les cheveux des enfants.

À présent, elle entendait Carl parlementer avec Travis Walker. L'échange fut bref mais assez concis pour qu'elle en comprenne la teneur.

— Comment te sens-tu, ma chérie ? s'enquit-il, une fois son téléphone en poche.

— Pas bien, oncle Carl. Je veux rentrer chez moi.

— C'est exactement ce qu'il va se passer, lui dit-il d'une voix étonnamment douce.

Il ne restait pas grand-chose de l'homme confiant et un poil autoritaire que Sheri avait rencontré au festival. Plusieurs jours de cavale avaient fait de lui un homme aux abois usé, aux traits tirés, aux épaules voûtées, à l'apparence négligée. De ses vêtements froissés se dégageait une odeur âcre de sueur.

— Fais-moi un câlin, dit-il à sa nièce. Puis je te laisserai partir.

Il observa un court instant de silence avant d'ajouter ce qui sonna comme des excuses :

— Je n'ai pas voulu ce qui arrive, Dawn. Je pensais vraiment qu'on allait bien s'amuser tous les deux. Je t'aime. Tu le sais, n'est-ce pas ?

Dawn acquiesça.

— Moi aussi, je t'aime oncle Carl. Mais je veux voir maman.

— Elle est juste là, dehors. Avec plein d'autres gens. Allez, fais-moi un câlin, maintenant.

Elle alla se blottir entre les bras de son oncle qui la tint serrée un long moment. Ensuite, il lui prit la main et la conduisit jusqu'à la porte. Il prit une profonde inspiration puis l'ouvrit lentement.

— Allez, va, dit-il en poussant la fillette dehors.

Dawn fit quelques pas hésitants avant de se mettre à courir vers ses parents.

Carl referma la porte et s'y adossa, les yeux fermés. Sheri l'observa, se demandant ce qu'il préparait. D'après son entourage, il n'était pas violent. Mais savait-on de quoi était capable un homme désespéré ?

Il rouvrit les yeux, chercha son regard.

— C'est vous que j'ai rencontrée au festival, n'est-ce pas ? Vous qui m'avez identifié auprès des flics.

Quel sens devait-elle donner à ces paroles ? Était-il en colère après elle pour avoir ruiné son plan ? Quel sort comptait-il lui réserver ?

Elle acquiesça.

— Et maintenant ? demanda-t-elle d'un ton qu'elle voulait assuré.

— Le shérif m'a annoncé qu'un agent chargé de négocier avec moi allait arriver.

Il se laissa glisser le long de la porte jusqu'à se retrouver assis par terre, sur le sol en béton.

— Il ne faut pas être devin pour savoir qu'on va me demander de me rendre, poursuivit-il. Mais c'est trop tard.

— Pourquoi dites-vous cela ?

Il poussa un long soupir avant de se lancer dans ce qui ressemblait à une confession.

— Je n'ai pas kidnappé ma nièce. Enfin, pas dans le sens où on l'entend. Dans la mesure où Mel était au courant, ce n'est pas comme si je l'avais véritablement enlevée. C'est ce que ma sœur m'a dit, en tout cas. C'était son idée. Le plan était que je fasse disparaître Dawn quelques heures, une nuit tout au plus, pour faire croire à un enlèvement. Ensuite, je devais envoyer un SMS pour réclamer une rançon. Mel ferait semblant de paniquer et supplierait Brandon de payer. Elle ne doutait pas un instant qu'il le ferait. Une fois l'argent viré sur le compte qu'elle avait ouvert à mon nom, j'étais censé réapparaître avec Dawn en disant que je l'avais retrouvée, et tout le monde serait content.

— Vous n'aviez pas peur que Dawn dise la vérité ? À huit ans, on comprend beaucoup de choses.

— Bien sûr. Mais Mel m'a assuré que ça n'arriverait pas. Elle expliquerait à Dawn qu'elle devrait garder le secret sans quoi, sa maman et son oncle qu'elle aimait tant auraient de gros ennuis. Peut-être même qu'à cause d'elle, ils iraient en prison. Au cas où Dawn parlerait quand même, elle tablerait sur la confusion. Que vaudrait la parole d'une enfant de huit ans contre celle d'une adulte, sa mère qui plus est ?

— Si tout cela avait pour vous des allures de mise en scène sans conséquence, pourquoi vous êtes-vous procuré une arme ?

Une ride se creusa au milieu du front de Carl.

— Moi, je n'en voulais pas. C'est Mel qui a insisté pour que j'en aie une. Elle disait qu'il valait mieux que je sois en mesure de protéger sa fille au cas où…

— Autant que vous le sachiez, Melissa vous rend responsable de tout.

Carl s'affaissa un peu plus et posa ses mains sur ses genoux.

— Cela devrait me surprendre mais, en fait, ce n'est pas le cas. Sous des dehors altruistes, Melissa n'a toujours pensé qu'à elle. Tout ce qu'elle fait n'a qu'un but : servir ses propres intérêts. Et comme elle sait que je lui suis redevable d'avoir intercédé plusieurs fois auprès de Brandon pour qu'il me prête de l'argent…

— Carl, vous pensez vraiment pouvoir vous en sortir alors qu'il y a une armée de flics qui vous attendent dehors ?

— Avec vous, je ne risque rien. Vous êtes mon ticket de

sortie. Je ne vous ferai aucun mal, mais tant qu'ils croient le contraire, ils ne tenteront rien.

— Rendez-vous. C'est ce que vous avez de mieux à faire. Dites à la police ce que vous venez de me dire. Défendez-vous. Ne laissez pas votre sœur vous faire porter le chapeau.

— J'ai essayé une fois, mais ça n'a pas marché.

— Quand cela ?

— Quand j'ai été accusé de détournements de fonds.

— Ce n'était pas vous ?

— C'était un emprunt. J'avais l'intention de rendre cet argent.

— Comment ?

— J'aurais trouvé un moyen. Ils n'avaient aucune raison de me traiter comme un criminel. Tout ça, c'est à cause de ce Lester qui ne me lâchait pas !

— Il continuera à vous poursuivre si vous fuyez encore.

— Il faudrait déjà qu'il sache où me chercher.

— Si vous quittez le pays, un mandat d'arrêt international sera lancé contre vous. Vous n'échapperez pas à la police. Un jour ou l'autre, ils vous retrouveront. Et d'ici là, vous vivrez avec la peur au ventre.

Il la foudroya du regard.

— Taisez-vous maintenant, lui ordonna-t-il sèchement. Je ne veux plus vous parler.

Sur ce, il lui tourna le dos, dans une posture qu'elle jugea puérile.

Elle balaya la pièce du regard, cherchant à voir s'il y avait un moyen de s'échapper. Malheureusement, il n'y avait pas d'autre issue que la porte devant laquelle Carl était assis. Elle avait bien une paire de ciseaux dans sa trousse de secours mais, face à un pistolet, ils ne lui seraient pas d'une grande utilité.

Il ne lui restait plus qu'à espérer que le négociateur parviendrait à faire entendre raison à Carl. Derrière ses airs bravaches, ce dernier restait un homme faible. Assez faible pour suivre sa sœur dans une machination très imparfaite. Melissa pensait-elle vraiment que son plan allait marcher ? Ou avait-elle une autre raison d'avoir fait courir de tels risques à sa fille et à son frère ?

Brandon Sheffield était assis à l'arrière de la voiture du shérif, sa fille sur les genoux. Son visage reflétait un soulagement et un bonheur indicibles. Melissa se glissa à côté d'eux, souriante.

— Nous allons devoir poser quelques questions à Dawn, prévint Travis.

— Pas avant qu'un médecin ne l'ait vue, rétorqua Brandon. Elle est brûlante de fièvre.

— Cela ne prendra que quelques minutes. Et c'est la seule à pouvoir me donner les informations dont j'ai besoin.

— D'accord, mais vite alors.

Travis s'accouda à la vitre restée ouverte.

— Bonjour, Dawn. Je suis le shérif Walker. Sais-tu où ton oncle avait l'intention d'aller ensuite ?

— Il a dit qu'on irait au Mexique parce que, là-bas, il fait toujours beau et chaud.

— Est-ce qu'il a dit autre chose ? Est-ce qu'il a dit pourquoi vous étiez venus ici, à la tour ?

— Parce que maman a demandé qu'on l'attende ici.

— Ma chérie, tu délires, se défendit Melissa. Ça doit être la fièvre. Elle n'a plus toute sa tête. Qui l'aurait avec une température pareille ?

Brandon lança un regard assassin à sa femme.

— Tu as entendu oncle Carl parler à maman ? demanda-t-il à Dawn.

— Oui. Plusieurs fois. Et je l'ai vue, même. C'est elle qui nous amenait dans les endroits où on dormait.

Elle tourna vers sa mère sa petite mine chiffonnée.

— Maman, pourquoi tu repartais sans moi ? Pourquoi tu ne me ramenais pas à la maison ?

Puis, sans laisser à sa mère le temps de trouver une excuse, elle ajouta en se tortillant :

— J'ai envie de faire pipi.

— Je t'emmène, ma chérie, s'empressa de répondre Melissa, visiblement soulagée d'échapper à l'étau qui se resserrait sur elle. Et ensuite, nous rentrerons à la maison.

— L'agent Douglas va vous accompagner, dit Travis.

— Vous allez arrêter Melissa ? demanda Brandon en suivant sa fille des yeux.

— Elle a admis avoir participé à cette machination, répondit Travis. Elle va être placée en détention provisoire.

— Je n'arrive pas à réaliser qu'elle ait pu faire une chose pareille.

Toute colère s'était dissipée. Brandon semblait juste abattu.

— Vous devriez prendre un avocat, lui conseilla Erik.

— Oui. Je suppose que c'est la meilleure chose à faire.

À ce moment, Jamie Douglas arriva en courant, la petite Dawn dans les bras.

— Melissa Sheffield a pris la fuite, s'écria-t-il.

•

15

Carl se redressa et fixa son téléphone qui restait étrangement muet.

— Pourquoi ce négociateur n'appelle-t-il pas ? dit-il d'un ton inquiet. Ils ne réalisent donc pas qu'il faut qu'ils me parlent ?

— Appelez-les, vous, suggéra Sheri. Ou bien, appelez votre sœur. Demandez-lui ce qu'il se passe.

Carl acquiesça. Il composa le numéro de Melissa mais ce fut une voix masculine qui lui répondit. Sheri reconnut la voix d'Erik.

— Qui êtes-vous ? Que faites-vous avec le téléphone de Mel ?

— Mel n'est pas là. Elle s'est servie de sa fille une fois de plus. Pour s'enfuir. Elle vous a planté, mon vieux. Il va falloir vous débrouiller sans elle.

— Non ! C'est impossible ! Vous mentez !

— Je ne mens pas, Carl. Melissa s'est bel et bien enfuie. Mais avant, elle vous a rendu responsable de tout. Elle a dit qu'elle vous avait aidé sous la menace.

— C'est faux ! C'est faux ! C'est elle qui a tout organisé. Moi, je voulais tout arrêter quand elle m'a dit que Brandon refusait de payer la rançon. Mais elle a insisté. Elle m'a dit d'être patient. C'est elle qui nous a déposés ici en disant qu'elle allait revenir nous chercher.

— Ce n'est pas du tout ce qu'elle raconte, Carl. Mais si vous voulez la confondre, relâchez Sheri et rendez-vous. Nous éclaircirons toute cette affaire ensemble, au bureau du shérif.

— Et après ? Vous me mettrez en détention.

— C'est la seule manière de vous défendre. Vous pourrez vous faire aider par un avocat.

— Je n'ai pas de quoi payer un avocat. Vous le savez bien. C'est bien à cause de ça que je suis dans ce pétrin !

— Très bien. Commencez par vous calmer et tout va bien se passer. Laissez-moi parler à Sheri.

— Pas question.

— Si vous voulez pouvoir négocier, il faut d'abord que je m'assure qu'elle va bien.

— Je vais bien ! cria Sheri.

— La ferme !

D'un geste rageur, Carl mit fin à l'appel puis jeta le téléphone qui s'écrasa sur le sol avec un bruit sinistre.

Sheri regarda l'appareil endommagé.

— Ce n'est pas très malin, dit-elle. Comment allez-vous faire s'ils ne peuvent plus vous joindre ?

— De toute façon, ça ne sert à rien de discuter.

Il se laissa glisser par terre à nouveau et enfouit son visage entre ses mains.

— Je suis un homme mort, dit-il. Ils vont m'envoyer en prison pour enlèvement d'enfant. Et on connaît le sort que les détenus réservent aux kidnappeurs. Je ne veux pas.

Prise de pitié, Sheri alla s'agenouiller à côté de lui.

— Carl, il faut que vous sortiez de là et que vous donniez votre version des faits.

Il leva sur elle son visage ruisselant de larmes.

— Ils ne me croiront pas. C'est Melissa qu'ils croiront. Elle est belle, intelligente, riche. Elle s'en tirera encore une fois à bon compte et c'est moi qui paierai pour elle.

Prenant Sheri par surprise, il dégaina soudain son arme.

Sheri fixa le pistolet, la gorge sèche, le cœur battant.

— Carl... Qu'allez-vous faire ?

— Je ne voulais pas en arriver là, mais je n'ai plus le choix.

Il pointa le canon sur elle.

— Si je menace de vous tuer, vous croyez qu'ils me laisseront sortir ?

Elle regarda le canon avec effroi. Puis son regard se porta sur sa main. Une main qui tremblait légèrement.

— Ne faites pas ça, Carl.

— Je n'ai plus le choix, répéta-t-il comme pour lui-même.

Erik composa le numéro de Carl pour la troisième fois mais, là encore, il n'obtint aucune réponse. Et ce fichu négociateur qui ne se montrait toujours pas !

Que pouvaient-ils bien faire en attendant ? Il regarda autour de lui. Des équipes quadrillaient la zone, à la recherche de Melissa Sheffield. Avec ses bottes à talons et son manteau de ville, elle n'irait pas bien loin, ricana-t-il intérieurement.

Brandon et Dawn étaient partis, escortés par un officier chargé de les conduire à l'hôpital de Junction où Dawn serait examinée et soignée.

Il alla rejoindre Travis et Gage qui s'étaient avancés jusqu'à l'avant du bâtiment.

— Toujours pas de nouvelles du négociateur ? s'enquit Travis.

Erik sortit son téléphone de sa poche et vit qu'un SMS était arrivé. Il le lut en jurant tout bas.

— Je ne le crois pas ! Cet abruti est en panne d'essence quelque part en pleine cambrousse. Un officier doit venir le chercher pour l'emmener ici mais il ne sait pas combien de temps cela prendra. Travis, nous ne pouvons pas attendre plus longtemps. Il faut trouver un moyen de forcer Carl à sortir.

— Pour commencer, je vais passer un coup de fil à la société qui gère ce satellite. Je vais leur demander de stopper la machinerie. Il ne faudra pas longtemps avant que le froid et le silence ne le poussent à sortir.

— OK.

— Un sniper est en position de tir, annonça Gage tandis que Travis s'éloignait pour passer son appel.

Travis revenu, tous deux discutèrent de la meilleure stratégie à adopter. Erik s'inquiétait pour Sheri. Et si Carl n'était pas aussi docile et passif qu'ils le pensaient ? L'idée qu'il pouvait faire du mal à Sheri alors qu'ils venaient juste de se retrouver lui était insupportable.

Travis choisit le moment où les machines s'arrêtèrent brutalement pour tenter de joindre Carl par téléphone. Une fois encore, ce fut peine perdue.

— Carl ! cria-t-il en mettant ses mains en porte-voix. C'est le shérif Travis Walker qui vous parle. Vous êtes cerné. Sortez et jetez votre arme.

Erik retint son souffle, l'oreille aux aguets. Aucune réponse. Aucun signe de vie.

C'est alors que le coup de feu retentit.

— Sheri ! Non !

Il courut vers la porte au moment où elle s'ouvrait et se figea sur place, son cœur cognant fort dans sa poitrine.

— Ne tirez pas ! C'est moi, Sheri ! Je vais bien. Carl...

Erik se précipita vers elle tandis qu'elle avançait en titubant. Elle se blottit contre lui et enfouit son visage au creux de son cou.

— Quand il a dégainé son arme, j'ai cru qu'il allait me tuer, murmura-t-elle, sous le choc. Mais il l'a retournée contre lui...

Erik la garda ainsi, dans l'abri que lui faisaient ses bras rassurants, tandis qu'une nuée de policiers prenaient le bâtiment d'assaut.

— Madame Stevens, vous pouvez nous raconter comment les choses se sont passées ? s'enquit Travis d'une voix douce.

Sheri se redressa et, du plat de la main, essuya les larmes qui mouillaient ses joues.

— Il n'a pas supporté que sa sœur l'ait trahi, commença-t-elle. Il ne voyait pas d'issue. Il a préféré en finir.

Elle se remit à pleurer doucement, incapable de poursuivre.

— Comment va Dawn ? demanda-t-elle quand elle se fut ressaisie.

— Elle va bien, dit Travis. Elle a été conduite à l'hôpital pour y être examinée.

— Et Melissa ? Vous l'avez retrouvée ?

— Pas encore. Mais ça ne saurait tarder. Elle n'est pas vraiment équipée pour fuir dans de telles conditions.

Il se tourna vers Erik et ajouta :

— Pouvez-vous conduire Mme Stevens au poste de police ? J'aimerais qu'elle fasse sa déclaration tant que tout est frais dans sa mémoire.

— Je voudrais bien, mais je suis venu avec vous. Je n'ai pas de voiture, dit Erik.

— Prenez la mienne. Je repartirai avec Gage. Les clés sont sur le contact.

Une fois Sheri installée sur le siège passager, Erik lui caressa la joue, dans un geste infiniment tendre.

— J'ai eu si peur pour toi, mon amour. Quand j'ai entendu ce coup de feu, j'ai cru que je t'avais perdue.

Elle prit sa main et l'effleura de ses lèvres.

— Erik, je sais que je t'ai fait faire un sang d'encre mais je devais y aller.

— C'était à moi d'y aller. Je suis flic. C'est mon boulot.

— Et moi, j'ai été mère. Et peu importait que Dawn ne soit pas ma fille. Je voulais juste la protéger.

Ils se tinrent un long moment front contre front, silencieux, savourant le bonheur d'être ensemble.

— Je t'aime, Sheri. Je n'ai jamais cessé de t'aimer. Même

dans les pires moments de notre divorce. Je n'arrivais pas à supporter ton chagrin parce qu'il n'était que le reflet du mien.

— Je sais.

Elle pressa ses lèvres sur les siennes dans un baiser porteur d'un amour infini.

— Sheri, crois-tu que nous pourrions nous donner une nouvelle chance ?

— Non seulement je le crois, mais je le veux.

Épilogue

Une semaine après le dénouement de Marietta Peak, Erik et Sheri se rendirent au bureau de police, à la demande de Travis.

— Je vois que les rumeurs sont fondées, dit-il en avisant le solitaire qui étincelait au doigt de Sheri. Vous comptez rester à Eagle Mountain ?

— J'ai demandé ma mutation à Junction, répondit Erik. Elle a été acceptée avec effet immédiat.

— Erik et moi allons nous remarier, annonça Sheri avec un sourire radieux.

— Félicitations, dit Travis.

— Pourquoi vouliez-vous nous voir ?

— Pour vous tenir informés des derniers événements. La patrouille de l'État du Colorado a arrêté Melissa ce matin. L'employé de la station-service où elle s'était arrêtée pour faire le plein l'a reconnue. Elle sera transférée à la maison d'arrêt de Junction demain.

— Je suis soulagée, dit Sheri. Je n'aimais pas l'idée de la savoir en liberté.

— Le dossier à charge n'est pas complet mais je pense qu'elle va en prendre pour quelques années.

— Il y a un élément supplémentaire que vous allez pouvoir verser à votre dossier, dit Erik.

Il lui tendit une chemise en carton.

— Je l'ai reçu ce matin, poursuivit-il. C'est un rapport du FBI concernant le compte sur lequel la rançon devait être versée. Ce que Carl ignorait, c'est que Melissa avait ouvert un autre compte, en son nom propre. Tout l'argent déposé sur le compte de Carl devait être automatiquement transféré sur le sien.

— Elle a été arrêtée en possession d'un faux passeport et d'un billet d'avion pour Buenos Aires.

— C'est bien la preuve qu'elle avait tout prévu depuis le début, rétorqua Erik. Carl n'était qu'un pantin qu'elle a manipulé sans aucun scrupule.

— Le pauvre. J'ai presque de la peine pour lui.

— Il ne faut pas. Même si sa sœur était la tête pensante, il a accepté de marcher dans sa combine. Il était son complice.

Des coups frappés à la porte les interrompirent.

— Shérif, quelqu'un demande à vous voir, annonça Adélaïde. Tous les trois.

Un court instant plus tard, Dawn, suivie de près par son père, franchissait à son tour la porte du bureau.

— Coucou ! s'exclama-t-elle.

Sheri se pencha pour l'embrasser, émue aux larmes.

— Dawn... Je suis très contente de te revoir. Tu as l'air en forme.

La fillette acquiesça en silence, un large sourire aux lèvres.

— Tiens, c'est pour toi, dit-elle en lui tendant une enveloppe.

Sheri en sortit un dessin qui représentait une falaise aux reflets verglacés. Au sommet se trouvait un personnage féminin levant les bras en signe de victoire.

— C'est toi, expliqua Dawn. Tu sais, je t'ai vue grimper ce jour-là, avant... avant tout ça.

— Il est magnifique, ma chérie. Merci beaucoup. Je vais le garder comme un trésor.

Un sourire radieux éclaira le visage de la fillette. Puis elle poussa un profond soupir.

— Je sais qu'oncle Carl m'a laissée partir parce que tu as pris ma place, dit-elle.

— Ton oncle t'aimait beaucoup, Dawn. Il savait qu'il avait fait quelque chose de mal et il était perdu.

— Et vous, Brandon, comment allez-vous ? s'enquit Erik.

— Ça va. J'ai mis la maison en vente. Elle était pleine de mauvais souvenirs. Nous allons déménager à Denver. Là-bas, nous pourrons prendre un nouveau départ, en terrain neutre.

Sur ce, le père et la fille partirent, main dans la main, imités de près par Erik et Sheri.

Une fois installée dans la voiture, Sheri ressortit son dessin de son enveloppe.

— Je l'adore, dit-elle. J'espère que Dawn réussira à s'en sortir sans trop de séquelles. C'est beaucoup pour une fillette de cet âge.

— Elle aura tout le soutien de son père. J'ai bien aimé le fait qu'il parle de nouveau départ, ajouta-t-il après s'être tu un court instant.

— Moi aussi. Nous allons y arriver, n'est-ce pas, Erik ?

— Bien sûr. Je n'en doute pas un instant. Et un jour nous formerons de nouveau une famille. Nous aurons d'autres enfants.

Elle esquissa un sourire où espoir, tristesse et joie se mêlaient étroitement.

— Je le voudrais tellement, murmura-t-elle. Mais cette idée me terrifie.

— Moi aussi. Mais aujourd'hui, nous savons que nous pourrons nous appuyer l'un sur l'autre.

Et que ce nouveau mariage renforcerait encore les liens qui les unissaient déjà.

Pour la vie, cette fois.

Vous avez aimé ce livre ? Retrouvez en numérique
le premier tome de votre série « Missions en montagne » :

1. *Le risque en embuscade*
2. *À la recherche d'une enfant*

Et découvrez la suite dès le mois prochain
dans votre collection Black Rose !

JUNO RUSHDAN

Un protecteur pour Grace

Traduction française de
CHRISTINE BOYER

BLACK ROSE

HARLEQUIN

Titre original :
WYOMING CHRISTMAS STALKER

1

Grace Clark jeta le sac d'ordures de la soirée, referma le couvercle de la benne située derrière le Delgado's Bar & Grill et se figea en entendant un hurlement soudain.

Le cri venait du B&B situé de l'autre côté de la rue, à l'angle du parking du restaurant. Comme elle se tournait dans cette direction, elle aperçut un couple qui se disputait dans l'escalier extérieur menant aux chambres du premier étage. L'homme, qui portait un blouson noir et un casque de moto, secouait une femme avec violence. Plus petite et plus mince que lui, elle semblait sans réaction.

Grace s'avança sur le parking enneigé pour voir de plus près ce qui se passait. Tout en marchant, elle s'efforça de repousser ses longs cheveux bouclés en arrière. Le vent glacé de ce mois de décembre lui rappela brutalement qu'elle avait laissé son manteau à l'intérieur.

Au loin, un éclair déchira le ciel. L'orage qui approchait rendait la nuit plus sombre.

Elle s'arrêta au coin de la rue, à une centaine de mètres du B&B. Le type dut resserrer sa prise sur le bras de sa compagne car elle grimaça soudain en se tordant de douleur.

Grace décida d'intervenir.

— Hé ! lança-t-elle d'une voix forte. Tout va bien, madame ? Vous avez besoin d'aide ?

Le couple se tourna vers elle. L'homme avait relevé sa visière mais son casque dissimulait la majeure partie de son visage. Presque aussitôt, il détourna la tête et lâcha la jeune femme.

— Tout va bien, assura celle-ci en faisant un petit geste de la main. Merci.

Sa voix tremblante et son expression tendue contredisaient sa réponse. Elle semblait mal à l'aise, inquiète. Sa fine veste matelassée et ses chaussures de toile paraissaient plus adaptées pour l'automne que pour un début d'hiver aussi glacial.

Grace hocha la tête mais elle ne la croyait pas. Cet homme la menaçait et mijotait un mauvais coup, cela crevait les yeux. Mais la peur avait le don de réduire les gens au silence.

Un nouvel éclair zébra la nuit, suivi d'un roulement de tonnerre. Comme elle relevait la tête, une goutte de pluie frappa sa joue. Pour la première fois, ce mois-ci, les températures du soir n'avaient pas baissé et ils allaient payer cette douceur par un bel orage.

Elle repartit vers le restaurant. Elle n'avait pas envie d'abandonner cette femme en détresse mais elle ne voulait pas non plus se faire tremper. Elle était née et avait grandi en Californie et n'était pas encore acclimatée aux températures du Wyoming.

Quelques mois plus tôt, elle avait ressenti le besoin d'un nouveau départ. Elle avait alors décidé de changer de métier, de décor, de se recentrer. Une refonte totale de son mode de vie lui avait paru indispensable.

Sur un coup de tête, elle avait donc fait ses valises pour traverser le pays jusqu'au Wyoming où son frère s'était récemment installé. Au cœur de l'État des cow-boys, elle mènerait une existence radicalement différente que celle qu'elle avait connue sur la côte Ouest, s'était-elle dit.

Les faibles taux d'imposition, la beauté d'une nature sauvage préservée, l'absence d'embouteillages, tout cela était déjà un miracle en soi. De plus, l'esprit du Far West était bien vivant au Wyoming. Non seulement l'État était peuplé de vrais cow-boys mais la plupart des gens étaient amicaux et authentiquement sympathiques. Cela dit, le Wyoming n'était pas non plus le paradis terrestre. Les hivers y étaient polaires avec d'importantes chutes de neige. Sans parler des serpents...

Grace atteignit l'auvent du restaurant au moment où l'orage éclata. La pluie mitraillait la neige qui recouvrait le sol. En face d'elle, le couple avait gravi les dernières marches de l'escalier pour atteindre le palier extérieur couvert du B&B, sans doute pour se protéger du déluge. Mais maintenant, les trombes d'eau qui tombaient du ciel étouffaient les autres bruits et obscurcissaient sa vue.

Désemparée, elle constata que la jeune femme n'avait pas profité de l'orage pour s'éloigner de son compagnon et rentrer dans sa chambre. Lorsqu'elle avait croisé son regard, elle avait deviné qu'elle était en danger. Et ressenti l'urgence de l'aider.

Le fait qu'elles soient sans doute à peu près du même âge, dans les vingt-cinq ans, expliquait peut-être cette empathie. Les femmes devaient se serrer les coudes, surtout lorsque l'une d'elles était dans une position vulnérable.

En tout cas, et quelle qu'en soit la raison, Grace éprouvait une étrange connexion avec cette inconnue.

Elle se glissa à l'intérieur du restaurant. Il était tard, elle avait besoin de fermer l'établissement et de rentrer chez elle, mais son inquiétude pour la jeune femme l'en empêchait. Semblable à la masse d'épais nuages sombres à l'horizon, la terreur palpable de cette inconnue annonçait l'imminence d'un danger.

Grace jeta un coup d'œil à travers les stores de la fenêtre de la cuisine qui offrait une meilleure vue sur l'arrière du restaurant. Mais, avec le déluge, elle ne voyait pas grand-chose au-delà du parking

À Los Angeles, lorsque des voisins se querellaient, il était facile d'évaluer la gravité de la situation à l'abri de son salon.

Avec une paire de jumelles et un téléphone portable à portée de main avant de composer le 911, si nécessaire. Elle ne savait pas comment les choses se passaient ici, mais ses jumelles étaient rangées quelque part chez elle, dans le cottage qu'elle louait depuis son arrivée. De toute façon, entre l'obscurité et la pluie, elles ne lui auraient pas servi à grand-chose.

Plutôt que de fermer le restaurant pour la nuit comme elle avait prévu de le faire, elle enfila son manteau et saisit la batte de base-ball cachée sous le bar en cas d'urgence. Si elle avait surpris la dispute du jeune couple, deux heures plus tôt, Xavier Triggs, son barman, aurait été là pour l'aider.

Mais contrairement à elle, il adorait le football. Voilà pourquoi elle lui avait proposé de partir plus tôt certains soirs, pour lui permettre de regarder les matchs chez lui avec sa femme. En tant que manager, elle aurait pu décider de fermer plus tôt ces jours-là puisqu'elle fixait elle-même les heures d'ouverture. Mais elle ne l'avait pas fait. Lynn Delgado lui avait confié ce poste malgré son peu d'expérience et Grace voulait se montrer à la hauteur de sa confiance. Lynn avait compris son besoin de faire une pause. Lorsqu'elle vivait en Californie, elle était en effet infirmière dans un service de soins palliatifs, un métier éprouvant. Et maintenant, tout en travaillant à temps partiel au restaurant, elle préparait un master de management par correspondance et s'efforçait de faire ses preuves, surtout pour elle-même.

Elle rabattit sa capuche sur la tête, poussa la barre métallique de la porte arrière et sortit. Il tombait toujours des cordes et elle hésita à prendre un parapluie. Mais elle y renonça vite. Pour utiliser efficacement sa batte de base-ball, elle aurait besoin de ses deux mains.

La pluie coulait de l'auvent, éclaboussant le trottoir devant elle. Le tapis neigeux n'allait pas tarder à devenir un champ de boue. Heureusement, elle avait suivi les conseils de Lynn et acheté une bonne paire de bottes pour l'hiver. Et rangé ses tongs et ses baskets jusqu'à l'été prochain.

La foudre déchira le ciel en un éclair éblouissant. À la vue des ombres sur le palier extérieur du B&B, elle comprit que le couple était toujours dehors.

Il était difficile de dire s'ils se parlaient ou se disputaient, mais elle espérait que les choses s'étaient calmées.

Dans le doute, elle sortit son smartphone et appela le bureau du shérif.

L'un des avantages d'être la sœur du shérif était qu'elle pouvait demander à un adjoint de passer. Son inquiétude était une raison suffisante pour être prise au sérieux. Son frère occupait ce poste depuis un peu moins d'un an et était actuellement en vacances en France. Pour tenter de se réconcilier avec son ex. Mais en son absence, aucun de ses adjoints ne se moquerait de ses appréhensions, elle en était certaine.

— Holden Powell à l'appareil, je vous écoute.

En reconnaissant la voix, profonde et douce, de l'adjoint au shérif, Grace sentit son rythme cardiaque s'accélérer. Chaque fois qu'elle l'entendait, elle constatait cet étrange phénomène.

— Bonsoir, c'est Grace. J'appelle du Delgado's.

— Tout va bien ?

— Je n'en suis pas sûre. Alors que je sortais les poubelles, j'ai remarqué un couple qui se disputait dans l'escalier extérieur du B&B des Quenby. J'ai entendu la jeune femme crier quand son compagnon l'a saisie brutalement par le bras. Ils sont toujours là-bas. Je ne suis pas certaine que leur altercation nécessite l'intervention des forces de l'ordre mais je suis un peu inquiète.

— Je vais passer pour jeter un œil. S'il s'agit juste d'une querelle sans conséquences, je vous tiendrai compagnie pendant que vous fermez. Dans tous les cas, je ne serai pas venu pour rien.

— Je suis désolée de vous déranger, ce n'est peut-être pas grand-chose.

— Pas de problème, répondit Holden avec sincérité. J'arrive.

Après avoir raccroché, Grace glissa le téléphone dans sa poche.

Holden serait là bientôt. Mais arriverait-il à temps ?

Elle savait à quel point une situation pouvait rapidement dégénérer. En quelques minutes, parfois, en quelques secondes.

En attendant, elle avait besoin de gagner du temps sans se mettre en danger. Elle avait appris à se défendre mais ses cours de krav maga ne lui seraient pas très utiles face à un homme armé. Et la plupart des habitants du Wyoming l'étaient.

Le mieux était de se rendre au B&B et, s'ils se disputaient encore, de leur annoncer que le chef adjoint du shérif était en route. Elle espérait que l'homme, effrayé, s'en irait sans demander son reste.

Avec une profonde inspiration, elle s'élança sous le déluge. Quand elle entra dans le parking, transformé en champ de boue, elle glissa et faillit s'étaler de tout son long. Elle se redressa de justesse en s'accrochant au rétroviseur latéral de sa voiture.

Elle poursuivit plus prudemment sa traversée du parking.

Un autre éclair lui permit de voir le couple. La jeune femme essayait d'ouvrir une porte au premier étage pour entrer dans le B&B mais l'homme la referma avant qu'elle y parvienne.

Il pleuvait toujours et un coup de tonnerre fit sursauter Grace. Pourtant, elle ne ralentit pas. Tenant sa batte à deux mains, elle traversa l'épais rideau de pluie, son angoisse augmentant à chaque pas.

Elle décida de s'approcher aussi près que nécessaire pour leur parler tout en restant hors d'atteinte.

L'orage faisait rage et autre éclair illumina le B&B.

Horrifiée, elle s'aperçut que le couple en était venu aux mains et se battait à présent sur l'étroit palier extérieur. L'homme avait saisi la femme à la gorge et serrait, comme s'il cherchait à l'étrangler. La malheureuse s'efforçait en vain de se libérer.

Puis l'obscurité retomba. Le tonnerre grondait si fort qu'on aurait dit qu'il était au-dessus de leurs têtes.

Grace se remit à courir sans se soucier des flaques de boue. Un son aigu perça la nuit. Un hurlement ?

Difficile à dire, sous cette pluie battante. Elle était assez près maintenant pour distinguer l'escalier. Elle vit alors l'homme dévaler les marches, enfourcher sa moto et démarrer pour filer en trombe.

La foudre déchira le ciel.

Dans le jet de lumière éblouissant, elle repéra la femme, allongée face contre terre non loin de l'escalier. Elle ne bougeait plus.

Sous le choc, le cœur battant à tout rompre, Grace resta figée, le regard rivé au corps inerte.

Elle sentit son estomac se nouer. Tout était sa faute. Elle aurait dû agir plus vite. Dès qu'elle avait soupçonné que cette inconnue avait des ennuis, elle aurait dû appeler Holden et intervenir au lieu de tergiverser.

Un faisceau de phare puissant la força à plisser les paupières. Elle leva la main pour ne pas être aveuglée et protéger ses yeux mais elle ne voyait rien à travers cette lumière éblouissante.

Au rugissement du moteur, elle comprit que la moto se dirigeait droit sur elle.

Saisie d'effroi, elle sentit le sang se glacer dans ses veines.

Le hurlement de l'engin s'intensifia, et la lumière aveuglante se rapprocha d'elle. Par réflexe, elle bondit sur le côté pour s'écarter. Une fraction de seconde trop tard. La moto la renversa, l'envoyant valser contre un camion garé sur le parking.

Sa tête heurta violemment le métal. Sa vision se brouilla. Dans un état second, elle vit clignoter des lumières rouges et bleues avant que l'obscurité ne l'engloutisse.

2

— Grace, murmura Holden, penché sur elle pendant que les urgentistes la déposaient sur un brancard. Grace.

Lorsqu'ils l'emportèrent vers l'ambulance, il prit sa main glacée et la serra entre les siennes.

Je vous en prie, ouvrez les yeux.

Comme si elle avait entendu ses pensées, Grace remua la tête et battit des paupières. Il lui fallut quelques instants pour le reconnaître.

— Holden ? Que s'est-il passé ?

Il avait bien envie de le savoir.

— En arrivant, je vous ai trouvée étendue sans connaissance sur le parking. Qui vous a attaquée ?

— Un homme à moto m'a renversée, dit-elle faiblement.

En effet, au moment où il s'engageait sur le parking, Holden avait entendu une grosse cylindrée s'éloigner.

— C'est le type dont je vous ai parlé au téléphone. Celui qui se battait avec une femme, ajouta-t-elle.

— Avez-vous noté son numéro d'immatriculation ?

— Non, je n'ai pas eu cette présence d'esprit. Où m'emmènent-ils ? ajouta-t-elle en regardant autour d'elle.

— Dans une ambulance qui va vous conduire à l'hôpital.

— Inutile, dit-elle en secouant la tête. Je vais bien.

Elle n'en avait pas l'air. Ses yeux, si pétillants d'habitude, semblaient éteints. Sa peau mate était livide et elle tremblait de tous ses membres.

— Vous n'allez pas bien. Mieux vaut qu'un médecin vous examine.

— Mais je dois d'abord m'occuper de la malheureuse que cet homme maltraitait. Je crois qu'elle est blessée, ajouta-t-elle d'une voix angoissée.

Elle n'était pas blessée. Elle était morte.

Après s'être assuré que Grace était en vie et avoir appelé une ambulance, Holden avait remarqué la jeune femme étendue, inerte, près de l'escalier extérieur du B&B. Il s'était approché, avait cherché son pouls. En vain. Mais il ne voulait pas accabler Grace avec cette nouvelle.

— Ne vous inquiétez pas, je m'en charge. Vous, vous allez à l'hôpital. Les médecins s'assureront que vous ne souffrez pas d'une commotion cérébrale ou d'une hémorragie interne.

Avant de partir en vacances, le shérif Daniel Clark l'avait chargé de veiller à la sécurité des habitants de la ville et de garder un œil sur sa petite sœur.

Et par « garder un œil sur elle », il voulait dire : « s'assurer qu'elle n'ait pas d'ennuis ». Manifestement, Holden avait failli à cette mission.

Si elle conservait des séquelles de cette agression, le frère de Grace – son patron – ne le lui pardonnerait jamais. Et lui non plus ne se le pardonnerait pas.

Les urgentistes s'apprêtaient à installer la civière dans l'ambulance, aussi lâcha-t-il sa main.

Comme elle posait ses yeux bruns, si doux, sur lui, il sentit son cœur fondre dans sa poitrine. Ce phénomène se produisait souvent avec elle. *Très souvent*. Quand leurs regards se croisaient, comme maintenant. Mais son sourire déclenchait aussi cette réaction. Et parfois, sa seule présence, le simple fait d'être près d'elle, suffisait à le plonger dans ce trouble aussi délicieux que problématique.

Ne t'aventure pas dans cette direction, s'ordonna-t-il. Se consumer pour une femme qu'il ne pourrait jamais avoir serait une énorme erreur.

Il se força à détacher son regard d'elle et recula d'un pas pour mettre de la distance entre eux.

— Demandez à une infirmière d'appeler le bureau du shérif quand elle aura été examinée, dit-il à l'un des urgentistes.

L'opératrice lui transmettrait le message.

— Entendu, fit l'homme avant de refermer le hayon.

Peu de temps après, l'ambulance partit.

Retournant vers la scène du crime, Holden se rendit d'abord vers l'endroit où il avait trouvé Grace inconsciente. Il était la proie d'une profonde colère. Qui n'était pas dénuée de peur.

Elle aurait pu être tuée ce soir, alors qu'elle était sous sa responsabilité.

Celui qui l'avait renversée allait le payer cher.

Il ramassa une batte de base-ball. Les lettres DBG y étaient gravées dans le bois. Elle venait du Delgado's, comprit-il.

Visiblement, Grace n'avait pas eu la patience de l'attendre et avait décidé de prendre les choses en main. Sans doute avait-elle ressenti le besoin de voler au secours de la malheureuse, mais son impulsivité aurait pu lui coûter la vie.

Il espérait qu'elle n'était pas gravement blessée. S'il avait su qu'elle avait l'intention d'intervenir, il aurait insisté pour qu'elle l'attende.

Il se retourna pour jeter un œil au camion gris métallisé près duquel il l'avait trouvée. Le côté droit était orné de rayures comme s'il avait été heurté par un autre véhicule. Peut-être par la moto qui avait percuté Grace. Il sortit sa lampe de poche et examina de plus près la carrosserie. Des taches de peinture noire étaient visibles dans les rainures. Au cas où, il sortit un sac de scellé de sa poche et gratta les éraflures pour recueillir les écailles de peinture. Puis il referma avec soin le sachet.

Il revint vers le corps. L'adjointe Ashley Russo avait déjà sécurisé le périmètre.

— Nous devons retrouver le propriétaire de ce véhicule, lui dit Holden en désignant le camion. La moto qui a renversé Grace l'a peut-être heurté en prenant la fuite.

— Je m'en charge, répondit Ashley en notant le numéro d'immatriculation.

Holden jeta un coup d'œil au premier étage du B&B, promena le faisceau de sa lampe de poche le long du palier extérieur. La balustrade en bois s'était brisée lorsque la femme était tombée dans le vide.

Ou avait été poussée.

Ils ne le sauraient avec certitude que lorsque le médecin légiste aurait fait son rapport.

La victime gisait sur le macadam dans une mare de sang. Il s'accroupit à côté d'elle, en équilibre sur la pointe des pieds. Dix années en tant qu'adjoint du shérif l'avaient endurci. Il avait désormais une vision froide et cynique de la mort et de ses nombreuses causes. Il observa la malheureuse. Mince, âgée d'une vingtaine d'années, elle avait de longs cheveux bruns. Ses yeux grands ouverts avaient cette expression étrange que la mort laisse derrière elle.

Elle était morte avant d'avoir vécu.

— La reconnaissez-vous ? demanda Ashley.

— Non.

Son visage lui disait vaguement quelque chose mais il ne parvenait pas à se rappeler où il l'avait vue. Sa tenue – une veste légère et des chaussures en toile – semblait incongrue en plein hiver. Elle n'avait pas de sac.

— As-tu fouillé ses poches ?

— Oui, monsieur, mais elle n'avait ni papiers ni argent sur elle. Seulement un jeu de clés… celles de sa chambre au B&B, ajouta-t-elle en les lui tendant d'une main gantée.

Il enfila lui-même des gants de latex avant de les prendre.

Une clé ouvrait la porte extérieure. L'autre, la chambre numéro trois.

— Je vais jeter un coup d'œil dans sa chambre. Occupe-toi de la batte de base-ball.

Elle la prit et lui tendit quelques sacs de scellés en échange.

— J'ai déjà prévenu le médecin légiste, dit-elle. Il est en route. Je peux commencer à traiter la scène, si vous le souhaitez.

Il se félicita d'avoir une jeune adjointe aussi efficace. Elle prenait des initiatives et savait quoi faire à chaque étape du processus.

— Très bien. Vas-y.

Sur le point de partir en retraite, le légiste était souvent lent à répondre aux appels, le soir. Mais comme Ashley se chargeait de le faire venir, Holden pouvait se concentrer sur d'autres choses.

Il passa sous le ruban jaune et noir des scènes de crime.

En montant l'escalier, il balaya les marches de sa lampe de poche, y cherchant des indices. Dans ce genre de circonstances, qui heureusement n'étaient pas fréquentes, il regrettait que le bureau du shérif ne dispose pas d'une véritable unité de police scientifique. Mais ils n'avaient ni la main-d'œuvre ni les ressources nécessaires. Ils devraient donc traiter eux-mêmes la scène, et la pluie ne faisait que compliquer la tâche.

Il inspecta la porte extérieure. Elle était verrouillée.

Se servant de la clé, il entra sur le palier menant aux chambres. Deux appliques murales prodiguaient une douce lumière ambrée.

Deux portes plus loin, il trouva la chambre numéro trois.

À l'intérieur se trouvaient un grand lit méticuleusement fait, une table de chevet, une petite armoire et une salle de bains attenante. La chambre était bien rangée. La table de chevet était vide, à l'exception d'une bible, marquée du nom du B&B. Aucun vêtement n'était suspendu dans la penderie. Il n'y avait ni valise ni sac de voyage. Rien ne traînait sous le lit ou n'était caché sous le matelas. Une seule serviette était accrochée derrière la porte de la salle de bains. Sur le miroir mural au-dessus du lavabo, à côté d'une brosse à dents et d'un petit pot de dentifrice fait maison, était accrochée une photo.

Celle d'une petite fille.

Âgée de trois ou quatre ans, l'enfant souriait et serrait dans ses bras une poupée qui semblait avoir été fabriquée à la main. Avec de la laine pour les cheveux, des morceaux de feutre pour les yeux et les lèvres.

Sans doute la photo avait-elle été prise récemment. En tout cas, elle était le seul objet personnel dans la chambre.

Déçu qu'il n'y ait rien d'autre pour l'aider à avancer, Holden la glissa dans un sac de scellé.

Le temps qu'il ressorte, la pluie avait cessé et le médecin légiste était arrivé et s'était mis au travail. Ils échangèrent rapidement quelques mots. Ils auraient une conversation approfondie lorsqu'il aurait déterminé la cause du décès.

— Avez-vous trouvé quelque chose ? demanda Ashley.

Holden brandit le sac de scellé.

— Une photo. Rien d'autre.

— Je m'en occupe. Maintenant, que fait-on ?

— Il est temps de réveiller M. et Mme Quenby.

Il frappa du poing à leur porte. Il était presque minuit. Les propriétaires étaient sûrement au lit et auraient besoin de quelques instants pour ouvrir.

En attendant, il se retourna et observa les alentours. L'arrière du Delgado's était éclairé. Holden voyait la porte de la cuisine, la benne à ordures et la voiture de Grace garée près de celle de Mitch Cody, un autre adjoint, qui habitait au-dessus du restaurant. Avant l'arrivée de l'ambulance, Holden l'avait appelé. L'adjoint Livingston s'occupait seul du bureau et il n'y avait personne d'autre pour l'aider. Heureusement, Mitch ne dormait pas et avait accepté de venir. Holden préférait avoir quelqu'un au bureau en qui il avait confiance pour tout gérer. Livingston manquait d'expérience.

En temps normal, Holden était au bureau du shérif de 9 heures du matin à 19 heures le soir, quatre jours par semaine, sauf en cas d'urgence. Le reste du temps, il travaillait au ranch de sa famille.

Mais pendant les vacances du shérif qu'il remplaçait, il faisait des journées de treize heures, de 11 heures du matin à minuit. Ce n'est pas par hasard si Grace avait les mêmes horaires au restaurant. À l'heure où elle fermait, il avait pris l'habitude de passer devant le Delgado's pour s'assurer que tout allait bien et qu'elle était en sécurité.

Ce n'était pas un quelconque sixième sens qui le poussait à veiller à ce point sur elle. Mais après la catastrophe qui avait dévasté sa vie et failli mettre fin à sa carrière, l'année précédente, *Paranoïa* était devenu son deuxième prénom.

Il entendit des pas de l'autre côté du battant de bois. La clé joua dans la serrure, et la porte s'ouvrit sur Arthur Quenby, vêtu d'une robe de chambre nouée sur son pyjama.

Il examina Holden de la tête aux pieds.

— Vous travaillez encore au bureau du shérif, vous ? Je pensais que vous aviez été viré.

Holden sentit un malaise l'envahir.

— Non, monsieur Quenby. Je suis toujours chef adjoint. Parce que je n'ai jamais enfreint la loi.

En revanche, il avait été dupé par l'ancien shérif et par son ex-fiancée. Tous deux étaient des criminels. Ils s'étaient entendus pour tromper Holden afin de pouvoir poursuivre leurs petites affaires sordides en toute impunité.

Et il continuait à supporter la honte de n'avoir rien vu.

— Je suis surpris qu'ils vous aient gardé, après tout ce qui s'est passé, répliqua M. Quenby. C'est sans doute parce que vous êtes un Powell.

Les dents serrées, Holden préféra ignorer le commentaire.

— Monsieur Quenby, j'ai quelques questions à vous poser sur l'une de vos clientes. Celle qui occupait la chambre numéro trois...

— Pourquoi ? Elle a des ennuis ?

— Comment s'appelait-elle ?

— Skye. Pourquoi en parlez-vous au passé ?

Il n'était jamais facile d'annoncer la mort de quelqu'un. Le plus douloureux était de l'apprendre à la famille, mais informer un gérant de motel que le cadavre d'une de ses clientes gisait devant son établissement n'était pas agréable non plus.

— Nous avons trouvé son corps. Au pied de l'escalier extérieur qui mène aux chambres du premier étage.

— Son corps ? Elle est morte ?

Holden hocha la tête et poursuivit :

— Vous avait-elle donné un nom de famille ?

— Starlight. Skye Starlight.

Holden soupira. Ce n'était évidemment pas son véritable nom. Mais il savait où trouver la réponse. Dans l'enceinte de la secte Shining Light où vivaient tous les autres Starlight. La secte était dirigée par un gourou, Marshall McCoy, qui se faisait appeler Empyrean.

— Je me suis toujours demandé ce qui se passait derrière ces grilles, à quoi ça ressemblait, la vie des membres de cette secte, poursuivit Quenby.

Pas Holden. Et la perspective de s'y rendre pour interroger ce McCoy ne l'amusait pas du tout.

— Combien de temps est-elle restée dans cette chambre ?

— C'était son troisième jour. Elle devait partir demain.

— Vous a-t-elle dit pourquoi elle devait s'en aller ? Y avait-il quelqu'un ou quelque chose qui l'y forçait ?

— Elle m'a raconté quelque chose à propos des phases de la lune... Je ne suis pas sûr d'avoir tout compris.

Holden retint un soupir. Tout ce qui concernait cette secte tournait autour des cycles lunaires.

— Comment a-t-elle réglé la chambre ? Avec une carte de crédit ? En espèces ?

— Une carte de crédit ? Vous plaisantez. Elle n'avait pas d'argent. Elle m'a expliqué que sa « famille laïque », dit-il en formant des guillemets avec ses doigts, n'avait pas voulu l'héberger cette fois, mais qu'elle était prête à travailler pour payer sa chambre. Mildred et moi avons eu pitié d'elle. Nous l'avons chargée de nettoyer les salles de bains, de faire le ménage de l'autre chambre occupée et un peu de repassage.

— Qui d'autre séjourne actuellement chez vous ?

— Un gars qui n'est pas du coin, un certain M. Hughes. Il a de la famille dans la région et est venu passer avec eux les fêtes de fin d'année. Il est calme et ne bouge pas beaucoup.

— Skye a-t-elle mentionné le nom de sa famille biologique et l'endroit où ils vivent ?

— Non.

Super.

— Était-ce la première fois qu'elle séjournait avec vous ?

— Oui.

— À votre connaissance, a-t-elle reçu des visiteurs ? Ou des appels téléphoniques ?

— Pas que je sache. Elle était gentille mais pas trop bavarde. Une chic fille. Bosseuse. Quel dommage. Comment est-elle morte ?

— Je ne suis pas autorisé à discuter des détails d'une enquête en cours, répondit Holden.

— Simple curiosité, riposta Arthur alors qu'il resserrait la ceinture de sa robe de chambre.

— Ce sera tout pour l'instant.

Le smartphone de Holden sonna. Il le sortit de sa poche et jeta un coup d'œil à l'écran. Le numéro qui s'affichait était celui de l'hôpital.

— Excusez-moi, je dois prendre cet appel. L'adjointe Russo viendra prendre la déclaration de l'autre client et sécurisera l'entrée. M. Hughes devra utiliser la porte du rez-de-chaussée pendant quelques jours. Essayez de dormir un peu, monsieur Quenby. Chef adjoint Powell, ajouta-t-il en s'éloignant.

— Bonsoir, Holden. Terri Tipton, infirmière à l'hôpital de Laramie, à l'appareil.

Il la connaissait. Ils avaient fréquenté le même lycée, autrefois, même si Terri avait deux classes d'avance sur lui.

— Comment va Grace ?

— Nous lui avons fait passer un scanner et, d'après le médecin, elle va bien, dit Terri. Nous n'allons pas l'hospitaliser mais elle a besoin d'être reconduite chez elle.

Holden poussa un soupir de soulagement.

— D'accord. Merci. Dites-lui que quelqu'un viendra sous peu la chercher.

Il espérait que ce quelqu'un serait lui, mais il devait d'abord retourner sur la scène de crime.

Rangeant son téléphone, il se dirigea vers Ashley.

— Penses-tu pouvoir gérer la scène pendant environ une heure ? Obtenir le témoignage de l'autre client du B&B une fois que Mitch t'aura rejointe ici ?

— Oui, bien sûr. Où partez-vous ?

— L'hôpital vient d'appeler pour donner des nouvelles de Grace. Elle va bien et peut rentrer chez elle.

— Tant mieux. Vous avez évité le pire. Je n'aurais pas aimé être à votre place s'il lui était arrivé quelque chose de grave.

Sa situation au bureau du shérif était déjà précaire. Il avait la chance d'avoir conservé son poste, et toute la ville le savait. Les commérages sur le scandale ne s'étaient toujours pas calmés. Sans doute ne cesseraient-ils jamais.

— Je vais la chercher et la raccompagner chez elle.

— Avez-vous appris l'identité de la victime ?

— Skye Starlight.

Ashley grimaça en comprenant ce que ce nom signifiait.

— Allez-vous interroger la secte ?

Il n'avait pas vraiment le choix.

— Demain sans doute. Après avoir parlé avec l'agent spécial Becca Hammond.

Elle était l'un des deux agents du FBI participant à un groupe de travail local. L'autre était son meilleur ami, Nash Garner. Lui aussi était parti en vacances pour les fêtes avec l'amour de sa vie, Lynn Delgado.

D'après Nash, Becca était l'experte de la secte Shining Light.

— Pourrais-je vous accompagner ? demanda Ashley. J'ai toujours voulu voir l'intérieur de cet endroit.

La plupart des gens étaient animés par cette même curiosité. Holden n'était pas comme eux. Il aurait préféré ne jamais avoir à mettre les pieds à l'intérieur de l'enceinte.

— Oui, tu peux venir. Pourquoi pas ? As-tu vu ce qu'elle portait sous sa veste ?

— Un pull en laine vert. Pourquoi ?

Pour le moment, ce n'était pas important. Demain, lors de la visite de la secte, ce détail le serait peut-être. Le gourou avait mis en place un système de couleurs au sein de la communauté. Chaque teinte signifiait quelque chose de différent.

— Pour mon rapport. Maintenant que j'y pense, je n'ai pas vu le collier de Shining Light sur elle.

Chaque membre en portait un. Un pendentif représentant une demi-lune et un soleil emboîtés.

Ashley se pencha pour examiner le cou de la jeune morte.

— Pas de collier. Je vais le chercher dans l'herbe et sur le parking, dit-elle en se levant. Voulez-vous que je joue au chauffeur pour vous éviter d'avoir à reconduire Grace chez elle ?

Ce n'était pas un problème. Après l'avoir trouvée inconsciente, il avait besoin de s'assurer par lui-même qu'elle allait bien. De plus, il appréciait les moments qu'il passait avec elle, aussi rares qu'ils puissent être.

— Non, je m'en charge. Je reviens au plus vite.

Comme il se dirigeait vers son véhicule, l'un des SUV du bureau, il repéra Mitch qui venait vers lui.

— Voilà Mitch. À plus tard, dit-il à Ashley.

— Vous feriez mieux de rentrer chez vous après l'avoir déposée. Vous avez besoin de dormir, cria-t-elle.

Holden aurait adoré aller se coucher. Les longues journées n'étaient pas une nouveauté pour lui – travailler dans un ranch l'exigeait souvent – mais quelque chose lui soufflait qu'il aurait besoin de toutes ses forces pour mener à bien ces investigations

— J'ai une scène de crime à traiter, un rapport à rédiger et un travail à faire. Le sommeil attendra, lança-t-il.

Jamais de sa vie il n'avait été fainéant et maintenant, plus que jamais, il avait beaucoup à prouver. À tout le monde. Parce qu'ils le regardaient tous.

En attendant qu'il trébuche et échoue.

3

Assise dans la salle d'attente des urgences, face aux portes vitrées qui donnaient sur le parking, Grace se reprochait d'avoir dérangé tant de personnes pour rien. Après lui avoir fait subir une batterie d'examens, les médecins l'avaient autorisée à rentrer chez elle. Penser qu'une ambulance avait été appelée, que des gens s'étaient inquiétés, qu'elle avait abusé de leur temps, la mortifiait. Elle détestait être au centre de l'attention générale.

Et maintenant, pour aggraver sa honte, elle attendait que quelqu'un du bureau du shérif vienne la chercher. Elle aurait pu appeler un taxi. Les adjoints du shérif avaient la lourde tâche de servir et de protéger leurs concitoyens. Ils avaient mieux à faire qu'à jouer les chauffeurs personnels. Surtout Holden qui remplaçait son frère, le shérif, parti en vacances en France.

Sans réfléchir à ce qu'elle faisait, elle sortit son smartphone de son sac et composa le premier numéro enregistré dans ses contacts.

— Maman ? Je te dérange ?

— Grace, je pensais justement à toi. J'espérais que tu m'appellerais enfin. Je sentais que quelque chose n'allait pas. Non ?

— Euh... je...

Elle s'interrompit, ne sachant pas comment raconter à

sa mère ce qui s'était passé. Vêtue d'un survêtement qu'une infirmière lui avait prêté, elle se reprochait d'avoir échoué. Une fois de plus. Elle avait été incapable de venir en aide à quelqu'un. Une mission pourtant simple. Elle ignorait si la jeune femme qu'elle avait tenté de secourir allait s'en tirer ou si, en intervenant, elle n'avait fait qu'aggraver la situation. Sa mère, elle en était certaine, aurait su faire fuir ce type avec quelques mots choisis, sans déranger la police ni brandir une batte de base-ball. Elle aurait réglé le problème en un clin d'œil sans se casser un ongle.

— Je vais bien.

Sa mère poussa un soupir exagéré.

— Dieu merci. Qu'as-tu encore fait ? J'avais pourtant dit à ton frère de t'éviter les ennuis.

Appeler sa mère avait été une erreur, comprit-elle. Elle avait agi sans réfléchir, poussée par un besoin désespéré de réconfort.

— Pourquoi penses-tu que j'ai des ennuis ?

Un petit rire retentit au bout du téléphone.

— Ma chérie, tu es un véritable aimant à ennuis.

Accablée, Grace baissa la tête. Elle ne serait jamais à la hauteur de sa mère, la perfection incarnée.

Selene Beauvais avait été mannequin. Elle était encore d'une beauté à couper le souffle et d'une rare élégance. Avec ses longues jambes fuselées et ses somptueuses courbes féminines, elle faisait toujours tourner les têtes. Sa garde-robe était digne d'une star. Si Grace était mignonne, peut-être même jolie, certains jours, elle était loin d'être renversante. Et elle n'avait rien de l'aisance, de l'assurance et de la distinction naturelles de sa mère.

Cette dernière lui avait confié, un jour, qu'elle avait prié pour avoir une fille qui lui ressemblerait. Voilà pourquoi elle l'avait appelée Grace.

Lorsqu'elle avait compris son erreur dans le choix du prénom, elle l'avait surnommée « Chouquette ».

— Ma pire peur, poursuivit sa mère, est que tu gâches ta vie là-bas. Ta place est à Los Angeles, au soleil, *avec moi.* Le climat est rude dans le Wyoming et je suis sûre que tu en baves. J'espère au moins que tu hydrates bien ta peau et que tu penses à protéger ton visage avec une bonne crème quand tu sors dans le froid. Tu représentes notre famille, ne l'oublie pas.

Elle représentait surtout sa mère, Grace l'avait compris.

— J'aime laisser ma peau respirer.

Elle préférait également laisser ses cheveux détachés ou simplement noués en queue-de-cheval. Les chignons sophistiqués n'étaient pas pour elle. Les talons hauts non plus.

Une autre faute impardonnable aux yeux de Selene.

— Et maquille-toi un peu, Chouquette. Cela t'aidera à trouver un mari. Et à ce sujet, Kevin m'a dit que tu ne prenais plus ses appels. Je crois qu'il aimerait se rabibocher avec toi. Appelle-le. Ou mieux encore, va le voir.

— Je n'ai aucune envie de lui parler ou d'aller le voir.

Et encore moins de se réconcilier avec lui. Pourquoi recommençait-il à lui téléphoner ? Depuis six mois, depuis qu'elle vivait à Laramie, il ne lui avait pas envoyé le moindre signe de vie. Elle pensait qu'il avait fait son deuil de leur histoire. Mais avec l'approche de Noël, peut-être éprouvait-il un peu de vague à l'âme comme de nombreux célibataires.

— Et moi, tu n'as plus envie de me voir non plus ? Je pense qu'il est temps de mettre un terme à cette lubie du Far West et de rentrer à la maison.

Quand Daniel s'était installé ici, dans un petit ranch dont il avait hérité de son père à une demi-heure du centre-ville, leur mère n'avait pas trouvé cette décision absurde. Seule Grace avait droit à ce jugement sans appel. Depuis sa naissance, elle était une erreur, un accident. Son père ne l'avait pas connue et ne lui avait rien légué parce qu'il était mort peu de temps après sa conception.

— Je me sens chez moi ici, maman.

— Ne dis pas n'importe quoi. Demain matin, je vais te réserver une place dans le premier avion en partance pour L.A.

Comme d'habitude, sa mère n'écoutait qu'elle-même.

— Je t'en prie, ne m'achète pas de billet. Je ne l'utiliserai pas, dit Grace, déterminée à rester ici et à se construire une nouvelle existence. Je ne reviendrai pas en Californie.

— Bien sûr que tu reviendras, répliqua sa mère. Tôt ou tard. Alors, pourquoi attendre ? Cesse d'être têtue comme une mule. Je t'enverrai un billet électronique et nous pourrons passer les fêtes ensemble. Daniel n'est pas là, actuellement. Tu n'as aucune envie d'être seule pour Noël, n'est-ce pas ?

Non, elle n'en avait pas envie. Mais elle ne voulait pas non plus passer les fêtes dans l'ombre de sa mère qui ne cessait de l'accabler de reproches, de conseils et de piques.

Elle préférerait être seule pour le restant de ses jours plutôt que de vivre sous la coupe de Selene un instant de plus.

— Je vais t'acheter un billet, répéta sa mère. En première classe. À mes frais.

— Non. Vraiment, maman, ne réserve pas un vol pour moi. Je ne retournerai jamais à Los Angeles.

Le dire à haute voix la remplit à la fois d'euphorie et de culpabilité.

Elle culpabilisait de s'être libérée, d'être enfin elle-même, capable de vivre sa vie à sa guise. Les remords étaient des résidus de l'emprise que Selene avait toujours eue sur elle.

Mais plus maintenant.

Ma vie m'appartient à nouveau.

Un mouvement à l'extérieur lui fit lever la tête. Un des SUV du bureau du shérif s'arrêtait devant les portes vitrées des urgences.

— Je dois y aller, maman.

— Promets-moi que tu prendras mon appel la prochaine fois que je te téléphonerai, Chouquette.

Ces derniers temps, elle ne répondait plus ni à Kevin ni à sa mère. Mais comme elle avait rompu, elle, ce long silence, il semblait juste d'en assumer les conséquences.

— Promis. Je t'aime. Au revoir.

Grace ramassa ses affaires pliées dans un sac plastique et se précipita vers les portes vitrées, ne voulant pas faire attendre l'adjoint chargé de jouer les taxis.

Quelque part, elle souhaitait que Holden ne soit pas venu, qu'il n'ait pas perdu son temps précieux pour elle.

Mais, d'un autre côté, elle espérait que c'était lui.

Chaque fois qu'elle le voyait, il était gentil avec elle. Et même adorable. Quand il venait dîner au Delgado's Bar & Grill avec ses amis, il prenait toujours le temps d'échanger quelques mots avec elle. Lorsqu'il lui parlait, lui souriait, elle en oubliait souvent qu'elle avait un travail à faire. Parfois, il passait dans l'après-midi, seul, pour prendre un morceau de tarte et un café. S'il n'y avait pas trop de monde et qu'elle pouvait s'octroyer une pause, il lui en offrait une part à condition qu'elle lui tienne compagnie. Elle attendait ses visites avec impatience. Il était très attentionné à son égard et sa gentillesse la remplissait de joie. Bien sûr, il se mettait en quatre pour se montrer amical avec elle à cause de Daniel, le shérif de Laramie, elle en était sûre. Il tenait à se faire bien voir de son chef.

Cela n'avait pas d'importance. De toute façon, après sa rupture avec Kevin, elle n'avait aucune envie de retomber amoureuse.

Quand les portes automatiques s'ouvrirent, Holden apparut et s'avança vers elle.

— Content de voir que vous allez bien, dit-il.

Il lui sourit, montrant l'une de ses fossettes.

Son petit sourire était discret, subtil, comme la lueur qui

brillait dans ses yeux bleus. Pourtant, il la remua au plus profond de l'âme. D'un seul coup, le nœud qui lui tordait le ventre se détendit.

Il posa une main sur le bas de son dos pour l'entraîner vers le véhicule. Là encore le geste était léger, presque désinvolte, mais elle fut consciente du poids de sa main, de sa chaleur, de sa proximité. Chaque fois qu'il l'avait touchée auparavant, il s'agissait toujours d'un geste accidentel. Et bref.

Là, tout était différent. Et quelque chose dans ce contact prolongé la rendait nerveuse.

Il lui ouvrit la portière côté passager et alors qu'il retirait sa main de son dos pour l'aider à prendre place dans le SUV, une sensation de manque envahit Grace.

Il contourna le SUV pour s'installer au volant et sortit du parking de l'hôpital. Son cottage n'était pas loin, elle vivait à quelques kilomètres de la ville.

— Merci d'être venu me chercher, dit-elle. Je suis désolée que vous ayez dû faire ce déplacement. J'aurais pu appeler un taxi.

— Je voulais m'assurer que vous retourniez chez vous en toute sécurité. Après ce que vous avez vécu ce soir, votre frère me tuerait si je vous avais laissée rentrer en taxi.

Bien sûr, une telle éventualité aurait rendu Daniel furieux. Holden était un adjoint prudent qui s'efforçait de ne pas contrarier son patron. Voilà pourquoi il avait tenu à la reconduire. Rien d'autre.

En prendre conscience la blessa mais elle refusa de s'appesantir sur le sujet.

— Je ne peux pas rentrer chez moi tout de suite, dit-elle. Je dois d'abord fermer le restaurant.

— Lynn m'avait laissé son jeu de clés avant de partir en vacances avec Nash. Je peux m'en charger pour vous.

— Et ma voiture ? demanda-t-elle. J'en aurai besoin pour aller travailler demain.

— Je passerai vous prendre. Vous partez de chez vous de façon à arriver au Delgado's vers 10 h 30, n'est-ce pas ?

— Oui. Comment le savez-vous ?

— Je vous ai souvent vue passer à la pâtisserie au bout de la rue pour aller chercher des tartes pour le restaurant avant d'ouvrir, dit-il. Je serai chez vous vers 10 heures pour vous permettre de témoigner au bureau du shérif avant de commencer votre journée de travail.

— Ce n'est vraiment pas nécessaire. Si vous me déposez devant ma voiture maintenant, je vous épargnerai le trajet demain.

— Vous avez perdu connaissance. Il n'est pas question de vous laisser conduire ce soir.

— Je suis désolée d'être un tel dérangement.

Un tel fardeau plutôt. Elle devait trouver un moyen de le dédommager. Peut-être en lui offrant un repas ou en lui confectionnant une tarte elle-même.

— Comment va la femme du B&B ? reprit-elle. J'ai demandé à l'infirmière Tipton si elle avait été conduite à l'hôpital, elle aussi. Mais elle n'avait pas le droit de me communiquer des informations sur d'autres patients.

Holden se raidit, ses mains se crispèrent sur le volant.

— Quand je l'ai examinée, elle était morte. Le médecin légiste est actuellement sur les lieux du crime.

Morte. Grace sentit son cœur se serrer, son sang se glacer.

— A-t-elle été étouffée ?

— Pourquoi cette question ? demanda-t-il en la regardant avec intensité. Avez-vous vu le type l'étrangler ?

— Je pense que oui.

Grace essaya de se remémorer précisément la scène. Au départ, le couple se disputait mais leur querelle s'était vite envenimée. Quand le gars l'avait saisie à la gorge, la malheureuse s'était débattue pour tenter de se libérer de son emprise.

— Si seulement j'étais intervenue plus vite.

Elle avait hésité avant et après avoir appelé le bureau du shérif. Ce retard avait coûté la vie de la pauvre femme.

— Vous seriez peut-être morte, vous aussi, répliqua-t-il.

Quand il planta ses yeux bleus, insondables, dans les siens, Grace sentit quelque chose se serrer dans sa poitrine.

— Êtes-vous en colère contre moi ?

— Non, dit-il en secouant la tête.

Mais il l'était.

Il reporta son attention sur la route.

— Je suis en colère à cause de la situation.

— J'ai eu tort de vouloir aider quelqu'un ?

— Vous avez fait preuve de témérité, répondit-il avec un autre regard dans sa direction, un regard plus doux, qui n'était plus teinté de reproches. Je vous savais courageuse mais je ne me doutais pas que vous tenteriez de vous interposer, armée d'une batte de base-ball. Après m'avoir appelé, vous auriez dû m'attendre au Delgado's. Vous auriez pu être gravement blessée. Ou pire.

S'il lui était arrivé quelque chose, elle l'aurait mis dans une position délicate vis-à-vis de son frère. Elle n'avait pas pensé aux conséquences que ses actions étaient susceptibles d'avoir pour lui.

— Je suis désolée, je ne voulais pas vous compliquer davantage la vie, dit-elle. Vous n'en avez pas besoin.

Au cours de leurs discussions, ils n'avaient jamais évoqué la période difficile qu'il traversait. Ni les commérages omniprésents qui se répandaient sur son compte dans la ville.

Daniel ne lui avait pas beaucoup parlé de Holden, mais travailler au Delgado's Bar lui avait permis d'en savoir plus. L'ancien shérif de Laramie avait été impliqué dans un réseau de trafic sexuel. Avec la complicité d'un ancien juge et celle de l'ex-fiancée de Holden qui travaillait alors au bureau de libération conditionnelle. Depuis que le scandale avait éclaté, personne en ville ne croyait possible que Holden n'ait pas été au courant. Comment l'adjoint en chef n'avait-il pas vu ce qui se tramait sous son nez ? D'autant qu'il était très proche des protagonistes de l'affaire…

Seul Daniel refusait de condamner un homme sans preuve. Voilà pourquoi il avait laissé Holden à son poste. Son frère estimait que les gens avaient tous droit au bénéfice du doute.

Grace aussi.

— J'imagine la situation dans laquelle vous vous trouvez au bureau du shérif, poursuivit-elle.

Une situation précaire. Daniel avait donné une chance à Holden mais n'était pas non plus totalement convaincu de son innocence.

— Vous ne pouvez pas l'imaginer. Personne ne le peut. Les regards froids et soupçonneux. Les commentaires désobligeants, les sous-entendus. Je menais une vie heureuse, facile, tout allait bien, et d'un seul coup, ajouta-t-il avec un claquement de doigts, tout a été terminé.

Elle ne s'était jamais retrouvée au cœur d'un scandale mais elle connaissait le malaise profond d'être en permanence scrutée, mal jugée, dévalorisée.

— Je sais ce que c'est que d'être sous-estimée, injustement considérée et mal traitée, répliqua-t-elle. Certes, ce n'est pas exactement la même chose mais j'en ai une petite idée. Je mesure à quel point cela doit être difficile pour vous.

Elle regarda sa main sur le volant. Elle aurait voulu la prendre dans la sienne.

Au lieu de quoi, elle tourna la tête vers la vitre.

— Mon frère n'aurait jamais dû vous obliger à vous charger de moi, comme si vous n'aviez pas assez de soucis. Il a eu tort. Je suis désolée. Je suis majeure et vaccinée, responsable de mes propres actions. Je vais appeler Daniel et lui demander de vous décharger de moi.

Forcer Holden à jouer les baby-sitters n'était bon pour aucun d'eux.

— S'il vous plaît, Grace, cessez de vous excuser.

— Quoi ?

— Vous vous excusez beaucoup. Trop. Il ne faut pas, ajouta-t-il à voix basse. Vous n'avez aucune raison d'être désolée.

Elle déglutit avec peine, en se demandant s'il avait raison. S'excusait-elle beaucoup ?

Holden s'engagea sur le long chemin de terre au bout duquel se trouvait son cottage. Les maisons et les ranchs étaient éloignés les uns des autres. La route était très sombre. Quelques réverbères supplémentaires n'auraient pas été un luxe d'autant que la zone était un peu isolée. Sans oublier le gravier qui l'obligeait à ralentir.

— Votre frère a fait ce qu'il fallait, dit Holden. Et je *tiens* à veiller sur vous.

— Daniel vous considère comme un bon adjoint. Il a confiance en vous. Si je lui parle, vous n'avez rien à craindre. Cela ne nuira pas à votre avenir au bureau du shérif. Je m'en assurerai. Votre poste n'est pas en danger. Vraiment.

Holden se gara devant le petit cottage où elle vivait.

Comme elle attrapait la poignée de la portière pour sortir, il posa doucement une main sur son épaule, pour attirer son regard.

— Vous êtes nouvelle en ville. Vous n'avez pas de famille ici, à part Daniel. Pas encore d'amis. Vous avez besoin de quelqu'un pour veiller sur vous, quelqu'un vers qui vous tourner en cas de besoin. Cela ne me dérange pas d'être ce quelqu'un et ce n'est pas parce que je suis inquiet pour mon travail, ajouta-t-il avec un sourire chaleureux.

Elle ne savait pas si elle imaginait le côté bienveillant de son sourire ou s'il était réel mais, indéniablement, elle sentit une nuée de papillons virevolter dans son ventre comme à chaque fois qu'elle était au centre de son attention.

Les yeux de Holden glissèrent vers sa bouche, et pendant

un bref instant elle se demanda s'il allait se pencher plus près. Peut-être même l'embrasser.

Mais le voulait-elle ?

Avant qu'elle ne puisse répondre à cette question, Holden baissa la tête et retira la main de son épaule.

— Tout le monde a besoin d'un ami sur qui compter.

L'attirance de Grace pour lui était peut-être unilatérale, ce qui valait mieux, d'ailleurs, mais leur amitié naissante ne l'était pas.

— Merci de m'avoir reconduite, dit-elle en ouvrant la portière.

— Si vous avez besoin d'autre chose ce soir, appelez-moi. Peu importe l'heure.

— Vous travaillez toute la nuit ?

— Non. Je vous enverrai un texto pour vous donner mon numéro de portable. N'hésitez pas, à tout moment.

— D'accord, dit-elle alors qu'elle n'avait pas l'intention de le déranger davantage.

— J'attends que vous soyez à l'intérieur.

Sa prudence semblait exagérée, mais elle n'allait pas discuter pour si peu.

Elle descendit du SUV et ferma la portière.

Elle grimpa la volée de marches du perron et sortit ses clés de la poche de son manteau. Un petit frisson la parcourut lorsqu'elle sentit son regard sur elle tandis qu'elle déverrouillait la porte.

Elle aimait ça.

Elle lui fit un rapide signe de la main. Il le lui rendit. Elle entra et poussa le verrou pendant qu'il s'éloignait.

Au moment où elle posait la chaîne de sécurité, son smartphone bipa. Quand elle le sortit de sa poche, l'appareil glissa entre ses doigts mais elle réussit à le rattraper avant qu'il ne touche le sol.

C'est Holden. Essayez de dormir un peu.

Elle tira le rideau. Tout en le regardant s'éloigner sur la route, elle lui envoya un texto.

Vous aussi. Merci encore. Pour tout.

La réponse arriva dans la foulée :

De rien. Et pour info, vous ne me dérangez jamais.

Se mordant la lèvre inférieure, elle regarda les mots, se demandant s'ils avaient un sens caché. Mieux valait les prendre au pied de la lettre. En relisant son dernier message, elle ne put s'empêcher de sourire.

Le terrain de l'amitié était une valeur sûre. Mais cela ne signifiait pas qu'elle n'avait pas le droit de fantasmer. Et avec Holden, elle avait de quoi faire.

Avec ses cheveux blonds comme les blés, ses yeux bleus, ses pommettes saillantes, son sourire craquant et ses adorables fossettes, il était beau comme un dieu. Sans parler de sa peau bronzée. Et de son corps d'athlète…

Cette pensée la fit frissonner.

Il incarnait à la perfection la virilité. Sans doute parce qu'il vivait sur un ranch au milieu des chevaux et du bétail. En plus d'être chef adjoint, il était éleveur.

Il émanait de lui une assurance qui le rendait encore plus séduisant.

Un sourire aux lèvres, elle pressa l'interrupteur, allumant le salon où trônait un sapin de Noël.

— Bonsoir, Grace.

Le souffle coupé, elle s'arrêta net, lorsqu'elle reconnut la voix d'un homme qui n'avait rien à faire chez elle. Vautré dans un fauteuil, les pieds sur la table basse, il la dévisageait d'un air narquois.

Rodney Owens.

Le cœur battant, elle lui lança :

— Que faites-vous chez moi ? Et à plus de minuit !

Il sourit mais ses yeux brillaient d'une lueur sauvage.

— Ce cottage m'appartient.

En réalité, il était à Oscar Owens, son père.

— Je suis locataire et je paie un loyer, dit Grace. Voilà pourquoi je suis chez moi.

Elle croisa les bras sur sa poitrine et redressa les épaules. Elle refusait de laisser ce sale type deviner à quel point il lui faisait peur.

— Vous n'avez pas le droit d'entrer ici quand cela vous chante. Légalement, vous devez me demander la permission.

Et en aucun cas, il n'était autorisé à l'attendre dans le noir comme un cinglé.

Il retira ses pieds de la table basse et les posa sur le sol. Il se pencha pour ramasser une boîte à outils. Vêtu d'un jean, d'une veste sombre et de bottes de travail, il traversa le salon et s'approcha d'elle.

Son sourire s'élargit sur son visage

— Vous avez demandé une maintenance, lui rappela-t-il. J'ai réparé votre chauffe-eau.

— Pourquoi n'êtes-vous pas parti ensuite ?

— Parce que je voulais vous parler.

Après la soirée qu'elle avait passée, Grace n'avait ni l'envie ni l'énergie de discuter avec lui. Et surtout pas du sujet qu'il allait aborder.

Elle gémit.

— Pas maintenant.

— Je veux que vous partiez avant le 1er janvier, dit-il.

— Mon bail prévoit que je peux rester jusqu'en juin prochain.

— Mon père a l'intention de vendre ce cottage et le terrain attenant. J'ai besoin de cet argent et vous devez partir.

Ainsi Oscar était sur le point de vendre cette propriété. Avant sa mort, sa femme avait toujours espéré que la petite maison serait réparée et cédée à quelqu'un qui l'aimerait. Quand Oscar avait entendu dire que Grace cherchait à se loger, il lui avait proposé de lui louer le cottage, entièrement meublé, si elle acceptait de la restaurer à son rythme. De repeindre l'intérieur, de finir les sols, des réparations qui demandaient un peu d'huile de coude.

— Parlez-en à votre père, dit-elle en retirant la chaîne pour ouvrir la porte. Pas à moi.

— Résiliez votre bail plus tôt. Vous récupérerez votre caution. J'accepte même d'y ajouter un supplément pour le désagrément. Disons deux mois de loyer. C'est une offre généreuse.

En effet, elle l'était. Dommage qu'il se sente obligé de la harceler, en prime.

— Merci, mais je n'en veux pas. J'aime vivre ici.

— Je vous ai proposé un marché très gentiment. Mais vous, vous vous obstinez, je vais changer de ton.

Elle ouvrit grand la porte.

— Sortez.

— Ce n'est pas fini, je vous préviens. Si me trouver assis dans votre salon vous a fait peur, dit-il en ricanant, vous n'avez encore rien vu.

Elle refusa de le laisser la déstabiliser.

— Oh ! j'ai peur, lança-t-elle d'une voix coupante, même si ses nerfs étaient à vif. Je tremble dans mes bottes.

— Vous devriez.

— Vous oubliez un détail. Mon frère est shérif. Il n'acceptera pas que vous me menaciez.

Avec un sourire déterminé, Rodney s'approcha d'elle. Il puait le tabac et la bière.

— J'ai appris qu'il était en vacances pour quelques jours. Douze, pour être précis. Il est allé rendre visite à sa petite amie à Paris. Il veut tenter de la reconquérir après s'être fait larguer. Non ?

Un frisson parcourut l'échine de Grace. Apparemment, la nouvelle s'était ébruitée malgré la discrétion de Daniel.

Rodney ne s'était jamais permis d'aller si loin auparavant.

Il avait attendu que Grace soit vulnérable pour se comporter ainsi.

— Beaucoup de choses peuvent se passer en douze jours, poursuivit-il. Tout serait tellement plus facile si vous faisiez vos valises et passiez à autre chose.

L'envie de le frapper la saisit.

— Partez, répéta-t-elle. Tout de suite.

— Sinon quoi ?

Sinon, elle allait céder à son envie.

Selene avait veillé à ce que Grace sache se défendre pour n'être jamais victime d'une agression. Certes, elle n'était pas ceinture noire, mais après cinq ans de krav maga elle avait appris à se battre. Et sa petite taille n'était pas un obstacle. Cela dit, elle préféra cacher son jeu à Rodney. S'il la croyait incapable de se défendre, cela pourrait jouer en sa faveur un jour.

En attendant, elle recula, les yeux rivés sur lui, et saisit le fusil de chasse accroché au-dessus de la cheminée. Il était chargé et Daniel lui avait appris à s'en servir.

Elle le pointa vers sa poitrine.

— Sinon vous allez le regretter.

Il lui lança un regard noir avant de partir en claquant la porte.

La prochaine fois qu'il se cacherait dans l'obscurité de son cottage, Grace ne pourrait pas compter sur le fusil car Rodney aurait eu tout le temps de le décharger.

Il était peut-être temps pour elle d'acheter une arme de poing à garder dans son sac à main.

Elle se dirigea vers la porte, donna rapidement un tour de clé, tira le verrou et remit la chaîne. Puis elle s'approcha de la fenêtre pour être sûre que Rodney partait. Il vivait avec son père à quelques kilomètres de là mais il n'était certainement pas venu à pied au cottage. Pas en pleine nuit et par ce froid.

Elle vit des phares s'allumer dans le bouquet d'arbres,

ce qui déclencha une nouvelle flambée de colère en elle. Ce crétin avait caché son camion pour qu'elle ne se doute pas qu'il l'attendait à l'intérieur.

Il s'éloigna lentement mais elle n'en éprouva pas le moindre soulagement.

Il avait raison.

Beaucoup de choses pouvaient se passer en douze jours.

Et ce n'était que le début.

— Il va falloir faire mieux, Rodney, murmura-t-elle.

Parce qu'elle ne résilierait pas son bail.

Pas sans se battre, en tout cas.

4

De hautes grilles protégeaient l'enceinte de la secte Shining Light. Tout en verre et en acier, le bâtiment principal brillait sous le soleil matinal. Comme il s'arrêtait devant la guérite du garde, Holden se félicita que l'agent spéciale Becca Hammond ait accepté de les accompagner. La présence d'une spécialiste de la secte lui permettrait sans doute d'être plus percutant lors de l'entretien.

Un garde armé, vêtu d'un jean et d'un pull en laine gris, s'approcha et Holden baissa sa vitre.

— Bonjour, dit l'homme. Que la lumière de l'amour brille sur vous.

— Bonjour. Je suis l'adjoint en chef Holden Powell. Et voici l'agent spéciale Hammond et l'adjointe Russo. Nous aimerions nous entretenir avec Marshall McCoy.

— Empyrean, corrigea-t-il, n'est pas disponible à moins que vous n'ayez un rendez-vous ou un mandat.

Holden sourit.

— Nous n'avons ni l'un ni l'autre. J'aimerais seulement lui parler. À propos de l'une des vôtres qui s'est rendue seule en ville. Et qui est morte. Nous apprécierions que votre chef – il avait refusé sciemment d'utiliser le titre que McCoy s'était attribué – nous accorde un peu de son temps.

L'Empyrée était la place la plus élevée dans le ciel et désignait dans la littérature chrétienne la demeure de Dieu. Les êtres célestes bénis qui y vivaient étaient si divins qu'ils étaient faits de pure lumière. McCoy ne souffrait manifestement pas d'excès de modestie…

Le garde retourna dans sa guérite, en ferma la porte et décrocha un téléphone. Holden n'entendit pas la discussion mais il était certain qu'ils entreraient sans problème.

La mort avait tendance à ouvrir des portes.

Le médecin légiste lui avait confirmé que la jeune femme s'était brisé la nuque en tombant du premier étage du B&B. Vu la façon dont son corps avait atterri, elle avait été poussée. Le légiste avait également constaté des marques sur son cou, signes qu'elle avait été victime d'une tentative de strangulation. Comme l'avait dit Grace, l'agresseur avait essayé d'étrangler la victime avant de la jeter dans le vide.

Par ailleurs, Ashley avait appris que l'autre client du B&B, un certain M. Hughes, avait loué le camion que la moto du meurtrier avait heurté dans sa fuite. Les rayures qui striaient la carrosserie ne s'y trouvaient pas lorsqu'il s'était garé. Ce qui signifiait qu'ils détenaient des indices reliant la moto à la scène du crime.

Trouve la moto et tu auras le tueur.

Le garde raccrocha enfin, pressa un bouton, et les grilles s'ouvrirent.

— Remontez l'allée jusqu'à la maison principale, ordonna-t-il. Quelqu'un vous y attend.

Holden toucha son chapeau en signe de remerciement.

Ils roulèrent lentement le long de l'allée pavée qui menait à la grande demeure. Dressée sur une colline, elle surplombait la propriété. Ils passèrent devant une chapelle et des bâtiments agricoles.

Becca Hammond leur montra quatre constructions plus petites, sur le côté.

— Tous les membres de la secte vivent là, à l'exception de Empyrean et de sa famille, dit-elle.

Le gourou de la secte bénéficiait sans doute d'une résidence privée.

— Ce sont des dortoirs ? demanda Ashley.

Becca secoua la tête.

— Pas comme ceux des pensionnats d'autrefois. Il s'agit plutôt de baraquements avec des salles de douches communes et peu d'intimité.

La famille de Holden hébergeait les cow-boys qui travaillaient sur le ranch dans un baraquement de ce genre.

— Ils vivent presque en autarcie, poursuivit Becca. Ils cultivent les fruits et légumes dont ils se nourrissent, fabriquent eux-mêmes la plupart de leurs vêtements et vendent des produits faits main pour acheter le reste dont ils ont besoin.

Non loin de la maison principale se trouvait un garage indépendant. Certaines des portes étaient ouvertes et Holden aperçut à l'intérieur des camionnettes blanches et plusieurs grosses cylindrées.

Il regretta de ne pas avoir encore eu la possibilité d'interroger Grace puisqu'elle était la seule à avoir vu précisément la moto que conduisait l'agresseur. Il existait une grande variété d'engins de ce genre. S'il avait su que la secte en possédait, il aurait demandé à Grace de venir avec eux pour voir si l'une d'elles lui semblait familière.

Il espérait qu'elle dormait et qu'elle avait passé une bonne nuit. La veille au soir, les médecins de l'hôpital l'avaient jugée suffisamment en forme pour rentrer chez elle mais elle avait l'air fatiguée et souffrante. Sans rien perdre de sa beauté.

Quand elle avait penché la tête dans la voiture et l'avait regardé, il avait ressenti ce trouble étrange, à la fois merveilleux et irritant, qui s'emparait de lui à chaque fois qu'elle était près de lui.

Il avait de plus en plus de mal à réprimer son désir de mieux la connaître, de se rapprocher d'elle, de la toucher.

De l'embrasser.

Il avait failli céder à la tentation mais la raison l'avait retenu à temps.

Elle était jolie, douce, courageuse… une combinaison irrésistible pour lui. Il était déjà sorti avec des femmes séduisantes mais aucune ne lui avait plu à ce point. Chaque fois qu'il se trouvait près d'elle, il luttait de toutes ses forces pour ne pas la prendre dans ses bras.

Il ne devait pas perdre cette bataille. Il ne pouvait pas se permettre de se laisser emporter par cette puissante attraction. Pas avec Grace Clark.

Malheureusement, elle était la seule femme au monde à le troubler autant. Près d'elle, il se sentait délicieusement bien.

— À quoi sert la maison principale ? demanda Ashley.

— À presque tout. Ils y tiennent les réunions, les formations, les conseils, les célébrations. Ils y prennent leurs repas. Par ailleurs, Empyrean et ses enfants y vivent. Il a un fils et une fille, tous deux adultes.

Ashley se pencha en avant pour demander à Becca :

— Comment en savez-vous autant sur le fonctionnement de cette secte alors que vous n'aviez jamais pénétré dans l'enceinte ?

— Je glane des infos ici et là, répondit-elle sobrement.

Elle avait réussi à convaincre l'un des membres de Shining Light de lui servir d'informateur secret. Holden l'avait appris par Nash, une des rares personnes en ville à lui faire encore confiance.

Holden ne mettrait jamais en danger cette personne, quelle qu'elle soit, puisqu'il ignorait son identité.

Seule certitude, après avoir jeté un coup d'œil sur la morte, Becca avait été soulagée qu'il ne s'agisse pas de son indic.

Il se gara devant les larges marches de pierre de la grande maison. Alors qu'ils descendaient du véhicule, un autre garde les accueillit.

— Suivez-moi, s'il vous plaît.

Il n'était pas armé mais Holden était certain que des hommes armés les surveillaient. La secte Shining Light disposait d'un véritable arsenal, des armes illégales pour la plupart. La police s'y intéressait et cherchait à identifier leur fournisseur. Pour l'arrêter.

Ils entrèrent dans un immense hall très haut de plafond. Grâce aux baies vitrées, l'endroit était inondé de lumière.

Le garde retira sa veste et l'accrocha sur un portemanteau près de la porte. Il était habillé de la même manière que l'autre, d'un pull en laine gris.

Shining Light ne reposait pas sur un système de castes, mais tout le monde avait une fonction au sein de la secte et portait une couleur qui la représentait. Les agents de sécurité étaient vêtus de gris, les ouvriers, comme Skye, de vert, les artistes, les musiciens – les créatifs – d'orange. Le jaune était réservé aux éducateurs. Les nouvelles recrues qui envisageaient de la joindre mais n'avaient pas encore été baptisées étaient habillées de bleu.

Lorsqu'ils venaient en ville en groupe, pour vendre leurs produits ou faire connaître leur cheminement spirituel, les membres portaient des T-shirts Shining Light qui indiquaient l'adresse et un numéro de téléphone du complexe. En masse, ils valaient le détour. Une troupe souriante prônant l'amour et le pardon.

— Enlevez vos chaussures, dit l'agent de sécurité en retirant ses bottes à embout d'acier.

— Vous êtes sérieux ? demanda Holden. Est-ce vraiment nécessaire ?

— Absolument, répondit un homme du haut de l'escalier. Nous vivons ici, mangeons ici, communions ici. Notre famille fait de grands efforts pour que tout soit propre. Demander que ce travail soit respecté nous paraît un minimum.

La requête semblait en effet raisonnable. Pourtant, elle hérissa Holden.

Becca retira ses bottes sans hésiter, bientôt imitée par Ashley. Résigné, Holden enleva également les siennes.

L'homme descendit le grand escalier. Il était pieds nus. Avec ses yeux verts, ses longs cheveux blonds couleur sable, son pantalon, son T-shirt et son blazer – tous blancs –, il avait un air raffiné.

Pas de vêtements tricotés à la main pour Marshall McCoy.

Son collier – un pendentif représentant une demi-lune et un soleil – brillait dans la lumière.

— Soyez les bienvenus à Shining Light, la Lumière brillante, dit-il en ouvrant les bras. Je suis Empyrean.

Holden se chargea des présentations.

— Nous aimerions vous interroger, ajouta-t-il.

— Bien sûr. On m'a dit qu'il s'agissait d'une affaire urgente. Suivez-moi.

McCoy les entraîna dans un long couloir et les fit entrer dans un bureau qui devait également servir de bibliothèque. Holden n'avait jamais vu autant d'étagères couvertes de livres dans une demeure. Là encore, rien dans cet endroit n'était ordinaire. Un long canapé, une grande table en acajou, quelques fauteuils et chaises complétaient l'ensemble. Les baies vitrées donnaient beaucoup de lumière et ouvraient sur une serre et un jardin qui devaient être magnifiques en été.

Ils s'assirent, Holden et Becca sur les chaises. Ashley dans un fauteuil. En regardant autour de lui, Holden s'aperçut qu'il n'y avait ni rideaux ni stores aux fenêtres.

— Merci, dit McCoy au garde. Vous pouvez nous laisser.

— Mais ils sont armés, monsieur.

— Nous sommes les forces de l'ordre, dit Holden. Ici pour affaires officielles.

Son commentaire n'effaça pas l'inquiétude du garde.

McCoy lança à l'homme un regard confiant.

— C'est bon. Ils ne nous veulent aucun mal. N'hésitez pas à laisser les portes ouvertes si cela vous rassure.

— Comme vous voulez.

Le garde toucha son collier, le même que celui que portait McCoy et, baissant la tête, quitta le bureau après avoir ouvert grand les portes.

— Si j'ai bien compris, l'une des membres de mon troupeau a trouvé la mort, déclara McCoy, de plus en plus sombre.

— Elle a été assassinée, précisa Holden.

McCoy fronça les sourcils.

— Comment est-ce arrivé ?

— Nous ne sommes pas autorisés à le dire. Nous espérions que vous pourriez l'identifier. Elle s'appelait Skye Starlight.

McCoy ferma les paupières.

— Mon Dieu. Skye va beaucoup nous manquer. Elle était une étoile brillante parmi nous.

— Quel était son véritable nom ? s'enquit Holden.

Rouvrant les yeux, McCoy le fixa avec sévérité.

— Skye Starlight est son véritable nom. Ou plutôt *était*. Tous ceux qui rejoignent mon troupeau renaissent. Au cours de cette cérémonie sacrée, ils se débarrassent de leur ancien moi et reçoivent le nom de famille Starlight. Puis ils choisissent un nouveau prénom. Ce processus vous surprend peut-être mais il mérite le respect.

— Il ne voulait pas vous manquer de respect, intervint Becca. Comment s'appelait Skye quand elle était venue vous voir ?

— Emma Burk.

Holden retint un juron. Effectivement, il la connaissait. Il ne l'avait simplement pas reconnue. Emma était la fille de Lorraine et de Gary. Les Burk avaient eu trois enfants. Todd, l'aîné, avait trente-deux ans. Kyle, le second, vingt-neuf. Et Emma, la dernière, vingt-six au moment de sa mort.

Lorraine et Gary vivaient sur Sudley Drive et possédaient le Custom Gears Garage, situé en face de chez eux. À l'origine, le garage s'occupait de réparations automobiles. Il continuait à le faire, mais depuis des années il s'était spécialisé dans les réparations de motos. Les Burk entretenaient et réparaient tous les engins des Iron Warriors, un gang de motards hors-la-loi du coin, depuis que Todd en était devenu membre.

— Pourquoi n'était-elle pas ici ? demanda Becca. Que faisait-elle en ville ?

— Skye était allée rendre visite à sa famille laïque.

Holden sortit son bloc-notes et son stylo.

— Allait-elle souvent les voir ?

— Tous les mois, durant trois jours.

— Pourquoi seulement trois ? demanda Holden, se rappelant que M. Quenby lui avait dit que la jeune femme devait partir.

— Chaque phase de la lune dure un peu plus de trois jours. Ainsi, aucun membre n'est autorisé à s'éloigner plus longtemps de l'enceinte.

— Autorisé ? répéta Becca, cherchant à approfondir le mot qui avait également piqué la curiosité de Holden. Que voulez-vous dire exactement ?

— Il y a des règles ici, tout comme il y en a à l'extérieur. Pour rejoindre mon troupeau, il faut les respecter.

— Et que se passe-t-il si quelqu'un enfreint vos règles ? s'enquit Becca.

— Il y a évidemment des conséquences. Je ne serais pas un bon berger s'il n'y en avait pas.

— Pourriez-vous nous préciser la nature de ces conséquences ? dit Holden.

McCoy hésita.

— Tout dépend de la règle enfreinte. Par exemple, si Skye était restée absente plus de trois nuits, elle n'aurait pas été autorisée à sortir de l'enceinte le mois suivant. Si elle avait enfreint cette règle trois fois, elle aurait été priée de quitter le troupeau.

Les avant-bras posés sur le bureau, McCoy joignit les mains.

— Avant que vous ne posiez la question, les châtiments

corporels sont proscrits. Et chacun est libre de quitter notre famille, à tout moment. Personne n'est obligé de rester. La voie de la lumière est un choix. Il faut un cœur bien disposé et un esprit ouvert pour nous suivre.

Son petit laïus sonnait bien. Peut-être un peu trop beau pour être vrai.

— Quelqu'un ici était-il contrarié par les virées de Skye loin de l'enceinte ?

McCoy se raidit.

— Vous vous demandez si quelqu'un d'ici l'a tuée. La réponse est non. Elle est arrivée brisée, toxicomane et suicidaire, au bord du gouffre. Je l'ai sauvée in extremis. Notre famille l'a accueillie, guérie et aimée.

La dernière fois que Holden avait croisé Emma, elle était accro à la drogue et avait l'air de vivre un enfer. Sale, les traits tirés, les yeux hagards, elle faisait peine à voir. Ses parents en étaient malades.

Désintoxiquée et sobre, elle n'avait plus rien de la junkie qu'elle avait été autrefois. Et voilà d'ailleurs pourquoi il ne l'avait pas reconnue en découvrant son cadavre.

— Celui qui a tué Skye vit hors de notre enceinte et dans la nuit, conclut McCoy. C'est tout ? ajouta-t-il en se levant.

— Combien de temps a-t-elle été membre de votre secte ? s'enquit Holden.

— Elle est arrivée il y a presque un an. La célébration de sa renaissance devait avoir lieu en janvier prochain.

— Puisque la vie ici est si parfaite, déclara Holden, pourquoi Skye rendait-elle si souvent visite à sa famille d'origine ?

— Pour voir sa fille de trois ans, Amelia.

L'enfant sur la photo.

— Les enfants ne sont pas acceptés ici ? s'enquit Holden en rangeant son bloc-notes.

— Au contraire, ils sont les bienvenus, quel que soit leur âge, et d'ailleurs, ils sont nombreux ici. Avant de nous rejoindre, Skye avait perdu la garde de sa fille, confiée par la justice à ses parents. Les liens entre une mère et son enfant sont sacrés. Je l'avais persuadée d'aller voir régulièrement sa fille. J'avais même accepté de lui octroyer une dispense spéciale pour rejoindre Amelia tous les dimanches pendant quelques heures après le culte. Mais ses parents ont refusé. Ils voulaient que Skye s'en tienne à des visites de trois jours une fois par mois pour ne pas perturber l'emploi du temps de l'enfant. Voilà pourquoi j'avais encouragé Skye à demander la garde de la petite. J'avais même payé Me Nagle, un avocat de notre famille, pour qu'il lui prodigue des conseils sur la façon de procéder.

Becca échangea un regard avec Holden qui comprit qu'elle pensait la même chose que lui.

Marshall McCoy venait de leur donner un motif de meurtre. Se battre pour la garde d'un enfant n'était pas rien. Beaucoup de sentiments et d'émotions étaient en jeu. La situation pouvait vite mal tourner. Au risque de devenir mortelle.

Il devait à présent se rendre chez les Burk.

5

Alors que son Uber s'arrêtait devant la pâtisserie Divine Treats, Grace évalua le chauffeur et confirma le paiement.

— Merci, dit-elle en descendant du véhicule.

Que Holden traverse toute la ville pour venir la chercher était absurde. Elle était tout à fait capable de se rendre seule au Delgado's Bar.

En entrant dans la boulangerie, la bonne odeur du pain chaud lui mit l'eau à la bouche. Elle n'avait pas pris de petit déjeuner. Depuis qu'elle avait découvert Rodney chez elle, elle se sentait angoissée. Sa nuit avait été agitée. L'esprit envahi par des pensées perturbantes, elle n'avait pu trouver le sommeil. Le ventre noué, elle aurait été incapable de manger quoi que ce soit à son réveil. Mais l'appétit lui revenait maintenant.

Amy, l'une des employées, la salua d'un sourire.

— Vous venez plus tôt que d'habitude. En tout cas, la commande pour le Delgado's est prête, dit-elle en lui tendant les six cartons des tartes attachés avec un ruban. J'y ai inclus un petit quelque chose pour vous.

Chaque vendredi, Amy lui offrait une viennoiserie.

— S'il vous plaît, dites-moi que c'est un pain au chocolat.

— Je vous ai gardé la dernière griffe d'ours.

— Encore mieux ! Vous êtes un ange.

— Je sais, dit Amy avec un clin d'œil. Par ailleurs, je prends des cours à l'Underground Self Defense School, l'USD, dit-elle, faisant référence au club d'autodéfense que Grace avait remarqué non loin du restaurant. Il y a un cours réservé aux femmes auquel je voulais vous convier.

— Oh ! merci beaucoup, mais je sais me servir de mes pieds et de mes poings pour me défendre.

— Ces cours pourraient être un bon moyen pour vous de rencontrer des gens. Le créneau réservé aux femmes est le jeudi soir.

— Malheureusement, je me suis engagée à travailler tous les jeudis soir jusqu'au Super Bowl, dit Grace.

Pour permettre à Xavier de suivre les matchs de football.

— Vous pourrez toujours commencer en février, au deuxième semestre. Pensez-y.

— D'accord. Je vais y réfléchir. Merci, en tout cas.

Grace prit les boîtes de tartes avec le petit sac posé dessus. Elle n'avait jamais été très douée pour se faire des amis. Cela dit, Amy avait sans doute raison. Ces cours seraient l'occasion de créer des liens.

— Belle journée.

— Joyeux Noël.

— À vous aussi.

Il lui était difficile de croire qu'ils étaient à trois jours de Noël.

Comme elle sortait de la boulangerie, son regard s'envola vers les décorations accrochées aux vitrines et aux réverbères. Elles avaient été mises en place avant Thanksgiving. Voilà sans doute pourquoi elle n'y faisait plus attention. Ou peut-être n'avait-elle pas envie de penser qu'elle passerait seule les fêtes de fin d'année.

Laramie n'était plus une petite ville à proprement parler mais elle en avait gardé l'ambiance chaleureuse et les rues pittoresques. Les peintures murales, par exemple, étaient de petites touches d'art fascinantes. Elle les découvrait au hasard de ses balades dans des endroits où elle s'y attendait le moins.

Le Delgado's était situé dans la même rue que la boulangerie, ce qui lui permettait d'y aller à pied. Cette routine matinale lui plaisait. Lorsqu'elle revenait au restaurant, la vue des Snowy Range Mountains était à couper le souffle. Certes, l'océan lui manquait, mais la beauté sauvage du Wyoming compensait largement les charmes de la Californie.

Xavier Triggs l'attendait devant le bar-grill. Elle l'avait appelé ce matin pour lui demander de venir un peu plus tôt que d'habitude.

Il lui prit les tartes des mains pendant qu'elle sortait les clés de son manteau pour ouvrir l'établissement.

— Je n'arrive toujours pas à croire que vous avez été attaquée. J'ai vu les rubans jaune et noir de la scène de crime à l'extérieur du B&B. Vous auriez pu être tuée.

Oui, elle avait eu de la chance. Contrairement à la femme qu'elle avait tenté d'aider en vain.

Elle déverrouilla la porte et ils entrèrent.

— Merci d'être là. J'ai l'impression que la journée va être mouvementée.

— Et, à ce sujet, cela m'ennuie d'être porteur de mauvaises nouvelles mais vous avez une corvée à ajouter à votre liste de choses à faire. Quand je me suis garé à l'arrière, j'ai remarqué que votre voiture avait deux pneus crevés.

— Deux ?

Elle venait de faire installer des pneus neige sur son tout nouveau SUV d'occasion. Elle avait vendu son cabriolet qui n'était vraiment pas l'idéal pour affronter le climat et les routes verglacées du Wyoming.

— Malheureusement. Les deux pneus du même côté. Vous vivez sur Old Mill Road, non ? demanda Xavier. Lorsque la niveleuse égalise la route, la lame affûte souvent les gros cailloux. Vous avez dû avoir la malchance de rouler sur une de ces pierres.

Bizarre, songea Grace. À sa connaissance, la niveleuse n'était pas passée depuis octobre.

— Je me demande combien ça va encore me coûter.

— Trois cents à six cents dollars, selon le type de pneus que vous voulez.

Cette dépense ne l'arrangeait pas. Heureusement, ses cours en ligne pour préparer une maîtrise en gestion des soins de santé étaient moins chers que prévu.

— Peut-être pourrez-vous les faire réparer et n'aurez-vous pas à en acheter de nouveaux. Vous devriez vous renseigner.

— Je vais appeler un garagiste et lui demander de la remorquer. Savez-vous qui est le plus proche ?

— General Tire and Automotive.

Elle chercha leur numéro sur Internet et les appela pour prendre des dispositions. Le processus se révéla très simple et elle n'aurait pas à attendre plusieurs jours comme elle l'aurait fait à Los Angeles. Cela dit, là-bas, les routes étaient goudronnées et ses pneus n'auraient donc pas été abîmés.

— Ils viennent chercher la voiture maintenant, dit-elle en raccrochant.

— Si vous avez besoin de faire des courses ou de prendre un jour de congé, n'hésitez pas, dit Xavier. J'assurerai le service. Quand j'ai raconté à ma femme ce qui vous était arrivé, elle m'a reproché de vous avoir laissée faire seule la fermeture pour pouvoir regarder le match de football.

— J'avais fait le planning. Vous n'êtes pas responsable de ce qui s'est passé.

— À part votre déclaration, pensez-vous que le bureau du shérif aura besoin de vous pour autre chose ?

Bonne question.

— Je ne sais pas.

Reprenant son téléphone, elle envoya un texto à Holden.

Je suis au Delgado's Bar. Je vous ai épargné un trajet. Prête à rédiger ma déclaration. Et à vous aider de toutes les manières possibles.

Holden, à présent seul dans sa voiture, jeta un coup d'œil au texto et grommela un juron.

Qu'elle était donc têtue, cette femme !

Il n'avait jamais rencontré quelqu'un comme Grace. Il n'avait rien contre l'indépendance. Sa mère ne manquait pas de personnalité. Mais Grace était un mélange déroutant de force et de fragilité. Il ne parvenait pas à la cerner. Il avait l'impression qu'elle avait bâti un mur autour d'elle. Il ne comprenait pas pourquoi.

Quelle qu'en soit la raison, elle préférait tout faire par elle-même plutôt que de compter sur les autres. Ou de demander de l'aide. Ce trait de caractère l'avait fait sortir sous une pluie battante armée d'une batte de base-ball et avait failli la tuer.

Grace Clark était imprévisible et aimait le défier. Ce qui lui plaisait, bizarrement. Il y avait quelque chose chez elle qui lui donnait envie de percer ses secrets.

Cela dit, plus il en savait, plus il était attiré par elle et plus sa résolution de faire preuve de modération faiblissait. Il craignait de finir par l'embrasser.

Il passa devant Custom Gears Garage et se gara de l'autre côté de la rue devant la maison des Burk. Il ne voyait pas de motos dans l'allée mais le garage était fermé.

Son arrivée ne passa pas inaperçue. Dans le bureau qui donnait sur la rue, Kyle Burk leva les yeux d'un ordinateur et l'observa. Dès qu'il vit Holden remonter l'allée, il bondit de son siège et courut dans l'atelier où il travaillait avec son père.

Holden attendit pour sonner. Il voulait leur annoncer la mauvaise nouvelle à tous en même temps, tout en étudiant les réactions des uns et des autres. Et quand il les interrogerait, il préférait ne pas être interrompu.

Gary sortit de l'atelier et traversa la rue, suivi de près par Kyle.

— Holden ? Que se passe-t-il ? Pourquoi êtes-vous ici ?

Holden ne fut pas surpris que Gary et Kyle se précipitent pour découvrir ce qui l'amenait. L'adjoint du shérif ne venait pas frapper à leur porte tous les jours.

Au moment où Lorraine lui ouvrit, son mari et son fils arrivèrent dans la cour.

— Pouvons-nous tous entrer ? demanda Holden. J'ai besoin de vous parler.

Elle jeta un coup d'œil à sa montre.

— Bien sûr. J'ai un peu de temps avant de partir à l'école maternelle. C'est mon tour de préparer le déjeuner des enfants.

Holden retira son chapeau et la suivit à l'intérieur. Kyle fut le dernier à franchir le seuil de la maison familiale. Quand il ferma la porte, Holden remarqua le plâtre sur son bras droit. Il semblait neuf, comme s'il s'était blessé récemment.

— Mieux vaut nous asseoir, dit-il.

Tout en se dirigeant vers le salon, Lorraine soupira.

— Si Todd s'est encore fait pincer pour un délit quelconque, nous ne l'aiderons pas cette fois.

Dès que les Burk furent assis sur le canapé, Holden prit une chaise en face d'eux.

— Todd n'a pas été arrêté. Je suis venu à propos d'Emma. Elle est morte, ajouta-t-il, la gorge serrée.

La couleur se retira lentement du visage de Lorraine.

Gary secoua la tête.

— Quoi ?

— Oh non, balbutia Kyle à voix basse.

— C'est impossible, dit Lorraine, une main sur sa poitrine. Nous l'avons vue hier. Elle allait très bien.

— Vous devez faire erreur, renchérit Gary. Vous êtes sûr qu'il s'agit bien d'Emma ?

Kyle enroula son bras valide autour des épaules de sa mère.

Holden soupira.

— Je suis sincèrement désolé. Il n'y a pas d'erreur. Un témoin a vu Emma se battre avec un homme. Il a tenté de l'étrangler. Mais nous n'avons pas pu l'identifier parce qu'il portait un casque.

— Attendez, dit Gary. Voulez-vous dire qu'elle a été assassinée ?

— Oui.

— Alors, elle est vraiment morte ? fit Lorraine en sanglotant.

— Était-ce lié à la drogue ? demanda Gary. Nous avons toujours pensé qu'un jour, tôt ou tard, elle rechuterait.

Kyle resserra son étreinte sur sa mère.

— Comme maman le dit souvent : « Droguée un jour, droguée toujours. »

— Rien ne prouve qu'elle ait consommé quoi que ce soit, mais nous ne le saurons avec certitude que lorsque nous aurons les résultats des analyses de toxicologie, expliqua Holden, cherchant à apaiser leurs inquiétudes.

Cela ne voulait pas dire que le drame n'était pas lié à la drogue. Ou à un conflit à propos de la garde d'une enfant.

— Je vous présente à tous mes condoléances. Je sais qu'il est difficile d'être interrogé dans un moment pareil mais, pour réussir à identifier le meurtrier, nous avons besoin d'enquêter sans perdre de temps. Acceptez-vous de répondre à quelques questions ?

Chacun d'eux donna son accord d'un signe de tête.

— Vous avez mentionné avoir vu Emma hier, dit Holden en sortant son calepin et son stylo. À quelle heure est-elle partie d'ici ?

— Je ne sais pas, répondit Lorraine d'une voix brisée.

Gary s'éclaircit la gorge.

— Nous avons dîné ensemble vers 18 heures. Emma a ensuite donné son bain à Amelia, lui a lu des histoires avant de la coucher.

Gary s'interrompit comme s'il réfléchissait à ce qu'il allait dire ensuite.

— Puis elle est partie, ajouta-t-il en détournant le regard.

Soit il mentait, soit il cachait quelque chose, comprit Holden.

— Alors, diriez-vous qu'elle a quitté votre maison plutôt vers 19 heures, 20 heures, ou 21 heures ?

— Plutôt 21 heures, répondit Gary avec un hochement de tête.

— C'est vrai, ajouta Kyle en se redressant comme s'il se souvenait soudain de quelque chose. La série policière que ma mère regarde toujours à la télévision venait de commencer, mais elle était trop bouleversée pour s'y intéresser.

Le mot « bouleversée » fit tiquer Holden mais il décida d'y revenir plus tard. Quelque chose dans la trame temporelle ne collait pas. Il ne connaissait pas grand-chose aux enfants, mais qu'il y ait un si grand écart entre le moment du dîner et celui où une petite fille s'endormait lui semblait bizarre.

— Lorraine, à quelle heure Amelia se couche-t-elle ?

— 19 h 30, répondit-elle sans hésiter.

Holden les considéra tour à tour.

— Alors pourquoi Emma est-elle restée ici une heure et demie de plus ?

Kyle baissa la tête.

Gary se leva en se raclant la gorge.

— Je vais te chercher des mouchoirs, chérie.

Il sortit de la pièce en traînant les pieds.

— Me mentir serait faire entrave à la justice, leur rappela Holden.

Lorraine explosa en sanglots incontrôlables. Après un moment, elle ouvrit la bouche pour répondre mais la referma.

— Pourquoi Emma est-elle restée ici jusqu'à 21 heures ? répéta-t-il. Pourquoi étiez-vous trop bouleversée pour regarder votre série à la télévision ?

De nouveau, Lorraine mit du temps à répondre et déglutit

avant d'être capable de prononcer un son comme si elle avait une boule dans la gorge.

— Elle voulait nous parler. Elle avait envie de demander la garde d'Amelia.

Gary revint de la cuisine et tendit la boîte de mouchoirs à sa femme qui se moucha.

— Vous vous êtes disputés à ce sujet ? s'enquit Holden.

Lorraine hocha la tête.

— Une terrible dispute. Nous nous sommes dit des choses horribles. Mon Dieu, Gary.

Comme si elle se remémorait les mots durs qu'elle avait assénés à sa fille, elle se tourna vers son mari, et le regard qu'elle lui lança déchira le cœur de Holden.

— Nous lui avons dit que...

— Nous ne le pensions pas, coupa Gary, en larmes. Sous l'effet de la colère, nous lui avons dit des horreurs. Nous étions furieux. Mais Emma savait que nous l'aimions.

Les émotions fortes déclenchaient souvent de graves problèmes. Les crimes passionnels résultaient la plupart du temps d'un accès de rage et non d'un acte prémédité.

— Quelqu'un l'a conduite quelque part ensuite ?

— Non, dit Kyle. Nous étions seulement soulagés qu'elle s'en aille. Ma mère craignait que mon père ne soit terrassé par une crise cardiaque.

— J'ai cru comprendre que vous l'aviez laissée dormir ici lors de ses précédentes visites.

— Oui, dit Gary. Je passais la prendre près de l'enceinte de la secte pour l'amener à la maison. Ainsi, elle pouvait passer plus de temps avec Amelia.

Manifestement, pour cette dernière visite, ils s'étaient montrés moins accueillants.

— Vous l'avez récupérée là-bas comme d'habitude, il y a quelques jours ?

Gary hocha la tête.

— Bien sûr.

— Vous étiez au volant de quel véhicule ?

— De ma Ford, dit Gary. La F-150 garée dehors.

— Quel type de moto avez-vous ?

— Deux Harley. Une Low Rider ST et une Fat Boy 114. Elles sont toutes les deux dans le garage. Pourquoi ?

— Et toi, Kyle ?

— Je n'ai pas de bécane à moi, mais mon père m'autorise parfois à conduire l'une des siennes.

— Pourquoi n'avez-vous pas laissé Emma rester à la maison cette fois-ci ? reprit Holden, son regard passant de l'un à l'autre.

Lorraine se moucha et se tamponna les yeux.

— Elle avait soulevé la question de la garde de la petite, le mois dernier. Nous nous étions déjà disputés à ce sujet. Si elle avait séjourné ici, nous n'aurions pas cessé de nous chamailler. Cela n'aurait pas été bon pour Amelia.

— Vous pensez sans doute que votre petite-fille est mieux ici, avec vous, qu'elle ne l'aurait été avec sa mère.

Gary lui lança avec colère :

— Nous nous occupons d'Amelia depuis sa naissance, parce qu'à l'époque Emma était défoncée en permanence. Puis elle a rejoint cette secte étrange et elle y a subi un lavage de cerveau.

— D'après ce que j'ai entendu dire, ils ont réussi à la sortir de la drogue, remarqua Holden.

— C'est vrai, dit Gary. Mais ce gourou a transformé notre fille en marionnette. Depuis qu'elle vivait là-bas, elle n'était plus la même. Qui sait ce qui risque d'arriver à une enfant vulnérable dans une secte. Amelia était mieux avec nous, c'est une certitude. Mais nous n'avons jamais voulu de mal à Emma. C'était notre fille. Il faut être parent pour comprendre ce genre d'amour inconditionnel.

Holden y réfléchit pendant un moment.

— Où étiez-vous tous les trois entre 23 heures et minuit, hier soir ?

— Ici, répondit Gary en pointant un doigt vers le sol. Nous nous sommes couchés tôt. Lorraine souffrait d'une terrible migraine. J'ai branché le système d'alarme dès qu'Emma est partie.

— Je ne dormais pas, dit Kyle en regardant Holden alors qu'il frottait le dos de sa mère. J'étais au lit, je regardais la télé.

Kyle était adulte mais habitait toujours chez ses parents. Cela dit, Holden était mal placé pour le lui reprocher. Lui-même avait trente ans et vivait toujours dans le ranch familial. Certes, il occupait un appartement au-dessus du garage, où il pouvait aller et venir avec une relative intimité. Pas au sous-sol, comme Kyle. Mais cela ne faisait pas une grande différence.

— Emma vous a-t-elle dit où elle allait ?

Plusieurs heures s'étaient écoulées entre le moment où elle avait quitté les Burk et celui où Grace avait appelé pour signaler la dispute dans l'escalier extérieur du motel.

— Elle voulait se rendre chez son ex, Jared Simpson, répondit Kyle.

— Le père d'Amelia.

— Ce type est un vaurien, dit Gary en jurant dans sa barbe. Il a initié Emma à la drogue. Il l'a poussée à dealer pour lui. Elle recommençait à le voir, ces temps-ci. Je ne comprends pas pourquoi.

— Ils avaient une relation malsaine et explosive, dit Kyle.

— Explosive en quoi ? demanda Holden.

— Il la frappait, répondit Lorraine. Des dossiers médicaux à l'hôpital en attestent. Elle a failli perdre Amelia pendant sa grossesse.

Holden hocha la tête. Il demanderait à Mitch d'y jeter un coup d'œil et de déterrer ces dossiers. Becca lui rendait déjà service en traquant l'avocat de la secte, Me Nagle, pour voir ce qu'ils pourraient glaner sur lui.

— Bien, je vous laisse. Toutes mes condoléances, répéta-t-il en mettant son chapeau. Kyle, raccompagne-moi jusqu'à la porte.

Gary prit sa femme dans ses bras pour la réconforter pendant que Kyle quittait la pièce avec Holden.

À la porte d'entrée, celui-ci chuchota :

— Qu'est-ce que tes parents ont dit à Emma de si horrible ? J'ai besoin de le savoir.

Kyle jeta un coup d'œil derrière lui avant de sortir sous le porche et de fermer la porte.

— Dans le passé, Emma a fait plusieurs overdoses. La dernière, quelques semaines avant de rejoindre Shining Light. Ma mère l'a traitée d'égoïste, d'ingrate et a répété que McCoy lui avait lavé le cerveau.

Kyle prit une profonde inspiration.

— Mon père était hors de lui. Il a dit qu'il aurait mieux valu qu'elle succombe à l'une de ses overdoses.

— As-tu soutenu tes parents pendant la dispute ? Ou pris le parti d'Emma ?

Kyle secoua la tête.

— Je suis resté en dehors de la discussion. J'ai surtout écouté. Et j'ai essayé d'empêcher mon père de trop s'énerver.

— C'est compréhensible, dit Holden. Que t'est-il arrivé ? ajouta-t-il en désignant le plâtre de Kyle.

— Un accident stupide dans l'atelier. Je me suis cassé la main. Bêtement.

Holden se demanda s'il s'agissait vraiment d'un accident.

Les Burk avaient des antécédents de violence. Cela valait en tout cas pour au moins deux de leurs enfants. Autrefois, Todd avait l'habitude de rouer de coups ses camarades à l'école. Devenu adulte, il tabassait régulièrement sa petite amie, sa « vieille dame » comme il la surnommait. Nikki finissait souvent à l'hôpital mais avait toujours refusé de porter plainte contre lui.

Il y avait aussi Emma. Apparemment, elle s'était battue physiquement avec Jared à plusieurs reprises.

Les enfants maltraités dans l'enfance avaient tendance à tomber sur des conjoints violents par la suite. Le cycle de la violence avait peut-être commencé avec Gary.

Peut-être avait-il cassé la main de son fils.

— Quand est-ce arrivé ? demanda Holden.

— La semaine dernière.

Avec une main cassée, Kyle ne pouvait ni conduire une moto ni étrangler qui que ce soit. Gary, en revanche… Il avait à peu près la même carrure que son fils avec un peu plus de ventre. L'âge et les bières avaient laissé des traces. Non seulement il possédait deux motos mais il était très en colère contre sa fille, la veille au soir, au point de souhaiter qu'elle n'ait pas survécu à une overdose…

— Puisque nous sommes ici, dit Holden, ça te dérangerait de me montrer les motos ?

— Bien sûr que non.

Kyle ouvrit le garage et alluma le plafonnier.

La Low Rider avec son look sobre, sa ligne basse et tendue et son carénage de tête de fourche avait une bonne tenue de route et était la Harley préférée des motards en gang. La Fat Boy avec ses chromes, son énorme fourche, ses larges pneus était rapide, puissante et parfaite pour un amateur de bolide.

Et elle était noire.

Holden inspecta le côté gauche de la moto. Il ne remarqua aucune rayure, aucune tache. Les deux cylindrées brillaient comme si elles étaient bien entretenues et peu utilisées.

Il y avait beaucoup de motos en ville. La plupart d'entre elles étaient noires.

Mais combien avaient des propriétaires qui connaissaient assez bien Emma pour la tuer ?

Au sommet de sa liste de suspects, Holden plaça deux noms. Jared Simpson et Todd Burk.

— Mes parents ne pensaient pas ce qu'ils ont dit à Emma, reprit Kyle. Ils étaient bouleversés et en colère, mais ils ne voulaient pas qu'elle meure. Hier soir, ma mère lui a dit de faire attention en allant rendre visite à Jared. Elle a toujours répété que si la drogue ne tuait pas Emma, Jared le ferait un jour.

Et peut-être l'avait-il fait...

6

Assise sur le siège passager du SUV du shérif, Grace étudiait un tableau recensant les différents types de motos. Elle en avait déjà éliminé plusieurs, les engins conçus pour le motocross ou le trial, par exemple, mais elle hésitait sur d'autres modèles.

— Je ne sais pas. Je ne me souviens pas bien.

— D'accord, merci.

Holden coupa le magnétophone qu'il avait posé sur le tableau de bord. Pour gagner du temps, il avait enregistré sa déposition pendant qu'ils roulaient.

— J'aimerais pouvoir être plus utile, poursuivit-elle.

Elle n'avait pas été en mesure d'identifier ni l'homme ni la grosse cylindrée qu'il conduisait. Sa seule certitude était que son casque couvrait la majeure partie de son visage et qu'il portait des gants.

Sa moto n'avait pas un large châssis, ce qui excluait celles équipées de sacoches. Mais Grace était incapable de dire s'il s'agissait d'une sportive ou d'un cruiser. Le tableau montrait les différents modèles de profil. Or elle n'avait vu que l'avant de celle qui lui avait foncé dessus. De plus, elle n'avait pas eu la présence d'esprit de noter le numéro d'immatriculation.

— Vous m'avez donné plus de renseignements que vous ne le pensez, assura Holden qui se dirigeait vers un quartier à la périphérie de la ville où elle ne s'était encore jamais aventurée. Mais si vous revoyiez un engin du même modèle, cela aiderait.

Non seulement si elle en voyait une mais surtout, si elle l'entendait. Elle n'oublierait jamais le rugissement du moteur alors que l'engin fonçait sur elle.

— Êtes-vous sûre d'avoir le temps de venir avec moi ? reprit-il.

Elle avait déjà ouvert le Delgado's, et Xavier était tout à fait capable de gérer l'établissement en son absence. Il se sentait tellement coupable de ne pas avoir été là quand elle avait été agressée qu'il semblait d'accord pour tout ou presque.

— Absolument, dit-elle. C'est le moins que je puisse faire pour aider à capturer celui qui a tué Emma.

Il lui paraissait étrange de prononcer son prénom. D'une certaine manière, le connaître renforçait le lien qu'elle ressentait avec la jeune morte et sa détermination à lui rendre justice.

Comme il s'arrêtait devant un mobile home délabré, Holden poussa un juron.

— Qu'est-ce qui ne va pas ? demanda-t-elle.

— Jared Simpson vit ici mais, comme sa moto n'est pas là, il n'est probablement pas chez lui. J'aurais voulu que vous y jetiez un coup d'œil. Donnez-moi un instant, je reviens.

Il sortit et se dirigea vers la porte. Il frappa plusieurs fois du poing mais personne ne vint ouvrir. Il jeta un coup d'œil par la fenêtre avant de retourner à la voiture.

Il se réinstalla au volant et promena les yeux autour de lui comme s'il réfléchissait.

— À quoi pensez-vous ? dit-elle.

— Jared vit ici, au milieu de nulle part. Sans doute pour pouvoir confectionner des amphétamines à l'abri des regards. Mais il habite très loin des Burk. Il aurait fallu plus d'une heure et demie à Emma pour venir ici à pied. Elle y serait donc arrivée vers 22 h 30. Admettons qu'elle y soit restée dix minutes, elle serait donc repartie vers 22 h 40. Marcher jusqu'au B&B, situé à l'autre bout de la ville, lui aurait pris encore plus de temps. Sans doute deux heures.

— Ce qui l'aurait fait arriver au B&B à minuit et demi. Ce qui ne colle pas. Elle était déjà morte à ce moment-là.

— Exactement. Cela signifie que si elle est venue ici en marchant, elle n'est pas retournée au Bed & Breakfast à pied. Quelqu'un l'y a conduite.

— Jared ? Sur sa moto ?

— Peut-être. Savez-vous qui d'autre n'est pas loin du mobile home de Jared Simpson ?

Elle n'en avait aucune idée.

— Non. Qui ?

— Les Iron Warriors. Ils vivent dans un club-house à proximité, à trois minutes de route. Et le frère d'Emma, Todd Burk, est membre du gang.

Holden démarra et s'éloigna. À l'aide du Bluetooth, il appela Ashley, son adjointe.

— Salut, Ashley, j'ai besoin que tu fasses quelque chose pour moi.

— Bien sûr. De quoi s'agit-il ?

— J'aimerais que tu localises Jared Simpson. Je voudrais l'interroger en tant que suspect dans l'affaire Burk. Je reviens de chez lui. Il n'y était pas. Dans le pire des cas, il faudra que tu te postes devant son mobile home pour attendre son retour.

Ashley soupira.

— D'accord.

— Merci, dit-il avant de se déconnecter. Quand nous arriverons au club-house, toutes les motos des Iron Warriors seront garées à l'extérieur. Bien alignées. Pendant que j'interrogerai Todd, vous les regarderez pour voir si vous en reconnaissez une. Mais vous resterez dans la voiture.

— D'accord. Je peux le faire.

Cela semblait facile.

— Il faudra faire vite, je ne resterai pas longtemps à

l'intérieur. Todd a l'habitude de garder le silence quand on l'interroge puis d'appeler son avocat. Personne n'a jamais été en mesure de le condamner pour quoi que ce soit. Ce qui en dit long sur sa capacité à s'entourer des meilleurs, vu qu'il a des ennuis avec la police depuis le lycée. Nous étions dans la même classe mais nous évoluions déjà dans des cercles très différents. Je l'ai toujours considéré comme une petite frappe.

Holden s'engagea sur une route qu'il remonta jusqu'à un immense bâtiment de plain-pied. Par l'arrière, sans doute, parce qu'il n'y avait pas de motos.

— C'est un club-house ? s'écria-t-elle. Pourquoi est-il si grand ?

— Chaque membre a sa chambre. Quand ils font la fête et se soûlent, ils ont chacun un endroit privé où dormir. À l'intérieur, il y a aussi un bar, une salle de jeu, une armurerie, une salle de réunion, une salle de sport, une zone de danse avec des perches pour strip-teaseuses, et Dieu seul sait quoi d'autre.

— Comment en savez-vous autant sur eux ?

— J'ai un indic qui me livre des informations de temps en temps. Malheureusement, rien qui permette de les faire arrêter. Certains membres des Iron Warriors, comme Todd, sont impliqués dans les trafics de drogue. Mais nous n'avons jamais pu prouver quoi que ce soit.

Il arrivait au club-house.

— Merde, dit-il. Mauvais timing.

Une trentaine d'hommes et quelques femmes se tenaient devant le bâtiment. Ils formaient un cercle autour de deux types qui se battaient à grands coups de poing.

Il était sans doute trop tard pour faire demi-tour et, avec un nouveau juron, Holden continua d'avancer.

— Je ne voulais pas qu'ils vous voient et c'est inévitable à présent. Je suis désolé. Je n'aimerais pas que l'un d'eux vous cherche des ennuis en ville, par la suite.

La plupart des Iron Warriors portaient des blousons noirs ornés sur le dos d'un poing ganté entouré d'un anneau de feu. L'un après l'autre, ils se tournèrent vers eux tandis que les deux combattants se séparaient.

Holden se gara à une bonne centaine de mètres. Mais les membres du gang convergèrent tous vers la voiture, lui bloquant la vue sur les motos.

— Attendez-moi ici, dit-il en sortant.

Un homme s'approcha de lui mais les autres restèrent à proximité.

Grace descendit sa vitre pour profiter d'un peu d'air frais et écouter la conversation.

— Salut, Rip. Je dois parler à Todd.

Un autre homme s'avança.

— Qu'est-ce que tu me veux ? lança-t-il en croisant les bras.

Une femme posa une main sur son épaule.

— Emma est morte, dit Holden. Quelqu'un l'a tuée.

Todd ne réagit pas tout de suite.

— Et alors ? demanda-t-il finalement en haussant les épaules.

— Et alors tu ne parais ni ravagé ni surpris de l'apprendre.

— Ce n'est pas un crime. Emma ne signifie plus rien pour moi. À la seconde où elle est devenue une Starlight, elle a cessé d'être ma sœur. Les Iron Warriors sont mes frères, la seule famille à qui je tiens. Je ferais n'importe quoi pour eux, y compris verser une larme s'il leur arrivait quelque chose.

Avec un coup d'œil vers le club-house, Holden déclara :

— Je dois t'interroger. Ici ou au poste.

— Je te laisse poser trois questions, ici, répondit Todd. Ensuite, je déciderai si j'ai envie ou non de coopérer.

— Trois questions, ce n'est pas beaucoup.

— Je pourrais aussi ne rien dire du tout. Je connais mes droits. Rien ne m'oblige à te répondre mais je suis d'humeur charitable.

— Quand as-tu vu Emma pour la dernière fois ?
— Je ne l'ai pas revue depuis qu'elle a intégré cette secte.
— Où étais-tu hier soir, entre 23 heures et minuit ?
— Au lit. Avec ma nana, dit Todd en désignant la blonde oxygénée à ses côtés. À lui faire des trucs qui te feraient rougir.

Les lèvres pincées, la blonde se tourna vers la voiture. Vers Grace. L'expression peinte sur son visage était dure mais son regard rempli de tristesse.

— C'est vrai, Nikki ? demanda Holden.
— Absolument, dit-elle.
— Ouais ! lança un gars. Todd était là. Nous l'avons tous vu. Il n'a pas bougé de la nuit.

Plusieurs autres le confirmèrent.

— Tu as atteint ton quota de questions, conclut Todd. Si tu en as d'autres, tu devras les poser en présence de mon avocat.
— Tu peux essayer de te cacher derrière lui mais si tu as tué Emma, aucun avocat sur terre ne te sauvera. Préviens Me Friedman que tu auras bientôt besoin de ses services.

Todd esquissa un sourire narquois.

— Tu ne manques pas d'air de te pointer ici, de parader dans cet uniforme comme un héros. Nous connaissons tous la vérité. Tu n'es qu'un imposteur, Holden. L'ancien shérif et ta fiancée étaient tous les deux mouillés jusqu'au cou dans un réseau de trafic sexuel. Tout s'est passé sous ton nez, et toi, tu n'as rien vu de ce qui se tramait ? Allons, allons. Tu étais mêlé à cette histoire et tout le monde le sait. Le vrai criminel ici, c'est toi.

Les hommes derrière Todd commencèrent à applaudir, à crier leur approbation. Seul Rip resta silencieux.

— Tu n'es qu'un hypocrite, un charlatan, un adjoint en chef de carton-pâte, ajouta Todd, provoquant beaucoup de rires. Sors d'ici.

Grace sentit son ventre se nouer. Elle se tendit. Le pauvre Holden devait être mortifié.

Il recula, revint dans la voiture et actionna la marche arrière. Dès qu'il le put, il fit demi-tour et s'éloigna du club-house.

Un silence gêné tomba entre eux.

Holden serrait si fort le volant que ses jointures étaient devenues blanches. Son visage était tout rouge.

Le silence devenait insupportable.

— Holden...

— Je vous en prie, n'essayez pas de me faire me sentir mieux. Vous n'y parviendrez pas.

— Mais je...

Il se gara brusquement sur le bas-côté, coupa le moteur, ouvrit la portière et sauta sur le macadam. Les mains sur les hanches, il fit les cent pas devant la voiture.

Grace lui laissa un moment pour se calmer. Puis elle sortit à son tour.

— Ne le laissez pas vous atteindre. Comme vous l'avez dit, Todd n'est qu'un voyou. Et l'effet de meute jouait à fond. Les autres l'encourageaient.

Holden continuait à marcher. Il revint sur ses pas et, pendant un instant, elle se demanda s'il l'avait entendue ou si la colère l'avait rendu sourd.

— S'il n'y avait que Todd et les Iron Warriors, ce ne serait rien, répondit-il enfin. Je les laisserais dire. Mais ils n'ont fait qu'exprimer ce que pensent tous les habitants de cette ville. Vous n'avez aucune idée de ce que j'endure. Leurs regards soupçonneux, les murmures dans mon dos... Je n'ai rien fait de mal. Mon seul tort est d'avoir fait confiance à des gens qui m'ont berné. Mais tout le monde est persuadé que je suis coupable et on m'a déjà condamné.

Il s'arrêta et la fixa. Voyant l'émotion qui obscurcissait son regard, elle sentit son cœur se serrer.

— Maudits soient Jim et Renée, reprit-il. Tu sais qu'elle m'avait demandé en mariage, pas l'inverse. Je te l'avais dit, non ?

Grace secoua la tête. Il ne lui avait jamais parlé de son ex, Renée, ni de Jim, l'ancien shérif. Il ne l'avait jamais tutoyée non plus. Pas jusqu'à maintenant.

— Elle sortait avec moi parce que Jim lui avait demandé de le faire. Dès le début, tout n'était que mensonges entre nous. Comme un imbécile, j'avais accepté de lui passer la bague au doigt parce qu'elle m'avait proposé de l'épouser en public, en me prenant au dépourvu. J'ai compris plus tard que je ne l'aimais pas, en réalité. J'étais resté fiancé avec elle par facilité. Elle ne se plaignait de rien, nous ne nous disputions jamais. Elle prétendait vouloir me rendre heureux, répétait que je la comblais. Mais ensuite, quand elle s'est fait arrêter, elle m'a avoué qu'elle ne m'avait jamais aimé. Tout cela n'était qu'une mascarade destinée à m'aveugler sur ce qui se passait. S'ils n'avaient pas réussi à me berner, ils auraient dû me tuer. Ils m'ont tous les deux menti et manipulé, volé ma dignité. À cause d'eux, je suis devenu la risée du pays. Je suis le dernier des imbéciles, mon aveuglement l'a prouvé, et tout le monde le sait, à présent.

Grace s'avança, s'arrêta devant lui et planta son regard dans le sien.

— Ils ne t'ont pas épargné par grandeur d'âme. Un meurtre aurait attiré l'attention sur leurs magouilles, c'est tout, dit-elle en posant la main sur son torse. Personne ne peut te priver de ta dignité. C'est un droit inaliénable. Et tu n'es ni un idiot ni un imbécile. Tu as simplement fait confiance aux mauvaises personnes.

Grace avait commis la même erreur de jugement. Son ex, Kevin, était un joueur qui avait la mauvaise habitude de perdre. Et qui n'hésitait pas à tenter d'escroquer sa grand-mère ou son meilleur ami pour régler ses dettes de jeu.

— Tu aurais pu tout arrêter, poursuivit-elle. Rendre ton badge et retourner travailler à plein temps dans le ranch de ta famille. Mais tu ne t'es pas enfui parce que tu n'es pas un lâche. Chaque jour, tu te rends au travail, la tête haute, malgré les commérages, malgré les sales rumeurs. Il faut beaucoup de courage et de volonté pour le faire. Veux-tu savoir ce que je vois quand je te regarde ?

La colère disparut de son regard alors qu'il se calmait, mais la douleur était toujours visible dans ses yeux.

— Quoi ?

Elle lui caressa la joue.

— Je vois un homme bon, doté d'un grand sens de l'honneur. Quelqu'un de confiance, drôle, intelligent. Et gentil. Et terriblement sexy.

Holden la prit dans ses bras, se pencha et l'embrassa – une chaude pression de ses lèvres contre les siennes.

Le baiser fut bref. Il s'écarta avant qu'elle ne sache quoi faire de sa bouche ou de ses mains.

— Merci, dit-il d'une voix douce. Tu es une amie. La femme la plus adorable que je connaisse.

La confusion envahit Grace.

Une amie ? Que voulait-il dire ? Lui plaisait-elle ? Ressentait-il des sentiments pour elle ? De l'amour ?

Il n'avait pas parlé d'amour. Elle avait une expérience si limitée dans ce domaine qu'elle n'était pas très sûre de la façon dont elle devait interpréter le mot « amie ». Surtout vu la façon dont il la regardait.

De très bons amis pouvaient s'embrasser sur les lèvres, supposait-elle. Il ne l'avait pas embrassée à pleine bouche mais ce baiser l'avait profondément ébranlée.

La vraie question était ailleurs. Voulait-elle que ce baiser signifie davantage ?

Les amis étaient difficiles à trouver. Elle ne voulait pas risquer de perdre celui-ci.

Se raclant la gorge, elle détourna le regard.

— Moi aussi, je t'aime beaucoup.

Ils remontèrent dans la voiture. Au moment où Holden

démarrait, la sonnerie de son smartphone retentit. Il prit l'appel via Bluetooth et le mit sur haut-parleur pendant qu'il conduisait.

— Chef adjoint Powell.

— Salut, Holden, c'est Becca. Mon indic m'a appris qu'Emma semblait heureuse au sein de Shining Light. Elle a toujours suivi les règles et tous les membres de la secte l'aimaient. Personne n'avait de raison de lui faire du mal.

— D'accord. C'est bon à savoir. As-tu trouvé l'avocat de McCoy ?

— Bien sûr. Son cabinet m'a donné du fil à retordre mais il m'en faut plus pour renoncer. Il s'avère que Nagle avait dit à Emma qu'elle avait de solides arguments pour récupérer la garde de sa fille parce qu'elle était clean depuis près d'un an et qu'elle vivait dans un environnement stable.

— Pourquoi est-ce que je sens un « mais » venir ?

— Pour multiplier ses chances d'aboutir, il lui avait conseillé de tout faire pour obtenir le soutien du père de l'enfant.

— Jared Simpson, dit-il en jetant un coup d'œil à Grace qui sentait encore la saveur de ses lèvres sur les siennes.

— C'est exact. Si le père d'Amelia appuyait sa demande devant le tribunal, son dossier en serait renforcé contre les grands-parents de la petite.

— Devine qui a été la dernière personne à voir Emma vivante, d'après ses parents ?

— Jared.

— Bingo. Nous essayons de le retrouver, maintenant.

— Tu veux que je voie ce que je peux faire pour aider ?

— Avec plaisir. Plus tôt j'interrogerai Jared, mieux ce sera. Merci.

Il raccrocha et la regarda.

— Une fois qu'il sera au poste, pourrais-tu passer jeter un œil à sa moto ? Voir si tu la reconnais.

— Bien sûr.

7

La journée s'avéra plus chargée que prévu. Le restaurant ne désemplit pas, le nombre de repas à livrer explosa. Un peu débordée, Grace n'eut pas la possibilité d'aller récupérer sa voiture au garage.

Le rythme finit par se calmer mais allait reprendre dans quelques heures pour le service du soir.

— Xavier, ça vous ennuierait de me remplacer un moment ? J'ai une course à faire et je dois d'abord aller chercher ma voiture.

— Bien sûr que non. Aucun problème.

— Merci.

Rester assise à attendre que Holden l'appelle pour lui montrer une moto la frustrait. Il devait y avoir un moyen plus efficace de cerner le modèle qui l'avait renversée.

— Savez-vous s'il y a un concessionnaire de motos dans le coin ou un showroom exposant une grande variété d'engins ?

— Envisagez-vous de faire l'acquisition d'une moto ?

— Pas du tout. Connaissez-vous un endroit de ce genre ?

— Il y a Custom Gears, sur Sudley Drive. Ils y réparent de nombreuses motos de marques différentes. L'atelier appartient à la famille Burk.

— Burk ? Ils sont liés à Emma Burk ?

— Tout à fait. Le père d'Emma et son frère Kyle y travaillent.

Elle avait sans doute trouvé l'endroit idéal pour effectuer ses recherches, pensa-t-elle. Les proches d'Emma accepteraient certainement de l'aider à identifier son assassin.

Elle demanda un autre Uber pour aller chercher sa voiture. Quand il s'arrêta devant le Delgado's, elle prit son manteau et son sac.

— Je reviens, dit-elle à Xavier en se dirigeant vers la porte.

Au garage, Grace eut bien du mal à comprendre ce que le mécanicien, Ty, lui expliquait.

— Comment ça, ma voiture n'est pas prête ? Pourquoi m'avez-vous téléphoné si vous ne l'aviez pas réparée ? Je vous avais autorisé à débiter ma carte de crédit pour installer de nouveaux pneus si les anciens n'étaient pas réparables.

— Ils n'étaient pas réparables. Mais vous n'avez pas écouté le message que je vous ai laissé, n'est-ce pas ?

Non, en effet. Pressée par le temps et persuadée que le garage l'appelait pour la prévenir que son véhicule était prêt, elle avait négligé de le faire.

— Ma carte de crédit n'est pas passée ? Cela me surprend.

Ty, qui mâchouillait un cure-dent, le retira pour répondre :

— Je n'ai pas changé vos pneus parce que je voulais d'abord m'assurer que vous souhaitiez en mettre de nouveaux.

De plus en plus perplexe, elle fronça les sourcils.

— Ils sont si chers que ça ?

— Non, moins chers, en fait. Parce que vous avez droit à une ristourne comme tous les nouveaux clients.

— Merci.

Mais elle était tellement exaspérée qu'elle avait envie de se cogner la tête contre le mur de l'atelier.

— Ty, je n'ai pas beaucoup dormi, la journée a été longue et je dois retourner au restaurant pour travailler jusqu'à minuit. Donc, si vous pouviez m'expliquer pourquoi vous n'avez pas mis les nouveaux pneus, j'apprécierais.

— Mieux vaut vous montrer.

Il l'entraîna vers les anciens pneus qu'il avait retirés.

— Les deux pneus ont été tailladés. Regardez. Vous voyez ces entailles ?

— D'accord. Je vis sur Old Mill Road, une route recouverte de gravier. Une pierre tranchante est sans doute à l'origine des dégâts.

— C'est possible, dit Ty d'un air dubitatif. Si cette pierre tenait un couteau.

Alors qu'elle prenait enfin le temps d'examiner les pneus, un frisson parcourut Grace.

— Vous vous êtes disputée avec quelqu'un récemment ? reprit Ty. Une personne qui chercherait à se venger ?

Rodney.

— En tout cas, vous auriez sans doute intérêt à régler le problème avec cette personne avant de faire poser de nouveaux pneus qui risquent fort de subir le même sort, poursuivit le mécanicien. Sauf si vous tenez à jeter de l'argent par la fenêtre.

Elle n'avait pas d'argent à jeter. Mais elle avait aussi besoin d'une voiture.

— Allez-y, mettez les pneus neufs.

Il fronça les sourcils comme s'il lui reprochait une décision qu'elle allait regretter.

— Vraiment ? Vous avez peut-être tort…

— J'ai besoin d'un véhicule. Je ne vais pas continuer à circuler en Uber. Combien de temps vous faut-il pour les installer ?

— Une heure. Peut-être un peu plus.

Avec un soupir, elle se frotta les tempes.

— Perdre une heure ici n'est pas une option. Et je n'ai pas les moyens de prendre un autre Uber.

— Savez-vous conduire une voiture équipée d'une boîte de vitesses manuelle ? demanda-t-il.

— Oui, pourquoi ?

Il fouilla dans sa poche et lui tendit un jeu de clés.

— Prenez la mienne pour faire votre course. Cela vous permettra d'économiser quelques dollars.

La réaction de Ty était un exemple parfait de ce qu'elle aimait dans l'État des cow-boys. Le mécanicien d'une enseigne de réparation automobile à Los Angeles ne lui aurait jamais fait une telle offre.

— Merci beaucoup, Ty. C'est très aimable de votre part. Je vous en suis très reconnaissante.

Grace s'installa au volant et se dirigea vers Sudley Drive. Elle connaissait bien cette rue mais n'y avait jamais remarqué l'atelier. Sans doute parce qu'elle n'en avait pas eu besoin.

Il était facile à repérer. Une énorme enseigne blanche représentant un poing serrant une clé se balançait au-dessus des portes. Dès qu'elle pénétra dans le hall de réception, un carillon se fit entendre.

Un jeune homme avec un bras dans le plâtre apparut. Il avait les cheveux châtains. Ses yeux bruns semblaient tristes. Il était le portrait craché de Todd, en un peu plus jeune. Le nom « Kyle » était écrit sur sa combinaison.

— Kyle Burk ?

— Oui… Bonjour.

— Bonjour. Je m'appelle Grace Clark. J'ai été témoin de ce qui est arrivé à votre sœur, hier soir. Toutes mes condoléances.

— Merci. Mais je ne comprends pas la raison de votre venue.

— Je voudrais aider votre famille à identifier son meurtrier, mais, pour y parvenir, j'ai besoin de vous.

— Que puis-je faire pour vous ?

— J'aimerais que vous me laissiez regarder différents modèles de motos, écouter leurs moteurs. En particulier, des sportives et des cruisers.

— Je ne vois pas bien en quoi ça vous serait utile, mais d'accord. Venez avec moi, dit-il en l'entraînant vers l'atelier.

Les deux mécaniciens qui travaillaient sur des engins accidentés s'interrompirent pour la dévisager.

Kyle les ignora et lui montra une moto rouge. Il lui donna une foule de détails techniques mais elle n'en retint qu'un : il s'agissait d'une moto double usage, capable de rouler sur tous les terrains.

— Auriez-vous la gentillesse de faire tourner le moteur ?

— Bien sûr.

Kyle appela l'un des gars qui l'observaient comme une bête curieuse et lui demanda de démarrer la bécane.

— Pourriez-vous vous asseoir dessus comme vous le feriez si vous rouliez sur la route ?

Le jeune homme s'exécuta. Quand il lança le moteur, le vrombissement était net et vif. Très différent de ce qu'elle avait entendu, l'autre soir.

— Toutes les sportives font ce bruit-là ?

— Plus ou moins, répondit Kyle. Cela dépend du régime et du nombre de tours par minute du moteur. Ces modèles tournent à un régime très élevé et ce sont rarement de grosses cylindrées.

Cette caractéristique permit à Grace d'éliminer une autre catégorie de motos.

— Quels sont les cruisers les plus courants par ici ? demanda-t-elle.

— Les Harley, et de loin, répondit Kyle. Elles sont toutes équipées de gros moteurs bicylindres. Ils tournent à un régime beaucoup plus bas qui produit un son plus grave, plus puissant.

Il serait donc plus difficile de distinguer les cruisers entre eux, comprit-elle, contrariée.

Ils lui montrèrent les Harley du magasin et les démarrèrent. Dès que l'intense rugissement du moteur de l'une d'elles se fit entendre, elle le reconnut. Le soir du drame, une Harley, ou une moto dotée d'un moteur similaire, lui avait foncé dessus.

Kyle lui expliqua avec patience les différences entre les cadres, les carénages, les fourches, l'angle des sièges, le positionnement du corps, etc.

L'un de ses mécaniciens se connecta même sur le site Web du fabricant via son smartphone pour lui montrer des photos des Harley-Davidson qu'ils n'avaient pas en magasin.

Grâce à leurs conseils d'experts, elle put éliminer de sa liste tous les modèles équipés de pare-brise ou de carénages. Puis, en se basant sur la position de conduite, les pieds placés vers l'avant, elle cibla les engins équipés d'une selle basse et d'un guidon haut, réduisant encore le champ des possibles.

Il ne resta finalement que deux engins très similaires. Une Fat Boy et une Fat Bob. Leurs différences étaient minimes et elle aurait été incapable de les distinguer en pleine nuit.

— Êtes-vous sûre qu'il s'agissait de l'une d'entre elles ? demanda Kyle.

— Pas à cent pour cent. Parce qu'il faisait sombre et qu'il pleuvait. Mais je suis certaine de la façon dont le motard était assis dessus.

— Alors, c'était forcément l'une de celles-là, conclut l'autre gars.

— Votre frère possède une Fat Boy ou une Fat Bob ?

Kyle se raidit.

— Todd ?

— Oui.

Le mécanicien descendit de la moto.

— Je vous laisse, je dois retourner travailler, dit-il avant de se précipiter à l'intérieur.

Son collègue qui, du fond de l'atelier, n'avait pas perdu une miette de l'échange, tira son téléphone portable de sa poche et passa un appel tout en la regardant.

— Venez avec moi, lança Kyle en sortant de l'atelier.

Perplexe, Grace lui emboîta le pas.

— Qu'ai-je dit ? Que se passe-t-il ?

— Vous ne devez pas poser de questions sur le MC, chuchota-t-il.

— Le MC ?

— Le Motorcycle Club, le club de motards. Les Iron Warriors, si vous préférez. Il ne faut jamais rien demander à leur sujet.

— Pourquoi ?

— Casey est au téléphone en ce moment pour leur parler de vous, répondit Kyle. Maintenant, partez avant que l'un d'eux n'arrive. Ou pire, que Todd ne rapplique. Mon frère vous causerait des ennuis. Croyez-moi, vous n'avez pas envie de vous retrouver dans le collimateur des Iron Warriors.

Comme il s'apprêtait à retourner à l'intérieur, elle posa la main sur son avant-bras pour l'arrêter.

— Attendez. Vous ne m'avez pas répondu. Todd conduit-il l'une de ces deux motos ?

Kyle jura et changea de couleur.

— Oui. Il roule en Fat Bob. Mais je ne vous ai rien dit. Je vous en prie, partez maintenant, répéta-t-il d'un ton pressant.

Comme elle regardait le mécanicien qui continuait à rapporter l'objet de sa visite à quelqu'un au téléphone, elle craignit qu'il ne soit déjà trop tard...

8

Lorsqu'ils parvinrent enfin à localiser Jared Simpson au club de strip-tease local, il était près de minuit. Alors qu'il s'installait en face de lui dans la salle d'interrogatoire, Holden se sentait épuisé.

D'après Ashley, Jared l'avait suivie au poste sans protester.

— Souhaitez-vous la présence d'un avocat ? lui demanda Holden.

— Cela dépend. De quoi s'agit-il ?

— Du meurtre d'Emma Burk.

Avec un juron, Jared secoua la tête. Il semblait sincèrement bouleversé.

— Je ne l'ai pas tuée, je n'y suis pour rien. Je n'ai donc pas besoin d'un avocat.

Les avocats n'étaient pas utiles uniquement aux coupables. Les innocents en avaient besoin aussi. Mais si Jared n'en voulait pas, le processus en serait facilité.

— Quand l'avez-vous vue pour la dernière fois ?

— Hier soir. Vers 22 heures, 22 h 30.

— Pourquoi était-elle venue vous voir ?

Avec un soupir, Jared leva les yeux au ciel.

— Elle voulait récupérer la garde d'Amelia et elle espérait mon soutien. Elle se voyait élever notre fille au sein de sa secte. Et elle aurait aimé que je les y rejoigne, moi aussi. Inutile de vous dire qu'il n'en était pas question. Elle était un peu givrée, si vous voulez mon avis. Gary et Lorraine sont de bonnes personnes. Solides. De bien meilleurs parents que nous pour la petite.

— Combien de temps est-elle restée chez vous ?

— Quelques instants à peine. Ma copine, Ruby, n'était pas contente de la voir débarquer. Elle est jalouse d'Emma parce que j'ai eu un enfant avec elle.

— Ruby était là tout le temps ?

— Oui.

— Quel est son nom de famille ?

— Belle. Ruby Belle.

— J'aurai besoin de l'interroger. Notez-moi ses coordonnées, ajouta-t-il en lui tendant son calepin.

— Elle était avec moi au club, dit Jared en griffonnant les renseignements sur l'un des feuillets. Ruby est strip-teaseuse.

— Et elle ne travaillait pas jeudi ?

Les soirées du jeudi au samedi étaient les plus animées.

— Ce soir-là, les Iron Warriors avaient fermé le club. Ils avaient embauché la plupart des strip-teaseuses pour une soirée privée dans leur club-house.

— Pourquoi Ruby n'y est-elle pas allée ? J'ai entendu dire que les motards laissaient de bons pourboires, en général.

— Parce qu'avec eux, les filles ne se contentent pas de se déshabiller, répliqua Jared en riant. Seules celles qui sont célibataires se rendent à ce genre de fête.

— Emma et vous, vous êtes-vous disputés lorsqu'elle est passée ?

— Elle voulait me mêler à ses histoires et je lui ai dit très clairement qu'elle n'y parviendrait pas. Si elle avait obtenu la garde de la petite, Shining Light n'aurait pas tardé à me poursuivre en justice pour réclamer une pension alimentaire. Merci bien. Ses parents ne m'ont jamais demandé un sou, ajouta-t-il, prouvant que sa réputation de père mauvais payeur n'était pas usurpée. Quand elle a compris que je ne marcherais pas dans ses combines, elle m'a menacé.

— Physiquement ?

— Non, bien sûr que non. Elle m'a dit que la date du premier anniversaire de sa renaissance au sein de la secte approchait. Dans les jours précédant cet événement, elle était censée confesser à Empyrean les fautes qu'elle avait commises dans son ancienne vie. D'après les rumeurs, il se sert de ces aveux pour faire chanter des personnes qui ne sont pas membres de la secte. Emma a croisé la route de beaucoup de sales types dans le passé. Mais je lui avais déconseillé de dire quoi que ce soit sur moi. Ou sur les Iron Warriors.

— Comment l'en avez-vous dissuadée ? En menaçant de la tuer ?

— Non, sûrement pas, protesta Jared en secouant la tête. Je lui ai simplement dit que j'en parlerais à Todd.

Tout revenait à Todd.

— Que savait-elle de compromettant sur lui ou sur le gang des motards ?

— Disons qu'elle était au courant de toutes leurs activités criminelles.

— Vous pouvez développer ?

— Non. Et si vous insistez, j'exigerai un avocat.

Il s'agissait sans doute d'histoires de drogue. Jared était un dealer, son casier judiciaire était long comme le bras. Ses relations avec Emma avaient toujours tourné autour de l'héroïne et des amphétamines.

— Comment Emma a-t-elle été mêlée aux affaires des Iron Warriors ?

— Via Todd.

Todd avait un alibi. Cela dit, Holden n'était pas convaincu de sa solidité. Bien sûr, les Iron Warriors étaient tous prêts à mentir et même à mourir pour défendre l'un des leurs. Mais Nikki, sa petite amie, était le maillon faible.

— Avez-vous conduit Emma quelque part, cette nuit-là ?

— J'en avais envie parce qu'il faisait froid et qu'un orage se préparait mais je ne voulais pas contrarier Ruby. Donc je ne l'ai pas fait. J'ai conseillé à Emma de se dépêcher de retourner au B&B avant le déluge, d'appeler quelqu'un qui pourrait la reconduire.

— A-t-elle utilisé votre smartphone pour contacter ce quelqu'un ?

— Non. Ruby m'aurait fait une scène si j'avais aidé Emma.

— Et Todd ? Lui avez-vous téléphoné ce soir-là pour lui parler des menaces d'Emma ? Ne cherchez pas à mentir. Je vérifierai en consultant vos relevés téléphoniques.

Jared baissa la tête et se mordilla les lèvres.

— Oui, je l'ai prévenu.

— Comment a-t-il réagi ?

— Il n'avait pas l'air inquiet. Il m'a dit qu'il s'en occuperait, comme si ce n'était pas grave.

— Qu'il s'en occuperait comment ?

Jared haussa les épaules.

— J'ai eu l'intelligence de ne pas lui poser la question.

Holden se souvint soudain d'un détail qu'il n'était toujours pas en mesure d'expliquer.

— Quand Emma est venue vous voir ce soir-là, portait-elle son collier Shining Light ?

— Oui, comme toujours.

— En êtes-vous sûr ?

— Sûr et certain. Elle jouait avec, comme à chaque fois qu'elle était nerveuse. Quand je lui ai dit que je soutiendrais ses parents pour qu'ils continuent à s'occuper de la petite, elle a commencé à le mordiller.

La porte s'ouvrit. Ashley passa la tête pour lui signaler d'un signe que Grace était au poste en train d'examiner la moto de Jared.

— Alors, je peux m'en aller ? reprit Jared.

Holden ne voulait pas le laisser filer avant que Ruby n'ait corroboré sa version des événements. Il n'était pas question de leur donner la possibilité d'accorder leurs violons.

— Pas encore. Nous autorisez-vous à prélever sur votre moto des éléments destinés à des analyses médico-légales ? Si vous n'avez rien à vous reprocher, elles vous élimineront de la liste des suspects et, dès que nous aurons terminé, vous pourrez partir.

Il y avait quelques éraflures et des bosses sur sa moto. Elles ne ressemblaient pas à des dégâts causés par un accident, mais puisqu'ils avaient la moto sous la main, autant le vérifier.

— Bien sûr, répondit Jared en hochant la tête.

Pour donner si vite son consentement, il disait probablement la vérité et n'était pas l'agresseur d'Emma.

— Une dernière question. Quand Emma et vous étiez ensemble, vous a-t-elle dit qu'elle avait été maltraitée dans l'enfance ?

— Pas vraiment. Sans doute a-t-elle eu sa dose de fessées mais je ne saurais pas vous dire si cela franchissait la ligne des abus. Elle parlait toujours des membres de sa famille comme s'ils étaient des gens hors du commun. Enfin, jusqu'à la secte.

Il avait demandé à consulter les dossiers médicaux d'Emma, y compris les plus anciens, ceux qui remontaient à l'enfance. Ils lui permettraient de comprendre si elle avait été battue, si elle avait souvent été victime d'*accidents* lorsqu'elle était petite.

Il sortit dans le couloir en refermant la porte derrière lui.

— Voulez-vous que Livingston ou moi allions interroger Ruby ? lui demanda Ashley pendant qu'ils marchaient.

Livingston était adjoint depuis plus longtemps qu'Ashley mais cette dernière couvrait cette affaire depuis le début. De plus, elle avait suivi l'interrogatoire de Jared derrière le miroir sans tain. Surtout, elle ne se laisserait pas distraire par les strip-teaseuses. Il n'était pas sûr de pouvoir en dire autant de Livingston.

— Si cela ne te dérange pas, dit-il, j'aimerais que tu y ailles.

— Très bien, fit Ashley, visiblement satisfaite.

Ils prirent leurs vestes et sortirent. Tandis qu'elle se pressait vers son véhicule, il se dirigea vers Grace, qui attendait patiemment. Il espérait qu'elle n'était pas restée trop longtemps dans le froid.

— Merci d'être venue.

— Le timing était parfait, répondit-elle en se frottant les bras. J'ai déjà fermé le restaurant et quand nous en aurons fini, je rentrerai chez moi.

Il n'aimait pas qu'elle se charge du service du soir et de la fermeture de l'établissement avant de partir seule dans la nuit. Mais elle supportait difficilement les bons conseils, il s'en était déjà rendu compte.

— Alors, qu'en penses-tu ? dit-il en désignant la moto de Jared qu'ils avaient fait remorquer jusqu'au bureau du shérif. C'est celle que nous cherchons ?

— Pas du tout. Cet engin possède un carénage Batwing et un épais pare-brise, répondit-elle avec assurance. Celui qui m'a renversée hier soir n'en avait pas.

— Je suis impressionné, Grace. Il y a quelques heures, tu ne savais rien sur les motos. Tu étais incapable de distinguer un châssis d'un réservoir. Peux-tu m'expliquer comment tu es devenue experte en si peu de temps ?

— J'ai fait des recherches, dit-elle avec fierté.

Holden s'efforça de retenir un sourire. Elle était si mignonne qu'il eut du mal à y parvenir mais il devina soudain que son admiration n'allait pas tarder à se muer en irritation.

— Raconte.

— Je suis allée au Custom Gears.

Ces six mots lui firent l'effet d'un coup de poing en pleine figure.

— Quoi ?

— Kyle et l'un de ses mécaniciens m'ont tout expliqué.

J'ai appris une foule de choses sur les motos. Et, avant de me mettre à la porte, il a reconnu que celle de Todd pourrait être du type de celle que nous cherchons.

— Pourquoi t'a-t-il virée de l'atelier ?

Elle fronça les sourcils.

— Pour me protéger. Casey, l'un des mécaniciens, a appelé les Iron Warriors, sans doute pour leur rapporter que j'avais mentionné le nom de Todd dans le cadre de mes investigations.

— Grace, j'essaie de te garder hors de la ligne de tir.

Déjà, il avait eu tort de l'emmener au club-house. Tous les Iron Warriors l'avaient vue et connaissaient désormais son visage. Et maintenant, Casey leur avait dit qu'elle avait posé des questions sur Todd.

— Te précipiter là-bas, tête baissée, était une erreur, ajouta-t-il.

Grace n'avait pas besoin de problèmes avec le gang des motards. Le bureau du shérif non plus. Mais, en se rendant là-bas, elle avait sans doute déclenché les hostilités sans le vouloir.

Elle releva le menton comme si elle s'apprêtait à se disputer avec lui.

— Ne me remercie pas. D'avoir éliminé cette moto des engins suspects et fait avancer l'enquête.

— Tu as raison. Merci. Mais je ne veux pas que tu m'aides au détriment de ta sécurité.

— Trop tard, dit-elle, fataliste.

Elle avait ouvert la boîte de Pandore et ils n'avaient aucun moyen de la refermer. Ils n'avaient plus qu'à attendre les catastrophes qui n'allaient pas manquer de suivre.

Elle émit un petit rire triste.

— Ma mère dit toujours que je suis un aimant à problèmes.

Aucun parent ne devrait jamais dire une chose pareille à sa fille. Même si c'était vrai.

La mère de Holden croyait qu'un enfant devenait ce que ses

parents disaient de lui, comme si leurs mots pour le qualifier avaient le pouvoir de le façonner. Voilà pourquoi elle n'avait jamais dit que du bien de lui et de ses frères. Petits, quand ils se battaient ou s'énervaient, elle ne les avait jamais traités de sauvages, de démons. Elle les appelait ses cadeaux de la vie. Et leur demandait de se montrer à la hauteur de leurs grandes qualités.

Et cela avait fonctionné. Pour eux tous.

— Ce n'est pas vrai, tu n'as rien d'un aimant à problèmes.

Grace était sa lueur d'espoir. Une lumière dans sa nuit.

— Tu es quelqu'un de bien et je ne veux pas qu'il t'arrive quoi que ce soit, reprit-il.

Le destin dut l'écouter car elle marcha brusquement sur une plaque de verglas et glissa. Il la rattrapa au vol avant qu'elle ne tombe et garda son bras serré autour d'elle, jusqu'à ce qu'ils atteignent sa voiture.

Lorsqu'elle eut déverrouillé sa portière, il l'ouvrit pour elle.

Elle leva les yeux vers lui.

— Je te l'ai déjà dit, tu n'es pas responsable de moi. Je vais l'expliquer à Daniel.

Elle avait dénoué ses longs cheveux bruns qui tombaient sur ses épaules comme un voile. Quelque chose en elle attirait irrésistiblement Holden et, sans réfléchir, il repoussa des mèches derrière son oreille et lui effleura la joue.

Le contact de sa peau déclencha aussitôt une myriade de souvenirs de leur baiser. Il mourait d'envie de l'embrasser encore. Et pas de manière amicale.

— Et je te l'ai dit, ça ne m'ennuie pas de veiller sur toi.

En fait, cela l'arrangeait d'avoir un prétexte officiel pour veiller sur elle. Et camoufler son désir réel.

Il lui caressa la peau du bout des doigts, effleura ses lèvres du pouce. Il se remémora la chaleur de sa bouche lorsqu'il l'avait capturée.

Quand il vit ses yeux brillants, il sentit son cœur s'accélérer dans sa poitrine. Elle se hissa sur la pointe de ses pieds pour l'embrasser sur la joue. Puis, debout sur ses orteils, elle recula un peu, rapprochant leurs lèvres.

Comme pour tester quelque chose.

Sa résolution ? Sa prétendue amitié ?

Seigneur, il n'allait pas pouvoir résister. Que ne donnerait-il pas pour la prendre dans ses bras, la serrer contre lui et l'embrasser passionnément ?

— Bonne nuit, murmura-t-elle en cherchant ses yeux.

Son souffle chaud caressa son visage, l'enveloppant d'un parfum de menthe poivrée. Le temps parut suspendu.

Il s'humecta les lèvres et sentit faiblir sa résolution.

Avant de faire quelque chose qu'il regretterait, il recula. Il lui fallut faire appel à toute sa volonté pour y parvenir.

— Rentre chez toi et sois prudente.

Baissant la tête, elle monta dans sa voiture.

Il claqua la portière, donna deux coups de poing sur son toit et s'éloigna. En la regardant partir, il se demanda s'il réussirait un jour à se débarrasser de la honte qui pesait sur lui.

Un instant plus tôt, quand Grace l'avait regardé de ses yeux brillants, il avait cru que tout était possible.

Qu'il avait encore de belles choses à vivre.

Comme le bonheur, par exemple.

Comme elle s'engageait sur Old Mill Road, le gravier commença à mitrailler sa carrosserie et Grace ralentit.

Qu'est-ce qui t'a pris ? se reprochait-elle. Qu'avait-elle imaginé en se penchant si près du visage de Holden ? Qu'il allait lui donner un autre baiser ?

Son cœur s'était presque arrêté de battre alors qu'elle attendait sa réaction. Chaque cellule de son corps voulait qu'il l'embrasse.

Qu'elle était donc stupide.

Il voulait être son ami, il le lui avait dit. Et d'ailleurs, cela valait mieux. Même s'il lui plaisait et l'attirait beaucoup, elle avait besoin de se concentrer sur ses études, de travailler pour obtenir sa maîtrise. Fantasmer sur Holden serait une erreur. Elle ne voulait pas réitérer le scénario qu'elle avait vécu avec Kevin.

Bien sûr, Holden n'avait rien en commun avec son ex. Il ne jouait pas, ne fumait pas et n'avait rien d'un alcoolique, d'après ce qu'elle avait vu chez Delgado. Et il n'était pas violent. Apparemment, son seul défaut était de donner sa confiance à des gens qui ne la méritaient pas. Il traversait une période difficile et n'avait pas besoin qu'elle lui complique la vie.

Mais quand il était sorti de la voiture après la visite au club-house et qu'elle l'avait rejoint au bord de la route, elle avait éprouvé l'envie irrésistible d'apaiser sa douleur et de…

Les phares d'un véhicule apparurent derrière elle.

Comme elle jetait un coup d'œil à son rétroviseur, elle dut plisser les paupières pour éviter d'être éblouie. Le camion qui la suivait accéléra soudain, se précipita vers elle et heurta avec force son pare-chocs.

Son conducteur avait-il trop bu ?

Le cœur battant, elle pressa, elle aussi, la pédale d'accélérateur. L'embranchement vers sa maison n'était pas loin. Elle devait seulement s'éloigner de ce dangereux chauffard. Dès qu'elle parvint à mettre de la distance entre eux, elle respira mieux. Mais, très vite, il la rattrapa. De nouveau, il l'emboutit par l'arrière.

Terrifiée, à présent, elle agrippa le volant. Violemment poussée sur le bas-côté, sa voiture fit une embardée. Ses pneus ne trouvaient pas de prise sur le gravier.

Rodney était-il derrière elle ? Essayait-il de lui faire peur ?

Les phares l'éblouissaient, elle ne parvenait pas à voir le visage du conducteur. Comme elle s'engageait sur son allée, le camion poursuivit sa route et passa devant elle.

Elle poussa un soupir de soulagement.

Dieu merci, elle conduisait un SUV. Sur cette route de gravier, son cabriolet californien aurait dérapé et serait parti dans le décor. Peut-être aurait-elle heurté un arbre. Le SUV était vieux mais tenait bien la route.

Elle s'arrêta devant le cottage et se gara.

À l'intérieur, elle alluma immédiatement les lumières et fit le tour des pièces. La petite maison était déserte et elle n'en fut pas étonnée.

Rodney ne pouvait pas être à deux endroits à la fois.

Elle ferma la porte, mit la chaîne, accrocha son manteau. Demain, elle appellerait Holden et lui parlerait de l'incident sur la route.

Elle entra dans sa chambre, posa son sac à main sur la commode et se dirigea vers la salle de bains. Elle s'immobilisa soudain. Quelque chose semblait différent, mais quoi ?

Aucun de ses articles de toilette n'avait été déplacé. Tout était comme elle l'avait laissé. Le couvercle du siège des toilettes était abaissé. L'avait-elle fermé avant de partir ?

Ce matin, son cerveau était embrumé par le manque de sommeil et, honnêtement, elle ne s'en souvenait pas.

Elle leva le couvercle. Avec un cri perçant, elle recula, horrifiée, le cœur dans la gorge.

Un serpent rouge à rayures blanches et noires siffla sur elle depuis la cuvette des toilettes. Sa langue noire et fourchue rentrait et sortait de sa bouche.

En hurlant, elle referma le couvercle. Elle ne supportait pas les serpents. C'était son pire cauchemar.

Les poils de sa nuque se hérissèrent. Jamais elle n'avait connu ce genre de terreur. Elle tituba dans sa chambre, alluma et s'appuya contre le mur, pour essayer de réfléchir à la meilleure façon de gérer la situation.

Elle tremblait de tout son corps. Comme son regard parcourait la pièce, elle se figea et se sentit blêmir lorsque quelque chose se glissa sous les couvertures de son lit.

Un autre serpent.

Mon Dieu. Au secours !

Le reptile déroula son corps rouge pour se glisser entre les draps blancs.

Grace hurla.

Sans réfléchir, elle attrapa son sac et s'élança vers la porte. Son cœur battait à tout rompre dans sa poitrine. Elle ne s'arrêta pas pour prendre ses bottes. Ou son manteau.

Paniquée, elle sortit de la maison en courant.

9

Au volant de son SUV, Holden rentrait chez lui quand la sonnerie de son smartphone se fit entendre. Lorsqu'il sortit l'appareil de sa poche, il fut agréablement surpris de voir le nom de Grace s'afficher sur l'écran.

Il prit l'appel via son Bluetooth.

— Tout va bien ?

— Des serpents... Il y a des serpents chez moi, balbutia-t-elle dans un sanglot.

Était-elle en train de pleurer ?

Il opéra aussitôt un demi-tour pour se rendre chez elle.

— Que se passe-t-il ? demanda-t-il.

— Il y a des serpents chez moi, répéta-t-elle d'une voix terrifiée. Deux énormes serpents. Aide-moi, je t'en supplie.

Il écrasa la pédale d'accélérateur pour foncer vers Old Mill Road.

— J'arrive. Calme-toi.

Il n'était pas rare que des reptiles s'introduisent dans les maisons, en hiver. En général, ils cherchaient à se protéger du froid. Ou poursuivaient des proies à l'intérieur. Que leur présence surprenne une citadine comme Grace était compréhensible mais sa réaction lui parut disproportionnée. Elle était au bord de l'hystérie.

Heureusement, il n'était pas loin quand elle l'avait appelé.

Comme il s'engageait sur Old Mill Road, il ralentit pour ne pas patiner sur le gravier.

— Éloigne-toi d'eux, ajouta-t-il. Ou mieux, attends-moi dehors, sous le porche.

— Je suis… je suis dans ma voiture.

Là encore, une telle attitude semblait excessive. Grace ne lui paraissait pourtant pas du genre à paniquer pour rien.

Tout en remontant son allée, il annonça :

— Je suis là.

Il se déconnecta et remit son téléphone dans sa poche. En arrivant, il passa devant sa voiture, la contourna et s'arrêta à côté d'elle. Il l'aperçut à l'intérieur, les mains agrippées au volant, la tête appuyée dessus.

Il coupa le moteur, descendit et ouvrit sa portière. Elle tremblait comme une feuille, visiblement terrifiée. Il se pencha vers elle, posa une main sur son dos.

Elle sursauta et se tourna enfin vers lui. Ses yeux étaient rouges, ses joues ruisselantes de larmes.

Il ne l'avait jamais vue dans cet état. Elle devait avoir la phobie des serpents.

— Où est-il ? Je vais m'en occuper.

— Il y en a deux, bégaya-t-elle d'une voix tremblante. L'un se trouve dans les toilettes, l'autre dans mon lit.

Les reptiles étaient capables de se glisser dans des endroits improbables mais là, il fut surpris.

— Je vais les attraper.

Retournant dans son SUV, il y dénicha une paire de gants. Il en gardait toujours une paire à portée de main depuis qu'il travaillait au ranch.

Il entra alors dans le cottage. Il balaya le sol des yeux au cas où les reptiles auraient réussi à sortir par l'arrière de la maison. Au passage, il saisit le tisonnier, près de la cheminée.

Il ne remarqua aucun signe des visiteurs indésirables dans

le salon et la salle à manger. Dans la chambre, les couvertures avaient été tirées, révélant des draps d'un blanc immaculé.

Mais pas de serpent.

S'était-elle mal exprimée ? Avait-elle voulu dire sous son lit ? Ce serait plus logique. Ils aimaient les endroits chauds au ras du sol.

Comme il se mettait à quatre pattes, il vit ramper sur le plancher de bois un long reptile rouge à rayures noires et blanches.

Une couleuvre tachetée.

Elles avaient l'air venimeuses mais étaient en réalité inoffensives. Il était possible d'en acheter dans les animaleries ou d'en trouver dans le bois. Pourtant, il enfila ses gants. Leur morsure ne le tuerait pas mais serait douloureuse.

Il s'approcha et tendit le tisonnier vers elle. Le prenant pour une menace, elle siffla et frappa la tige métallique. Il en profita pour l'attraper doucement derrière la tête.

Il se rendit ensuite dans la salle de bains et se dirigea vers toilettes. Le couvercle était fermé, il le souleva.

Une autre couleuvre tachetée sortit la tête de l'eau. Il suspendit la première au-dessus d'elle, en la balançant comme un appât.

Son stratagème fonctionna. Alors que celle qui se trouvait dans les toilettes sifflait et se redressait pour tenter d'attraper la queue de sa comparse, il la saisit derrière la tête comme il l'avait fait avec la première.

Tenant les deux reptiles, il sortit de la maison, descendit les marches du perron et s'éloigna jusqu'aux arbres. Il les jeta alors au loin, certain qu'ils retrouveraient vite leurs marques en pleine nature.

Il retourna alors vers le SUV de Grace. Tout en marchant, il enleva les gants et les fourra dans sa poche. Il ouvrit la portière.

— Il n'y a plus de serpent à l'intérieur. Je m'en suis débarrassé.

Elle leva les yeux vers lui.

— Les as-tu tués ?

— Non. Je les ai relâchés dans les bois. Ils ne sont pas venimeux.

— Tu en es sûr ? demanda-t-elle. Ils avaient l'air très dangereux. Mortels.

— Il n'y a que deux serpents venimeux dans le Wyoming. Le crotale des prairies et le serpent à sonnettes, tous deux de la famille des vipères. Crois-moi, si tu croises l'un ou l'autre, un jour, tu verras la différence. Ceux qui sont entrés chez toi étaient des couleuvres tachetées. Elles sont très utiles sur une propriété, en fait. Elles se nourrissent de rongeurs et d'autres nuisibles et les empêchent d'entrer dans la maison.

Grace laissa tomber sa tête dans ses mains.

— Je ne crains pas les souris. Je suis capable de les gérer. Mais je ne supporte pas les serpents. Je ne peux pas cohabiter avec eux.

Holden lui tendit la main pour l'aider à sortir de la voiture.

Elle la saisit, mêla leurs doigts et le suivit. Il s'aperçut alors qu'elle était en chaussettes. Et qu'elle n'avait pas de manteau.

— Où sont tes bottes ?

— À l'intérieur, dit-elle d'un ton penaud.

Il la souleva de terre, en pensant qu'elle protesterait.

Étonnamment, elle ne le fit pas. Au lieu de quoi, elle noua les bras autour de son cou et posa sa tête sur son épaule. Elle était douce, chaude et légère.

En un sens, il aurait voulu la tenir ainsi sa vie durant.

Il la porta à l'intérieur et la déposa sur le canapé.

— Je chercherai demain des trous et des fissures, des points d'accès possibles, pour découvrir comment ces couleuvres sont entrées.

Celle dans les toilettes s'était probablement glissée dans les canalisations et s'était frayé un chemin jusqu'à la salle de bains. En général, elles s'introduisaient dans les maisons par ce biais en été lorsqu'elles cherchaient un endroit frais pour se protéger de la chaleur extérieure. Pourtant, assez curieusement, les deux serpents étaient entrés le même soir et s'étaient installés dans des endroits étranges.

Leur présence incongrue aurait sans doute effrayé n'importe qui.

— Inutile de chercher des points d'entrée, dit-elle. Rodney Owens les a mises là, c'est évident.

Il posa les mains sur ses hanches.

— Pourquoi aurait-il fait une chose pareille ?

— Parce que c'est un pauvre type qui essaie de me faire peur pour que je quitte le cottage avant la fin du bail, dit-elle avec colère. Il n'a pas lésiné sur les moyens, ce soir. Mettre un serpent dans mes toilettes et un autre dans mon lit. Je n'y crois pas.

— Dis-moi ce qui s'est passé, demanda-t-il.

Elle lui raconta toute l'histoire qu'elle lui avait cachée. Comment Rodney avait commencé à la harceler dès son emménagement, envahissait son espace depuis des mois dans l'espoir de la faire fuir. Mais, depuis la veille, ses menaces avaient pris une mauvaise tournure. D'abord, il avait attendu son retour dans le noir pour la terrifier. Ensuite, il lui avait crevé les pneus de sa voiture. Et maintenant, il avait introduit ces maudits serpents dans sa maison.

Elle avait eu de la chance, sans doute devait-elle s'estimer heureuse. Il avait laissé chez elle des serpents inoffensifs. Mais qu'en serait-il la prochaine fois ?

Quand elle eut fini de tout raconter, Holden tremblait de fureur. Il prit une profonde inspiration pour se calmer mais il était livide.

— C'est tout ?

— Non. Ce soir, alors que je rentrais chez moi, quelqu'un a heurté l'arrière de ma voiture avec un camion. Sur Old Mill Road. Il s'agissait d'un acte délibéré. Le chauffard avait allumé ses phares et fonçait sur moi en essayant de me faire quitter la route. Éblouie, je ne voyais pas qui était au volant mais c'était Rodney, j'en suis certaine.

Holden sentit son cœur battre à grands coups dans sa poitrine et serra les poings. Il avait envie de réduire Rodney en miettes.

— Je vais mettre un terme à ses agissements.

Il n'y aurait pas de prochaine fois. Pas avec lui pour veiller sur Grace.

Tournant les talons, il se dirigea vers la porte.

Elle bondit aussitôt et l'attrapa par le bras.

— Je t'en prie, ne me laisse pas. Je ne peux pas rester seule ici pour l'instant.

— Prends des affaires. Tu vas t'installer avec moi au ranch.

Elle secoua la tête.

— Non, je ne le laisserai pas gagner, il ne va pas me chasser d'ici. Pas même pour une seule nuit, répliqua-t-elle, les dents serrées.

Elle avait perdu une bataille avec les serpents mais pour autant, elle n'était pas prête à s'avouer vaincue. Holden retrouvait la femme qu'il connaissait et admirait.

Il appela aussitôt le poste de police.

— Ici l'adjoint en chef Powell. J'ai besoin que quelqu'un se rende chez Rodney Owens et l'interroge.

Livingston prit l'appel et Holden lui résuma les agressions dont Rodney s'était rendu coupable contra Grace.

— S'il n'est pas chez lui, retrouve-le. Secoue-le un peu. S'il pose le moindre problème, enferme-le.

De toute façon, Holden avait l'intention d'avoir une discussion avec Rodney dès le lendemain et de le recadrer. Ce harcèlement allait cesser.

— Compris, dit Livingston. Attendez un instant. Ashley est de retour et veut vous parler.

— J'ai interrogé Ruby Belle qui a confirmé l'histoire de

Jared sur la visite d'Emma, dit Ashley. Voulez-vous que je le libère ?

— Oui, merci. Présente-lui nos excuses pour le retard. Tu as fait du bon travail. À demain.

— Essayez de dormir un peu, fit-elle avant de se déconnecter.

Holden regarda Grace.

— Après les fêtes, ça t'ennuie si je contacte un agent de sécurité avec qui ma famille travaille depuis des années pour qu'il installe des caméras de surveillance chez toi ?

— Pas du tout, au contraire. Merci.

— Veux-tu que je reste ici, cette nuit ? Je pourrais dormir sur le canapé.

Il serait à l'étroit et son dos lui ferait mal demain, mais pour Grace, il était prêt à tous les sacrifices.

— Je ne dis pas non. Un peu de compagnie me rassurerait.

— Montre-moi où tu ranges tes draps.

Elle l'emmena dans sa chambre et ouvrit le tiroir du bas de la commode. Il y avait des piles de linge soigneusement plié.

— Je te remercie de rester avec moi. Je suis désolée de…

— Non. Souviens-toi de ce que je t'ai dit, cesse de t'excuser. Tu devrais prendre une douche chaude pour te détendre, tu dormiras mieux. Je ne serai pas loin.

— D'accord, merci.

Elle se dirigea vers la porte de la salle de bains, mais sur le seuil elle s'immobilisa comme si elle hésitait à ajouter quelque chose.

Holden n'avait pas de mal à imaginer ce qu'elle ressentait. Un mélange de colère, de gêne, de peur, de faiblesse… Le tout l'avait forcée à l'appeler à l'aide. Quelque chose qu'elle n'aurait jamais fait si elle avait eu le choix.

Toutes ses émotions étaient justifiées. Il s'arrangerait pour faire cesser les menaces de Rodney. En attendant, il voulait qu'elle se sente mieux.

Avec une profonde inspiration, Grace entra dans la salle de

bains et ferma la porte. Après quelques instants, il entendit l'eau couler.

Il changea les draps du lit et jeta ceux souillés par le serpent dans la machine à laver. Puis il prépara un lit pour lui sur le canapé avec un drap et une couverture.

Il gardait parfois un uniforme propre dans son SUV pour les urgences. Malheureusement, il n'en avait pas aujourd'hui.

Il ne savait pas combien de temps il faudrait à Grace pour s'endormir, ce qui signifiait qu'il ignorait quand lui-même s'assoupirait. Demain matin, il n'aurait pas le temps de passer chez lui pour se changer avant d'aller travailler.

Il sortit son portable et envoya un texto à sa mère pour lui demander si, en se rendant en ville au matin, elle accepterait de lui déposer ce dont il avait besoin.

— Tu as fait le lit, dit Grace.

Il se retourna. Elle se tenait sur le seuil de sa chambre, vêtue d'une chemise de nuit en coton qui tombait au-dessus de ses genoux. Son visage était propre, sa peau éclatante et ses yeux fatigués. Elle avait des chaussettes chaudes aux pieds.

Son téléphone bipa et il regarda l'écran pour lire la réponse de sa mère.

Aucun problème. J'y serai vers 10 heures. Je t'embrasse.

— Un problème ? demanda Grace. Tu dois partir ?

L'inquiétude qui crispait ses traits lui serra le cœur.

— Non, non, tout va bien. Je suis tout à toi, ce soir.

Elle lui adressa un petit sourire triste.

— Merci. Puis-je demander une autre faveur ?

— Bien sûr. Je t'écoute.

Son regard se promena dans la chambre puis revint sur lui.

— Accepterais-tu de coucher avec moi ?

La question le déstabilisa tellement qu'il se mit à bégayer.

— Je, euh, eh bien…

— Je ne voulais pas dire faire l'amour avec moi, se hâta-t-elle de préciser en rougissant. Mais l'idée de me mettre au lit et de fermer les yeux me donne des sueurs froides. Ça te dérangerait de t'allonger près de moi ? demanda-t-elle en baissant la tête et en se mordillant les lèvres. Je comprends que passer la nuit avec moi te semblerait bizarre mais si, au moins, tu pouvais rester près de moi jusqu'à ce que je m'endorme… D'accord ?

Sa voix était tendue comme si solliciter quelque chose était une épreuve pour elle, la pire au monde peut-être.

Elle lui sourit, il se sentit fondre. Il la rejoignit dans la chambre.

— Peux-tu me donner une minute pour me rafraîchir ? demanda-t-il.

Il sortait d'une journée de travail de seize heures.

— Bien sûr.

Elle se tenait dans un coin de la chambre, adossée au mur, d'où elle voyait à la fois le lit et les deux portes.

Elle était si nerveuse qu'il comprenait sa prudence.

Dans la salle de bains, il se lava rapidement les mains et le visage. Il aurait tout donné pour une douche mais il n'avait rien pour se changer. Il devrait attendre demain.

Retournant dans la chambre, il retira sa veste et sa chemise, ne gardant que son T-shirt en coton. Il enleva sa ceinture utilitaire avec son arme et la posa sur la commode. Puis ses bottes et ses chaussettes.

Grace se mordillait les lèvres.

— Veux-tu entrer en premier dans le lit ? proposa-t-elle.

— D'accord.

— Ça te dérange si je laisse la lampe allumée ?

Il avait deviné qu'elle en aurait envie.

— Je dors sans problème avec la lumière, la télévision ou la radio allumées.

Elle sauta sous les couvertures avec la détermination de quelqu'un qui s'arrache un pansement.

Il la laissa décider à quelle distance se rapprocher. Quand

elle se blottit contre lui, il sourit, heureux. Son doux parfum l'attirait et le tourmentait à la fois, en provoquant des pensées troublantes dans son esprit.

C'était la première fois qu'il la respirait de près. Ses fragrances florales évoquaient une journée d'été ensoleillée, chaude et joyeuse.

Il identifia soudain ces senteurs.

Elle sentait la pivoine.

— Quand j'étais petit, j'étais très câlin, dit-il en enroulant ses bras autour d'elle et en s'enivrant d'une autre bouffée de son parfum. Ma mère m'appelait son bébé-doudou.

Comme il l'avait espéré, elle éclata de rire. Parler et rire étaient parfois le meilleur remède à l'angoisse.

— Es-tu sérieux ? demanda-t-elle d'un ton dix fois plus léger.

— Malheureusement, oui. Mes autres frères ont tous donné du fil à retordre à nos parents, chacun à sa manière. Mais avec moi, tout a été facile. L'accouchement n'a duré que deux heures, ma mère n'a même pas eu besoin de péridurale. Par la suite, j'ai fait tout de suite mes nuits, je mangeais bien, j'aimais tout. En grandissant, je n'ai jamais posé de problèmes. J'avais de bonnes notes en classe, d'excellents résultats sportifs. Je respectais les règles.

La vie avait été très généreuse avec lui. Sauf en amour. Il n'avait jamais eu de chance dans ce domaine.

— Et grâce à tes exploits sportifs, tu as été sélectionné par toutes les universités du pays, dit-elle. Tu n'as eu que l'embarras du choix.

— Je vois que tu m'écoutais quand je te racontais ma vie. Je pensais que tu faisais semblant pour pouvoir déguster une tarte gratuite, dit-il en la chatouillant.

En riant, elle se tortilla, frotta son corps chaud et doux contre lui, taquina ses sens de toutes les manières possibles. Il était épuisé et pourtant, il réagit aussitôt à son contact.

Elle était toute mince et menue mais ses courbes féminines étaient dangereusement tentantes.

— J'écoute toujours ce que tu me dis avec attention, murmura-t-elle.

Son aveu sincère le réchauffa de l'intérieur.

— Tu as d'ailleurs gardé un corps d'athlète, poursuivit-elle en passant une main sur son torse.

Le désir contre lequel il luttait depuis si longtemps l'inonda. Il serra les mâchoires, s'efforça de trouver quelque chose à dire qui n'ait rien à voir avec le corps de Grace. Ni avec le sien ni avec la façon dont les deux s'emboîtaient bien.

— Contrairement au reste de la famille, mon père a sans doute été soulagé lorsque le scandale a éclaté, reprit-il.

— Pourquoi ? demanda-t-elle tout en glissant une jambe entre les siennes.

Son érection était telle maintenant qu'il avait mal à chaque battement de cœur.

Alors il continua de parler. Pour les distraire, elle et lui.

— Eh bien, mes frères et moi avons tous suivi l'exemple maternel en termes de carrière. Nous nous sommes tous engagés dans les forces de l'ordre. Aucun garçon de la lignée Powell ne veut diriger le ranch, reprendre le flambeau. C'est une sorte de malédiction. Nous y travaillons depuis l'enfance mais, tôt ou tard, notre vocation s'impose et nous force à abandonner le ranch pour rejoindre la police ou le bureau du shérif.

— Et cela n'arrange évidemment pas les affaires de ton père.

— Voilà pourquoi, quand le scandale a éclaté, il a cru que le vent avait tourné en sa faveur.

— Et que tu allais être contraint de quitter le bureau du shérif et de prendre la direction du ranch.

Comme cela ne s'était pas produit, son père l'avait regardé avec déception pour la première fois de sa vie.

— Un de mes frères prendra sa suite un jour. Pas moi.

Ce n'était pas son destin. Certes, il était éleveur et le serait toujours. Il avait le ranch dans le sang. Mais il faisait aussi partie des forces de l'ordre et refusait d'abandonner sa carrière.

Grace pencha la tête en arrière, planta les yeux dans les siens.

— Si tu avais quitté le bureau du shérif, nous ne nous serions jamais rencontrés.

L'air crépitait entre eux. Il avait envie de tout ce qu'elle était, ce qui l'inquiétait un peu.

— Oh ! nous nous serions rencontrés, dit-il. D'une manière ou d'une autre.

Ils se seraient croisés dans la rue et il aurait été frappé par sa beauté et son sourire. Bouleversé par le désir brûlant qu'il ressentait chaque fois qu'il la regardait. La seule différence aurait été qu'il n'aurait pas eu à s'inquiéter de contrarier son chef en tombant amoureux d'elle.

— Ce qui doit advenir se réalise. Toujours.

Comme il passait la main le long de son dos jusqu'en haut de ses fesses, elle frissonna dans ses bras, les yeux toujours rivés aux siens. Sa cuisse se rapprocha de son entrejambe.

Elle était si proche qu'elle sentait forcément son érection. Il la désirait si fort.

Attrapant son menton, il lui souleva la tête et écrasa sa bouche contre la sienne.

Ce fut un baiser insistant et exigeant.

Comme leurs langues entamaient une danse sensuelle, elle se pressa contre lui.

Une main dans ses cheveux, il se noya dans la saveur de sa bouche, dans la sensation de son corps contre le sien. La serrer contre lui, l'embrasser, avoir envie de lui faire l'amour, réveillait quelque chose en lui, le ramenait à la vie.

Elle illuminait son monde. Lui redonnait de l'espoir.

Mais elle lui ouvrait les bras à un moment où elle était fragilisée, vulnérable. Il n'en profiterait pas.

À contrecœur, il se détacha d'elle.

— Holden, murmura-t-elle en mettant une main sur sa poitrine. Nous ne pouvons pas…

— Je sais.

Il mourait d'envie de l'embrasser à nouveau, de la déshabiller et de lui faire l'amour. Mais il connaissait par cœur la longue liste de raisons pour lesquelles aller plus loin avec elle serait une mauvaise idée.

Apparemment, elle aussi avait des réticences.

— Ce baiser était censé être seulement amical… comme celui de tout à l'heure ? demanda-t-elle.

Il ne voulait ni mentir ni arranger la vérité.

— Non.

— D'accord, dit-elle. Je n'étais pas sûre.

— De quoi ?

Elle chercha ses yeux.

— Je me demandais si tu avais des sentiments pour moi.

Comment pouvait-elle en douter ? Bien sûr, il avait minimisé la portée de leur premier baiser, mais il pensait que son intérêt pour elle crevait les yeux.

Depuis son arrivée, il passait beaucoup de temps à traîner au Delgado's, pour parler avec elle. Il saisissait tous les prétextes pour la toucher sans en avoir l'air. Il lui prenait par exemple une assiette des mains au restaurant pour avoir l'occasion d'effleurer ses doigts. Il essuyait des miettes sur son visage, même lorsqu'il n'y en avait pas. Au cours des derniers mois, il avait tellement mangé de tartes au Delgado's qu'il avait du mal à fermer son uniforme.

— Je pensais que tu étais gentil avec moi parce que je suis la sœur de Daniel et que tu voulais te faire bien voir de lui.

Seigneur. Il était vraiment à côté de la plaque.

— Et puis, ajouta-t-elle, tu m'as dit que le baiser sur le bord de la route était platonique.

— Je n'ai jamais utilisé ce mot.

Pas une seule fois il n'avait regardé ou pensé à Grace de manière platonique. Et il ne le ferait jamais.

— Mais j'ai eu tort de t'embrasser. Je n'aurais pas dû franchir la ligne jaune.

— Nous l'avons franchie ensemble. Je t'ai rendu tes baisers. Parce que j'ai des sentiments pour toi aussi. Et c'est bien le problème.

— Je ne comprends pas.

— J'ai emménagé ici pour plusieurs raisons. L'une d'elles était d'avoir la possibilité de préparer mon master. Et de me recentrer. J'ai souffert à cause d'un homme qui n'était pas pour moi. Je ne veux plus me laisser distraire ni souffrir en amour.

Holden ne voulait pas la détourner de ses objectifs. Et encore moins la faire souffrir.

Peut-être qu'avec le temps, une fois qu'elle aurait obtenu son diplôme et qu'il aurait fait ses preuves auprès de Daniel, ils auraient l'opportunité d'aller plus loin.

Il la désirait mais il était surtout tombé amoureux d'elle. Une relation avec elle valait la peine d'attendre.

— Je devrais aller sur le canapé, dit-il en s'asseyant.

Mais elle l'empêcha de partir.

— Je m'en veux de te le demander mais peux-tu attendre que je m'endorme ? Sauf si c'est trop pour toi.

Si elle en avait besoin, ce ne serait jamais trop pour lui.

Il déposa un baiser sur son front et la ramena dans ses bras.

— Ce n'est pas un problème.

10

Le vibreur de son smartphone réveilla Grace.

Elle ouvrit les yeux sur le plus beau des spectacles. Holden endormi sur son lit, ses bras toujours enroulés autour d'elle. Captivée par la vue de son corps athlétique, elle laissa le téléphone transférer l'appel sur sa messagerie vocale.

L'envie de le toucher partout la démangeait. Mais elle se l'interdit et s'efforça de réprimer le désir dont elle était la proie. Elle se demanda ce qu'il faisait pour entretenir son bronzage et sa musculature, à quoi il ressemblait en se rasant le matin…

Elle se remémora leur baiser. Holden avait été affamé, ardent, exigeant comme le serait un amant. Mais tendre aussi. Elle ignorait qu'un baiser puisse être aussi intense. En tout cas, elle n'avait jamais été embrassée ainsi.

Holden était quelqu'un de bien. Et surtout, il était le premier homme à qui elle voulait tout donner sans rien retenir, s'offrir entièrement.

La puissance de ce qu'elle éprouvait pour lui la ravissait et la terrifiait en même temps, lui donnant envie de s'enfuir en courant.

En un sens, elle se demandait si elle avait eu tort de le repousser, la veille au soir. Mais elle se reprochait encore d'avoir fait preuve d'une telle bêtise avec Kevin, d'avoir mis tant de temps à comprendre qui il était vraiment. Elle avait alors tant besoin d'être aimée qu'elle avait accepté qu'il la méprise et tente même de l'escroquer. Sans la grand-mère de Kevin, dont elle s'était occupée en soins palliatifs pendant deux ans, elle aurait continué à s'aveugler. Linda lui avait ouvert les yeux sur l'addiction au jeu de Kevin et l'avait suppliée de se méfier.

Elle s'était alors rendu compte qu'il ne s'intéressait pas vraiment à elle. Il se servait d'elle dans l'espoir de mettre la main sur la fortune de Selene. Ses dettes étaient colossales, il était aux abois et prêt à tout pour se renflouer et continuer à jouer.

La suite avait confirmé ses craintes.

Le téléphone se remit à sonner sur la commode. Quel qu'il soit, son correspondant était insistant.

Le plus doucement possible pour ne pas le réveiller, elle se libéra des bras de Holden. La veille au soir, il lui avait raconté des histoires sur son enfance au ranch jusqu'à ce qu'elle s'endorme. Il avait besoin de repos.

Sur la pointe des pieds, elle traversa la chambre, s'empara de son téléphone et sortit dans le couloir en fermant la porte.

Comme elle entrait dans la cuisine pour préparer le café, elle jeta un coup d'œil à l'écran.

Sa mère cherchait à la joindre.

Avec un gémissement, elle hésita à laisser la messagerie vocale s'enclencher, une fois de plus. Mais elle avait promis de prendre ses appels.

— Bonjour, maman.

L'appareil coincé entre son oreille et son épaule, elle ouvrit le robinet et remplit la cafetière d'eau.

— Je viens de finir une séance de yoga avec Florian, mon professeur. Nous étions sur la terrasse au bord de la piscine avec vue sur l'océan, c'était divin, et j'ai pensé à toi, Chouquette.

D'autant qu'il gèle ici et que l'océan me manque.

Grace regarda par la fenêtre de la cuisine. Ce qui l'avait fait tomber amoureuse de ce cottage, outre le faible loyer, avait été la vue incroyable sur Medicine Bow Peak. Elle s'y sentait parfois un peu isolée mais le coin était paisible et le paysage sublime. Cette petite maison était son refuge.

— Eh bien, de mon côté, je prépare du café avec une vue imprenable sur les montagnes.

— Les montagnes de Santa Monica ne sont pas mal non plus, répliqua sa mère. Et de toute façon, tu n'as jamais été très fan de randonnées, n'est-ce pas ?

Avec un soupir, Grace démarra la cafetière.

— Je me suis installée dans le Wyoming pour m'offrir un dépaysement total. Un mode de vie différent.

Ici, elle pouvait enfin respirer. Il lui avait fallu un mois pour s'installer, rénover un peu l'endroit pour le rendre habitable, troquer son cabriolet pour un SUV plus adapté au climat et apprendre à couper du bois. Un exploit dont elle ne se serait jamais crue capable avant que Daniel ne lui offre une scie électrique, un outil indispensable. Une fois qu'elle avait compris le travail au Delgado's Bar et commencé à suivre des cours par correspondance à l'université du Wyoming, elle avait recommencé à s'aimer.

À s'aimer autrement. Sans avoir besoin de l'approbation de quelqu'un d'autre.

Elle ne regrettait pas de s'être installée à Laramie, c'était la meilleure décision qu'elle ait jamais prise.

— Je t'ai financé des études d'infirmière et tu jettes ton diplôme à la poubelle en travaillant comme serveuse… Tu parles d'un progrès !

— Je m'accorde une pause. La mort de Linda m'a anéantie. La grand-mère de Kevin était une femme extraordinaire.

Elle était très proche de cette adorable vieille dame. La perdre lui avait brisé le cœur. Mais pas celui de Kevin. Sans doute n'en avait-il pas.

— Et je prépare une maîtrise que je finance avec mes

propres deniers. Ne recommence pas sur le sujet, maman. Je n'ai pas envie pas de me disputer avec toi.

— Tu dois être si seule là-bas, poursuivit Selene, changeant d'angle d'attaque. Viens à la maison pour les fêtes. Nous passerons quelques jours à Napa Valley. Comme nous l'avons fait pour ton vingt-deuxième anniversaire. Nous nous étions bien amusées. Tu t'en souviens ?

Repas gastronomiques, grands vins, un petit séjour fantastique… quand Selene se taisait. Mais bien sûr sa mère avait toujours quelque chose à dire

— Je m'en souviens.

— Et avant de refuser, devine qui ne cesse de me poser des questions sur toi ? Kevin. Il n'arrête pas de m'appeler parce que tu as bloqué son numéro ou quelque chose comme ça.

Pour couper les ponts avec lui, Grace avait même changé de numéro de téléphone, mais Selene lui avait donné le nouveau.

Pourquoi redevenait-il si insistant, après des mois de silence ? Cela n'avait aucun sens. Kevin n'avait pas été dévasté quand elle avait rompu. Mais ennuyé. Elle avait ruiné son plan pour mettre la main sur l'argent de Selene, l'obligeant à chercher une autre cible.

La cafetière émit un petit bip pour signaler que le café était prêt. Elle sortit deux mugs du placard.

— Tu devrais au moins écouter ce qu'il a à dire, poursuivit sa mère. Il m'a assuré qu'il était prêt à tout pour arranger les choses avec toi et te rendre heureuse.

Grace faillit s'étouffer.

— Les narcissiques ne savent pas aimer, encore moins rendre quelqu'un heureux. Ils ne se soucient que d'eux-mêmes.

Un coup retentit à la porte.

— Je dois te laisser, maman. Bonne journée.

— Si tu viens pour Noël, je t'offrirai un bracelet en diamant, comme le mien.

Selene sortait l'artillerie lourde. Elle cherchait à l'acheter, à la corrompre avec des bijoux.

— Que ferais-je d'un bracelet en diamant ici ? Tu crois que je peux m'en servir pour aveugler un ours ? Au revoir. Je t'aime.

Elle déconnecta et ouvrit la porte.

— Bonjour !

Stupéfaite, elle découvrit une quinquagénaire inconnue au sourire rayonnant. Blonde, les yeux myosotis, la peau éclatante, habillée avec élégance, elle semblait à la fois chaleureuse et distinguée.

— Je suis Holly, poursuivit-elle en l'embrassant avant d'entrer. Vous devez être Grace. Je suis ravie de faire enfin votre connaissance.

Grace referma la porte, trop étonnée pour articuler un mot. De toute évidence, cette femme savait qui elle était. Mais l'inverse n'était pas vrai.

— Pardonnez-moi, Holly, fit-elle enfin, mais qui êtes-vous exactement ?

Son sourire tomba.

— Seigneur ! Holden ne vous a pas dit que j'allais passer.

Puis l'évidence s'imposa à Grace. Ces yeux saisissants, cette blondeur, ce sourire…

— Vous êtes sa mère ? J'aurais dû le comprendre tout de suite. Il vous ressemble tellement.

— Oui, j'en ai au moins un qui est mon portrait.

La porte de la chambre s'ouvrit et Holden apparut en se grattant la tête.

— Salut, maman. Ce n'est pas vrai, Logan te ressemble beaucoup, lui aussi.

— Je ne parlais pas seulement de ton apparence physique mais aussi de ta personnalité. Tous tes frères ont celle de Buck, votre père.

Elle tendit à Holden un sac de vêtements.

— Voici tes affaires. Les articles de toilette sont au fond.

Je disais à Grace à quel point j'étais heureuse de rencontrer enfin ta petite amie. Il était temps que tu renoues avec l'amour.

Holden fronça les sourcils.

— Non, non, maman, tu n'y es pas du tout. Grace n'est pas ma petite amie. Nous ne sommes que des amis.

— Vraiment ? Comment ai-je pu me tromper ? J'ai pourtant du flair dans ce domaine.

D'un air entendu, Holly regarda le canapé sur lequel il n'avait pas dormi, puis la chemise de nuit de Grace et les pieds nus de Holden.

— Où sont tes bottes ? Et ton arme de service ?

Il les avait laissées dans la chambre.

— Merci d'avoir apporté mes affaires, dit-il sans répondre à la question.

— De rien, mon chéri.

Elle se tourna vers Grace.

— Excusez mon erreur, mais vous avez manifestement partagé le même lit. De plus, si vous n'êtes pas sa petite amie, il parle de vous tout le temps.

Grace rougit et Holden soupira, l'air embarrassé.

— Maman...

Holly leva les mains en signe de reddition.

— Bon, pas tout le temps. Mais beaucoup.

— Tu parles de moi ? s'exclama Grace, surprise.

Comme il ne répondait pas, sa mère se pencha vers elle et posa une main sur son épaule.

— En tout cas, il n'a jamais parlé d'une femme comme il parle de vous. Jamais. J'étais heureuse qu'il ait trouvé une amie aussi jolie, intelligente et dotée d'un si grand cœur.

La partie jolie et intelligente était sympa, mais il trouvait vraiment qu'elle avait un grand cœur ?

— C'est du café que je sens ? demanda Holden en se dirigeant vers la cuisine.

Grace le dévisagea avec incrédulité. Et émerveillement.

— Je viens d'en préparer. En voulez-vous une tasse, madame ?

— Appelez-moi Holly, et non, merci. J'ai rempli ma mission et je dois me rendre à mon travail. Je vous laisse.

Affichant un sourire digne d'une publicité pour un dentifrice, elle virevolta jusqu'à la porte.

— Tu as tort d'imaginer Dieu sait quoi, maman, lança Holden depuis la cuisine tout en se versant du café. J'ai dormi dans le lit de Grace parce qu'elle avait peur des serpents. Mais nous n'avons pas couché ensemble.

— Pas encore, répliqua Holly. Ça va arriver. Je me trompe rarement dans ce domaine. Et de quels serpents parles-tu ?

— Rodney Owens en a mis un dans mes toilettes et un autre dans mon lit, dit Grace en frissonnant au souvenir.

— Des serpents à sonnettes ? demanda sa mère avec inquiétude.

— Non, non, répondit Holden. Des couleuvres tachetées.

Une expression confuse passa sur le visage de Holly.

— Pourquoi diable a-t-il fait une chose pareille ?

Grace le lui expliqua rapidement.

Holly se tourna vers son fils.

— Tu ferais mieux de remettre ce garçon à sa place et de veiller à ce qu'il la laisse tranquille à l'avenir.

— Oui m'dame, dit Holden en sirotant son café. Je vais m'en occuper.

— Le père de Rodney, Oscar, est un faible, poursuivit Holly. Depuis la mort de sa mère, Rodney est un chien enragé. Ce qu'il a fait est terrible.

Elle donna un autre baiser à Grace avant de promener les yeux autour d'elle.

— Ne le prenez pas mal, ma chère, mais puis-je vous demander pourquoi vous avez choisi de vous installer ici ? Au lieu d'accepter l'offre de votre frère de vivre avec lui dans son ranch. Vous auriez été mieux installée, non ?

Holly n'exagérait pas en disant que son fils lui avait beaucoup parlé d'elle. La seule raison pour laquelle sa mère ne connaissait pas déjà la réponse à cette question était que Holden ne l'avait jamais posée et que Grace ne lui en avait donc pas donné le motif.

— Daniel et moi ne sommes pas très proches, répondit-elle. Il a douze ans de plus que moi. Il avait quitté la maison quand j'avais six ans.

Et l'avait abandonnée à Selene. À bien des égards, elle avait grandi en se sentant enfant unique.

— Je le considère plus comme une figure paternelle que comme un frère ou un ami.

Ils s'aimaient beaucoup mais ne seraient jamais copains.

— J'ai quitté la Californie pour prendre un nouveau départ. Ce cottage est loin d'être un hôtel cinq étoiles. Mais j'y suis chez moi et je ne dépends de personne pour y vivre.

Malgré ses défauts, la maisonnette avait un charme bien à elle. Elle était confortable et plus agréable depuis qu'elle avait repeint les pièces. Et elle adorait le plancher en bois, les poutres apparentes au plafond et, bien sûr, la vue sur les montagnes.

— J'admire votre indépendance.

La main sur la poignée de la porte, Holly hésita avant de demander :

— Avez-vous des projets pour le réveillon de Noël ?

— Euh, non, dit Grace, prise au dépourvu.

— Eh bien, vous en avez maintenant. Vous le fêterez chez nous.

Holly ouvrit la porte et se dirigea vers une berline rutilante. La famille Powell était-elle riche ?

Holden n'y avait jamais fait la moindre allusion. Pas même quand elle lui avait parlé du train de vie de Selene et de la difficulté d'être née avec une cuillère en argent dans la bouche dans une ville où tout tournait autour de l'apparence, du pouvoir et du dollar tout-puissant.

La panique s'empara soudain de Grace.

— Y aura-t-il beaucoup de monde ? La soirée sera-t-elle habillée ? Devrai-je me mettre sur mon trente et un ?

Les robes longues et les talons aiguilles étaient son pire cauchemar.

Juste après les serpents.

— Venez comme vous êtes, ma chère, dit Holly. Nous ne prenons pas de grands airs. Il s'agit de passer un bon moment avec la famille et des amis proches, c'est tout.

En souriant, Holly leur adressa un petit signe de la main.

— À demain soir et, en attendant, belle journée à vous.

Grace referma la porte. Elle se retourna pour trouver Holden qui la regardait d'un air ennuyé.

— Ma mère est très directe et a le chic pour mettre les pieds dans le plat, dit-il. Je suis désolé si elle t'a mise mal à l'aise.

Grace ne regrettait pas la visite de Holly. Sans elle, elle n'aurait jamais su que Holden s'intéressait vraiment à elle, qu'il l'appréciait. Beaucoup.

— C'est bien que tu sois proche de ta mère. Que tu puisses aborder tous les sujets avec elle, qu'elle t'écoute réellement et essaie de t'aider.

— Je suppose qu'il en est autrement avec la tienne.

En riant, elle secoua la tête. Elle lui avait parlé de sa mère. Surtout pour voir s'il était impressionné par le fait que Selene avait été mannequin et s'il était plus curieux d'en savoir plus sur cette femme connue pour avoir longtemps rendu fous tant d'hommes que sur elle. Ce n'était pas la première fois qu'elle subissait une telle humiliation. Dans le passé, certains garçons étaient sortis avec elle dans le seul but d'approcher Selene, une femme charismatique et célèbre, et non parce qu'ils s'intéressaient à elle.

Mais Holden se fichait que sa mère soit riche et célèbre.

Holly le lui avait confirmé. Ce n'était ni Selene, ni sa fortune, ni même ses liens de parenté avec Daniel qui l'attiraient chez elle et le faisaient parler d'elle *tout le temps*.

Mais elle.

La sensation était… étrange.

— Loin de là, répondit-elle. Disons que j'ai quitté la Californie essentiellement à cause de ma mère.

Il sourit et lui caressa la joue.

— Si tu as dû abandonner l'un des plus grands État du pays pour la fuir, alors la situation était grave… mais peut-être pas désespérée !

Elle éclata de rire.

Comment faisait-il pour toujours trouver un moyen de lui remonter le moral, même quand tout allait mal ?

Elle avait envie de se rapprocher de lui, de le serrer dans ses bras. En guise de remerciement. Mais pas seulement. Si elle voulait être sincère avec elle-même, elle n'éprouvait pas que de la gratitude pour cet homme hors du commun.

Vas-y, fonce, se dit-elle.

Mais une autre voix intérieure s'interposa alors.

Ne sois pas idiote.

Pourquoi cette voix ressemblait-elle à celle de sa mère ?

Holden était un être exceptionnel, séduisant, charismatique. Il n'était pas pour elle. Elle ne valait rien.

Si elle tentait de vivre quelque chose avec lui, elle allait au-devant d'une grosse déception. Il ne pouvait en être autrement.

Lorsqu'elle était petite, Selene lui avait interdit de lire des contes de fées ou de regarder des dessins animés mettant en scène des princesses. Elle estimait que ces histoires induisaient les femmes en erreur en leur faisant croire au bonheur, à l'amour éternel, alors que l'un et l'autre n'existaient pas.

La sonnerie du smartphone de Holden retentit. Il laissa tomber sa main, sortit l'appareil de sa poche et répondit.

Après avoir écouté son correspondant, il dit :

— Bien. J'arrive.

Il raccrocha.

— Nous avons Rodney en garde à vue, poursuivit-il. Enfermé dans une cellule de dégrisement. Livingston l'a trouvé à 1 h 30 ce matin, dans un bar. Non seulement il se vantait de ce qu'il t'avait fait mais il s'en est aussi pris à Livingston, ajouta-t-il en serrant les poings.

— Que vas-tu faire ?

— Ce que ma mère m'a conseillé de faire. Le recadrer. Et quand j'en aurai fini avec lui, il ne t'embêtera plus jamais.

11

Holden avait pris son temps pour se rendre au bureau du shérif. Il tenait à se calmer et à être en pleine possession de son sang-froid lorsqu'il interrogerait Rodney. Il ne voulait pas lui donner la moindre raison de porter plainte contre lui. Même s'il avait très envie de lui infliger la raclée qu'il méritait.

En arrivant, il s'offrit un petit déjeuner, passa au crible les papiers en souffrance sur son bureau et commença à rédiger son rapport sur Jared Simpson.

Il attendait toujours les dossiers médicaux d'Emma, le seul moyen pour lui de savoir si Gary et Lorraine avaient maltraité leur fille, autrefois. Mais il avait pensé à un moyen détourné pour apprendre si les Burk avaient été des parents violents, une piste qu'il n'avait pas encore explorée.

De sa ligne fixe, il téléphona à l'hôpital.

— Chef adjoint Holden du bureau du shérif, à l'appareil. J'aimerais parler à l'infirmière Terri Tipton.

– Terri est absente aujourd'hui. Elle sera de retour demain après-midi. Puis-je vous aider en quoi que ce soit ?

Une infirmière qui ne le connaissait pas n'accepterait sans doute pas de divulguer des informations confidentielles concernant une mineure. Bien sûr, ce qu'il découvrirait grâce à Terri ne serait pas recevable devant un tribunal mais il lui fallait savoir s'il se trompait ou non.

— Mon bureau a demandé les dossiers médicaux d'une victime de meurtre, Emma Burk. Savez-vous quand nous pourrons en disposer ? demanda-t-il.

— Un instant, je regarde… Je les vois, ils sont en cours de traitement. En principe, ils seront disponibles demain.

— Formidable. Auriez-vous la gentillesse de demander à Terri de m'appeler quand ils seront prêts ? J'ai besoin de lui parler. Je ferai ainsi d'une pierre deux coups.

— Aucun problème. Je lui laisse un mot.

Alors qu'il raccrochait et se replongeait dans la rédaction de son rapport, quelque chose que Jared lui avait dit lui donna soudain une idée. Il sortit de son bureau pour gagner l'*open space* où travaillaient les autres adjoints. Ashley n'était pas encore arrivée, aussi s'approcha-t-il de Mitch Cody, leur dernière recrue qui était également leur seul pilote d'hélicoptère

— Salut, Mitch. Un détail me chiffonne. Comment Emma est-elle revenue au B&B ? Elle n'a pas pu rentrer à pied, cela lui aurait pris plus de temps qu'elle n'en a mis. Il est possible que Todd soit passé la chercher quand Jared l'a appelé. Il lui aurait proposé de la reconduire, en aurait profité pour lui parler et ils auraient fini par se disputer et se battre. Mais peut-être lui a-t-elle téléphoné, elle, pour lui demander un brin de conduite. À moins qu'elle n'ait appelé quelqu'un d'autre. Elle connaissait beaucoup de gens, pas tous respectables. Et s'ils savaient qu'elle s'apprêtait à révéler à McCoy leurs crimes passés, ils avaient tous une raison de la tuer.

— Mais les Starlight n'ont ni argent ni téléphone portable. Comment aurait-elle pu appeler quelqu'un ?

— C'est exact, et elle n'a pas utilisé le smartphone de Jared pour contacter qui que ce soit.

— Alors, à quoi penses-tu ?

— J'aimerais que tu dresses la liste des cabines téléphoniques situées entre le mobile home de Jared et le B&B sur les différents itinéraires qu'elle aurait pu emprunter.

Il y avait une centaine de cabines téléphoniques dans l'État mais plus de la moitié se trouvaient en ville.

— Lorsque tu auras localisé celles qu'elle aurait pu utiliser, j'aimerais que tu regardes s'il y a des caméras de surveillance à proximité, des images exploitables.

— D'accord, je m'en occupe.

— Et quand Ashley sera là, poursuivit Holden, mets-la au courant et demande-lui de t'aider.

Mitch hocha la tête et se mit au travail.

Sa tension artérielle redevenue normale, Holden se rendit à la cellule de dégrisement où Rodney Owens avait été enfermé.

Il fit claquer sa matraque contre les barreaux pour le tirer de sa torpeur éthylique.

Rodney se redressa brusquement sur le banc, regarda autour de lui, les yeux hagards.

— Que se passe-t-il ?

— J'ai entendu dire que tu t'étais bien amusé hier soir chez Grace Clark ?

— Un peu, oui, ricana Rodney. Je parie que je lui ai fait une peur bleue. J'aurais voulu être là pour la voir. Ou mieux encore, la filmer. Pour me passer la vidéo en boucle. Et la mettre sur Internet, ajouta-t-il en riant plus fort, l'air content de lui.

Holden serra les mâchoires.

— Tu aurais pu la faire mourir de peur.

— N'exagérons pas. C'était une blague inoffensive.

— Crever ses pneus et tenter de la faire sortir de la route ne sont pas des actes anodins.

Rodney se leva et s'approcha des barreaux en titubant.

— Hein ? De quoi parlez-vous ? Je n'ai pas essayé de l'envoyer dans le décor. Et je n'ai pas crevé ses pneus.

Holden le considéra un instant, hésitant à le croire.

— Mais tu l'as attendue à l'intérieur du cottage, dans le noir, jeudi soir, et tu as mis des serpents dans ses toilettes et dans son lit, hier ?

S'esclaffant de nouveau, Rodney hocha la tête.

— Oui. C'était marrant, non ?

— Et si elle s'était évanouie et s'était cogné la tête dans sa chute ? Tu aurais pu la tuer.

— Je n'y ai pas pensé, dit Rodney, soudain dégrisé. Je n'ai pas envie de la tuer. Je veux juste qu'elle s'en aille. Je dois trouver quelque chose de mieux pour la prochaine fois, ajouta-t-il en ricanant.

— Écoute-moi bien, il n'y aura pas de prochaine fois et elle ne partira pas. Elle restera dans ce cottage jusqu'à la fin de son bail. Et si ton père le renouvelle, elle y demeurera plus longtemps encore.

— Elle est chez moi ! hurla Rodney avec colère en saisissant les barreaux. Mon père était censé vendre cette baraque après la mort de ma mère. Et maintenant, il ne le peut plus à cause de Grace Clark. Elle n'a pas à se mêler d'une affaire familiale qui ne la concerne pas.

— Elle ignorait tout de vos histoires. Ce n'est pas à elle qu'il faut s'en prendre. C'est ton père qui a décidé de louer ce cottage plutôt que de le vendre, espèce d'abruti.

— C'est elle, l'idiote. Je suis sûr qu'elle a cru que ces serpents étaient venimeux et qu'ils allaient la tuer.

Rodney avait de la chance qu'il y ait des barreaux entre lui et Holden et que ce dernier soit en uniforme.

— Alors que toi, tu es tellement futé que tu viens d'avouer être entré illégalement chez elle et l'avoir harcelée.

— Et alors ? Personne ne va en prison pour ça.

— Détrompe-toi et tu n'es pas au-dessus des lois. Elle va porter plainte. Et obtiendra une injonction du tribunal pour mettre fin à ce comportement.

Holden veillerait à ce qu'elle le fasse.

— Et pour te donner un petit avant-goût de ce qui t'attend, tu vas passer le week-end dans cette cellule.

— Vous ne pouvez pas me faire ça ! Pas la veille de Noël !

Pourquoi prenez-vous sa défense ? Son frère a volé le poste qui vous revenait de droit. C'est vous qui devriez être shérif. Pas lui.

Quelle ironie que Rodney soit la seule personne en ville à le penser. Cela dit, sans doute cherchait-il seulement à caresser Holden dans le sens du poil dans l'espoir d'obtenir sa mansuétude.

— Non seulement je le peux, mais je vais le faire. Tout le clan Powell – à commencer par moi – est du côté de Grace. L'ennuyer elle, c'est nous ennuyer nous. Compris ?

Rodney recula. La famille Powell était à Laramie depuis des générations, avait le pouvoir et l'argent, contrôlait beaucoup de choses, et si aucun d'eux n'en abusait, ils avaient les moyens de rendre la vie difficile à un fauteur de troubles.

— Je… je ne savais pas, balbutia Rodney. D'accord, j'attendrai juin, la fin du bail. Ou le jour où elle décidera de partir.

— Maintenant, tu vas passer le week-end à lui rédiger une belle lettre d'excuses que je lui remettrai personnellement. Si ta missive est sincère et bien écrite, sans mots mal orthographiés ou barrés – alors tu passeras Noël chez toi. Si tu te moques du monde, tu réveillonneras seul dans ta cellule, et mardi, tu comparaîtras devant un juge pour t'expliquer sur les nombreuses accusations qui pèsent sur toi, à commencer par ta conduite en état d'ébriété et l'agression d'un agent des forces de l'ordre.

Rodney comprit tout de suite où était son intérêt.

— Je vais écrire la lettre.

— Heureux de l'apprendre. Par ailleurs, tu dois t'engager à ne plus effectuer de réparations dans sa maison ni y entrer.

— Mais mon père est trop vieux pour s'en charger et nous n'avons pas les moyens d'embaucher quelqu'un.

— Si elle vous soumet une demande d'entretien, tu m'appelleras.

— D'accord, fit Rodney, visiblement plein de bonne volonté.

— Une dernière chose… Es-tu sûr de ne pas avoir crevé ses pneus ni tenté de l'envoyer dans le décor ?

— Non, dit Rodney, ce n'était pas moi. Je le jure sur la tombe de ma mère. Je ne lui ai fait que des trucs inoffensifs. Enfin, je veux dire des trucs que je pensais inoffensifs.

Holden le crut.

— D'accord.

— Je peux commencer à travailler sur cette lettre tout de suite, si vous voulez.

— Parfait. Je vais demander à l'adjoint Cody de t'apporter quelques feuilles de papier et un stylo.

Holden partit pour appeler Grace.

Si Rodney ne l'avait pas envoyée dans le décor et n'avait pas crevé ses pneus, alors qui l'avait fait ?

— Que se passe-t-il ? demanda Xavier à l'oreille de Grace en la rejoignant derrière le comptoir alors que deux autres Iron Warriors poussaient la porte du Delgado's Bar.

La bouche de Grace devint sèche.

Les motards s'étaient présentés au compte-gouttes, deux ou trois à la fois, les rugissements de leurs grosses cylindrées annonçant leur arrivée.

Aucun d'eux n'avait commandé quoi que ce soit. Ils prétendaient attendre que les autres soient là. Et maintenant, ils étaient une vingtaine dans la salle, le visage fermé.

Elle n'était pas la seule à avoir capté l'ambiance inquiétante. La plupart des clients avaient jeté des billets sur les tables et filé comme s'ils s'attendaient à des ennuis.

Elle se demandait si elle aurait dû partir, elle aussi, mais sans doute les Iron Warriors l'auraient-ils suivie. Ils étaient là pour elle.

— J'ai peut-être attiré l'attention sur moi sans le faire exprès, chuchota-t-elle.

Une autre moto s'arrêta à l'arrière. Un instant plus tard,

la porte s'ouvrit, et cette fois Todd Burk apparut. Les autres se levèrent aussitôt comme s'ils l'attendaient.

Quand il entra, Grace sentit son sang se glacer dans ses veines.

— J'ai l'impression qu'il y a quelque chose de plus grave, murmura Xavier. Qu'avez-vous fait ?

— J'ai posé des questions...

Il haussa les sourcils.

— Sur eux ? Sur les Iron Warriors ? Au Custom Gears ? Vous leur avez fait comprendre que votre intérêt soudain pour les motos était lié à eux ? Avez-vous perdu la raison ?

Le diable se glissait sans doute dans les détails, mais en y allant Grace n'imaginait pas qu'elle s'attirerait des ennuis.

Le fait que les Iron Warriors venaient s'expliquer avec elle au Delgado's Bar, dans un lieu public, lui donnait de l'espoir. Tout n'allait peut-être pas se terminer dans un bain de sang.

S'ils l'avaient attendue dans le noir, dans son cottage, cela aurait été une autre histoire. Dont l'issue aurait été plus sombre. Mais peut-être tentait-elle de se rassurer.

Son smartphone vibra. Elle répondit rapidement sans regarder qui l'appelait.

— C'est moi, dit Holden. Rodney a reconnu t'avoir harcelée et avoir mis les serpents chez toi.

Le son de sa voix l'apaisa et augmenta ses inquiétudes en même temps. Elle ne voulait pas qu'il intervienne dans de ce qui était sur le point de se passer ici. Ces hommes ne respectaient pas la loi, ne reconnaissaient aucune autorité et pour eux, toutes les occasions de blesser Holden étaient bonnes à prendre.

— J'ai besoin que tu portes plainte contre lui, ajouta-t-il. En revanche, Rodney n'a pas essayé de t'envoyer dans le décor. Et il n'a pas crevé tes pneus.

Tout en l'écoutant d'une oreille, Grace serrait le poing. Dire qu'elle était certaine que Rodney était derrière ces actes et qu'une fois que Holden l'aurait mis en prison, elle n'aurait plus à s'en soucier.

— En es-tu sûr ?

— Il n'avait aucune raison d'avouer une partie de ses fautes et de nier le reste. Cela n'aurait aucun sens. Quelqu'un d'autre est responsable.

Elle n'avait vraiment pas besoin d'une mauvaise nouvelle supplémentaire mais elle y réfléchirait plus tard. Dans l'immédiat, elle avait une affaire plus urgente à traiter.

Todd s'avança vers le bar en la regardant droit dans les yeux.

— Je dois te laisser, Holden, dit-elle d'un ton posé.

— Qu'est-ce qui ne va pas ? demanda-t-il. J'entends dans ta voix qu'il y a un problème.

Elle était tentée de le lui dire mais elle avait provoqué ces ennuis et elle préférait les régler toute seule.

— Un problème urgent avec un client, dit-elle. Je te rappelle plus tard.

— Grace, commença-t-il d'une voix inquiète.

Elle se déconnecta avant qu'il ne puisse terminer sa phrase.

Todd se laissa tomber sur l'un des hauts tabourets devant le bar, le reste de sa bande restant debout.

Tout en la fixant, il ordonna à Xavier :

— Sers-moi un bourbon.

Xavier se tourna vers elle. Sans quitter Todd des yeux, elle hocha la tête pour qu'il obéisse.

Todd Burk avait déployé les grands moyens pour attirer son attention et elle avait l'intention de la lui accorder.

Xavier se précipita et posa un verre sur le comptoir. D'une main tremblante, il le remplit d'alcool.

— Offert par la maison.

Grace avait la gorge si serrée qu'elle avait du mal à respirer. Elle était terrifiée. Rodney et les serpents lui avaient fait peur mais ce qu'elle éprouvait en ce moment était bien pire.

Todd vida le verre d'un trait avant de le retourner et de le poser avec bruit.

Sans jamais détacher les yeux d'elle.

— Vous devez arrêter.

Elle déglutit avec peine.

— Arrêter quoi ? balbutia-t-elle.

— De mettre votre nez dans mes affaires, répondit-il sur le ton de la conversation.

— Il s'agit d'un malentendu, dit-elle dans l'espoir de désamorcer la situation avant qu'elle ne dégénère.

— En effet, vous avez mal entendu. Ou plutôt, vous n'avez rien entendu. Jeudi soir dernier, vous n'avez rien vu et surtout, rien entendu. Et certainement pas un moteur de Harley. Suis-je clair ?

Glacée de peur, elle comprit qu'elle ne pouvait pas revenir en arrière. Il était trop tard pour prétendre n'avoir rien vu et rien entendu. Elle avait déjà dit à Holden tout ce qu'elle savait. Elle lui avait raconté la scène, décrit l'homme qui se battait avec Emma. Et la moto noire.

Une Harley.

Un modèle que Todd conduisait.

— Et si j'avais vraiment été témoin des événements ? demanda-t-elle sans réfléchir.

Xavier recula, s'écartant d'elle.

Elle aurait voulu ravaler ses mots. Mais comme ils avaient été dits, elle se redressa et croisa les bras pour cacher le tremblement de ses mains.

Impassible, Todd pencha la tête vers un grand gaillard.

Ce dernier s'avança en sortant le plus gros poignard qu'elle ait jamais vu. Il en frappa le bar, plantant la lame dans le bois.

— La curiosité est un vilain défaut, grogna-t-il, les yeux dans les siens.

Mon Dieu.

Il ne s'agissait pas d'une vaine promesse. Mais d'une menace.

Grace sentit une sueur froide couler le long de son échine. Maintenant, elle n'avait plus peur. Elle était terrorisée. Ces hommes étaient impitoyables et pouvaient mettre leurs menaces à exécution. Il leur serait facile de la coincer à tout moment sur Old Mill Road, sans personne à proximité pour l'entendre crier.

L'avaient-ils suivie, la veille au soir ? Avaient-ils tenté de la chasser de la route en prélude à leur venue au bar ?

— Est-ce que l'un d'entre vous... a essayé de m'envoyer dans le décor, hier soir ?

— Quand nous nous attaquons à quelqu'un, nous nous assurons qu'il ait compris que nous étions à la manœuvre, répliqua Todd. Sinon, ce serait contre-productif.

Elle regarda les Iron Warriors qui s'étaient entassés dans le bar. Indéniablement, ils faisaient sentir leur présence.

— Vous nous avez vus, hier soir ? poursuivit Todd en faisant signe aux hommes rassemblés autour de lui. Vous avez reconnu l'un de nos blousons ? Entendu nos motos ?

La personne qui l'avait poursuivie était au volant d'un camion et l'avait aveuglée avec ses phares. Et il n'y avait aucune moto sur la route.

Elle secoua la tête.

— Non.

Même si elle les avait vus, elle l'aurait nié. Elle avait retenu la leçon. Elle n'avait rien vu, rien entendu.

— Je n'ai plus qu'une chose à ajouter, poursuivit-il. Au cas où vous ne l'auriez pas encore compris.

Elle priait pour que Todd et ses gars s'en aillent vite.

Le regard toujours rivé sur elle, Todd se leva, raclant le tabouret contre le plancher de bois.

Le ventre noué, Grace attendit, ignorant ce qui allait se passer.

Alors qu'elle était sur le point de s'effondrer, il répéta :

— Personne ne met le nez dans mes affaires.

Puis il lui adressa un sourire étrange et effrayant qui la glaça. Il regarda les hommes dans la pièce, fit un signe de tête vers la porte et sortit.

Son acolyte retira le poignard du bois, le remit dans son étui et suivit les autres.

Dès qu'ils furent tous sortis, Grace se laissa tomber sur une chaise. Ses jambes tremblaient, menaçant de se dérober sous elle. Le souffle court, elle était au bord du malaise.

Xavier jura.

— Ils vous ont adressé un message !

Les gens laissaient des messages vocaux, envoyaient des SMS, utilisaient des mails, voire des télégrammes.

Non, cela avait été bien pire. Ils lui avaient donné un avertissement.

— Oui, j'avais compris.

— Quoi que vous fassiez, vous feriez mieux d'arrêter.

Xavier avait l'air terrifié, comme si c'était lui qui avait été menacé. Il fit courir ses doigts sur l'entaille dans le bois d'acajou.

— Ils ont tailladé le bar avec un couteau Bowie. Les chasseurs les utilisent pour massacrer et dépecer leurs proies.

L'arme semblait appropriée pour cette meute de prédateurs.

— Sauf si vous êtes suicidaire, dit-il, vous avez intérêt à cesser d'enquêter sur eux.

Dehors, les Iron Warriors démarrèrent leurs engins dans un rugissement assourdissant qui faisait écho à leur menace.

Les motards restèrent là un moment, à faire tourner leurs Harley pendant ce qui parut être une éternité. Les vrombissements de leurs moteurs submergèrent Grace, se répercutant jusqu'à la moelle de ses os.

Ils finirent par s'éloigner du Delgado's Bar. Mais les hurlements féroces de leurs motos restèrent à l'intérieur, lui collant à la peau.

Avec la terreur qu'ils avaient attisée.

12

Avant même de voir les motards, Holden entendit les puissants grondements de leurs moteurs. Ils étaient au moins vingt. Ils tournèrent au coin de la rue pour s'engager sur Third Street.

Venaient-ils du Delgado's ? Y étaient-ils allés pour intimider Grace ?

Lui avait-elle raccroché au nez pour cette raison ?

Les Iron Warriors roulaient lentement, en formation. Sans hâte apparente, comme s'ils défilaient dans la ville. Ils faisaient leur show. Ils voulaient être vus et entendus par tous.

Les rugissements de leurs moteurs mirent ses nerfs à vif.

Il remarqua que ce n'était pas Rip qui avait pris la tête du peloton, mais Todd Burk. Lorsqu'il arriva à leur hauteur, leurs regards se croisèrent.

Il sentit les poils de sa nuque se hérisser.

Mais il ne pensait qu'à Grace.

Les Iron Warriors mirent les gaz et s'éloignèrent.

Devinant une catastrophe, Holden accéléra, lui aussi, dépassant même la limite de vitesse autorisée. Il passa à l'orange et tourna à l'angle de la rue sur les chapeaux de roue.

Il s'engagea sur le parking derrière le Delgado's, se gara, bondit du véhicule et courut vers la porte.

Il n'y avait pas un seul client à l'intérieur. Les seules

personnes présentes étaient Grace et Xavier, tous deux assis au bar. Et en train de *boire*.

Grace ne tenait pas l'alcool et ne buvait jamais en journée, encore moins au travail.

Il en conclut que les Iron Warriors sortaient bien du Delgado's.

— Que voulaient-ils ? demanda-t-il en se dirigeant vers elle.

Xavier lui servit un autre verre de whisky qu'elle avala, cul sec, avec une grimace avant de se mettre à tousser.

— Me donner un avertissement.

— À propos de quoi ?

— Ils ne veulent pas que je mette mon nez dans leurs affaires.

Xavier, qui s'était également versé un verre, le but avant de préciser :

— Elle doit rester en dehors de tout ça. Garder le silence. Prétendre qu'elle n'a rien vu, rien entendu, le soir de la mort d'Emma.

— Je me suis mise dans le pétrin, dit-elle avec un soupir. Et maintenant, je ne sais pas comment m'en sortir, ajouta-t-elle en levant les yeux vers Holden.

Mais lui savait comment la tirer de là.

Son nom, l'argent et les relations de la famille Powell, aussi puissants soient-ils, n'arrêteraient pas les Iron Warriors et Todd. Seule la loi le pouvait.

Il lui caressa le dos pour la rassurer. Tout irait bien. Il trouverait le moyen de la protéger. D'une manière ou d'une autre.

Elle se leva, se tourna vers Holden, noua ses bras autour de lui pour l'étreindre avec force.

Son menton sur le dessus de sa tête, il la réconforta aussi longtemps qu'elle en eut besoin.

Après quelques instants, elle recula et posa une main sur le bar.

— Tout ça est trop pour moi, je me sens complètement

dépassée. Peut-être devrais-je aller en Californie quelques jours et fêter Noël avec ma mère, jusqu'à ce que les choses se tassent.

Il sentit son cœur se serrer.

Il avait déjà imaginé passer le réveillon de Noël avec elle, dans sa famille qui l'accueillerait et saurait la mettre à l'aise. Ils apprendraient à mieux la connaître, comprendraient pourquoi elle lui plaisait à ce point. Au ranch, elle serait en sécurité et pourrait se détendre, s'amuser sans crainte d'être jugée.

Elle méritait de prendre un peu de bon temps.

Et, indépendamment de son rêve, la réaction de Grace ne lui ressemblait pas. Elle n'était pas du genre à renoncer, à reculer, à rendre les armes. Elle se battait, même si le combat semblait perdu d'avance.

Et il ne pouvait pas croire qu'elle ait envie de quitter le cottage ou le Wyoming.

— Est-ce vraiment ce que tu veux ? Réveillonner avec Selene ?

Elle baissa la tête sans répondre.

— Elle a sans doute intérêt à s'éloigner de Laramie quelque temps, intervint Xavier. Les Iron Warriors parlaient sérieusement, ajouta-t-il en reprenant un verre. Ils m'ont terrifié et pourtant, Todd ne s'adressait pas à moi.

Xavier lui avait soufflé l'idée de fuir la ville et de retourner en Californie, comprit Holden. Mais en réalité elle n'avait aucune envie de retourner chez sa mère.

— Xavier a sans doute raison, dit Grace, vaincue. Ma mère m'a déjà proposé de m'acheter un billet d'avion. Il me suffit de l'appeler. Elle se débrouillera pour me trouver une place sur un vol au départ de Denver dès ce soir.

— Il y en a un qui décolle à 20 h 15, renchérit Xavier en consultant les différents vols via son smartphone. Deux heures et demie de vol sans escale. Vous devriez appeler votre mère tout de suite. Il ne reste que trois billets.

Holden poussa un gémissement. Il aurait voulu que Xavier se taise. Il pensait bien faire mais il avait tort.

Grace ne lui avait jamais parlé clairement de sa relation avec sa mère. Elle restait toujours évasive sur le sujet mais il savait lire entre les lignes. Son langage corporel lui avait soufflé ce qu'elle n'exprimait pas avec des mots.

Il avait compris.

Selene, l'ancien mannequin, faisait sentir à Grace qu'elle n'était pas à la hauteur, qu'elle ne serait jamais assez bien pour sa mère. Comme emprisonnée dans une roue de hamster, Grace cherchait sans cesse son approbation, qui serait toujours hors de portée.

— S'enfuir n'est pas la solution, dit Holden. Tu ne pars pas.

Un petit sourire passa sur les lèvres de Grace mais l'inquiétude brillait toujours dans ses yeux.

Xavier bondit.

— Vous n'étiez pas là, vous ne vous rendez pas compte ! protesta-t-il. Ils ont planté un poignard dans le bar, dit-il en désignant une entaille dans le bois. Ils vont l'écorcher vive si Todd Burk tombe à cause d'elle.

— Taisez-vous, tonna Holden.

Se détournant de lui, il regarda Grace et la prit par les épaules.

— Je vais arranger ça.

— Comment ? Je ne veux pas que tu te mettes en danger. Tu ne parviendras pas à les menacer ou à les intimider. Il ne s'agit pas de Rodney.

— Me mettre en danger fait partie de mon travail. Mais me faire tuer n'est pas dans mes projets immédiats. Tu as confiance en moi ?

— Au point de te confier ma vie, répondit-elle sans hésitation.

C'était tout ce qu'il avait besoin d'entendre.

— Alors reste ici. Et je vais arranger les choses. Tout de suite.

Elle lui caressa la joue.

— Comment ? J'ai besoin de savoir que tout ira bien pour toi.

— En détournant leur attention de toi. En réalité, tu n'as pas la possibilité d'identifier celui qui a tué Emma ni sa moto. Ton témoignage n'enverrait personne en prison.

Il ferait en sorte qu'elle n'ait jamais à entrer dans un tribunal.

— Je vais effectuer mon travail, appliquer les procédures, suivre différentes pistes jusqu'à ce que je trouve les preuves tangibles dont nous avons besoin.

— Promets-moi que tu feras attention, dit-elle.

— Bien sûr. Ne t'inquiète pas.

— Difficile de faire autrement.

— Commence par te dire que tu ne vas pas passer Noël enfermée dans une prison dorée de Californie mais avec moi.

Grace sourit, et la vue de son sourire illumina le monde. Il n'avait besoin de rien d'autre.

Vingt minutes plus tard, Holden arriva à l'autre bout de Third Street et, après s'être garé, entra dans le salon de manucure Fierce & Sassy.

Assise derrière le comptoir, Nikki écarquilla les yeux en le reconnaissant. Elle se tendit.

— Vous n'avez pas le droit d'être ici, balbutia-t-elle.

Elle jeta un coup d'œil à ses clientes, s'aperçut que celles-ci avaient remarqué l'entrée de l'adjoint du shérif, ce qui ne fit qu'accroître son inquiétude.

— Détrompez-vous, non seulement j'en ai le droit, répliqua-t-il en se penchant vers elle. Mais je peux y rester aussi longtemps que nécessaire.

— Non, non, non, dit-elle à voix basse. Partez, je vous en prie, il faut que vous partiez.

Nikki se maquillait de façon outrancière, ce qui la vieillissait.

Ses tenues ne cachaient pas grand-chose de ses charmes. Quel que soit le temps, ses décolletés et ses talons étaient aussi vertigineux que vulgaires.

Elle s'habillait comme la petite amie d'un gangster.

— Avec Noël qui approche, je n'ai pas grand-chose à faire au bureau, poursuivit Holden. Je suis libre de vous interroger toute la journée.

— Moi, j'ai du travail. Et je n'ai rien à vous dire. Ni maintenant ni jamais. Maintenant, partez.

Au cours des deux dernières années, ils avaient mis au point un petit jeu bien huilé. Pour la galerie, elle faisait mine de lui tenir tête, de refuser ce qu'il demandait, de ne rien céder. Mais quand elle était seule avec lui, sans personne pour rapporter leurs propos, elle s'ouvrait à lui.

Elle lui avait confié à plusieurs reprises la violence de Todd, même si elle refusait de porter plainte contre lui. Elle lui avait également parlé des rivalités au sein du gang des motards. Derrière leur unité apparente, les Iron Warriors étaient très divisés. Certains, comme Rip, préféraient rester sur le droit chemin pour éviter les poursuites judiciaires. D'autres n'avaient aucun scrupule à profiter d'activités illégales pour en tirer de l'argent et d'autres avantages.

Apparemment, les soutiens de Todd semblaient l'emporter.

Holden laissa discrètement tomber un petit papier devant elle.

Puis, comme s'il comprenait qu'il perdait son temps, il effleura son chapeau et sortit.

Depuis le trottoir, il la vit déplier la note qu'il avait écrite.

Retrouvez-moi à la pâtisserie Divine Treats dans trois heures. Ils sont fermés pour la journée. Nous pourrons y parler en privé.

Sinon, je reviens à Fierce & Sassy et je m'arrangerai pour faire fuir vos clientes.

Nikki jeta un coup d'œil furtif autour d'elle. Puis elle regarda Holden et hocha la tête.

La porte était déverrouillée quand Nikki entra. Ses talons aiguilles claquèrent sur le carrelage.

Holden l'attendait derrière le comptoir.

— Donnez un tour de clé et suivez-moi.

La plupart des gens savaient que la pâtisserie était fermée ce jour-là, mais il ne prenait aucun risque.

— Que voulez-vous ? cracha Nikki en se précipitant dans l'arrière-boutique pour ne pas être vue de la rue.

— La vérité. Todd et vous m'avez menti. Il n'était pas avec vous au club-house, jeudi soir.

Nikki posa une main sur sa hanche.

— Qu'est-ce qui vous fait dire ça ?

— Le bon sens, l'évidence. Un groupe de strip-teaseuses se produisait au club-house, ce soir-là. Voilà pourquoi vous n'y étiez pas.

Todd n'avait certainement pas assisté au spectacle avec Nikki, au risque de provoquer sa jalousie et de la mettre en colère.

— C'est une supposition, rétorqua-t-elle. Rien ne le prouve.

— Un de ces jours, Todd va vous casser les dents, vous éclater la rate, vous fracturer le crâne. Ou simplement vous tuer. N'aimeriez-vous pas le voir payer pour un autre crime et se faire coffrer avant d'en arriver là ?

Nikki s'humecta les lèvres, croisa les bras et s'adossa contre le mur.

— Comment puis-je être sûre que tout ce que je vous dirai ne se retournera pas contre moi ? Il risque de comprendre que tout vient de moi et s'il sait que je vous ai parlé, il me tuera et trouvera un moyen de s'en tirer. Comme toujours.

Le travail de Holden consistait à protéger et à servir. Surtout ceux qui n'avaient pas la possibilité de se défendre eux-mêmes. Il ne ferait rien pour que la colère de Todd retombe sur la tête de Nikki.

— Quand il vous a chassée du club, ou que vous en êtes partie, furieuse, vous n'êtes certainement pas rentrée chez vous pour bouder toute seule pendant qu'il prenait du bon temps avec une autre. Je me trompe ?

— Admettons que je ne suis pas rentrée chez moi. Et alors ?

Il était sur la bonne voie.

— Alors vous êtes probablement sortie avec vos filles, dit-il, content de voir ses yeux s'éclairer. Pour vous amuser sans homme, pour une fois. Je n'ai besoin que d'un détail. Dites-moi ce que vous avez payé avec votre carte crédit, ce soir-là. Ou quelle caméra de surveillance vous aurait flashée en excès de vitesse. Donnez-moi n'importe quoi prouvant que vous étiez ailleurs qu'au club-house. J'exploiterai ces éléments mais je présenterai les résultats comme ceux d'un travail de routine policière. Personne ne se doutera que quelqu'un m'a renseigné.

Elle hésita, réfléchit, soupesa ses options. Elle aimait Todd autant qu'elle le détestait.

— Je suis allée au Wild Pony ce soir-là avec les filles, finit-elle par lâcher.

Le saloon était situé à Cheyenne, à environ une heure de route. Ils y passaient de la musique country, il y avait une salle de danse, un taureau de rodéo mécanique.

De quoi passer un peu de bons moments.

— Avez-vous utilisé votre carte de crédit ?

— Oui. J'ai payé quelques tournées. L'une vers minuit, j'en suis sûre.

— Merci.

— Son alibi ne vaut rien. Mais il a peut-être menti en prétendant qu'il était avec moi, devant sa bande, pour que tout le monde ne sache pas qu'il était en réalité avec une autre femme, ce soir-là.

Elle mordilla sa lèvre et fixa ses pieds.

— Il était sans doute avec une strip-teaseuse. Probablement Misty. Il a un faible pour elle.

Holden la considéra avec pitié. Todd la trompait, la battait, lui manquait de respect. Et non seulement elle restait avec lui et le défendait, mais elle imaginait encore que ses mensonges étaient destinés à la protéger.

— Vous savez, Nikki, il a pu tuer Emma, puis retourner au club et coucher avec une strip-teaseuse. Peut-être a-t-il menti pour se protéger, lui.

Quelques larmes roulèrent sur la joue de Nikki.

— Je refuse de croire qu'il ait pu faire du mal à Emma. Parce que s'il l'a tuée, alors il serait vraiment capable de me tuer, moi aussi, un jour.

Elle ferma les yeux, la gorge serrée, et ajouta :

— Je ne... je ne peux pas le trahir...

Il y avait un « mais » qui voulait venir. Un gros « mais ». Holden l'avait entendu. Il le sentait.

— Mais quoi ?

Nikki leva les yeux vers lui, ses lèvres rouge cerise tremblaient.

— J'ai trouvé quelque chose sur sa table de chevet au club-house. Quelque chose qui n'y était pas auparavant et qui n'avait rien à faire là. Je ne comprenais pas pourquoi il l'avait, ni comment il l'avait eu. Et quand je lui ai posé la question, il s'est mis en colère contre moi. Il était hors de lui. Il m'a attrapée par le visage et m'a dit que je ne devais jamais en parler à quiconque.

Holden s'avança. Voilà. Il allait mettre le doigt sur une pièce essentielle du puzzle dont il avait besoin.

— Qu'avez-vous vu ?

Elle renifla et essuya ses larmes.

— Vous me jurez que vous le mettrez en prison ?

Les Iron Warriors avaient donné à Todd le surnom approprié

de Téflon. Parce que les accusations glissaient sur lui et ne l'accrochaient jamais.

— Je ferai de mon mieux, dit Holden. Croyez-moi, j'ai très, très envie de le savoir derrière les barreaux. Qu'avez-vous trouvé ?

— Un collier Shining Light.

Celui d'Emma.

Celui qui n'était pas sur elle quand Holden avait découvert son cadavre.

13

La terreur qui avait envahi Grace pendant la visite de Todd s'emparait de nouveau d'elle, la glaçant jusqu'aux os. Mais à présent, elle s'inquiétait pour Holden. Il allait s'exposer au danger pour tenter de résoudre un problème qu'elle avait créé.

Si Laramie était une petite ville, où tout le monde ou presque se connaissait, elle n'aurait jamais imaginé que quelqu'un puisse rapporter à Todd les propos qu'elle avait tenus. Et encore moins qu'il se présenterait devant elle avec sa bande de motards pour l'impressionner et la contraindre au silence.

Voilà pourquoi il lui était impossible de mesurer le mal que les Iron Warriors étaient susceptibles d'infliger à Holden.

Elle admirait son courage, sa force et son optimisme. Mais elle ne voulait pas qu'il paie le prix de ses erreurs.

— Pourquoi ne rentreriez-vous pas chez vous ? lui proposa Xavier en considérant les rares clients venus dîner. Vous avez intérêt à faire profil bas. Au moins jusqu'à ce que votre amant trouve une solution.

— Mon amant ? répéta-t-elle, choquée par le terme aussi insultant qu'inexact. Que voulez-vous dire ?

— Je parle de Holden. Il est évident que vous sortez ensemble.

— Pas du tout.

— Alors pourquoi est-il tout le temps ici ?

— Il est célibataire et il n'aime pas cuisiner. Il vient le plus souvent dîner en compagnie de Nash et de Mitch.

— Je vous en prie. Depuis que vous y travaillez, il passe deux fois par jour au Delgado's. Le soir, pour dîner avec eux mais aussi l'après-midi, seul, pour prendre une tarte. Il vous en offre une part si vous la mangez avec lui. Et il vous regarde comme s'il avait envie de vous dévorer, vous aussi.

— Il ne venait pas se régaler d'une tarte l'après-midi avant que je ne devienne gérante du restaurant ?

— Vous plaisantez ? dit-il en ricanant. Je suis surpris qu'il entre encore dans son uniforme. Avant vous, il ne passait ici que deux ou trois fois par semaine. Pas deux fois par jour. Et je ne parle pas de la façon dont il s'est présenté ici tout à l'heure, tel un chevalier blanc, prêt à tout pour vous sauver.

Elle voulut répliquer par une boutade, lui rappeler qu'elle n'avait pas besoin d'être secourue. Mais cela n'aurait pas été vrai. La veille, elle avait fait appel à Holden pour la débarrasser des serpents et maintenant, elle avait encore besoin de son aide pour se sortir d'une situation dangereuse avec les Iron Warriors.

— Peut-être devrais-je retourner au Custom Gears pour parler à Kyle. Pour lui promettre que je ne dirai rien. Et lui demander de transmettre le message à son frère.

Mais elle se souvint qu'elle avait déjà raconté beaucoup de choses aux autorités, qu'il était trop tard pour garder le silence.

— N'aggravez pas votre cas, dit Xavier. Faites profil bas. Rentrez chez vous.

Il lui tendit la bouteille de whisky et conclut :

— Noyez vos chagrins dans l'alcool. Je fermerai ce soir.

Chaque fois qu'elle avait essayé de se rendre utile, elle avait commis une erreur et s'était attiré des ennuis.

Xavier ne cherchait qu'à veiller sur elle. Puisqu'elle n'allait pas quitter la ville comme il le lui avait conseillé – elle n'en avait d'ailleurs aucune envie –, autant rentrer chez elle tôt, ce soir. Boire un verre ou deux et tenter de dormir sans imaginer des serpents dans son lit.

À présent, Holden avait tous les éléments en main pour prouver que Todd Burk avait menti et que son alibi ne tenait pas. Le bureau du shérif était donc en droit de réclamer un mandat de perquisition l'autorisant à fouiller les bâtiments qu'il occupait et à faire expertiser sa moto.

Après avoir exposé par téléphone sa requête au juge Don Rumpke, il attendit le verdict.

Comme toujours, le juge se mit à tergiverser :

— Vous avez bien la preuve qu'il a menti, n'est-ce pas ? Vous ne vous fondez pas uniquement sur les dires de sa petite amie qui a de bonnes raisons de se montrer vindicative ?

Le juge n'était pas corrompu par les Iron Warriors et méprisait ce que ces derniers étaient devenus sous l'influence de Todd Burk. Après le scandale visant l'ancien shérif, il n'avait pas douté de l'innocence de Holden qu'il connaissait depuis toujours. Mais il estimait que le bureau du shérif aurait dû le renvoyer pour qu'il reparte sur de nouvelles bases. Et au lieu de médire sur son compte dans son dos, il le lui avait dit en face. Holden ne l'appréciait peut-être pas mais il lui faisait confiance.

— Oui, répondit-il. J'ai consulté les relevés de la carte de crédit de son amie et discuté avec un barman du Wild Pony. Elle y était ce soir-là. De 21 heures à 1 heure du matin.

— Très bien, alors je vous accorderai votre mandat, dit Rumpke. Demain, ajouta-t-il alors que Holden levait déjà un poing victorieux.

Avec lui, c'était toujours demain.

— Votre Honneur…

— Inutile d'en discuter, Holden. Il est 19 h 30. Nous sommes samedi soir. Ma femme et moi venons de terminer les achats de Noël pour nos petits-enfants, et maintenant je m'apprête à l'emmener dîner. Au moment où je vous parle, nous sommes sur le parking du restaurant.

— Je peux vous envoyer les documents par mail, et vous n'aurez qu'à y apposer une signature électronique.

— Avez-vous entendu ce que je viens de vous dire ? Je ne travaille plus à cette heure-ci. De plus, je n'ai pas de smartphone. Nous passons la nuit chez la sœur de ma femme à Cheyenne. Je serai de retour demain et, par pure gentillesse à votre égard, je vous délivrerai le mandat. Notez que je m'en occuperai un dimanche après-midi, veille de Noël de surcroît. Mais pas avant. À moins que vous n'ayez de bonnes raisons de croire que Todd Burk s'enfuira d'ici là ?

Avec un gémissement de frustration, Holden tapa le bureau du poing.

— Je ne le pense pas, non. Mais pourriez-vous rédiger le mandat demain matin ?

— Vivez-vous au bureau du shérif ? Si je ne m'abuse, vous commencez votre service à midi, non ?

— Je suis prêt à venir plus tôt pour ce mandat.

— Inutile. Reposez-vous. Ma femme et moi assisterons à la messe le matin avec sa sœur. Je reviendrai ensuite à Laramie. Bonne soirée, ajouta Rumpke avant de raccrocher.

Holden serra les dents. Pourtant, il n'eut pas le temps de se demander comment il allait réussir à attendre jusqu'à demain pour passer les menottes à Todd, car Ashley lui faisait signe à travers la vitre.

Il se précipita pour voir ce qu'elle et Mitch avaient découvert.

— Qu'avez-vous trouvé ?

— Vous aviez raison. Emma s'est arrêtée au Dogbane Express, une petite station-service à deux ou trois kilomètres du mobile home de Jared. Et équipée d'une cabine téléphonique. Le gérant de la station-service nous a envoyé les images prises par ses caméras de surveillance ce soir-là. À l'intérieur et à l'extérieur de la station.

En quelques clics, elle fit apparaître les images.

Emma Burk apparut sur l'écran au moment où elle

franchissait les portes de la boutique. En frissonnant, elle se frotta les mains et souffla dessus. Elle s'adressa à l'employé qui lui désigna l'arrière de la station-service. Après l'avoir remercié, Emma se dirigea vers la cabine téléphonique.

— Apparemment, elle a passé un appel en PCV, déclara Ashley. J'ai rembobiné de nombreuses fois les vidéos pour les revoir au ralenti. Elle n'introduit jamais une pièce.

— Nous demanderons les relevés téléphoniques, poursuivit Mitch. Pour découvrir qui elle a appelé.

Holden hocha la tête sans enthousiasme.

— Les compagnies de téléphone sont lentes à répondre à un mandat. Cela peut prendre des semaines. Peut-être davantage.

— Ce n'est pas tout, intervint Ashley, en actionnant l'avance rapide. Emma a attendu un quart d'heure à l'intérieur de la boutique. Puis la personne qui venait la chercher est arrivée.

Elle tapa quelques touches pour faire apparaître les images de la caméra de surveillance installée à l'extérieur de la station.

Allez. Montrez-nous son visage, se dit Holden. *Ou sa plaque d'immatriculation. Quelque chose.*

— Malheureusement, la moto s'est arrêtée hors du champ de l'objectif, dit Ashley. Nous ne voyons que le pneu avant et le pied du gars qu'il pose à terre pour stabiliser son engin.

Il portait des bottes noires à embout d'acier. Comme tous les motards. Emma s'approcha et grimpa derrière lui.

— Attends, dit Holden. Peux-tu rembobiner ? J'aimerais revoir le passage où Emma sort de la boutique de la station-service.

Ashley retourna à l'endroit qu'il avait indiqué.

— Là. Regardez. Elle a l'air d'hésiter. Celui qui vient la chercher l'attend. Elle sort mais elle se fige un instant. Comme si elle ne le reconnaissait pas ou qu'elle attendait quelqu'un d'autre.

— Le type qui est venu n'était peut-être pas celui qu'elle avait appelé, dit Ashley.

— De toute évidence, il ne l'était pas, ajouta Mitch.

— Mais elle grimpe quand même derrière lui, remarqua Holden. Pourquoi ?

— Elle était sans doute fatiguée, frigorifiée et elle avait hâte de retourner au B&B pour dormir un peu.

— Mais pourquoi n'a-t-elle pas simplement contacté quelqu'un du Shining Light pour lui demander de venir la chercher ? lança Mitch. De toute façon, elle devait regagner la secte le lendemain. Pourquoi s'embêter à passer sa dernière nuit au B&B ? Pourquoi prendre le risque de solliciter quelqu'un en qui elle n'avait pas confiance ?

C'était la question à un million de dollars.

Le seul problème était qu'Emma ne faisait plus confiance à personne, à l'exception des membres de sa secte.

— Y a-t-il des caméras de surveillance entre le club-house des Iron Warriors et le Dogbane Express ? demanda Holden.

— Non, dit Mitch en secouant la tête. Nous avons vérifié.

— Et entre la station-service et le B&B ? Elles auraient peut-être capté une plaque d'immatriculation.

— Nous les avons cherchées aussi. Mais le motard s'est montré prudent et a manifestement emprunté le réseau secondaire.

— Un mode opératoire typique des Iron Warriors, dit Holden.

Ils étaient doués pour couvrir leurs traces.

Il était temps que le vent tourne. Demain, Holden aurait son mandat et justice serait enfin rendue.

Les rugissements du vent tirèrent Grace du sommeil. Il semblait déchaîné, tempétueux.

Elle était si fatiguée qu'elle n'avait qu'une envie : se rendormir au plus vite mais le bruit l'en empêcha.

Comme elle ouvrait péniblement les paupières, elle sentit immédiatement que quelque chose n'allait pas. Mais elle avait du mal à reprendre ses esprits. Sans doute à cause du whisky qu'elle avait bu la veille.

Puis l'odeur la frappa.

Une odeur de fumée.

D'où venait-elle ?

Elle se leva et, en chemise de nuit et chaussettes, se dirigea vers la porte. Comme elle en saisissait la poignée, elle se rendit compte que le métal était chaud au toucher.

Elle ouvrit le battant et recula, affolée.

Les flammes étaient partout. Elles dansaient dans le couloir et dévoraient le cottage en léchant les murs de rondins jusqu'au plafond. La fumée était si épaisse qu'elle se mit à tousser.

Elle se couvrit la bouche et le nez de ses mains.

En un sens, elle voulait croire qu'il s'agissait d'un horrible cauchemar, qu'elle allait se réveiller et que tout irait bien.

Malheureusement, elle ne rêvait pas.

La maison était la proie des flammes. L'incendie avait déjà balayé le salon, la salle à manger, la cuisine... et se rapprochait de la chambre.

Elle devait sortir.

Les pièces étaient tellement enfumées qu'il était difficile de voir. Mais elle constata vite que le rez-de-chaussée n'était plus qu'un immense brasier. La porte d'entrée était inaccessible.

Elle était piégée dans le cottage en feu.

Ses yeux la brûlaient et larmoyaient, brouillant sa vision. À moitié asphyxiée, elle avait du mal à respirer. Le ronflement de la fournaise, la chaleur suffocante, accentuaient sa peur.

Elle retourna en titubant dans la chambre et en claqua la porte.

Réfléchis. Que faut-il faire ?

Entre deux quintes de toux, elle se précipita vers la commode et ouvrit le tiroir du bas. Elle attrapa des serviettes, des draps et les colla sous la porte pour stopper autant que possible l'entrée de la fumée.

Mais cela n'arrêterait pas les flammes. Elle devait trouver une issue. Refoulant sa terreur, elle regarda autour d'elle.

La fenêtre près du lit. Elle y courut, repoussa les rideaux, actionna la poignée pour l'ouvrir. Mais quand elle les tira vers elle, les battants ne bougèrent pas. Encore une fois, elle essaya, de toutes ses forces.

Elle finit par comprendre.

La fenêtre avait été clouée à l'extérieur.

Le cœur battant à tout rompre, elle avait du mal à réfléchir. Une seule chose était claire. Si elle ne faisait rien, elle allait mourir, brûlée vive. Et elle devait se dépêcher.

Casse-la. Brise la vitre !

Paniquée, elle regarda autour d'elle, en cherchant quelque chose – n'importe quoi – qui lui servirait d'outil. Son regard se posa sur le grand lampadaire posé dans un coin de la pièce.

Tirant d'un coup sec le cordon de la prise, elle le souleva.

Un craquement retentit alors au-dessus de sa tête alors que le cottage tremblait autour d'elle, la pétrifiant sur place.

Avec un bruit terrifiant, une partie du plafond s'effondra, s'écrasa sur le lit dans une rafale d'étincelles. Une grande poutre qui semblait sortir des feux de l'enfer obstruait maintenant la fenêtre.

Sa seule chance de s'échapper avait disparu.

Le cottage était la proie des flammes. Il serait bientôt réduit en cendres et elle était piégée à l'intérieur.

Seigneur ! Je ne veux pas mourir. Pas comme ça ! Pas brûlée vive.

Elle devait à tout prix fuir la chaleur du brasier et la fumée qui devenaient l'une et l'autre de plus en plus oppressantes.

Si le feu ne la tuait pas, les émanations le feraient sûrement.

Les yeux brûlants, elle attrapa une couverture et son téléphone portable avant de se ruer dans la salle de bains.

La pièce n'avait pas de fenêtre. Il n'y avait pas d'issue de ce côté.

Des larmes de désespoir jaillirent de ses yeux. Mais elle se ressaisit vite. Elle refusait d'abandonner la lutte. Elle n'allait pas mourir en pleurnichant.

Jusqu'à son dernier souffle, elle se battrait pour survivre

Elle jeta la couverture dans la baignoire et ouvrit le robinet. Saisissant la serviette accrochée près du lavabo, elle la colla en bas de la porte pour calfeutrer l'espace.

Puis elle fit la seule chose qui lui restait à faire.

Elle s'installa dans la baignoire sous le couvre-lit mouillé et composa le 911, le numéro des secours.

14

En arrivant au Delgado's, Holden fut à la fois déçu et soulagé de constater que Grace n'était pas là. Elle était rentrée tôt chez elle et en avait bien besoin. Il était temps que Xavier cesse d'abuser de sa gentillesse et se mette à fermer plus souvent l'établissement.

Il décida de se rendre au cottage pour lui apprendre que Todd serait mis en garde à vue dès le lendemain. Et que son arrestation ne serait pas liée à elle puisqu'il avait des éléments factuels contre lui.

Todd ne pourrait incriminer que Holden et le bureau du shérif. Ils avaient effectué leur travail, et leurs investigations les avaient poussés à mettre Todd tout en haut de la liste des suspects. Il avait menti sur son alibi, ils en avaient la preuve, d'où le mandat de perquisition. En effectuant les fouilles au club-house, ils trouveraient le collier d'Emma. Par ailleurs, les analyses médico-légales sur sa moto établiraient qu'elle était ornée de traces de peinture, celle du camion de location. Aucun de ces éléments n'aurait quoi que ce soit à voir avec Grace.

L'impliquer au-delà de sa déposition avait été une erreur. Mais maintenant, il allait rectifier le tir.

Alors qu'il s'engageait sur Old Mill Road, la fumée attira soudain son attention. Une épaisse fumée noire qui obstruait le ciel.

Et qui venait de la maison de Grace.

Il accéléra. Il roulait si vite que ses pneus arrière patinèrent sur le gravier et il fit une embardée. À travers les arbres bordant la route, il aperçut les flammes.

Bon sang.

Le cottage était en feu.

Il reçut alors un appel sur son portable. Il émanait du poste de police. D'un doigt nerveux, il frappa l'écran pour répondre.

— Écoutez-moi. Il y a un incendie chez Grace.

— Nous sommes au courant, dit Ashley d'une voix grave. Les deux premiers appels qui nous sont parvenus au 911 ne donnaient que l'adresse du sinistre. Nous ignorions que la maison était la sienne. Puis Grace a téléphoné. Elle est coincée à l'intérieur, ajouta-t-elle. Dans la salle de bains. Les pompiers sont déjà en route.

Grace était piégée. Mais elle était vivante. Pour l'instant.

D'un coup de volant, Holden s'engagea dans l'allée et découvrit avec stupeur l'immense brasier jaune et orange qui brillait dans la nuit. Tout le cottage était la proie des flammes, y compris le toit.

Même la voiture de Grace brûlait.

Il sentit son cœur se serrer. Les pompiers n'arriveraient pas à temps.

Parvenu devant la maisonnette, il écrasa le frein et bondit sur le sol. Il ouvrit le hayon, fouilla dans son sac de vêtements et en sortit un vieux T-shirt. Il attrapa une bouteille d'eau sur le siège avant et courut vers l'incendie, tout en mouillant le T-shirt.

Une fumée suffocante et une insupportable chaleur s'élevaient de la fournaise. Le ronflement du feu était assourdissant. Tout en gravissant les marches du perron, il plaqua le T-shirt contre son nez et sa bouche. Sous l'effet du feu, les vitres des fenêtres avaient éclaté et des jets d'or en fusion jaillissaient de l'intérieur.

D'un coup de pied, il ouvrit la porte d'entrée.

Il se retrouva aussitôt au milieu de flammes crépitantes et sauvages qui dansaient autour lui. Une touffeur ardente brûlait sa peau. Ses poumons suffoquaient. Pourtant, il se précipita à l'intérieur pour rejoindre Grace.

Le feu avait ravagé le salon.

Des flammes léchaient les murs, rampaient sur le sol et les meubles. Des morceaux incandescents tombaient du plafond, faisant pleuvoir des étincelles flamboyantes devant ses pas. L'air était irrespirable, insupportable, et l'obligea vite à rebrousser chemin.

Il ressortit sous le porche et tapota ses manches là où des braises avaient atterri, enflammant sa veste.

Il ne portait pas les vêtements appropriés pour affronter un incendie mais il devait la rejoindre. À tout prix.

Contraint de reculer, il contacta le bureau du shérif via sa radio.

— Dans combien de temps les pompiers seront-ils là ? cria-t-il par-dessus le crépitement du feu.

— Dans sept minutes.

Grace n'avait pas le temps d'attendre sept minutes. Dès que les charpentes auraient brûlé, le toit s'effondrerait et ce serait la fin. Les flammes attaquaient déjà les poutres. Le cottage risquait de s'écrouler à tout moment.

Elle avait besoin d'aide maintenant, tout de suite.

Il sentit un frisson de panique le parcourir mais il le repoussa et s'obligea à réfléchir.

La salle de bains. Elle est dans la salle de bains.

Se remémorant les précisions que Ashley lui avait données, il s'élança vers le côté droit de la maison. En passant, il s'empara de la hache, plantée dans une souche, et fonça vers son SUV. Le moteur tournait toujours au ralenti. Il sauta au volant et roula vers la maison. Il la contourna pour conduire son véhicule de l'autre côté, là où se trouvait la salle de bains. Puis il se gara le long du mur.

Il n'y avait pas de fenêtre. Mais il y avait une bouche d'aération.

Il bondit sur le sol et grimpa sur le toit du SUV pour être à la hauteur de la petite ouverture reliant la salle de bains à l'extérieur.

Sans perdre de temps, il balança la hache pour fracasser le conduit. *Vite, vite, vite.*

— Grace ! cria-t-il. Tiens bon !

Il regarda à l'intérieur. L'orifice n'était pas encore assez large pour qu'elle puisse passer au travers mais il réussit à la voir.

Elle était allongée dans la baignoire sous une couverture mouillée.

— Recule, dit-il, ne voulant pas que des débris la blessent.

Il entendait le hurlement des sirènes au loin. Les secours seraient bientôt là.

Mais il l'aurait fait sortir du brasier avant leur arrivée.

De sa hache, il frappait de toutes ses forces, encore et encore, explosant le mur, élargissant le conduit. Ses mains glissaient. Il sentait son cœur battre à tout rompre dans sa poitrine.

Chaque coup le rapprochait d'elle.

Il détruisit le bois avec frénésie pour agrandir l'ouverture. De plus en plus vite. Sans reprendre son souffle. Une seule pensée trottait dans son cerveau.

Il devait sauver Grace. La faire sortir à temps.

Si nécessaire, il abattrait le mur à mains nues. D'une manière ou d'une autre, il l'atteindrait.

Dès que le trou fut assez grand, il tendit les mains.

— Allez, viens !

Elle laissa tomber le couvre-lit et se précipita. Heureusement, elle portait des chaussettes, qui protégeaient un peu ses pieds. Grimpant sur les toilettes, elle lui prit les mains et il la souleva jusqu'à ce qu'il parvienne à la tenir sous ses bras. D'une prise ferme, il l'aida à traverser l'étroit passage.

Dès qu'elle fut en sécurité du bon côté du mur, il l'attira contre lui et la serra dans ses bras.

Il avait réussi, il l'avait tirée de l'enfer.

Intensément soulagé, il parvint enfin à respirer. En proie à une joie sans mélange, il l'étreignit et lui caressa les cheveux.

Même à l'extérieur, la fumée était si épaisse que l'air restait irrespirable. Le vent ne suffisait pas à la balayer.

À contrecœur, il s'écarta d'elle. Puis il enleva sa veste et la passa autour d'elle.

— Viens. Il faut nous éloigner de la maison.

Il sauta du capot et lui tendit les bras.

Comme elle se laissait glisser à terre, il la reprit dans ses bras. Il se précipita vers le côté du SUV où sa portière était grande ouverte et la posa sur le siège du conducteur. Elle passa du côté passager, lui faisant de la place.

Manœuvrant en marche arrière, il s'éloigna du sinistre. Au moment où ils atteignaient l'allée, leur donnant à tous deux une vue sur l'ensemble de la maison, le toit s'effondra.

Il l'avait sortie à temps.

Grace aurait pu être encore à l'intérieur. Les pompiers auraient essayé d'entrer, en se mettant également en danger. Mais ils n'auraient sans doute pas pu la sauver.

Que lui serait-il arrivé s'il n'avait pas été en route pour aller la voir ?

Comme il jetait un coup d'œil vers elle, il croisa son regard.

— Tu es venu, balbutia-t-elle en larmes. Sans toi, je...

— Je ferais n'importe quoi pour toi.

C'était vrai. Il n'en avait pas pris conscience jusqu'à présent mais il ferait tout pour elle.

Son sourire était à couper le souffle alors qu'elle se pencha vers lui.

— J'ai failli te perdre, murmura-t-il en l'attirant à lui.

Ses propres mots, leur signification, résonnaient à travers lui et le terrifiaient. Mais si près d'elle, il sentait sa tête tourner et son cœur battre la chamade.

— Sais-tu comment le feu a démarré ?

Elle secoua la tête.

— Je m'étais endormie. Quand je me suis réveillée, tout brûlait autour de moi.

Il la serra plus fort. Les inhalations de fumée étaient mortelles. C'était la première cause de mortalité liée aux incendies. Sans alarme, la plupart des gens ne se réveillaient pas lorsque la fumée envahissait leur maison. Elle engourdissait les sens, provoquait un sommeil plus profond. Si elle ne s'était pas réveillée...

Il frissonna en y pensant.

— Le détecteur de fumée ne s'est donc pas déclenché ? demanda-t-il en se reculant pour la regarder.

— Non. Je ne comprends pas pourquoi. J'en avais fait installer un neuf, dès mon emménagement.

Elle toussa et fit la grimace.

— Et lorsque j'ai essayé d'ouvrir la fenêtre de la chambre, elle était clouée.

— Quoi ?

Ainsi quelqu'un avait délibérément essayé de la piéger dans la maison et d'y mettre le feu.

— As-tu libéré Rodney ? reprit-elle.

— Non. Il est toujours en cellule. Ça ne peut pas être lui.

Mais quelqu'un avait cloué sa fenêtre et sans doute allumé l'incendie. Peut-être était-ce la même personne qui avait tenté de l'envoyer dans le décor et avait crevé ses pneus...

Des sirènes retentirent, des gyrophares brillèrent dans la nuit alors que le camion des pompiers et une ambulance s'arrêtaient devant eux, non loin de la maison.

Les pompiers se précipitèrent pour dérouler le tuyau, bien

que le cottage comme la voiture de Grace soient de toute évidence perdus. L'un d'eux courut vers eux.

— Je reviens tout de suite, dit Holden en reconnaissant son frère.

Il sortit pour lui parler.

— Que s'est-il passé ? demanda Sawyer.

— J'étais en route quand j'ai vu l'incendie.

Sawyer l'examina, les mâchoires serrées.

— Tu es entré ?

— Comment le sais-tu ?

— Ton visage et tes vêtements sont noirs de suie. Tu es fou ou quoi ? Tu aurais pu mourir dans ce brasier.

Holden n'avait pas réfléchi. Il avait agi par instinct.

— Elle était coincée à l'intérieur. Je devais la sortir de là. Si j'avais attendu, elle serait morte.

Sawyer grogna avant de siffler vers l'un des urgentistes à qui il fit signe de venir. Puis, Holden sur les talons, il se précipita vers le côté passager du SUV, ouvrit la portière et se hissa à l'intérieur, près de Grace.

— Hello. J'ai entendu dire que vous l'aviez échappé belle. Êtes-vous en état de parler ? demanda-t-il. La fumée a sans doute irrité votre gorge. Quel est votre nom ?

Elle déglutit avec une grimace douloureuse.

— Grace. Grace Clark.

— Vous êtes donc la femme dont Holden ne cesse de parler ! Maintenant, je comprends pourquoi mon frère a été assez fou pour se précipiter dans une maison en feu.

Gêné, Holden se reprocha d'avoir ouvert son cœur à ses proches.

— Votre frère ? demanda Grace en jetant un coup d'œil perplexe vers Holden. Tu m'avais dit qu'ils travaillaient tous dans les forces de l'ordre.

— Votre voix rocailleuse m'inquiète, l'interrompit Sawyer. Ne parlez pas.

Comme un urgentiste lui apportait une trousse médicale, Sawyer en sortit un masque à oxygène et l'ajusta sur le visage de Grace. Ensuite, il attacha un petit appareil à son doigt pour mesurer la quantité d'oxygène dans son sang.

— Pour répondre à votre question, je le serai bientôt, dit Sawyer. Je suis depuis peu diplômé de l'académie des pompiers et j'attends ma nomination.

Dès que Sawyer serait officiellement prévôt des incendies, il deviendrait un marshal assermenté, chargé à la fois de lutter contre les incendies et d'enquêter sur les origines des sinistres, les départs de feu.

Ce qui les ramenait à celui-ci et à la question : qui avait allumé l'incendie et pourquoi ?

L'urgentiste remit des couvertures de survie à Holden.

— Voici Pete, dit Sawyer à Grace. Je lui cède ma place. Il va vous examiner et décider si vous devez être conduite à l'hôpital.

Elle hocha la tête alors que Pete drapait une couverture sur ses jambes avant de lui poser un tensiomètre.

Sawyer mit une main sur l'épaule de Holden.

— As-tu une idée de la façon dont le feu a commencé ?

— Je n'en suis pas certain mais tu trouveras sans doute des signes d'incendie criminel, dit-il. Regarde si ses détecteurs de fumée ont été sabotés. Ils ne se sont pas déclenchés, ce qui est louche. Ils étaient presque neufs. De plus, apparemment, la fenêtre de la chambre avait été clouée.

— Je suppose qu'elle ne l'était pas avant.

— Pas quand j'y étais hier soir, en tout cas.

Sawyer haussa un sourcil.

— Tu étais là deux nuits de suite, hein ? s'exclama son frère avec un clin d'œil.

Holden voulut expliquer que ce n'était pas ce qu'il croyait mais il y renonça.

— Tu ferais mieux de réveiller notre mère pour lui raconter

ce qui se passe avant qu'elle ne l'apprenne par quelqu'un d'autre, reprit Sawyer. La nouvelle va se répandre comme une traînée de poudre. Sans mauvais jeu de mots.

Son frère avait raison. Leur père se moquerait d'entendre parler de l'incendie puisque personne n'avait été blessé mais leur mère voulait toujours être la première au courant.

Comme Pete examinait toujours Grace, il sortit son téléphone.

Quand il eut fini de la renseigner, Holly soupira :

— Dieu merci, tout le monde va bien. Sawyer ira au fond des choses. Pauvre Grace. Elle a tout perdu. Tu vas l'accueillir au ranch, bien sûr.

Il n'y avait pas pensé, mais cela lui parut soudain une évidence.

— Oui, je suppose.

Il regarda les pompiers qui essayaient d'éteindre l'incendie, en déversant des tonnes d'eau sur le cottage.

— Ton amie préférera-t-elle être hébergée chez toi ou dans une chambre d'amis de la maison principale ?

— Je ne sais pas, répondit Holden.

— Je te suggère de le lui demander.

Tout ce qui comptait, c'était le confort et la sécurité de Grace.

— Holden, je dois te dire quelque chose et j'aimerais que tu m'écoutes vraiment, reprit sa mère.

— D'accord.

— Tu es loyal, solide, fiable et tu n'as qu'une parole. Tout comme ton père. Mais ta plus grande qualité, c'est ton cœur. Il est immense et tu as beaucoup à donner. Il est temps de sortir de l'ombre que Renée et Jim ont laissée derrière eux. Les gens de Laramie n'oublieront rien tant qu'ils n'auront pas quelque chose de plus croustillant à se mettre sous la dent. Mais tu ne vas pas attendre qu'ils te donnent la permission de vivre. Tu mérites d'être heureux. Maintenant. Alors cesse de te l'interdire. Comprends-tu ce que je dis ?

Holden regarda Grace. Leurs yeux se croisèrent et il sentit son cœur se serrer.

— Oui, maman, je le crois. Merci.

Pete avait fini d'examiner Grace, et Sawyer s'approchait de lui.

— Je te laisse, ajouta-t-il avant de raccrocher.

Il se dirigea vers son SUV, se glissa près de Grace et poussa son frère de côté.

— Le niveau de saturation en oxygène dans son sang est normal, annonça Pete. Sa pression artérielle et son pouls sont tous les deux bons. Ses voies respiratoires semblent dégagées. Elle ne tousse plus. Il est inutile de l'hospitaliser. Mais si, dans les prochaines heures, elle commence à avoir une respiration sifflante ou à souffrir de maux de tête, je vous recommande de la conduire aux urgences pour une radiographie pulmonaire.

— Et Holden ? demanda-t-elle. Vous n'allez pas l'examiner, lui aussi ?

— Je vais bien, dit-il. Je ne suis resté à l'intérieur que quelques instants.

Sawyer lui prit son chapeau de cow-boy.

— Ton stetson n'a pas l'air en bon état. Si tu te mets à tousser ou...

— Oui, oui, je connais la chanson !

N'ayant plus besoin de Pete, l'urgentiste les laissa.

— Puisque vous êtes sans-abri, Grace, je suppose que vous allez vous installer au ranch, dit Sawyer.

Grace secoua la tête.

— Je ne veux pas m'imposer. Je peux toujours prendre une chambre au B&B, d'autant que je n'ai plus de voiture pour me rendre au travail.

— Cela m'ennuie, intervint Holden. Nous ne savons pas qui a essayé de te tuer en mettant le feu au cottage.

— Il n'y a pas d'endroit plus sûr pour vous que le ranch, renchérit Sawyer.

La belle demeure était équipée d'un système d'alarme. Toute sa famille serait là, ils avaient des employés dans le baraquement et ils étaient tous armés.

Grace semblait hésiter.

— Si vous êtes sûrs que je ne serai pas un fardeau.

— Ce n'est pas un problème, la rassura Holden. Tu pourras habiter avec moi dans mon appartement ou dans une chambre d'amis dans la maison principale. Ma mère aimerait t'avoir près d'elle. Pour te bombarder de questions. Elle veut tout savoir sur toi, sur tes goûts culinaires, etc.

Grace rit et ce rire enchanta Holden.

— Je veux bien rester avec toi.

Sawyer lui lança un clin d'œil discret.

— Je vous verrai plus tard, Grace, dans environ dix-huit heures, pour le réveillon Powell. Je devrais avoir des réponses sur l'incendie d'ici là. En attendant, veille sur elle et assure-toi qu'elle s'hydrate bien, frérot, ajouta-t-il.

Holden s'installa au volant et sortit de l'allée.

Grace regardait le cottage en flammes.

— Je ne peux pas croire que tout soit parti en fumée. Ma maison. Ma voiture. Tout ce que j'avais de mon ancienne vie. Toutes mes affaires, ajouta-t-elle, les larmes aux yeux. Tout a été réduit en cendres.

— Tout ce que tu as perdu est remplaçable. Tout ce qui compte, c'est que tu sois en vie.

Elle essuya ses larmes et renifla.

— Que nous le soyons tous les deux, c'est vrai. Mais quelqu'un a essayé de me tuer. Et il a presque réussi son coup. J'aurais pu mourir là-dedans.

— Ce sont peut-être les Iron Warriors.

— Non, ils ne sont pas derrière cet incendie. S'ils avaient mis le feu, ils auraient signé leur crime. J'en suis sûre.

Elle avait raison. Le gang des motards s'arrangeait toujours pour que leurs victimes sachent qu'ils étaient responsables.

— Nous allons trouver celui qui est derrière tout ça et nous assurer qu'il ne s'attaquera plus à toi.

Il lui tendit la main et elle la prit, mêla leurs doigts. Ils avaient tous les deux survécu et Holden ne pouvait plus nier ses sentiments pour Grace Clark.

Depuis qu'il avait fait sa connaissance, six mois plus tôt, il pensait être seulement tombé amoureux d'elle. Et il ne cessait de se remémorer les raisons pour lesquelles il ne pouvait pas être avec elle… mais il était trop tard. Il était fou d'elle, maintenant. Ce qu'il éprouvait dépassait de loin ce qu'il avait connu avec d'autres. Il aimait Grace, éperdument, à la folie. Il était déjà fichu.

Il voulait qu'elle fasse partie de sa vie, avec toute sa force, sa beauté et sa détermination. Si elle en avait envie, elle aussi. Il rêvait d'être un phare pour elle, pour l'empêcher de se noyer ou de se perdre dans une tempête. Tout le monde avait besoin d'amour et il voulait lui donner tout l'amour et la tendresse du monde.

La passion dont il se consumait pour elle était d'une puissance féroce qu'il n'était plus capable de combattre.

15

Les grilles en fer forgé du ranch s'ouvrirent sans bruit à leur arrivée. Au volant de son SUV, Holden remonta une longue allée arborée, éclairée par des réverbères, vers une grande et belle demeure. Le manoir semblait sortir tout droit d'une illustration d'un roman anglais.

Tout en roulant, il lui fit les honneurs du domaine, lui désigna au passage les différents bâtiments. En plus de la maison principale, il y avait un cottage où vivait le régisseur du ranch, deux maisonnettes pour les domestiques, un grand baraquement où logeaient les employés du ranch, un immense hangar qui abritaient les engins agricoles, un garage ainsi que des écuries.

Il lui montra également la demeure de Montgomery, son frère aîné.

— Tes parents lui ont construit une maison ?

— Ils espèrent en bâtir une pour chacun de nous sur la propriété, à condition, évidemment, que nos épouses soient d'accord pour y vivre. Quand Monty s'était fiancé, ils avaient fait des pieds et des mains pour qu'elle soit prête pour le mariage. Mais finalement, ils ont rompu avant de se passer la bague au doigt, poursuivit-il en secouant la tête. Il y vit donc seul.

— Seigneur. Pourquoi ne m'as-tu jamais dit que ta famille roulait sur l'or ? Je t'avais pourtant parlé de la fortune de Selene.

— Comme tu es toi-même issue d'un milieu très aisé, je pensais que la situation financière des Powell n'aurait aucune importance pour toi. Voilà pourquoi je n'y ai jamais fait allusion.

L'argent n'impressionnait pas Grace et l'attirait encore moins. Bien au contraire.

— J'ai passé ma vie à fuir les repas au champagne. T'ai-je dit que ma mère avait essayé de me soudoyer ? Elle était prête à m'offrir un bracelet en diamant pour que je retourne en Californie passer Noël avec elle. Et tes parents ne sont pas très différents. Pour garder leurs enfants sous leur coupe, ils leur font construire des maisons…

— Détrompe-toi. Ils n'utilisent pas leur argent pour nous dominer ou tenter de nous contrôler. Nous sommes une famille très unie et nous donnons tous un coup de main au ranch. Ils espèrent qu'après leur mort nous resterons proches et continuerons à exploiter le domaine.

— Je croyais que tu avais des origines modestes, que tu venais d'une famille de fermiers, travailleurs, simples et faciles à vivre.

— Nous le sommes. Tu me connais.

Il s'arrêta devant le garage attenant à la maison et se gara.

— Écoute, tu viens de vivre la pire nuit de ta vie. Je comprends que tes émotions soient exacerbées et je sais à quel point le sujet est sensible pour toi. Mais tu n'as pas lieu de t'inquiéter. Ce ranch, dit-il en désignant les bâtiments alentour, n'a rien à voir avec les excès que tu as connus à Los Angeles. Nous y travaillons du lever au coucher du soleil. Ces callosités, ajouta-t-il en lui montrant ses mains, ne viennent pas de la rédaction de rapports au bureau du shérif. Mais des nombreuses tâches agricoles dont je suis chargé. Fais-moi confiance, Grace. Je ne t'aurais pas conduite ici si je pensais que tu t'y sentirais mal à l'aise.

Avec une profonde inspiration, elle chassa ses peurs avant

qu'elles ne s'enracinent. Elle avait confié sa vie à Holden. Si quelqu'un avait compris les souffrances de son enfance, c'était bien lui. Il l'avait écoutée.

— Je suis désol...

— Non, dit-il, cesse de t'excuser.

— Je me sens un peu dépassée par les événements et j'ai réagi de manière excessive.

Ce n'était pourtant pas son genre de juger à la va-vite. Mais là, elle vivait une expérience inédite.

— C'est compréhensible. La journée a été difficile.

— C'est un euphémisme.

Il l'aida à descendre du SUV et la prit dans ses bras pour que ses pieds n'aient pas à toucher le sol. Comme il gravissait les marches de l'escalier extérieur, en la serrant contre lui, elle enroula ses bras autour de son cou. L'air glacial de la nuit piquait ses jambes nues.

Il la porta jusqu'à son appartement. Ouvrant la porte, il la fit entrer et la déposa. Elle balaya les lieux du regard alors qu'il se précipitait pour ramasser des objets ici et là. L'endroit n'était ni en désordre ni sale, seulement habité.

L'appartement était spacieux et bien conçu. Elle parcourut du regard la grande pièce à vivre, le parquet de bois blond, les placards blancs et les comptoirs en quartz noir dans la cuisine. Il n'y avait pas de salle à manger, sans doute parce qu'il n'en avait pas besoin. Il était célibataire et prenait les repas avec sa famille. Un canapé en cuir dans le salon faisait face à une immense télévision.

— La chambre est ici, dit-il en l'entraînant à l'arrière.

Le grand lit était fait et avait l'air confortable.

Certains détails – les tableaux accrochés aux murs, les finitions, le choix du mobilier – donnaient l'impression que les pièces avaient été décorées par un architecte d'intérieur.

— Ta mère a tout arrangé elle-même ou elle a fait appel à quelqu'un ?

— Elle l'a fait elle-même.

— Elle a bon goût...

— Pour que tu le saches, en te conduisant ici, j'avais prévu de dormir sur le canapé. Sauf si tu as envie que nous partagions mon lit. Je ne veux pas te mettre mal à l'aise.

Lorsque ses yeux bleus croisèrent les siens, elle lui sourit.

— C'est très bien.

Un sourire se dessina sur ses lèvres, creusant la petite fossette qui la faisait toujours fondre.

— Qu'est-ce que tu trouves bien ? Que je passe la nuit sur le canapé ou avec toi ?

— Avec moi. Je me sens en sécurité dans tes bras. Et nous avons déjà prouvé que nous pouvions partager un lit.

Il s'adossa au mur.

— Alors je te promets de rester sage.

Mais elle n'était pas si sûre d'avoir envie qu'il tienne parole. Résister à Holden était un combat permanent. Un combat qu'elle se sentait enfin prête à perdre.

En réalité, elle mourait d'envie de l'embrasser, de l'étreindre. De faire l'amour avec lui.

— Laisse-moi te montrer la salle de bains. Je suis sûr que tu aimerais prendre une douche.

Elle était couverte de suie, et l'odeur de la fumée imprégnait sa chemise de nuit et ses cheveux.

— En effet, un brin de toilette ne serait pas du luxe.

La salle de bains ressemblait à un spa. Les tommettes en terre cuite, la vasque et la douche en pierre avaient un indéniable charme rustique. Les puits de lumière devaient inonder la pièce de soleil en journée. Après lui avoir montré où il rangeait ses affaires, Holden ouvrit la grande cabine de douche qui avait un sol en pierre lisse.

Grace retira sa veste de shérif et la lui tendit.

Quand il l'aperçut dans sa chemise de nuit, il laissa

promener son regard sur elle, et elle sentit de nouveau une douce chaleur l'envahir.

Il battit plusieurs fois des paupières avant de se diriger vers la chambre.

— Je vais, euh... Je vais te trouver des vêtements.

Il sortit en refermant la porte derrière lui.

Rapidement, elle enleva sa chemise de nuit et se glissa avec délice sous le jet d'eau chaude.

Elle avait eu tellement de chance. D'après l'urgentiste, elle n'avait pas inhalé trop de fumée et ses poumons ne devraient pas garder de séquelles de sa mésaventure. Il n'avait pas trouvé de suie dans son nez ni dans sa gorge.

Grâce à Holden, elle était saine et sauve, bien vivante.

Elle se servit de son shampoing et de son gel douche, parfumés au bois de santal, et prit un curieux plaisir à l'idée de sentir comme lui.

Mais elle ne s'attarda pas dans la salle de bains, certaine qu'il aurait envie, lui aussi, de prendre une douche. Pendant qu'elle se séchait à l'aide d'une immense serviette-éponge, il frappa et entra, lui donnant à peine le temps de se couvrir avec la serviette.

— Désolé, dit-il.

Il lui tendit des vêtements, s'immobilisa brusquement en posant sur elle un regard brûlant.

Elle prit le T-shirt et le caleçon.

— Merci.

À ces mots, il parut sortir de sa stupeur et secoua la tête.

— Je vais te chercher un verre d'eau.

Alors qu'il se retournait pour partir, il faillit heurter la porte, mais réussit de justesse à éviter la collision et la referma derrière lui.

Après avoir enfilé les vêtements, dix fois trop grands pour elle, Grace s'efforça de démêler de ses doigts ses longs cheveux bouclés. Qu'ils soient trempés compliquait sa tâche. Elle regretta de ne pas avoir de brosse ou mieux, un peigne, à sa disposition. Sans eux, elle n'avait aucune chance de réussir à dompter ses boucles rebelles.

Après les horreurs de la nuit, après avoir échappé de peu à la mort, elle n'aurait pas dû s'inquiéter de telles futilités. Ce genre de préoccupation semblait ridicule. Mais être mal coiffée l'ennuyait.

Parce qu'elle était avec Holden et qu'elle avait envie d'être à son avantage. Pas le contraire.

Tous deux auraient pu mourir ce soir. En prendre conscience lui permettait de relativiser, de mettre les événements en perspective.

— Tu es en vie, murmura-t-elle à son reflet dans le miroir.

Le reste n'avait pas d'importance. Et tant pis si elle n'avait plus de toit et si elle avait tout perdu dans l'incendie… toutes ses affaires, y compris son portefeuille et son smartphone.

Il était temps qu'elle commence à vivre et cesse de chercher des excuses. Avoir emménagé dans le Wyoming était un bon début, malgré l'accumulation de catastrophes qu'elle connaissait depuis son arrivée. Elle se rendit compte que ses problèmes l'avaient également rapprochée de Holden. Il était temps d'ouvrir les yeux. Depuis le début, le bonheur se trouvait sous son nez.

Chaque fois qu'elle était près de lui, elle se sentait capable de tout. Sa façon de la regarder lui donnait cette force. Dans ses yeux, elle se voyait belle, elle se sentait aimée. Elle ne parvenait plus à résister à cet attrait magnétique. Elle avait envie de s'abandonner à la douce chaleur qu'il déclenchait d'un simple sourire.

La vie était trop courte pour refuser le meilleur.

Lorsqu'elle regagna la chambre, il lui apporta un verre d'eau.

— Merci.

— Si tu préfères, il y a du jus de pomme et du jus de raisin dans le réfrigérateur. Fais comme chez toi. Je vais prendre une douche.

Comme il se dirigeait vers la salle de bains, il s'arrêta soudain et lui lança depuis le pas de la porte.

— Je te trouve très séduisante au naturel, sans maquillage. Tu as failli mourir, ce soir, et pourtant, tu es si belle que j'en ai le souffle coupé.

Troublée, elle sentit son visage s'enflammer et une nuée de papillons se remettre à danser dans son ventre.

Mais sans lui laisser la possibilité de répondre, il s'engouffra dans la salle de bains et entra dans la cabine de douche.

Il savait faire et dire tout ce qu'il fallait faire et dire pour la mettre à l'aise. Pour lui donner envie de rester. Pour qu'elle se sente sexy. Elle avait toujours rêvé d'un homme avec qui elle n'aurait pas besoin de faire semblant. Quelqu'un qui la voyait telle qu'elle était et la trouvait toujours à son goût.

Elle sirota son verre, laissa l'eau froide glisser le long de sa gorge desséchée. Le simple fait de boire lui procurait un vrai plaisir. Elle n'avait pas mesuré à quel point elle avait soif.

Pendant que Holden prenait sa douche, elle se promena dans son appartement, examina de plus près les magazines sur la table basse, les fruits et légumes dans le frigo, son garde-manger, les photos de famille et les tableaux accrochés aux murs.

L'ensemble lui donnait une image différente de lui. Une image dans laquelle elle n'avait pas de mal à s'intégrer.

L'eau cessa de couler, et un instant plus tard la porte de la salle de bains s'ouvrit. Il entra dans la chambre, vêtu seulement d'une serviette enroulée à la taille.

L'air se bloqua aussitôt dans sa gorge. Il était vraiment beau avec son torse bronzé, si bien sculpté, ses bras musclés. Si viril qu'elle sentit un trouble étrange s'emparer d'elle.

Des perles d'eau scintillaient dans ses cheveux. Elle se surprit à le dévorer des yeux.

— J'ai oublié d'apporter des affaires pour me changer dans la salle de bains, dit-il.

Elle sourit.

— Tu es chez toi, alors... fais comme chez toi. J'ai besoin d'un peu plus d'eau, ajouta-t-elle, la gorge sèche.

Elle prit son verre et se dirigea vers la porte.

Il fit le tour du lit en direction du placard à côté d'elle.

Comme chacun traversait l'espace dans un sens opposé, ils se retrouvèrent face à face au milieu de la pièce. Elle fit un pas vers la droite tandis qu'il allait à gauche. Amusés, ils se sourirent. Et essayèrent de nouveau pour se retrouver une nouvelle fois les yeux dans les yeux.

— Merci de m'avoir accueillie chez toi, dit-elle d'une voix rauque.

Son regard l'enveloppa, chaud et intense.

— De rien. Tu es très belle dans mes vêtements.

— Tu es plus beau sans les tiens, répliqua-t-elle avant de piquer un fard.

Elle ne comprit pas comment elle avait osé dire une chose pareille. La vérité avait simplement glissé de ses lèvres.

Elle sentit son cœur s'accélérer dans sa poitrine, un désir impérieux s'emparer d'elle. Elle avait envie qu'il l'embrasse. Comme l'autre soir.

Il rivait ses yeux à sa bouche mais il se tendit comme s'il se remémorait sa promesse de ne pas la toucher. Alors elle s'approcha de lui. Les pieds entre les siens, elle le regarda sans chercher à lui dissimuler son désir. Quand il posa une main sur sa joue, son pouce caressant sa lèvre inférieure, elle se mit à trembler.

Elle n'avait jamais ressenti ce feu auparavant, cette faim qui devenait insupportable. Glissant les mains dans ses cheveux, elle se hissa sur la pointe des pieds, mais ce fut lui qui captura ses lèvres.

Le baiser fut tendre et d'une telle douceur qu'il la fit fondre.

Lorsque leurs langues entamèrent une danse sensuelle, il noua les bras autour d'elle, la serrant contre lui tandis qu'il la plaquait contre le mur.

Au moment où elle s'abandonnait à lui, un coup rapide à la porte d'entrée les fit sursauter. Ils se séparèrent d'un bond tandis que sa mère entrait.

— Oh ! mon Dieu ! s'exclama Holly. Je, euh, pardonnez-moi, je ne voulais pas vous déranger.

Tous les Powell avaient-ils pour habitude de frapper et de s'introduire dans une pièce sans attendre d'y être invités ?

Holly avait l'air aussi gênée que Grace.

— J'étais seulement venue vous donner quelques affaires, ma chère.

Vêtue d'un peignoir noué sur son pyjama et chaussée de bottes, elle entra dans l'appartement et remit à Grace un panier en osier contenant un peignoir en éponge blanc, une brosse à dents neuve, un déodorant, une brosse à cheveux, une lotion parfumée, une crème pour le visage, du mascara et un baume à lèvres. Il y avait aussi un bouquet d'une plante aux baies blanches, attaché par un beau ruban rouge.

— Comme c'est gentil de votre part. Merci infiniment.

— Ne me remerciez pas. C'est la moindre des choses, étant donné que vous avez tout perdu.

Grace plongea le nez dans la plante, mais elle ne sentait rien.

— C'est du gui, dit Holly avec un sourire malicieux. Mais vous deux n'en avez manifestement pas besoin. Je ne me trompe jamais sur ces choses.

Holden secoua la tête avec un soupir agacé.

— Maman, tu es subtile comme un marteau-piqueur.

— Mon fils vous donnera mon numéro de téléphone. J'aimerais que vous m'envoyiez par SMS la longue liste de ce dont vous avez besoin. J'irai faire des courses demain matin, à la première heure, pour vous chercher des chaussures, des bottes, des vêtements, un manteau. Vous êtes si menue que je n'ai rien qui vous conviendrait. S'il vous plaît, s'il y a quelque chose que vous voulez que je vous achète, dites-le-moi. Soyez simple. Il n'y a pas de honte à avoir, entre femmes. Nous devons nous serrer les coudes, avec tous ces hommes qui nous entourent.

Holly la prit dans ses bras pour une brève étreinte.

— Je m'attends à une très longue liste, et si vous ne me la donnez pas, je déciderai moi-même de ce qui vous serait utile, au risque de me tromper. Alors n'hésitez pas.

— Elle le fera, dit Holden.

Dans un autre contexte, Grace aurait protesté car elle n'aimait pas être redevable. Mais elle n'avait plus rien. Il ne lui restait qu'une chemise de nuit et une paire de chaussettes en piteux état. Remplacer ses cartes de crédit pour pouvoir faire des courses par elle-même prendrait quelques jours.

— Merci. C'est très généreux de votre part. Bien entendu, je vous rembourserai tout.

Elle devra peut-être contracter un petit prêt personnel mais elle ne voulait rien devoir à personne.

— Ne dites pas de bêtises, répliqua Holly. C'est le moins que nous puissions faire. Je suis content que vous alliez bien. Vous deux.

Elle se précipita vers la porte.

— Bon, je vous laisse. Reprenez ce que vous faisiez avant que je ne vous interrompe.

La porte se referma. De l'autre côté, elle lança un petit cri de joie.

Grace ne put retenir un sourire, Holden l'imita.

— Ta mère a l'air fantastique.

— Elle l'est. À petite dose.

Riant ensemble, ils entrèrent dans la chambre.

Alors qu'elle posait le panier sur une chaise, il s'éclaircit la gorge :

— Grace, à propos de ce baiser...

Percevant l'hésitation dans sa voix, elle se rapprocha de lui.

— Ces derniers jours ont été traumatisants pour toi, poursuivit-il. Carrément horribles. Peut-être vaut-il mieux que nous prenions un peu de recul.

Grace sentit son ventre se serrer, un malaise la saisit.

— Tu n'en as pas envie ? Tu ne veux pas de moi ?

Avait-elle mal interprété les signes qu'il lui avait envoyés ? L'irruption de sa mère l'avait-elle refroidi, déstabilisé ? Préférait-il qu'ils restent amis ?

— Si je ne veux pas de toi ? répéta-t-il en gémissant. Tu n'as aucune idée de l'effet que tu me fais, Grace. Je n'ai jamais désiré une femme comme je te désire. Mais je suis conscient que tu as traversé beaucoup d'épreuves et je ne veux pas abuser de ta vulnérabilité.

Elle posa sa main sur son torse nu.

— Tu as tort. Laisse tes scrupules à la porte.

Pourtant, il hésitait encore.

— Je t'aime, Grace. Je ne veux pas tout gâcher en me précipitant. Parce que je ne rêve pas que de sexe avec toi mais de bien davantage.

Abasourdie, elle le dévisagea. Son cœur battait à tout rompre, le sang chantait à ses oreilles, alors qu'elle se répétait les trois mots qu'il venait de prononcer.

Je t'aime.

— Je n'ai pas envie que tu regrettes demain matin d'avoir fait l'amour avec moi, poursuivit-il. Je ne pourrai pas cacher ce que je ressens ou le minimiser. Es-tu certaine que tu ne regretteras pas que nous n'ayons pas attendu ?

— J'en suis sûre et certaine, dit-elle dans un souffle aussi léger qu'une caresse. J'ai failli mourir. J'ai failli perdre cette chance.

D'être avec lui et d'entendre ses mots magiques prononcés avec le cœur.

— La seule chose que je regretterais, c'est que tu ne me fasses pas l'amour ce soir, conclut-elle.

Les yeux bleus de Holden brillèrent puis ses lèvres s'écrasèrent violemment sur les siennes. Il l'embrassa comme s'ils vivaient leurs dernières heures. Puis il l'entraîna vers le lit.

Elle voulait l'explorer, le découvrir tout entier, le sentir, le goûter. Mais il la renversa sur le dos et se retrouva de nouveau sur elle, promenant sur sa peau une bouche aussi avide que la sienne. Ils se dévorèrent l'un l'autre comme s'ils avaient attendu ce moment des années et non six mois.

Six longs mois à tergiverser, à tenter de renoncer, à apprendre à se connaître, à partager, à se confier, à flirter pour finalement tomber amoureux si fort qu'ils en étaient émerveillés.

Elle prit son visage entre ses mains et planta les yeux dans les siens.

— Je t'aime, Holden.

— Je t'aime aussi.

Il sourit, et la vue de sa petite fossette la fit fondre.

Il pressa ses lèvres contre sa gorge avant de l'embrasser de nouveau.

Elle lui rendit ses baisers avec la même férocité alors qu'il la déshabillait. Elle en oubliait presque de respirer. Elle ferma les yeux pour mieux s'imprégner des sensations qu'il faisait naître en elle.

Enfin, elle allait faire l'amour avec Holden Powell tout en sachant qu'il l'aimait tellement qu'il ferait n'importe quoi pour elle, pour la protéger. Pour elle, il était même entré dans une maison ravagée par les flammes.

Elle s'abandonna à la chaleur de ses caresses, à la douceur de ses mains sur sa peau, à la saveur de sa bouche.

Plus. Elle voulait tellement plus.

Et il le lui donna.

16

Le matin de ce 24 décembre fut, en un mot, *extraordinaire*.

Holden se réveilla avec Grace pelotonnée contre lui. La tête sur son épaule, elle jouait avec les poils de son torse. Elle avait glissé une jambe entre ses cuisses et pressait son corps nu contre lui. Une main sur sa hanche, il n'avait jamais été aussi heureux.

Après une nuit passionnée, ils s'étaient blottis à l'aube dans les bras l'un de l'autre pour dormir quelques heures. Xavier avait les clés du Delgado's et assurerait l'ouverture. Holden se surprit même à se féliciter que le juge Rumpke ait refusé de lui délivrer le mandat ce matin.

— Je n'aurais jamais imaginé possible de me sentir comme ça, chuchota-t-elle, son souffle effleurant sa peau.

Il caressa ses boucles sauvages.

— Comme quoi ?

— Aussi bien. Tout va pour le mieux dans le meilleur des mondes. Tout est parfait. Parce que je suis avec quelqu'un qui m'aime autant que je l'aime et auprès de qui je me sens en sécurité. Je sais que tu assureras mes arrières quoi qu'il arrive… mais c'est difficile à mettre en mots.

Il comprenait, en tout cas. Il ressentait lui aussi le lien profond qui les unissait, la sérénité de cet amour, le désir ardent, l'ivresse des sens et l'infinie tendresse.

— J'éprouve la même chose.

Pour la première fois de sa vie, il avait l'impression qu'il pourrait rester ici dans cette chambre avec elle pour l'éternité et qu'il n'aurait besoin de rien d'autre. Il serait comblé.

— Le sexe bien joué ne fait pas de mal non plus, ajouta-t-elle en souriant.

— C'était fabuleux, hein ?

— Cela l'était pour moi et j'espère que c'était aussi le cas pour toi. Je n'ai pas connu beaucoup d'hommes. Et mon ex, Kevin, m'avait dit que je n'étais pas très douée dans ce domaine.

Instantanément, Holden détesta un homme qu'il n'avait jamais rencontré.

— Il t'a dit ça ?

— Kevin m'a dit beaucoup de choses méchantes. Au lit, il était toujours pressé et trop énergique, comme si le seul plaisir qui lui importait était le sien. Je ne me sentais pas bien.

Le père de Holden avait appris à ses fils l'importance de prendre son temps avec une femme, de s'assurer qu'elle était prête à l'accueillir, pour que tout se passe bien pour eux deux.

Il y avait veillé et avait tiré son plaisir du sien.

À l'avenir, chaque fois qu'ils seraient ensemble, il voulait que Grace jouisse autant ou, mieux, davantage que lui.

— Kevin m'a tout l'air d'un imbécile de première, dit-il. Les préliminaires sont essentiels au plaisir. Ce n'est pas un amuse-gueule facultatif.

— Et toi ? demanda-t-elle en riant. Comme tu es beau comme un dieu, tu as dû connaître mieux.

Dans le passé, il lui avait été facile d'avoir des aventures et, oui, il avait de l'expérience. Mais avec Grace, tout était différent. Leurs relations ne se réduisaient pas au sexe. Il lui avait fait l'amour de tout son cœur.

— Pas du tout. Rien de ce que j'ai vécu avec d'autres ne se rapprochait de ce que j'ai partagé avec toi. À tous les niveaux.

Il lui saisit le menton pour relever son visage vers lui.

— Dieu, que tu es belle !

Il l'embrassa et elle lui rendit son baiser avec fougue, le serra contre elle, promena les mains sur son corps, dans ses cheveux, l'attira de toutes les manières possibles jusqu'à ce qu'il ait envie d'être à nouveau en elle.

Il aurait aimé vivre ces merveilleuses sensations bien plus longtemps. Mais un coup à la porte d'entrée lui arracha un gémissement.

— Un instant ! lança-t-il avant de l'embrasser encore.

Il rêvait de passer une journée entière avec Grace sans aucune distraction, sans interruption.

Il sortit du lit, attrapa un pantalon et traversa le salon en l'enfilant à la hâte. Il ouvrit la porte.

Sa mère se tenait sur le palier, chargée de sacs.

— Désolée, ça m'a pris du temps mais je suis allée à Cheyenne. Il y a plus de choix dans les boutiques.

— Merci beaucoup.

Dommage qu'elle n'ait pas roulé jusqu'à Casper, songea Holden. Il aurait pu rester plus longtemps avec Grace.

Sa mère rayonnait en lui tendant les sacs.

— J'ai trouvé tout ce qui était sur sa liste et plus encore. Veux-tu que je vous envoie de quoi vous restaurer chez toi ?

— Non, merci. Je vais nous cuisiner quelque chose sur le pouce, dit-il en lui prenant les sacs. Tu es la meilleure, maman.

Elle l'embrassa sur la joue, lui fit un signe de la main et s'en alla.

Refermant la porte d'un coup de pied, il regagna la chambre et jeta les sacs sur le lit.

Grace s'assit.

— Seigneur, Holly a acheté trop de choses.

— Comment serait-ce possible, vu que tu as tout perdu, que tu n'as plus *rien* et que tu dois *tout* remplacer ?

— Je n'ai pas les moyens de m'offrir tout ça.

Holden s'assit sur le lit et lui caressa le dos.

— Ma mère sait à quel point tu es importante pour moi.

Tu es de la famille. Elle se sentirait insultée si tu lui proposais de la rembourser. Il s'agit pour elle d'un cadeau de Noël et de bienvenue. Pour ne pas la vexer, tu es donc obligée de tout accepter.

Elle lui adressa un sourire éblouissant qui lui fit l'effet d'un coup de poing dans le ventre.

— Pourquoi ne t'habilles-tu pas pendant que je nous prépare quelque chose pour déjeuner ? reprit-il. Je dois y aller bientôt. En principe, le juge Rumpke va me signer le mandat aujourd'hui.

— Tu cuisines ?

— Ma mère s'est assurée que tous ses fils sachent cuisiner, faire le ménage, la lessive et coudre. Je ne serai jamais tailleur mais je suis capable de raccommoder mes chaussettes et de remettre un bouton sur une chemise.

— Je suis impressionnée, dit-elle en l'embrassant.

— Tu peux. Aimes-tu les pancakes ?

— J'adore.

Il caressa sa joue.

— Dès que j'en aurai fini avec Todd, nous allons enquêter pour identifier la personne qui a essayé de te tuer. En attendant de démasquer le coupable, je ne veux pas que tu fermes le Delgado's seule. D'accord ?

Elle allait vivre au ranch et il la conduirait au travail, mais en fin de journée elle était seule au bar et vulnérable. Il tenait à limiter les risques.

— Assurer la fermeture n'a rien de dangereux, protesta-t-elle.

Grace était têtue, il le savait, mais le sujet n'était pas négociable.

— Fais-le pour moi, chérie. Pour me rassurer. Il me sera beaucoup plus facile de me concentrer sur l'enquête si je n'ai pas à m'inquiéter pour toi.

Avec un soupir de résignation, elle hocha la tête.

— D'accord. Pour toi.

Il l'embrassa.

— Merci. Je viendrai te chercher au Delgado's à 18 heures. Nous réveillonnerons ensuite avec ma famille, ce qui te donnera l'occasion de rencontrer toute la tribu.

— J'ai hâte d'y être et de faire leur connaissance.

Il fut soulagé d'apprendre qu'elle allait faire preuve de plus de prudence et, surtout, qu'elle voulait faire partie de sa vie.

Que demander de plus ?

Maintenant que la question était réglée, il savoura ce qui allait suivre. Obtenir son mandat, puis passer les menottes à Todd et le conduire au poste pour lui faire subir un interrogatoire en règle.

Dans la salle d'interrogatoire, Holden poussa le sac de scellé contenant le collier Shining Light sur la table, devant Todd et son avocat, Me Friedman. Dès que Holden s'était présenté au club-house, avec ses adjoints et le mandat, Todd avait évidemment exigé un avocat. Pour l'interroger, ils avaient dû attendre ce dernier pendant plus de deux heures.

— Lors de notre perquisition, nous avons trouvé le collier d'Emma dans ta chambre, dit-il. Comment es-tu entré en sa possession ?

Les deux hommes chuchotèrent un moment avant que Todd ne réponde :

— Je ne m'en souviens pas.

— On en voit partout, renchérit Me Friedman. Rien ne prouve que celui-ci appartenait à Emma. Mon client n'avait aucune raison de tuer sa sœur. Et je crois savoir qu'aucun témoin ne l'a vu sur les lieux du crime, n'est-ce pas ?

— En effet, aucun témoin n'a identifié Todd Burk, dit Holden. Nous avons obtenu un mandat de perquisition parce que votre client nous a menti sur son alibi. J'ai suivi une intuition, mené l'enquête et découvert que Nikki Adams se trouvait à Cheyenne au Wild Pony au moment où votre client prétendait qu'elle était avec lui. Des reçus de carte de crédit en attestent, ainsi que le témoignage du barman et d'une serveuse. Quant au mobile, votre client en avait un.

Todd murmura quelque chose à l'oreille de son avocat.

— Nous aimerions l'entendre, dit ce dernier.

Holden croisa les mains sur la table.

— Emma approchait du premier anniversaire de sa renaissance.

— De son lavage de cerveau, plutôt, rétorqua Todd, et son avocat posa une main sur son épaule.

— Dans les jours précédant la cérémonie, les Starlight doivent raconter à Matthew McCoy toutes les fautes commises dans leur ancienne vie. En particulier, si elles impliquent des tiers. Apparemment, McCoy utilise ces informations pour faire chanter ceux qui ne sont pas membres de sa secte. J'ai cru comprendre qu'Emma était très au courant des activités illégales des Iron Warriors. Il serait donc logique que Todd ait préféré la faire taire.

D'autres chuchotements suivirent.

— Les Iron Warriors et Shining Light ont passé un accord, déclara enfin Me Friedman en lissant sa cravate. Ils se tiennent à l'écart les uns des autres. Quant au chantage, permettez-moi de vous rappeler que personne n'a jamais réussi à extorquer quoi que ce soit aux Iron Warriors. Et si certains veulent essayer, je leur souhaite bonne chance. De plus, Emma était une junkie, une menteuse de première et une voleuse. Il faudrait être un imbécile pour prendre ses propos pour parole d'évangile et essayer d'en tirer profit.

Todd sourit.

Il pensait qu'il allait l'emporter, s'en sortir comme toujours.

Holden ferait n'importe quoi, dans les limites légales, pour le coincer.

Au cours de leur dernière année de lycée, l'un de ses meilleurs amis avait un jour surpris Todd vendant de la drogue au sein de l'établissement et l'avait signalé. Avant que le bureau du shérif n'ait eu la possibilité d'ouvrir une enquête, le cadavre de son ami avait été retrouvé. Il avait été battu à mort.

Les autorités n'avaient pu prouver qu'il s'agissait de Todd, mais toute l'école avait compris qu'il était le tueur.

Ce jour-là, Holden avait décidé qu'un jour il intégrerait les forces de l'ordre pour arrêter les racailles comme Todd.

Il espérait aboutir enfin.

Holden retourna le sac de scellé pour montrer l'autre face de la médaille.

— Quand quelqu'un renaît avec Starlight, la secte lui offre ce collier, dit-il en tapotant le pendentif. Et son nom est gravé au dos. Il y en a beaucoup en circulation mais un seul appartient à chaque Starlight. Et celui-ci était celui d'Emma. J'ai d'ailleurs un témoin oculaire qui l'a vue le porter moins de deux heures avant d'avoir été tuée.

Le sourire de Todd disparut et il serra les mâchoires.

Me Friedman haussa les épaules.

— Cela ne prouve rien et certainement pas la culpabilité de mon client.

— Le meurtrier d'Emma, reprit Holden, roulait sur une Harley noire cette nuit-là…

— Et alors ? coupa l'avocat. Savez-vous combien de personnes conduisent une Harley noire par ici ? Avez-vous un témoin qui a vu sa moto ? Noté son numéro d'immatriculation ?

Il espérait entendre que Grace avait en effet été témoin de la scène. Mais Holden ne mordit pas à l'hameçon. Rien ne l'amènerait à la mettre en danger.

— Non, répondit-il. Mais nous n'en avons pas besoin. Les analyses médico-légales vont parler. Dans sa fuite, la moto a éraflé un camion gris garé devant le B&B. Nous avons prélevé de la peinture noire sur ce véhicule. Dès que nous aurons la preuve qu'elle provenait de la Harley de votre client, nous aurons des faits. La présence du collier d'Emma dans la chambre de Todd sera évidemment un indice supplémentaire de sa culpabilité. Par la suite, il est probable que le bureau du procureur poursuivra votre client pour entrave à la justice, déclarations mensongères lors d'un interrogatoire officiel au bureau du shérif, délit de fuite. Et, bien sûr, meurtre.

Cette fois, Holden sourit.

— Encore une chose, poursuivit-il. Nous savons qu'Emma a appelé son assassin d'une cabine téléphonique. Il nous suffira de demander aux compagnies téléphoniques les enregistrements des appels ce soir-là pour l'identifier. Dès que nous les aurons, l'enquête sera close.

Todd s'immobilisa. S'il gardait une expression impénétrable, l'inquiétude dans ses yeux était évidente. Il se pencha pour parler à l'oreille de son avocat.

Plus Todd parlait, plus le visage de Friedman s'assombrissait.

— Oui, c'est possible, déclara enfin Friedman à voix basse. Pour économiser les ressources.

Todd se remit à chuchoter furieusement.

— Quoi ? s'exclama l'avocat, en regardant Todd comme s'il devenait fou. Vous ne pouvez pas faire ça.

— Si, je le peux.

Friedman posa une main sur l'épaule de son client.

— Ce serait une erreur. Il y a d'autres façons de gérer la situation.

Todd repoussa sa main et se redressa.

— Je veux avouer.

La surprise renversa Holden sur sa chaise tandis que Friedman répliquait d'une voix frénétique :

— Je vous le déconseille formellement. Ne dites rien d'autre, je vous en conjure. Plus un mot. Vous m'entendez ?

L'avocat se tourna vers Holden.

— Il ne sait plus ce qu'il dit. Il est confus. J'ai besoin de m'entretenir avec mon client en privé. Je ne vous demande qu'un instant.

Holden se leva pour quitter la salle et respecter ainsi le protocole. L'avocat et son client avaient en effet le droit d'échanger en secret. Les micros seraient coupés dans la salle d'interrogatoire et l'enregistrement vidéo interrompu.

— Nous n'avons pas besoin d'en discuter, dit Todd.

Holden qui se dirigeait vers la porte s'immobilisa.

— Détrompez-vous, insista Friedman. Vous me payez pour défendre vos intérêts. Je vous exhorte donc à tenir compte de mes conseils en vous taisant !

Il se tourna vers Holden.

— Sortez et laissez-moi lui parler. Ou je porterai plainte contre ce bureau.

Todd se pencha alors pour regarder Holden droit dans les yeux.

— C'est moi qui ai tué Emma.

17

Après l'avoir mis en cellule, Holden se donna le temps de réfléchir aux déclarations de Todd Burk. Il les laissa pénétrer son esprit, les évalua en fonction des autres éléments du dossier. Il aurait dû se féliciter d'avoir enfin réussi à le coincer, se réjouir de l'avoir fait avouer, mais il n'y parvenait pas. De tels aveux ressemblaient si peu à Todd qu'il y avait forcément anguille sous roche. Il ordonna que les analyses médico-légales de la moto de Todd soient effectuées en priorité pour obtenir des résultats en quelques heures et non quelques jours. Puis il appela l'adjointe de la procureure du district, Melanie Merritt, pour lui demander son avis. En effet, ce serait elle qui inculperait officiellement Todd s'ils décidaient de passer à l'étape suivante.

Sans hésiter, elle accepta de venir un dimanche, veille de Noël de surcroît. Sa réputation de grande travailleuse n'était pas usurpée.

Quelque chose ne collait pas dans cette histoire, Holden le sentait. Mais il n'arrivait pas à mettre le doigt sur la raison pour laquelle il ne croyait pas à la confession inattendue de Todd. En revanche, il était déterminé à la trouver.

Melanie avait examiné les éléments découverts au cours de la perquisition et visionné l'enregistrement de l'interrogatoire. À présent, assise dans la salle d'observation, elle écoutait leur discussion.

— Il a avoué, déclara Ashley. Nous avons la vidéo. Nous devrions sabrer le champagne.

— Cela semble prématuré, répliqua Holden.

Loin de lui donner envie de faire la fête, les prétendus aveux de Todd le mettaient mal à l'aise.

Mitch entra dans la pièce et, en sentant les tensions, hésita un instant avant de prendre une chaise. Puis il lança à Holden :

— L'infirmière Tipton a appelé. Les dossiers médicaux d'Emma Burk sont prêts. Elle est à l'hôpital toute la journée et te les remettra quand tu voudras, si tu souhaites toujours lui parler.

Holden le remercia d'un signe de tête.

Ashley revenait déjà à l'assaut.

— Nous n'allons pas considérer les propos de Todd comme nuls et non avenus. N'est-ce pas ? ajouta-t-elle en regardant Melanie qui était restée silencieuse, en observatrice.

Melanie Merritt se faisait un devoir de toujours examiner de manière approfondie une situation et de l'évaluer avec soin avant de donner son avis. Et elle n'impliquait le bureau du procureur que si elle était certaine de gagner un procès.

Son silence signifiait qu'elle avait, elle aussi, des doutes.

— Je ne dis pas que nous devrions les ignorer, répondit Holden.

Il croisa les bras et regarda la salle d'interrogatoire à travers le miroir sans tain. Todd et son avocat n'étaient plus dans une discussion animée. Friedman était sorti en trombe du bureau du shérif pour passer quelques coups de fil à l'extérieur. Sans doute cherchait-il le moyen de tirer son client du pétrin.

— Alors, que dis-tu ? lança Mitch.

— Pourquoi Todd a-t-il avoué ? Depuis quand ignore-t-il les conseils de son avocat et décide-t-il de se faire arrêter et inculper ?

Sa réaction n'avait aucun sens.

— C'est parce qu'il est coupable, voilà tout.

— Peut-être, répondit Holden avec un haussement d'épaules. Peut-être est-il non seulement coupable mais rongé de remords… Mais un tel comportement ne lui ressemble pas.

Dans la salle d'interrogatoire, Todd semblait détendu comme s'il ne s'inquiétait de rien.

— Il n'est pas du genre à accepter gentiment l'incarcération. Il y a quelque chose qui cloche. Qui sonne faux.

Ashley poussa un gémissement.

— Savez-vous combien de personnes Todd Burk et les Iron Warriors ont tuées ou blessées dans cette ville ? Mesurez-vous les dégâts qu'il a causés ? Les familles qu'il a déchirées avec ses drogues et sa violence ?

Des larmes brillaient dans ses yeux.

Personne au bureau du shérif ne souhaitait plus qu'Ashley voir Todd emprisonné pour le restant de ses jours.

Angelo Russo, le meilleur ami de Holden au lycée, était le grand frère d'Ashley. Comme lui, le meurtre d'Angelo par Todd l'avait poussée à rejoindre le bureau du shérif. Ils n'en avaient jamais parlé – son amitié avec Angelo, le vide que sa mort avait laissé, leur haine mutuelle pour le responsable de tant de malheurs –, mais chaque fois que le nom de Todd était prononcé, chaque fois qu'il apparaissait dans une enquête, le regard hanté d'Ashley lui rappelait la dévastation de sa famille.

Se détournant de la salle d'interrogatoire, Holden lui fit face.

— Je sais ce qu'il vous a pris, à toi et à ta famille. Crois-moi. Je partage le besoin d'arrêter cet homme, de l'empêcher de nuire et d'obtenir justice.

— Il a avoué, dit Mitch. Que te faut-il de plus ? Profitons-en.

— Pourquoi ne voulez-vous pas saisir la chance qu'il nous offre sur un plateau ? renchérit Melanie, s'exprimant pour la première fois.

Si seulement il le savait. Il avait besoin de comprendre

pourquoi son intuition lui soufflait que cet aveu de culpabilité était en réalité un piège.

— Réfléchissons, reprit Holden avec calme. Depuis quatorze ans, Todd n'a jamais reconnu le moindre crime ou délit. Pis, quels que soient les chefs d'accusation retenus contre lui – la possession, l'usage ou le trafic de drogue, le trafic d'armes, les viols, la violence domestique ou des meurtres –, ils ont toujours été abandonnés. Tous. Chaque fois, le dossier a été classé sans suite, faute de preuves. Depuis l'adolescence, Todd se pavane, se prétend intouchable. Mais aujourd'hui, contre toute attente et contre l'avis de son avocat, il a choisi d'avouer. Voilà pourquoi je n'arrive pas à sauter de joie. Qu'il change ainsi radicalement de comportement m'inquiète. Ce n'est pas normal. Il cache quelque chose.

— Peut-être cherchez-vous la petite bête, répliqua Ashley d'une voix teintée de désespoir. Peut-être a-t-il compris que cette fois il était coincé et qu'il n'avait pas d'autre issue. De plus, il sait que le juge sera plus clément à son égard parce qu'il a avoué. Non ? demanda-t-elle à l'adjointe du procureur.

Melanie hocha la tête.

— En effet. S'il plaide coupable, il écopera d'une peine plus légère.

Mais ce n'était pas une raison suffisante pour pousser Todd à reconnaître le meurtre, Holden en était convaincu. De plus, le motard paraissait trop calme et détendu pour quelqu'un s'apprêtant à être emprisonné.

Alors qu'il reprenait tout depuis le début, il distingua soudain quelque chose, un dessein derrière l'incompréhensible.

— Tu as raison, Ashley, il ne peut pas nier la présence des preuves et il le sait. Voilà pourquoi il a avoué. Mais il n'a pas avoué parce qu'il est coupable. Todd n'a pas commis le meurtre, en réalité.

— Que racontez-vous ? Il aurait reconnu un meurtre dont

il est innocent pour semer la confusion dans nos esprits et compliquer l'enquête ? dit Ashley. Mais dans quel but ?

— Pour protéger quelqu'un. Le véritable tueur.

Ashley secoua la tête.

— Je ne comprends pas. Pourquoi risquerait-il la prison pour protéger quelqu'un d'autre ? Il ne se soucie que de lui-même.

— Ce n'est pas vrai, répliqua Holden. Comme la plupart d'entre nous, il se soucie de sa famille. Mais surtout, s'accuser du meurtre ne lui coûte pas grand-chose parce qu'au bout du compte, il ne risque pas la prison. Et il le sait.

— Comment évitera-t-il une lourde condamnation après avoir reconnu devant une caméra qu'il a tué Emma ? demanda Ashley.

— Vous avez raison, Holden, intervint Melanie. Todd Burk est intelligent, d'une intelligence diabolique. Je vais vous dire comment quelqu'un qui n'a pas commis un crime et qui prétend en être l'auteur peut échapper à une condamnation : grâce à l'annulation de son procès.

— Mais comment peut-il être certain de l'obtenir ? s'exclama Mitch. Il prend un énorme risque.

Melanie croisa les mains.

— Pas vraiment. Admettons que vous ayez cru à ses aveux. Qu'allez-vous faire au bureau du shérif, mis à part sabrer le champagne ?

— Nous allons nous efforcer de corroborer ses dires.

— Mais vous le ferez juste pour la forme, pour présenter un dossier correct aux jurés, déclara Melanie. Vous essayez tous de le coincer depuis des années. Mais dès que vous aurez estimé avoir assez d'éléments contre lui pour le coffrer – et ses aveux paraissent amplement suffisants –, vous n'irez pas plus loin, au moins pour économiser les ressources.

Les yeux d'Ashley s'éclairèrent.

— Son avocat a employé les mêmes mots : « économiser

les ressources », quand il répondait à l'une des questions de Todd.

— Si Todd refuse de passer un accord avec le juge et décide de ne pas plaider coupable, alors l'affaire ira jusqu'au procès. Et mon bureau se rendra compte trop tard qu'il ne peut pas l'emporter.

Melanie les fixa un à un, sûre d'elle.

— Les aveux de Todd ne prouvent pas sa culpabilité, et s'il n'a pas tué Emma, tôt ou tard l'absence de preuve ou de témoin déclenchera fatalement l'annulation du procès. Une catastrophe pour nous…

— Nous allons bientôt recevoir les résultats du laboratoire criminel sur l'analyse de la peinture puisque je leur ai demandé de les effectuer en urgence, dit Holden. Todd semblait inquiet à ce sujet. Ce qui tend à prouver que sa moto sera alors mise hors de cause. De plus, il a sans doute un véritable alibi, en plus de celui fourni par les Iron Warriors qui ne vaut rien. Ils mentent systématiquement pour protéger leurs membres. Des strip-teaseuses se produisaient au club-house, la nuit du meurtre. La préférée de Todd s'appelle Misty. Il était peut-être avec elle à l'heure où Emma a été tuée.

— Je vais l'interroger, proposa Mitch.

Melanie s'approcha, croisa le regard de Holden.

— J'ai visionné trois fois la vidéo de son interrogatoire. Vous avez raison, le comportement de Todd a changé du tout au tout lorsque vous avez mentionné les analyses scientifiques. Cet aveu peut donner au véritable tueur la possibilité de réparer l'erreur qu'il a commise avec la peinture.

Holden hocha la tête.

— Mais ce n'est que lorsque j'ai parlé des enregistrements de la cabine téléphonique qu'il a vraiment eu peur. Parce qu'il n'y a aucun moyen de détruire ces enregistrements.

— Mais cette comédie va donner au tueur une chance de s'enfuir, dit Melanie. Qui protège Todd, à votre avis ?

— Quelqu'un à qui il tient. Quelqu'un pour qui il ferait n'importe quoi. Ses parents craignaient de perdre la garde de leur petite-fille. Gary, son père, était furieux de l'attitude d'Emma et lui a lancé qu'il aurait mieux valu qu'elle n'ait pas survécu à sa dernière overdose. Je pense que c'est lui que Todd protège.

Interroger Gary lui donnerait sans doute du fil à retordre et demandait une certaine finesse. Sans les enregistrements de la cabine téléphonique, qu'ils ne recevraient peut-être pas avant des semaines, voire des mois, ils n'avaient rien. Alors que, de son côté, Todd avait du temps et la possibilité d'offrir à son père une chance d'échapper à la justice

Holden avait absolument besoin que Gary Burk fasse une erreur et lui livre malgré lui quelque chose qui leur permettrait de le mettre en garde à vue et de l'inculper. Mais pour le pousser à la faute et obtenir des aveux, Holden avait besoin de plus d'informations.

Il se rendit donc à l'hôpital, au bureau desinfirmières.

Terri l'accueillit avec un sourire. Elle se leva et lui tendit une épaisse enveloppe en papier kraft.

— Bonjour, Holden. Voici les dossiers médicaux d'Emma Burk et j'ai entendu dire que vous vouliez me parler.

— Oui. Pouvons-nous échanger quelques mots en privé ?

— Bien sûr, dit-elle en l'entraînant vers le local de fournitures dont elle referma la porte. Que se passe-t-il qui nécessite une telle discrétion ?

— J'essaie de découvrir qui a tué Emma. J'ai besoin de faire parler un suspect mais, pour y parvenir, je dois vérifier que mon intuition est la bonne.

Le sourire de Terri faiblit.

— D'accord. Mais je ne vois pas très bien comment vous aider.

Il soupira.

— Je ne vous demande pas de détails. J'aimerais seulement savoir si les Burk venaient souvent aux urgences.

Elle fronça les sourcils.

— Je ne suis pas sûre de comprendre ce que vous attendez de moi.

— Dans le passé, Lorraine, Emma ou Kyle ont pu se rendre à l'hôpital après avoir été victimes de coups et de blessures, de violence familiale...

Elle se raidit.

— Ne me dites pas que vous me demandez d'enfreindre la loi en divulguant des informations qui relèvent du secret médical !

— Si un soignant estime qu'un patient est victime d'abus ou de violence domestique, il est autorisé à le révéler. Encore une fois, je ne vous demande pas de détails mais si Lorraine venait souvent aux urgences avec un œil au beurre noir en prétendant être tombée, j'aimerais le savoir.

— Je travaille aux urgences de Laramie depuis des années. Les Burk n'ont jamais été des habitués. Je sais à quoi ressemble une personne victime de maltraitance ou de violence conjugale. Chaque fois que la petite amie de Todd s'est retrouvée ici, je l'ai signalé.

C'était vrai. Holden soupira.

— Et Kyle ? Il n'est peut-être pas un habitué, mais il est venu, il y a huit jours, pour une main cassée. Ce n'était peut-être pas un accident. Je ne vous demande pas de trahir le secret médical ni de me confier quoi que ce soit qui vous mettrait mal à l'aise. Mais si la main cassée de Kyle n'était pas un accident, je dois être mis au courant.

— Je n'ai jamais cru aux rumeurs qui courent à votre sujet, Holden, dit-elle. Vous avez toujours été intègre, courageux, même au lycée. Mais ça...

— Ma requête est un peu limite, je sais. Mais je suis coincé. Dans quelques heures, Todd Burk va être libéré parce que le bureau du procureur a renoncé à l'inculper. Il lui suffira alors de passer un coup de fil pour permettre au véritable coupable de s'en tirer. Aidez-moi, s'il vous plaît. Je veux que justice soit rendue à Emma, c'est tout. Vous la connaissiez, n'est-ce pas ? Avant de sombrer dans la drogue, elle faisait partie des pom-pom girls avec vous.

Terri baissa la tête.

— Emma n'avait pas quinze ans, lorsqu'elle a rejoint l'équipe, dit-elle d'un ton adouci.

Avec une profonde inspiration, elle jeta un coup d'œil à la porte.

— Kyle a prétendu s'être cassé la main par accident, et c'est possible. Mais… il est également possible que ce ne soit pas le cas. La seule certitude c'est qu'il ne se l'est pas cassée il y a huit jours… Il est arrivé aux urgences vendredi dernier, très tôt le matin.

Après le meurtre d'Emma ?

— En êtes-vous sûre ?

— Il était presque 4 heures du matin. Il a été la dernière personne que le médecin a soignée avant la fin de mon service. J'en suis sûre et certaine.

Alors qu'il s'arrêtait devant Custom Gears, Holden reçut un appel de Mitch.

— Qu'as-tu appris ? lui demanda-t-il aussitôt.

— Misty n'avait pas très envie de se confier mais je lui ai assuré que son témoignage aiderait Todd à éviter des ennuis. Et que, pour l'instant, sa déclaration était « en off » et n'apparaîtrait nulle part.

— Et ?

— Elle était bien avec Todd cette nuit-là. Ils ont commencé la soirée en faisant la fête avec les Iron Warriors puis ils se sont donné un peu de bon temps en privé dans sa chambre, de minuit à 3 heures du matin. Il a alors reçu un appel sur son portable. Ce que lui a appris son correspondant l'a fortement contrarié et il est parti précipitamment.

— Merci beaucoup.

Il se déconnecta et entra dans les bureaux du Custom Gears.

— J'ai quelques questions supplémentaires pour mon enquête, si cela ne t'ennuie pas, dit-il à Kyle.

— Bien sûr, répondit ce dernier en se levant. Mes parents sont à la maison en train de préparer les funérailles d'Emma. Allons-y.

— Ce n'est pas nécessaire, répliqua-t-il. Je préfère ne pas les déranger. Pas quand tu peux m'aider.

— D'accord.

— Cela t'ennuie si nous allons au garage pour jeter un autre coup d'œil aux motos pendant que nous parlons ?

Kyle haussa les épaules.

— Non, non, pas de problème.

Ils traversèrent la rue et Kyle ouvrit les portes.

Lorsqu'ils entrèrent, Holden sortit son magnétophone et le brandit.

— Cela ne te dérange pas que j'enregistre notre échange ? Cela m'évitera de prendre des notes et ça facilitera la rédaction de mon rapport.

— Ça m'est égal.

Holden démarra l'enregistrement.

— Merci d'avoir accepté de répondre à quelques questions complémentaires. Je sais que la période est difficile pour ta famille. Quand aura lieu l'enterrement ?

— Quelques jours après Noël.

— J'espère que ce sera ma dernière visite.

— Je suis prêt à tout pour faire progresser l'enquête.

Holden passa la main sur la Fat Boy 114.

— Si ce garde-boue avait été endommagé lors d'un accident et que je te l'apportais. Combien de temps te faudrait-il pour le réparer et me rendre ma bécane comme neuve ?

— Je ne sais pas. Disons, euh, deux à trois heures.

— Quand as-tu vu Emma pour la dernière fois ?

— Je te l'ai déjà dit. Jeudi soir. Ici à la maison.

— Tu es sûr que tu ne l'as pas revue plus tard ?

Kyle se tendit.

— J'en suis sûr.

— Tu étais vraiment inquiet pour tes parents, n'est-ce pas ? Que Emma ait décidé de leur retirer la garde de la petite leur posait un vrai problème.

— Oui, bien sûr, j'étais inquiet.

— Nous avons bientôt fini. Je n'ai plus que quelques questions.

Il vit un certain soulagement se peindre sur le visage de Kyle.

— D'accord.

— D'abord, je vais te dire le déroulement des événements tel que j'ai réussi à le reconstituer jusqu'à présent. Et j'aimerais que tu remplisses les blancs pour moi. Il n'en reste que deux.

Holden s'éloigna de la moto pour se rapprocher de Kyle.

— Ce soir-là, Emma s'est disputée si violemment avec tes parents que ta mère en a eu la migraine et que ton père a frôlé l'infarctus. Mais toi, tu ne t'es pas mêlé à la discussion. Tu n'as pas pris parti, tu t'es contenté d'écouter et d'observer de loin. Et voilà sans doute pourquoi Emma t'a téléphoné, en quittant Jared, pour te demander de la reconduire au B&B.

Kyle pâlit.

— Quoi ? Elle ne m'a pas téléphoné. D'ailleurs, je n'aurais pas pris son appel, après ce qu'elle a balancé aux parents.

— C'est précisément pour cette raison que tu es allé la chercher. Tu espérais en profiter pour la faire changer d'avis. Mais ça n'a pas marché. Vous avez fini par vous battre et, dans le feu de l'action, tu l'as poussée.

Kyle leva sa main plâtrée.

— Je ne peux pas faire de moto avec une main dans le plâtre.

— C'est vrai. Et voilà pourquoi je t'avais écarté de la liste des suspects, au départ. Mais tes deux mains allaient bien quand tu as tué Emma. Non ?

— Non !

— Et tes deux mains fonctionnaient toujours très bien quand tu as réparé la moto de ton père, ce qui t'a pris deux à trois heures. Après quoi, Todd est venu ici et, pour une raison que j'ignore, il t'a cassé la main.

Kyle poussa un cri de colère.

— Tu dis n'importe quoi. Tu inventes des histoires parce que tu es trop nul pour mener correctement une enquête.

— Ce que je n'arrive pas à comprendre, c'est pourquoi tu as appelé Todd et comment il s'est retrouvé avec le collier Starlight d'Emma. Peux-tu remplir ces blancs pour moi ?

— Je suis resté à la maison toute la nuit, répéta Kyle, buté.

— Tu as réparé la moto pour effacer les dégâts mais tu as oublié les enregistrements téléphoniques. Emma t'a appelé d'une cabine téléphonique. Il y a une trace de cet appel, une trace que tu n'as pas pu effacer.

Kyle ne s'y attendait pas et eut une réaction de surprise. Pourtant il fulminait toujours et semblait hésiter sur la conduite à tenir.

— Tu sais neutraliser le système d'alarme de la maison, poursuivit Holden. À moins que ton père n'ait su que tu étais parti, ce qui signifierait qu'il m'a menti. Peut-être tes deux parents m'ont-ils menti parce qu'ils savaient que tu avais tué Emma. Il s'agirait d'une entrave à la justice. Si je les arrête, Amelia sera confiée à une famille d'accueil ou peut-être à Jared. L'une ou l'autre perspective serait insupportable pour tes parents.

Kyle changea de couleur.

— Non, tu ne peux pas faire ça. Ils ne savaient pas. Ils n'ont rien à voir avec tout ça.

— Avec tout quoi ? dit Holden en se rapprochant. Remplis les blancs pour moi. Si nous laissons Gary et Lorraine en dehors de tout ça, Amelia pourra rester avec eux. N'est-ce pas ce que tu espères depuis le début ?

Un sanglot brisa la voix de Kyle.

— Je ne voulais pas la tuer. C'était un accident.

— Raconte-moi ce qui s'est passé.

— Elle m'a appelé. Et demandé de venir la chercher parce qu'il pleuvait.

— As-tu éteint l'alarme avant d'y aller ?

Kyle secoua la tête.

— Je n'ai pas eu besoin de le faire. Le technicien qui a installé le système a oublié de mettre un capteur sur l'une des fenêtres du sous-sol. Je n'en ai pas parlé aux parents parce que cela m'arrange. Cela me permet d'aller et venir à ma guise.

— Ils ne savaient donc pas que tu étais parti ?

— Non.

— Que s'est-il passé avec Emma ?

— Elle ne voulait rien entendre. Elle tenait à élever sa gosse dans cette secte. Je l'ai suppliée d'arrêter ses folies, de mettre un terme à la procédure. Mais elle ne cédait pas, à croire que McCoy était entré dans sa tête. Nous nous sommes battus. Et je l'ai...

Un sanglot le déchira.

— J'avais seulement envie qu'elle arrête. J'ai mis mes mains autour de sa gorge pour qu'elle se taise, dit-il avec un hoquet. Et j'ai serré, serré. Et ensuite, je ne sais pas, je ne sais plus.

Il leva le visage vers Holden, les yeux brillant de larmes.

— Je l'ai sans doute poussée, je ne m'en souviens plus. Ensuite, j'ai vu son collier dans ma main. Alors je me suis enfui.

— Tu avais peur et tu subissais les effets de cette montée d'adrénaline, dit Holden calmement. Tu es revenu ici.

Kyle hocha la tête.

— J'ai vu les éraflures sur la moto. J'ai dû la réparer. Pour que mon père ne voie rien et ne pose pas de questions.

— Pourquoi as-tu appelé Todd ?

— J'avais besoin de le dire à quelqu'un. Je ne savais pas quoi faire.

— Que s'est-il passé quand il est venu ?

Kyle baissa la tête et se mit à pleurer.

— Je lui ai raconté ce que j'avais fait, je lui ai montré le collier. Il me l'a arraché en me traitant d'imbécile. Il était hors de lui. Il a pris un marteau et il m'a écrasé la main.

— Pourquoi ?

Kyle serra sa main cassée contre son torse.

— Sur le moment, j'ai pensé qu'il voulait me punir. Mais ensuite, quand tu es venu poser des questions, je me suis dit qu'il l'avait peut-être fait pour que tu ne me soupçonnes pas. Et ça avait marché.

Holden retourna Kyle et lui passa les menottes en plastique.

— Tu es en état d'arrestation pour le meurtre d'Emma Burk.

18

Alors qu'elle retournait au Delgado's après avoir livré les derniers repas à domicile de la soirée, Grace ne pouvait s'empêcher de sourire. Elle avait l'impression d'être sur un petit nuage.

En une nuit, elle avait à la fois tout perdu et gagné le gros lot. Son ancienne vie était partie en fumée, laissant la place à une nouvelle existence. Son cœur débordait d'amour, un amour qui l'irradiait de la tête aux pieds.

Elle n'aurait jamais cru possible d'être aussi heureuse, aussi en paix avec elle-même et en harmonie avec le monde.

À ses yeux, Holden incarnait l'homme idéal. Non seulement il était beau comme un dieu, adorable et sexy mais il était aussi très bon amant et excellent cuisinier. Son bacon était croustillant à souhait, ses pancakes succulents.

Contrairement à Kevin, il ne se contentait pas de monologuer. Il lui avait parlé et l'avait écoutée. Au milieu des épreuves, il était un phare dans sa nuit, il la guidait dans la tempête.

Pourquoi leur avait-il fallu si longtemps pour se trouver ?

Même ses inquiétudes concernant la famille Powell s'étaient dissipées lorsqu'elle avait ouvert les sacs que Holly avait déposés. La mère de Holden avait retiré les étiquettes de prix des vêtements et glissé un petit mot disant qu'elle ne voulait pas qu'elle se stresse à ce sujet. Elle lui avait acheté des tenues simples et confortables qui flattaient son teint et mettaient sa silhouette en valeur. Contrairement à Selene, elle n'avait pas essayé de lui imposer ses goûts, son style.

La générosité et la délicatesse de Holly l'avaient touchée au cœur. Elle ne se sentait ni jugée ni soudoyée. Mais acceptée.

Elle trouverait le moyen de les rembourser sans insulter personne. Que ce soit en aidant au ranch ou en faisant tout pour rendre Holden heureux. Ce serait du gagnant-gagnant.

Avant de pousser la porte du restaurant, elle s'empara du téléphone jetable que Holly lui avait également offert, puisque le sien était resté dans le cottage en feu.

Elle envoya un texto à sa mère pour lui donner son nouveau numéro. Puis l'appela rapidement.

— Salut, maman.

— Pourquoi as-tu encore changé de coordonnées ?

— C'est une longue histoire et je n'ai pas le temps de te la raconter, là, mais je voulais que tu les aies.

— Il s'est passé quelque chose, Chouquette ?

Beaucoup d'événements avaient en effet marqué les derniers jours mais Grace n'avait pas envie d'inquiéter sa mère. En revanche, puisqu'une seconde vie lui était offerte, elle tenait à la commencer sur de nouvelles bases, à la vivre selon ses termes.

— Oui, mais je t'en parlerai plus tard. Maman, quand j'étais petite et que tu m'appelais Chouquette, ça me faisait sourire. Après, j'ai compris que je n'étais pas de ce que tu aurais voulu que je sois. Que je n'étais pas à ton image, à ta hauteur.

Un silence troublant, presque dérangeant, suivit.

Selene n'était jamais silencieuse.

— Maman ?

— Je suis désolée. Dans ma bouche, Chouquette était un diminutif affectueux. Je n'ai jamais voulu que tu sois mon double. Une Selene Beauvais sur terre suffit. Mais j'ai toujours espéré que tu serais meilleure que moi. Comme tous les parents. Et, à bien des égards, tu l'es. Tu es ma petite chérie et tu le seras toujours, quel que soit le nom que je te donne.

— Pourquoi pas « Grace », tout simplement ? Bon, je dois retourner au travail. À plus tard, maman. Je t'aime.

— Je t'aime aussi, Grace.

Un sourire aux lèvres, elle raccrocha et poussa la porte du Delgado's Bar.

Il y avait moins de monde que d'habitude un dimanche soir, ce qui était normal, une veille de Noël. Dans deux heures, Xavier fermerait les portes de l'établissement, et dans trois quarts d'heure Holden viendrait la chercher pour réveillonner avec sa famille.

Alors que Xavier s'apprêtait à porter des assiettes à une table, il lui lança :

— Quelqu'un est ici et vous cherche.

— Qui ?

— Un type au bar. Il a bu quelques verres, les a réglés et vous attend. Il m'a laissé un bon pourboire.

Elle se retourna mais il y avait plusieurs clients au bar.

— Lequel ?

— Celui au bout, avec un pull gris.

De dos, l'homme avait quelque chose de vaguement familier mais, quand elle entra dans le bar, elle se retrouva face à face avec… Kevin Hughes.

— Que fais-tu ici ?

Il lui décocha un sourire qui lui rappela pourquoi elle l'avait trouvé séduisant lorsqu'elle avait fait sa connaissance.

— Bonjour à toi aussi, Grace. Je t'attendais.

— Non, je veux dire, que fais-tu ici dans le Wyoming ?

— Avant de mourir, ma grand-mère avait rédigé un testament avec l'aide de son notaire. Elle t'a laissé quelque chose. Je te l'ai apporté. J'espérais que nous pourrions en profiter pour parler.

— À quel sujet ?

Kevin soupira.

— Je regrette la façon dont nous nous sommes séparés. J'aimerais m'excuser, me faire pardonner. Pouvons-nous sortir d'ici pour en discuter dans un endroit plus calme ?

Comme Grace hésitait, il ajouta avec un sourire charmeur :

— J'ai parcouru un long chemin pour te voir. S'il te plaît.

Elle avait besoin de clore ce chapitre de sa vie, de tourner la page et de passer à autre chose. C'était l'occasion.

— Oui, bien sûr.

Il lui tint la porte ouverte et elle sortit.

— Comment savais-tu que je travaillais ici ? demanda-t-elle.

— Selene me l'avait dit. Ça la rend folle que tu sois serveuse alors que tu as un diplôme d'infirmière.

L'ingérence de sa mère dans sa vie ne cesserait donc jamais.

— Je suis gérante du Delgado's, pas serveuse, et je poursuis une formation en alternance. Je prépare ma maîtrise.

— C'est bien, dit Kevin d'un ton dédaigneux. Je voulais m'excuser de la manière dont je t'ai traitée quand tu as rompu.

Il s'était en effet comporté comme un sale gosse qui pique une crise parce qu'il n'a pas obtenu ce qu'il voulait. Peut-être avait-il réagi ainsi parce que sa grand-mère l'avait trop gâté après la mort de sa mère. Mais sa méchanceté n'avait aucune excuse.

— Regrettes-tu aussi les vacheries que tu m'as dites ?

— Oui. J'ai été odieux. Mais nous avons aussi passé de bons moments ensemble, n'est-ce pas ?

— Sans doute.

— Viens avec moi. Je veux te donner ce que ma grand-mère t'a laissé.

— Aller où ?

— Là-bas, de l'autre côté du parking. Au B&B.

— Tu loges chez les Quenby ?

— Pour une nuit. Je prendrai le premier avion pour Denver demain. J'aimerais te parler. Mais ne t'inquiète pas, je ne te retiendrai pas longtemps. Cinq, dix minutes, pas plus. Je suis sûr que tu as des projets pour le réveillon.

Elle n'en revenait pas qu'il ait parcouru tant de kilomètres, une veille de Noël, pour lui parler dix minutes…

— D'accord.

En enfonçant les mains dans ses poches, elle le suivit.

Elle ne pouvait s'empêcher de penser à Emma Burk et à la nuit pluvieuse où la malheureuse avait trouvé la mort.

Kevin ouvrit la porte du hall du B&B et la laissa passer devant lui. Tout était calme à l'intérieur. Seules quelques lampes étaient allumées.

— Les Quenby ne sont pas là ?

— Ils sont à la messe de Noël.

Il la fit monter dans sa chambre, numéro deux, et elle se demanda dans laquelle Emma avait séjourné.

Après l'avoir fait entrer, il ferma la porte.

— Donne-moi ton manteau.

Elle le lui laissa. La pièce était assez grande pour accueillir un lit double, une petite commode et deux chaises. Mais quand elle vit les bougies allumées et le bouquet de roses rouges sur le meuble en bois, à côté d'une bouteille de vin, elle se mordilla les lèvres, ennuyée.

— Kevin, j'espère que tu ne m'as pas invitée ici avec des idées romantiques derrière la tête.

— Avant de te montrer ce que ma grand-mère t'a laissé, j'ai un cadeau pour toi.

Il sortit de sa poche une petite boîte. Alors qu'il se tournait vers elle, elle comprit qu'il s'agissait d'un écrin. Il mit un genou à terre, l'ouvrit et elle découvrit une bague sertie d'un diamant.

— Grace, je sais que j'ai commis beaucoup d'erreurs avec toi, des erreurs que je regrette. Je m'efforce de m'améliorer. Et cette séparation m'a permis de réfléchir. Depuis ton départ, je pense à toi tous les jours. Avec ton amour et ton soutien, je réussirai à devenir un homme meilleur, digne de toi, j'en suis sûr. Tu crois que je ne m'intéressais à toi qu'à cause de la fortune de ta mère, mais ce n'est pas vrai. Je t'aime. Acceptes-tu de m'épouser ? Nous pourrions nous marier dans une heure. Et pour te prouver que je ne veux que toi, pas l'argent de Selene, j'ai fait établir un contrat de mariage. Il stipule que tout ce que tu recevras de ta mère t'appartiendra entièrement. Je m'engage à ne jamais y toucher. Je ne veux que toi, répéta-t-il.

Selene lui avait-elle dit qu'il devait faire un grand geste pour espérer la reconquérir ? Imaginait-il vraiment qu'une demande en mariage était une bonne idée ?

Grace restait sans voix. Non seulement il réussissait à parler de lui avec humilité, à reconnaître ses torts, mais il prenait en compte ses craintes et ses réticences... Pourtant, elle n'arrivait pas à y croire.

Comme la saccharine, sa déclaration avait un goût de miel mais elle était tout aussi artificielle.

— Non, Kevin. Je ne peux pas t'épouser.

— Parce que tu ne me crois pas ?

— Parce que je ne t'aime pas.

Elle ne l'avait jamais aimé. Elle regrettait à présent de s'être si longtemps contentée du peu qu'il avait à lui offrir, d'avoir si longtemps voulu croire qu'il s'agissait d'amour. Fallait-il qu'elle ait eu peu de considération pour elle-même, autrefois, pour être dupe à ce point...

— Eh bien, moi, je t'aime tellement que je devais essayer.

D'un air déçu, il referma l'écrin et lui tendit un bouquet de roses.

— Au cas où tu dirais non, je tenais quand même à t'offrir quelque chose. Je suis vraiment désolé d'avoir tout gâché.

Une fois de plus, elle le dévisagea avec surprise. Ce genre de mea culpa lui ressemblait si peu.

— Merci, dit-elle en prenant les fleurs. Je ne vais pas pouvoir rester longtemps.

Il s'empara de la bouteille de vin.

— Ma grand-mère t'a légué une caisse de ce bordeaux, dit-il en lui montrant l'étiquette.

Il s'agissait d'un Petrus Pomerol 1996. Une bouteille à cinq mille dollars.

— Le reste te sera expédié. J'espérais que nous pourrions ouvrir celle-ci… pour trinquer ensemble. Un verre seulement. Tu l'emporteras ensuite.

Il dut sentir son hésitation parce qu'il ajouta :

— J'aimerais que nous lui portions un toast… Je pars demain matin. Tu n'auras plus jamais à me revoir. Ma grand-mère aurait été contente que nous buvions un vin qu'elle adorait pour lui rendre hommage.

C'était vrai. Et Linda aurait voulu qu'ils fassent la paix avant de passer à autre chose, qu'ils se séparent sans haine et sans regrets.

— Quelle heure est-il ?

— 17 h 30. Peux-tu m'accorder un petit moment pour un verre vite fait ?

— Un seul alors.

— Merci. Tu es et tu as toujours été adorable.

Kevin retourna vers la commode pour ouvrir la bouteille.

— Les Quenby m'ont dit que cette chambre était la meilleure du B&B. La vue est sympa. Regarde.

Elle tira le rideau. La fenêtre donnait sur les montagnes, sur la rue et sur l'arrière du Delgado's Bar. Une brève image, terrifiante, la traversa. Elle imagina Kevin l'observant en train de sortir les poubelles, d'ouvrir et de fermer le restaurant. Elle sentit un frisson glacé la parcourir.

— Quand es-tu arrivé ici ?

Le bouchon grinça en quittant la bouteille.

— Cet après-midi, répondit-il en lui tournant le dos. J'ai

atterri à Denver vers 14 heures, puis je suis venu. Uniquement pour te voir. Assieds-toi.

Il lui tendit un verre et leva le sien.

— Ma grand-mère était une femme hors du commun, dit-il. Intelligente. Maligne. Elle croyait à l'Amour. Et elle a toujours eu cette façon bien à elle de me surprendre. J'aimerais qu'elle soit encore là, que nous puissions remonter le temps et lui parler à nouveau. Mais puisque ce n'est pas possible, souvenons-nous d'elle comme d'une femme d'exception. À Linda Hughes.

— À Linda.

Ils firent tinter leurs verres l'un contre l'autre, et Grace but une gorgée de vin.

Holden se pinça l'arête du nez, aussi contrarié qu'Ashley.

— Comment ça, nous libérons Todd ? demanda-t-elle.

— Nous n'avons pas le choix, répondit-il avec un soupir.

— Il a aidé et encouragé son frère. Il est complice du meurtre.

Holden hocha la tête.

— Malheureusement, après s'être entretenu avec son avocat, Kyle a changé son histoire. Me Friedman, qui le représente désormais, lui aussi, prétend que son client était confus. Il serait soi-disant victime de délires et aurait besoin d'un traitement psychiatrique.

— Oh ! Je vous en prie ! protesta Ashley. Kyle aurait imaginé avoir vu son frère, cette nuit-là ? Et se serait cassé lui-même la main avec un marteau ? Vous y croyez vraiment ?

Holden soupira, furieux de comprendre que Todd allait s'en tirer. Une fois de plus.

— Nous tenons le meurtrier d'Emma. Ce n'est pas rien. Il faut se contenter de cette victoire. Et, un jour, nous finirons par faire tomber Todd. J'en suis persuadé.

Ashley attrapa sa veste.

— Je vais faire un tour, j'ai besoin d'air, dit-elle avant de sortir en trombe du bureau.

Il comprenait sa douleur mais rien ne permettait l'arrestation de Todd Burk aujourd'hui.

Melanie, qui était toujours là, s'approcha de lui.

— J'ai lu les rapports médico-légaux. Ils écartent les motos de Jared Simpson et de Todd Burk de la liste des engins suspects. Mais nous avons une correspondance avec celle que Kyle conduisait ce soir-là.

Holden hocha la tête.

— Je regrette seulement que nous n'ayons pas pu inculper son frère aussi.

— Ce n'est un secret pour personne que vous voulez voir Todd tomber pour les crimes qu'il a commis. J'avoue être surprise de l'objectivité avec laquelle vous avez géré cette affaire. Il vous avait bien appâté avec ses aveux. Si vous aviez marché et foncé, tête baissée, nos deux bureaux se seraient retrouvés dans une situation embarrassante lorsque le dossier se serait effondré. Il aurait obtenu l'annulation du procès. Quand le shérif reviendra, je ne manquerai pas de lui dire tout le bien que je pense de vous.

Voilà qui était agréable à entendre.

— Merci, mais ce n'est pas nécessaire.

— C'est indispensable. Et j'espère que cette information va circuler en ville. Vous méritez d'être reconnu, après tout ce qui s'est passé. Vous avez fait du bon travail.

— Merci.

— Maintenant, je vous laisse. Joyeux Noël.

Holden avait hâte de retrouver Grace et de lui offrir un premier cadeau de Noël : la lettre d'excuses de Rodney Owens. Il l'avait glissée dans la poche intérieure de sa veste.

— Mitch, je m'en vais tôt, ce soir.

— Bien sûr.

Le téléphone sonna et Mitch prit l'appel. Au moment où Holden atteignait la porte, il lança :

— Holden ! C'est pour toi. C'est ton frère.

Quel que soit le frère en question, il le retardait et il en fut agacé.

Il revint sur ses pas et saisit le combiné.

— Cela ne peut pas attendre ?

— Non, ça ne peut pas, dit Sawyer.

— Alors j'espère pour toi que c'est important.

— Crois-moi, ça l'est. Nous avons confirmation que l'incendie chez Grace était criminel. La quantité d'essence utilisée était considérable, voilà pourquoi le feu s'est propagé aussi vite. D'après ce que j'ai vu, les détecteurs de fumée avaient été sabotés. La fenêtre de sa chambre avait en effet été clouée. Mais toutes celles du cottage l'avaient été aussi.

Holden sentit son sang se glacer dans ses veines.

— Quand je mettrai la main sur le fumier qui a fait ça, il passera un sale quart d'heure.

— Ton souhait va être exaucé. J'ai consulté le registre téléphonique des secours. Hier soir, il y a eu au total cinq appels pour signaler le sinistre. Toutes ces personnes ont été identifiées. Sauf la première, qui a téléphoné dix minutes avant les autres.

— Dix minutes ? C'est beaucoup.

— Comme si l'incendiaire après avoir mis le feu avait regretté son geste et contacté les secours. Mais ce n'est pas tout. La deuxième personne à avoir composé le 911 est Oscar Owens. Son voisin.

— Et le propriétaire du cottage.

— La nièce d'Oscar était en visite chez eux, ce jour-là. Ils sont sortis pour voir l'incendie. Il dit avoir aperçu un camion gris métallisé qui dévalait Old Mill Road à toute allure pour s'éloigner du cottage en flammes. La nièce a réussi à voir une partie de la plaque d'immatriculation et repéré le logo de l'agence où le véhicule avait été loué.

Holden sentit son cœur s'accélérer.

— Dis-moi que tu as identifié ce véhicule.

— Je l'ai identifié. J'ai retracé la location jusqu'à un certain Kevin Hughes, de Los Angeles.

— Hughes ? Kevin Hughes ? L'ex de Grace ?

— Exactement.

Bon sang.

Ce type avait crevé ses pneus, l'avait chassée de la route, avait mis le feu à sa maison alors qu'elle était encore *à l'intérieur.* Manifestement, il vivait au B&B depuis des jours, en face du Delgado's, et passait son temps à la surveiller, à la traquer.

À la terroriser.

La rage saisit Holden mais, soudain, la peur la remplaça.

Grace.

— Je dois y aller, dit-il en raccrochant.

19

Prise de vertige, Grace avait soudain l'impression que tout tournait autour d'elle. Sa vision se brouillait, elle se sentait au bord du malaise.

D'une main tremblante, elle reposa son verre presque vide.

— Je ferais mieux d'y aller. Il est tard.

Elle tenta de se mettre debout mais chancela aussitôt. Déséquilibrée, elle se cogna contre la commode. La chambre tanguait toujours. Avec une profonde inspiration, elle s'efforça de se redresser.

— Ça va ? demanda Kevin.

— Je crois que j'ai trop bu, dit-elle en secouant la tête dans l'espoir de recouvrer ses esprits.

— Tu veux que je t'apporte un peu d'eau ?

Des nausées lui soulevaient l'estomac. La gorge serrée, elle avait terriblement soif, tout à coup.

— Non. Je dois partir.

— Ton manteau est là.

Elle regarda l'endroit qu'il lui montrait, de l'autre côté de la pièce. Il semblait loin, très loin. Tout devenait flou. Elle fit un pas, puis un autre, mais soudain ses jambes se dérobèrent sous elle, et elle s'effondra sur la moquette.

Kevin se leva pour venir s'agenouiller au-dessus d'elle. Son expression n'avait plus rien d'affable. Il était passé en mode prédateur.

Une sourde terreur s'empara d'elle.

— Qu'as-tu fait ?

Elle leva la main, voulut le frapper au visage mais elle n'y parvint pas. Son bras était trop lourd, son geste trop lent.

Il recula pour se mettre facilement hors de sa portée.

— J'ai drogué le vin.

La panique se répandit en elle avec la même puissance que la drogue qu'il avait utilisée.

— Pourquoi ?

— Tu sais te battre. J'avais besoin que tu sois un peu endormie, que tu ne puisses pas trop te défendre, pour mener à bien la suite. Je suis vraiment désolé mais je n'avais pas le choix.

À la vue de son regard de dément, un sentiment d'horreur saisit Grace.

— De quoi parles-tu ? balbutia-t-elle.

— Ma grand-mère ne t'a pas laissé qu'une caisse de vin.

Il sortit une feuille de papier de sa poche, la déplia et la lut à voix haute.

Chère Grace,

Tu as été un ange pour moi. Tu ne t'es pas contentée de t'occuper de moi. Tu m'as entourée d'amour et de gentillesse à une époque où j'étais seule et vulnérable.

Pour te remercier, je souhaite te libérer de ta mère comme de ce travail qui te vole ton âme tant tu es sensible. Je te lègue donc un million de dollars. Le reste de ma fortune ira à des œuvres caritatives.

Je te souhaite de vivre une belle et heureuse vie, à l'abri du besoin.

Linda Hughes

Grace sentit des larmes brûler ses paupières.

Mais Kevin, rouge de colère, froissa la lettre.

— Elle ne m'a rien laissé ! J'ai attaqué le testament et j'ai perdu. Tu vas hériter d'un million de dollars, et moi, je n'aurai rien, pas un sou. Sauf si tu es morte. Ou si nous nous étions mariés, mais tu as refusé de m'épouser. J'ai soudoyé l'exécuteur testamentaire pour qu'il m'autorise à te retrouver moi-même.

— Kevin, balbutia-t-elle, s'efforçant de lui faire entendre raison. Tu ne vas pas faire ça. Jamais tu ne me ferais du mal.

Malgré tous ses défauts, et ils étaient nombreux, il n'avait jamais été violent.

— Je ne pensais pas en être capable, dit-il en soupirant. Et au départ, j'espérais récupérer l'argent autrement. Selene m'avait dit que tu n'étais pas heureuse ici mais que tu étais trop têtue pour reconnaître ton erreur et revenir en Californie. Pour t'y inciter, j'ai essayé de te dégoûter du Wyoming. J'ai tenté de t'effrayer, crevé tes pneus, heurté ta voiture sur la route, incendié ta maison. J'imaginais que tu serais si soulagée de me voir que l'idée de m'épouser et de rentrer à la maison te comblerait.

Elle sentit son cœur se serrer.

— C'était toi ? Tu as failli me tuer.

— Je ne le voulais pas. Le feu s'est propagé très vite et a échappé à mon contrôle. J'ai cru que tu avais péri dans l'incendie, que tu étais morte. Au début, j'en ai été horrifié, mais très vite j'ai éprouvé un grand soulagement. Ta mort réglait tous mes problèmes, dit-il, une lueur sauvage dans les yeux.

Grace attrapa le couvre-lit et fit appel à toute sa volonté pour se relever mais elle manquait de force et retomba sur le sol.

— Pourquoi ?

— J'ai besoin d'argent. Mes dettes de jeu sont colossales.

Je dois des sommes folles à des gens impitoyables, des gens vraiment dangereux. Je n'ai pas le choix.

Submergée de désespoir, elle tenta de négocier.

— Kevin, je t'en prie, ne fais pas ça. Je te donnerai cet argent. Je n'en veux pas.

Il lui adressa un sourire triste.

— Si seulement je le croyais. Mais non... Allez, finissons-en.

Il la prit par les épaules et la traîna à travers la pièce.

Elle se débattit, enfonça les talons dans la moquette mais ses pieds glissaient et elle ne parvenait pas à contrer le mouvement ni même à le ralentir. Quand Kevin entra avec elle dans la salle de bains, elle tendit la main, s'accrocha au chambranle de la porte mais il lui fit facilement lâcher prise.

Il laissa son corps mou sur le carrelage pour faire couler l'eau dans la baignoire.

— Je vais te noyer ici avant d'aller jeter ton cadavre dans la rivière. J'aurais préféré te tuer de façon plus douce, d'une balle dans la tête ou quelque chose du même genre. Mais il faut que ta mort ressemble à un accident.

En roulant sur le ventre, elle rampa vers la porte. Avec l'énergie du désespoir, elle s'appuya sur ses avant-bras et ses coudes pour essayer de lui échapper. Mais avant qu'elle n'atteigne le seuil de la chambre, il la rattrapa par les cheveux. Il la souleva et la plongea dans l'eau.

Il lui asséna d'un ton glacial :

— Ne te débats pas. Si tu te laisses faire, la mort sera plus rapide pour toi, Grace. Et donc plus douce.

Elle pencha la tête et le mordit au poignet. Quand il hurla de douleur, elle serra plus fort. Un goût métallique emplit sa bouche, le goût de son sang. Elle était trop faible pour le frapper ou le repousser mais elle lui griffa le visage comme un chat sauvage, lui égratignant les joues, consciente de recueillir son ADN sous ses ongles.

Il réussirait peut-être à la tuer mais il n'allait pas s'en tirer comme ça.

Avec un cri de rage, il lui donna un violent coup de poing dans le ventre.

Le souffle court, elle voulut hurler, le repousser mais, paralysée par la douleur, elle n'y parvenait pas.

Il plongea sa tête sous l'eau et l'y maintint.

Holden se précipita à l'intérieur du Delgado's Bar. D'un œil frénétique, il balaya la salle du restaurant dans l'espoir d'y repérer Grace.

Mais elle n'était nulle part en vue. Peut-être était-elle en cuisine.

Il se précipita vers Xavier.

— Où est Grace ?

Xavier haussa les épaules.

— Elle est partie.

— Où ? Où est-elle allée ?

— Je ne sais pas. Un gars que je n'avais encore jamais vu s'est pointé tout à l'heure. Il la cherchait. Ils ont parlé un petit moment au bar puis elle est partie avec lui.

— Il y a combien de temps ?

— Dix minutes, peut-être quinze. Pourquoi ? Tout va bien ?

Sans répondre, Holden sortit de chez Delgado par la porte arrière et courut vers le parking. Il aperçut le camion gris métallisé endommagé par la moto de Kyle.

Si le camion était toujours là, cela signifiait que Kevin était sans doute dans le B&B et Grace avec lui, pensa-t-il avec un regain d'espoir.

Grace s'agitait dans tous les sens dans la baignoire, en éclaboussant davantage le sol. D'une main, elle tentait de se libérer de l'emprise de Kevin et de l'autre, de le frapper. Elle y parvint et l'atteignit au nez.

Il grogna de douleur et relâcha sa prise, un bref instant.

Elle en profita pour se redresser et le pousser de toutes ses forces en arrière. Tout en toussant et crachant de l'eau, elle s'appuya contre le mur.

Très vite, il reprit ses esprits et se jeta sur elle. Mais d'un coup de pied, elle le fit trébucher. Il ne parvint pas à recouvrer son équilibre sur le sol glissant et s'écrasa sur le carrelage.

Grace sortit de la baignoire en titubant et s'agrippa aux toilettes. Elle voulait sortir de là, s'enfuir en courant. Mais elle n'y arrivait pas. Ses jambes étaient trop faibles, elle n'avait plus de force.

Kevin la rattrapa.

— Pourquoi ne peux-tu pas te laisser faire et mourir, tout simplement ?

Elle le frappa de nouveau au nez et il poussa un cri.

Les traits tordus de rage, il lui saisit la gorge de ses deux mains et la poussa violemment en arrière.

Comme elle retombait dans la baignoire, sa tête en heurta le fond.

Il resserra alors sa prise tout en la tenant sous l'eau.

Elle donna des coups de pied, griffa ses bras.

À travers l'eau, elle voyait la fureur qui brillait dans ses yeux, sa détermination à la tuer.

Ses poumons la brûlaient, elle manquait d'oxygène. Elle continuait à lutter mais ses forces s'amenuisaient.

Elle se noyait.

De l'air. Elle avait besoin d'air.

Par réflexe, elle ouvrit la bouche. Comme elle aspirait de l'eau dans ses poumons, son corps sursauta pour l'expulser. Mais Kevin appuya plus fort, la maintenant sous l'eau.

Elle allait mourir, la fin était proche, elle le sentait. Pourtant, elle refusait d'abandonner.

Un grand fracas retentit dans la pièce.

Kevin tourna la tête vers la porte.

Un coup de feu claqua. Une fois. Deux fois.

Les balles projetèrent Kevin en arrière, loin d'elle.

Elle se redressa, aspira enfin une grande goulée d'air avant de se mettre à tousser.

— Grace !

Holden se précipita vers elle, la prit dans ses bras pour la tirer de la baignoire.

Sauvée, elle était sauvée !

Il l'entraîna vers la chambre. Lorsque ses jambes cédèrent et qu'elle s'effondra, il la rattrapa au vol, la prit dans ses bras et la déposa sur le lit.

— K-Kevin, sanglota-t-elle, incapable de se calmer.

Holden ferma la porte de la salle de bains pour qu'elle ne voie pas le corps.

— Je sais, dit-il en s'asseyant à côté d'elle. Sawyer a compris qu'il avait mis le feu au cottage et j'ai foncé dans l'espoir d'arriver à temps.

Il lui avait sauvé la vie deux fois en moins de deux jours.

Holden la prit dans ses bras et la tint contre lui. Il lui caressa les cheveux, l'embrassa sur le front, murmura des paroles de réconfort jusqu'à ce qu'elle cesse de trembler.

— Il est mort. Kevin ne peut plus te faire de mal. Personne ne te fera plus jamais de mal.

Il la berça un long moment. Puis il recula et prit son visage entre ses mains.

— Nous sommes faits l'un pour l'autre, Grace. Pour nous aimer, fonder une famille, partager nos joies et nos peines, nos espoirs, nos épreuves et nos rêves, pour vieillir ensemble... et être heureux. Tu me crois ?

Comme elle regardait ses yeux bleus remplis d'amour pour elle, elle vit tout. La vie qui l'attendait avec lui, leurs enfants courant dans le ranch, les longues nuits au lit avec lui, à rire, à s'aimer, à se sentir en sécurité.

— Je te crois.

— Sortons d'ici.

Il passa un bras autour d'elle pour l'aider à se lever. À la porte, il attrapa son manteau et le mit sur ses épaules, puis il la porta dans l'escalier jusqu'à la grande salle du B&B.

Il la fit asseoir dans un des fauteuils.

— Pendant que j'appelle mes adjoints, j'aimerais que tu fasses quelque chose pour moi.

Il sortit une enveloppe de sa veste et la lui tendit.

— Ouvre ton cadeau de Noël.

Un cadeau ? Maintenant ?

— Je ne veux rien.

Elle avait déjà tout eu. La vie, Holden, l'amour, le bonheur.

Il lui tendit le papier.

— Tu n'es pas curieuse ?

— Qu'est-ce que c'est ?

— Une lettre d'excuses… écrite de la main de Rodney Owens.

Elle éclata de rire à travers ses larmes. Holden avait ce don de la faire rire dans les moments les plus sombres. Et elle savait qu'il continuerait, leur vie durant.